믿음과 용기, 여행의 선물 남미·북미편

길을 찾아 나선 가족 · **4**

믿음과 용기, 여행의 선물 남미·북미편

이해준 지음

초판 1쇄 발행 2016년 11월 10일

펴낸이 오일주
펴낸곳 도서출판 혜안

등록번호 제22-471호
등록일자 1993년 7월 30일

주소 ㉾ 04052 서울시 마포구 와우산로 35길 3(서교동) 102호
전화 3141-3711~2
팩스 3141-3710
이메일 hyeanpub@hanmail.net

ISBN 978-89-8494-564-7 04810
      978-89-8494-560-9 [전 4권]

값 15,000 원

길을 찾아 나선 가족 ● 4

믿음과 용기,
여행의 선물
남미·북미편

이해준 지음

혜안

가족 세계일주 여행을 계획할 때에만 해도 남미와 북미를 필자 혼자서 여행할 것이라고는 생각하지 못했다. 하지만 아시아에 이어 유럽 대륙 일주를 마치면서 가족들이 하나둘 귀국하고 필자 혼자 남게 되자 여행을 계속할 것인지, 중단할 것인지 결정해야 했다. 약간의 머뭇거림이 있었지만 혼자서 세계일주 여행을 마치는 쪽으로 결심하는 데 많은 시간이 걸리지는 않았다. 여행을 하면서 아이들에게 여러 차례 이야기했던 대로 자신이 원하는 것을 꿋꿋하게 행하는 아버지의 모습을 보여주는 것이 좋겠다고 생각했기 때문이다. 보다 근본적으로는, 아이들에게 아버지로서의 어떤 모습을 보여주기에 앞서, 필자가 원하는 것을 그대로 실천에 옮기고 싶었다. 한국에 있었다면 이렇게 결정하지 못했을 것이다. 가족이나 사회에 대한 책임감이나 주위의 시선이 혼자 여행하는 것을 허락하지 않았을 것이다.

필자 혼자만의 여행은 한편으로는 외로운 일이었다. 한때 형과 동생 가족까지 포함한 대가족이 우왕좌왕 여행하기도 하는 등 가족과 부대끼면서 반년 이상을 여행하다 갑자기 혼자 남게 되니 외로움과 허전함이 감당하기 어려울 정도로 몰아쳤다. 어차피 내 삶의 주인은 바로 나 자신이며, '인생이란 외로운 항해 아닌가' 하고 위안하기도 했지만, 외로움 자체를 떨쳐버릴 수는 없었다. 하지만 시간이 흐르면서 혼자 여행하는 데 익숙해지고, 다른 여행자들과 어울리면서 자유여행의 맛을 느끼기 시작했고, 그 즐거움이 외로움을 슬그머니 밀어냈다. 그러면서 여행의 환희에 빠져들었다.

가족이 함께하는 여행과 혼자 하는 여행은 근본적으로 달랐다. 마음이 내키는 대로 자유롭게 여행지를 돌아보고 다양한 사람들을 만날 수 있었다. 여행지의 역사와 문화에 보다 깊숙하게 파고들어갈 수 있었고, 그러면서 이제 50대에 들어선 필자 자신은 물론, 우리 가족과 사회에 대해 더 깊이 생각하는 시간을 가질 수 있었다. 동시에 수많은 밤을 밝히며 고민을 거듭한 끝에 결정했던 우리 가족의 세계일주 여행에 대해서도 끊임없이 반추해보게 되었다. 필자로서는 대학을 졸업한 후 정신없이 달려온 삶을 근본적으로 되돌아보는 시간이었다.

남미에서는 브라질 리우데자네이루에서 시작해 아르헨티나, 칠레, 볼리비아를 거쳐 페루의 리마까지 대륙의 절반을 시계 방향으로 돌면서 여행했다. 미국으로 넘어가서는 뉴욕과 보스턴, 워싱턴 등 동부지역을 돌아본 다음 암트랙을 이용해 미국을 동에서 서로 횡단하고, 로스엔젤레스에서 샌프란시스코까지 서부지역 일부를 여행했다. 남미에서 자동차로 이동한 거리가 1만 2000km에 달하며 북미에서 대륙 횡단을 포함해 기차로 이동한 거리가 8000km를 넘는다. 남미에서는 열 차례에 걸쳐 야간 버스를 탔고, 북미에서는 3일을 야간 열차에서 보냈다. 마지막으로 일본에서 아내와 만나 귀국행 비행기에 오름으로써 세계일주 여행을 가족과 함께 마무리했다.

혼자 여행하면서 필자 자신과 가족, 우리 사회에 대해 끊임없는 사색의 시간을 가졌던 만큼 이 책에서는 이번 여행을 통해 얻은 새로운 가치를 주요 키워드 중심으로 정리했다. 여행이란 무엇인지, 가족이 무엇인지, 사랑이 무엇인지, 희망이 무엇인지, 진정한 행복이란 어떤 것인지, 나의 삶과 가족, 또 우리 사회는 어디로 가야 하는지, 현실과 마주할 때 필요한 용기란 과연 무엇인지, 우리의 발걸음을 붙잡는 불안과 두려움의 실체는 무엇인지, 욕망이란 어떤 것인지, 세계가 하나의 시장으로 통합되어 갈수록 심각한 모순을 드러내고 있는 오늘날의 자본주의에 미래는 있는 것인지, 신자유주의가 지배하는 자본주의를 넘어설 대안과 희망은 어디서 찾을 수 있는 것인지…. 물론 이에 대한 답변이 여러 갈래가 있겠지만, 이번 여행을 통해 얻은 필자 나름의 결론이랄까, 해법을 제시하기 위해 노력했다.

이러한 질문들은 필자가 20년이 넘도록 경제신문 기자로 취재 현장을 뛰어다니며 가졌던 의문이기도 하다. 아니 이 시대를 살아가는 대부분의 사람들이 갖고 있는 의문일 것이다. 이러한 질문에 대해 기자로 활동하면서 어렴풋이 가졌던 생각을 이번 여행을 통해 보다 명확하게 정리할 수 있었고, 그것이 쌓이면서 믿음으로 변했다. 때문에 이 책은 20여 년 취재 현장을 누비고 세계를 일주한 한국의 저널리스트가 확인한 세계의 현주소에 대한 성찰이며, 우리가 지향해야 할 가치 있는 삶과 사회에 대한 모색이라 할 수 있다. 가족 세계일주 여행의 마지막 여정에 독자들도 즐거운 동반자가 되기를 기대한다.

2016년 9월
서울 마포구 성미산 자락에서
이 해 준

목·차 ·········

4부

귀로

현실, '끝나지 않은 여행'

하루 한 걸음 가족의 세계 여행 (2011.7.15.~2012.7.18.)

범례

- - - - - 항공여정
───── 육로여정

미 국

샌프란시스코 · 라스베이거스 · 그랜드캐니언 · 라플린 · 시카고 · 뉴욕 · 보스턴
워싱턴
서울(도쿄 경유) · 로스앤젤레스 · 플래그스태프 · 앨버커키 · 덴버 · 캔자스시티

멕시코

과테말라 · 벨리즈 · 멕시코시티 · 칸쿤
온두라스
니카라과
코스타리카
파나마

콜롬비아
베네수엘라
수리남 · 가이아나

에콰도르

페루
리마 · 쿠스코 · 라파스 · 볼리비아 · 포토시

브 라 질
상파울루 · 리우데자네이루 · 쿠리치바

파라과이
이구아수

칠 레
아리카 · 살타 · 아르헨티나 · 로사리오 · 우루과이
산티아고 · 멘도사 · 부에노스아이레스

바릴로체

포클랜드 제도(영)

1부

남미 대국들의
절망과 희망

여행,
'익숙해지는 것과의 결별, 그리고 인생'

여행과 같은 삶은 정체하지 않는다

한국을 떠난 지 212일, 세계일주 여행이 8개월째에 접어들던 날 포르투갈 리스본 공항 출국장 대기실 소파에서 자다 깨다를 반복하다 새벽을 맞았다. 부스스 몸을 일으켜 밖을 보니 아직 어둠에 잠겨 있었다. 몸은 찌뿌둥하고 머릿속은 모래먼지를 뿌려 놓은 듯 몽롱하였다.

6시가 넘자 상점들이 문을 열기 시작하고 7시가 되자 공항 대합실도 사람들로 붐비기 시작하였다. 이제 또다시 새로운 하루가 시작되고 있다. 비행기 출발시간까지 여유가 많아 탑승구 앞 빈 의자에 자리를 잡고 노트북을 켰다. 정리하고 정리해도 끝이 없는 여행기, 끝없이 밀려오는 상념에 주변 사람들이 무얼 하든 신경 쓰지 않고 여행기에 몰입하였다.

여행이란 과연 무엇인가.

가족과 함께 아시아에 이어 유럽 여행을 하던 중 아내 올리브와 첫째 아들 창군, 그리고 둘째 아들 동군까지 모두 한국으로 귀국한 다음 혼자서 영국 런던으로 갔을 때 처음에는 외로움에 시달렸다. 환경도 낯설었다. 가족을 모두 한국으로 보내고 혼자만 하는 여행이 과연 올바른 선택인지도 의문이 들었다. 하지만 며칠 지나자 낯선 환경에도, 혼자하는 여행에도 익숙해졌다.

열흘 동안의 영국 일정을 마치고 런던에서 스페인 마드리드와 포르투갈 리스본을 거쳐 브라질 리우데자네이루로 떠날 때에는 익숙해진 영국에 그냥 머물고 싶은 생각까지 들었다. 하지만 '익숙해지는 것과의 결별', 여행은 바로 그것이다.

인생이 바로 그렇다. 익숙한 상황에만 머물러 있으면 삶 자체가 정체하는 법이다. 발전이 없다. 익숙해지면 바로 그 다음 단계로 넘어가야 진전이 있고, 진보가 있다. 꿈과 희망, 미래를 향해 열려 있는 삶, 미지의 세계에 대한 호기심과 동경, 모험심으로 충만한 삶은, 곧 '익숙해지는 것과의 결별'을 즐기는 것이다. 헤쳐 놓았던 짐을 챙겨 배낭을 둘러메고, 풀어졌던 신발 끈을 조이며, 다시 새로운 세계를 향해 발을 내디뎠다.

9시 30분 항공기가 리스본 공항을 날아올라 대서양으로 향했다. 리스본 공항에 도착한 것이 어제 오후 7시였으므로 14시간의 기나긴 기다림 끝에 새로운 비행에 나선 것이다. 브라질 시간으로 오후 3시 30분, 리우 국제공항에 도착했다. 이미그레이션(입국장)으로 향하는데 다소 긴장이 되었다. 어제 스페인 마드리드 공항에서 탑승 수속을 밟을 때, 아웃바운드(출국) 티켓이 없으면 브라질 입국이 거절될 것이라는 항공사 직원의 말 때문이었다. 그래서 한참 부산을 떨며 가장 싼 티켓을 끊어 갖고 온 터였다.

그런데, 이게 웬걸? 입국 심사원은 아웃바운드 티켓은 보자고도 하지 않고 여권에 도장을 찍어주었다. 황당했다. 어제 TAP 포르투갈 항공에서 필요도 없는 아웃바운드 티켓을 요구하는 바람에 34만 원이나 주고 구입한 티켓이 휴지 조각이 될 처지가 되었으니….

그렇다고 누구에게 하소연할 수도 없다. 가족과 함께 있었다면 TAP 항공사 직원의 어이없는 일처리에 불만도 쏟아내고, 항공사에 가서 항의하고 환불을 받아야 한다느니, 이걸 인터넷에 올려야 한다느니, 대처 방법에 대해 이야기를 나눌 텐데. 황당한 일을 겪고도 혼자가 되니 '나중에 환불을 요구하자'며 소극적인 자세로 돌아서야 하는, 용기 부족한 여행자가 된다.

리우로 넘어오니 공기가 후끈했다. 바람막이까지 모두 벗어 배낭에 구겨 넣고 반팔만 입었다. 입국장을 나와 은행 단말기에서 300헤알(약 18만 원)을 인출해 40헤알(약 2만 4000원)이라는 거금을 주고 택시를 잡아 산타 테레사(Santa Teresa) 지역에 있는 북스 호스텔(Books Hostel)로 향했다. 국가가 변하니 환율이 헷갈렸다. 원/달러 환율과 헤알/달러 환율을 바탕으로 대략 계산해보니 1헤알=590원 정도였다.

여행을 하면서 택시를 타고 숙소를 찾은 것은 이번이 처음이었다. 지금까지 거의 모든 호스텔이 대중교통 이용법을 자세히 안내해 주었지만, 리우의 북스 호스텔에서는 '대중교통은 복잡하고 위험해 추천할 만한 것이 못 된다'고 겁을 주면서 택시를 권유했다. 초행길인데다 혼자 호스텔을 찾아가야 하는 입장이어서 이런 권고를 무시하기 어려웠다.

호스텔에 도착해 체크인을 하고 인근 식당에서 저녁식사를 하고 돌아오니 호스텔이 부산하고 시끄러웠다. 체크인할 때 숙소 직원이 준 쿠폰을 내밀었더니 도수 높은 싸구려 위스키에 열대 과일즙을 첨가한 칵테일을 내놓았다. 이른바 '환영주'였다. 환영주는 오스트리아 빈의 움바트 호스텔에 이어 두 번째였다. 움바트에선 맥주나 음료를 마실 수 있는 쿠폰이었는데, 여기선 칵테일뿐이었다. 환영주 한 잔에 금방 취기가 올랐다.

숙소 마당에선 젊은이들이 어울려 술을 마시고 노래를 부르며 아주 떠들썩했다. 가족이나 동행이 있었다면 함께 어울렸겠지만, 조용히 침대로 올라갔다. 혼자가 되니 모든 것이 낯설고, 이상한 일을 당해도 용기 없이 머뭇거리며 자꾸만 뒤로 물러서는 경우가 많아졌다. 하지만, 이러한 낯설음이야 새로운 여행지에 도착할 때마다 겪는 일이고, 이제 새로운 여정의 시작을 알리는 신호일 뿐이다.

대도시의 명소를 돌아다니는 팍팍함

브라질은 인구가 1억 9300만 명, 국토가 남미의 절반 이상을 차지하는 중남미 최대의 국가다. 인구는 세계 5위, 경제 규모는 세계 7위, 1인당 국민소득은 1만 2000달러 수준(2012년 기준)이다. 1500년 이후 300년에 걸쳐 포르투갈의 식민지배를 받다가 1822년 독립을 선언하고, 1889년 대통령제 공화정으로 이행했다. 이후 흩어져 있던 지역을 통합해 연방국가가 되었으며 남미의 맹주로 자리 잡았다. 세계 최대의 열대우림인 아마존은 천연자원과 생물 다양성의 보고이자 '지구의 허파'로, 아직도 67개 부족이 독자적인 문화를 유지하고 있다.

반면 빈부 격차가 세계에서 가장 심각하며, 빈민 거주지역인 파벨라(Favela)는 범죄조직이 창궐해 치안이 불안하기로 악명이 높다. 2003년 노동자 출신의 룰라 다 실바가 대통령에 당선되어 8년 동안 역임하면서 빈민에 대한 지원 및 투자 확대 등 대대적인 사회개혁에 나서 변화의 전기를 마련했다. 이어 룰라의 후계자인 지우마 호세프가 2011년 대통령에 당선되어 사회 및 경제 개혁에 더욱 박차를 가했지만 갈 길은 여전히 멀다.

리우는 브라질의 다양한 면모를 모두 지니고 있는, 사실상의 브라질 수도다. 1960년 수도가 브라질리아로 이전하기 전까지 브라질의 수도였으며, 도시 규모는 상파울루에 이어 두 번째로 크다. 열대의 낭만을 품은 끝없는 해변, 세계에서 가장 화려한 카니발 축제, 세계 3대 미항으로 꼽히는 아름다운 항구가 있는가 하면, 찌든 가난과 빈발하는 범죄로 사회불안도 심한 곳이다.

유럽을 떠나면서부터 리우에서 무엇을 볼지 생각이 많았으나 딱히 해답을 찾지 못해 일단 부딪쳐 보기로 했다. 유명한 예수상에서부터 설탕봉, 낭만의 코파카바나 해변을 차례로 돌아보면서 남미의 첫 여행지 리우와 브라질을 탐색하기로 했다.

리우 도시의 상징인 〈구원자 예수상〉(왼쪽)과 예수상에서 바라본 리우 남부 시가지와 설탕봉(오른쪽)

　하지만 실제로 뚜렷한 목적 없이 유명한 곳을 중심으로 돌아다니는 것은, 새로운 영감을 주지 못하는 팍팍한 일이었다.

　리우에 도착한 다음 날 아침 리우의 상징이자 관광 필수 코스인 〈구원자 예수상〉을 찾았다. 예수상은 리우 서쪽에 있는 코르코바도 산의 해발 704m 언덕에 자리 잡고 있다. 숙소 앞에서 버스를 타고 코스메 벨료에 도착, 예수상으로 향하는 트램에 올랐다. 리우의 명물이기도 한 트램은 구불구불 이어진 산길을 20분 정도 달렸다. 티후카 국립삼림공원의 열대우림이 트램 아래로 펼쳐졌다. 심한 개발 몸살을 앓고 있는 대서양 연안 지역에서 유일하게 보존된 열대우림으로, 리우 시내의 북부와 남부를 가르는 역할을 한다.

　예수상 앞은 관광객들로 발 디딜 틈이 없었다. 예수상은 생각보다 훨씬 커서 고개를 완전히 뒤로 꺾어야 까마득한 예수의 얼굴을 볼 수 있다. 높이가 39.6m, 양팔을 펼친 폭이 30m에 달하는 이 예수상은 브라질 독립 백주년을 기념해 1922년에 제작에 나서 1931년에 완공되었다고 한다.

예수상 위치에서 내려다보니 리우 시내와 대서양 연안이 한눈에 들어왔다. 눈앞에 코파카바나 해안과 슈거 로프(Sugar Loaf)라고 하는 설탕봉, 이파네마 해변이, 그 너머로 크고 작은 섬들이 리우를 호위하듯이 포진해 있다. 약한 아침 안개가 해안을 감싸고 있어 시야가 흐렸지만, 이를 보기 위해 몰려드는 전 세계의 관광객들을 실망시키지 않는 멋진 풍경이다.

아래를 내려다보니 남부지역은 해안을 끼고 비교적 잘 정돈된 주택과 아파트들이 들어서 있다. 중산층들의 거주 지역이다. 하지만 티후카 국립공원 건너편 북부지역은 매연 같은 검은 띠가 감싸고 있다. 빈곤층이 주로 거주하는 공업지역이다. 멀리서 봐도 두 지역의 차이는 확연하다. 구원해야 할 사람들은 바로 이들이다. 인도의 성녀(聖女) 테레사 수녀가 가난한 사람 가운데서도 가장 가난한 사람들을 위해 구원의 손길을 내밀었듯이, 저기 두 팔을 벌리고 서 있는 예수가 감싸안아야 할 사람들이 바로 이들 빈곤층일 것이다.

사람들은 별로 관심을 갖지 않았지만 예수상 아래에는 작지 않은 성당이 있다. 150명 정도를 수용할 수 있는 성당으로, 10여 명의 사람들이 안에서 기도를 드리고 있었다. 예수상 주변의 복잡한 모습과 달리 이곳은 조용한 기도의 공간이었다. 그 옆에는 예수상 설립에 큰 역할을 한 인물들의 조각이 있었는데, 예수상을 디자인한 헤이토르 다 실바 코스타(Heitor da Silva Costa)의 흉상이 조금은 외롭게 한 자리를 차지하고 있었다.

예수상을 찍듯이 돌아본 다음 국립 역사박물관으로 향했다. 론리 플래닛에는 간단히 소개되어 있지만, 브라질이 자신의 역사를 어떻게 기록하고, 대국 브라질의 정체성을 어떻게 규정하고 있는지 확인하고 싶었다. 역사에 대한 기억의 방식은 곧 그 사회가 현재와 미래를 어떻게 바라보고 있는지를 보여주는 나침반과 같기 때문이다. 422번 버스에 함께 탄 브라질 청년이 유창한 영어로 친절하게 안내해주어 쉽게 찾아갈 수 있었다. 버스를 탈 때마다 주민들의 도움을 받고 있다.

역사박물관은 원래 군사 시설을 독립 백주년의 해인 1922년 박물관으로 개조한 곳이다. 하지만 실망감이 몰려왔다. 브라질은 엄청난 국토에 다양한 문화와 역사를 지니고 있음에도 그러한 역사적 사실을 단편적으로만 설명하고 있었다. 주로 포르투갈이 브라질을 식민지화한 이후의 역사에 치중하고, 이들보다 오랫동안 대지를 일구어온 원주민에 대해선 파편적으로 보여줄 뿐이었다. 지금도 아마존 밀림지대에는 다양한 원주민 부족과 문화가 살아 숨 쉬고 있는데, 이에 대한 체계적인 전시와 설명을 찾기 어려웠다. 브라질이 자신의 역사를 어떻게 이해하고, 현재의 정체성을 어떻게 규정하고, 무엇을 지향하고 있는지 이해하기 어려웠다.

박물관에는 찾는 사람도 거의 없었다. 내가 방문했을 때 관람객이라고는 외국인 네댓 명이 전부로, 거의 텅 비어 있었다. 역사에 관심을 갖지 않는 민족과 국가는 정체성 형성에 어려움을 겪을 수밖에 없는데, 과연 브라질은 역사에 관심이 있는 것일까? 코파카바나와 이파네마 해변에는 사람들이 득시글거릴 텐데…. 비록 평일 낮임을 감안한다고 해도 지금까지 여행을 하면서 국립 역사박물관이 이처럼 텅 빈 경우는 처음이었다. 가난한 인도의 박물관도 학생들과 일반인들로 북적이지 않았던가.

아쉬운 마음으로 박물관을 나서 공항의 TAM 항공을 찾았다. 울며 겨자 먹기로 구입했던 아웃바운드 항공권을 적지 않은 수수료를 지불하고 반환했다. 그리고 슈거 로프에 올라 석양으로 물드는 리우를 보기 위해 버스를 타고 리우술에서 내려 케이블카 탑승장으로 뛰었다. 아래쪽에서만 보아도 태양이 서쪽의 예수상 뒤편 산 너머로 막 기울며 멋진 풍경을 만들고 있었다.

포르투갈어로는 아슈카르(Asucar), 영어로는 슈거 로프, 즉 설탕봉이라고 불리는 396m의 이 작은 봉우리는 리우 앞바다 한가운데 불쑥 솟아 있어 어디서나 볼 수 있다. 그런데 이 설탕봉에는 설탕이 없다. 설탕을 생산하거나

설탕봉에서 바라다본 리우의 석양 노을이 리우와 리우 앞 바다를 붉게 물들이고 있다. 시간이 흐르면서 어둠에 잠 길수록 가운데 산봉우리에 우뚝 솟은 예수상이 밝게 빛나 리우 시내 어디에서나 볼 수 있다.

거래하던 시설도 없다. 16세기 식민지 시절의 리우는 사탕수수와 설탕 무역이 번성했는데, 설탕 덩어리를 배에 싣기 편리하게 원뿔형으로 만들었다. 이 섬은 그 원뿔형 설탕 덩어리를 닮았다 해서 설탕봉이란 이름이 붙여졌다.

설탕봉에서 리우 시내를 바라보니 서쪽으로 해가 뉘엿뉘엿 넘어가는 가운데 거리와 건물이 전등을 밝히기 시작했다. 대서양 연안에 떠 있는 배에서도 환한 불빛이 쏟아져 나왔다. 세계 3대 미항인 리우 항이 내려다보이는 난간에 걸터앉아 뜨겁게 포옹하는 아베크 족도 많았다. 이래저래 멋진 풍경이다.

광란의 파티, 절망적 몸부림

숙소에선 또다시 광란의 밤이 펼쳐졌다. 금요일이라 숙소는 빈 침대가 거의 없이 만원이었고, 청춘남녀들이 술판을 준비하고 있었다. 환영주도 잔뜩 만들어 놓았다. 나중에 알고 보니 북스 호스텔은 '파티 호스텔'이었다. 젊은 이들이 밤새워 파티를 하며 즐기는 것을 컨셉으로 하는 호스텔로, 매일 파티가 벌어진다. 말하자면 '올 나이트' 전문 숙소인 셈이다.

파티는 새벽 5시가 되어서야 마무리된 듯했다. 그때까지도 일부 청춘남녀는 술에 취해 요란하게 떠들어댔다. 과연 이 나라 젊은이들은 어떻게 사는 것인지, 한편으로는 삶을 즐기는 모습이 행복해 보이면서도, 이들의 희망은 무엇인지 복잡한 생각이 머리에서 떠나지 않았다.

밤새도록 이어진 소음 때문에 잠을 거의 설치다 새벽에 밖으로 나가 보니 숙소 마당 이곳저곳엔 간밤 광란의 축제가 남긴 잔해가 어지럽게 널려 있었다. 8인실 방에 같이 묵은 한 젊은 여성은 거의 반라 차림으로 팔을 벌린 채 침대에 쓰러져 자고 있고, 파티가 열린 마당엔 술병과 술잔이 나뒹굴었다. 바닥엔 이들이 쏟은 술이 흥건했다. 밤을 새운 일부 청년들은 그때까지도 비틀비틀 왔다 갔다 하면서 술을 마셨다.

어제 아침에도 일찍 일어나 1층 마당으로 내려와 보니 상반신을 거의 내놓은 한 젊은 여성이 술에 취해 의자에 꼬꾸라지듯이 몸을 구부리고 자고 있었는데, 오늘 아침도 마찬가지다.

"이런 파티가 매일 열리나?" 숙소 직원에게 물었다.

"거의 그렇지만, 주말에는 더 많은 사람이 온다." 직원이 고개를 끄덕였다.

아침에 출근한 중년의 아줌마는 자식뻘쯤 되어 보이는 청년 남녀들이 벌이는 이 광경이 아무렇지도 않다는 듯, 콧노래를 흥얼거리며 난장판이 된 홀과 마당을 태연하게 하나하나 정리해 나갔다.

호스텔 직원도 간밤에 술을 많이 마셨는지 거의 빈사 상태였다.

"잠도 못 잤겠다. 너도 무척 피곤하겠다." 내가 그에게 미소를 보내며 물었다.

"정말 피곤하다. 죽을 지경이다. 매일 똑같다." 그도 어처구니없다는 듯 미소를 보냈다.

내가 대학에 다니던 1980년대 전반기의 한국 젊은이들은 질식된 민주주의와 도탄에 빠진 민중의 삶, 분단된 조국의 앞날에 대해 고민하며 밤을 새워 토론했다. 브라질이야말로 그 한국의 1980년대보다 훨씬 더 심각한 사회·경제적 문제를 갖고 있는 나라 아닌가. 그런데 이 나라 젊은이들은 이런 문제들에 얼마나 관심을 갖고 있는지, 민주주의와 사회 정의, 인권, 평등, 자유를 위해 얼마나 고민하고 있는지, 의문만 쌓였다.

어지러운 모습은 숙소 밖도 마찬가지였다. 숙소를 나서 골목을 돌아나가는데, 길거리에 술 취해 쓰러져 있는 사람들이 수두룩했다. 날씨가 춥지 않아 동사(凍死)할 일이야 없겠지만 과연 저래도 되는 것인지 혀를 내두르지 않을 수 없었다. 길거리와 골목에는 그냥 구석에서 몸을 웅크린 채 잠든 사람들도 눈에 많이 띄었다. 주민들도 그런 모습이 익숙한지 눈길 한번 보내지 않았다. 한국에도 노숙자들이 많고, 또 이게 브라질의 전부는 아니겠지만, 도심에서 조금 떨어진 곳에서 아침부터 술에 취해 쓰러져 있거나 노숙하는 사람은 설명하기 어려운 일이었다. 과연 남미의 대국 브라질은 지금 어디로 가고 있는 것인지, 리우는 무엇을 하고 있는지, 울적해졌다.

하지만 리우에 그런 참담한 것만 있는 것은 아니다. 코파카바나 해변으로 가면서 점차 그 울적함과 허탈함에서 벗어날 수 있었다. 해변으로 가는 길에 리우의 명물이 된 셀라론 계단(Escadaria Selarón)에 들렀다. 성벽처럼 웅장한 흰색의 트램 고가도로(Santa Teresa Tram Bridge)를 지나 셀라론 계단에 도착했다. 칠레 태생의 예술가 호르헤 셀라론(Jorge Selarón)이 '브라질 사람들에 대한 선물'로 만든, 형형색색의 타일로 장식한 계단이다.

이곳에 거주하던 셀라론은 1990년 폐허가 된 계단을 타일로 장식하기로 마음먹고 자기 집 앞 계단부터 꾸미기 시작했다. 그는 브라질 국기에 사용되는 파랑, 초록, 노랑의 타일을 주로 사용했다. 처음에 그를 조롱하던 주민들도 그가 꿋꿋하게 작업을 진행하면서 태도가 바뀌기 시작했다. 길고 고단한 작업이 외부에 알려지면서 모금도 활기를 띠었고, 각국의 지원이 이어졌다. 그도 처음에는 길거리에 버려진 타일을 수거해 작업했으나, 전 세계 방문자들과 기업, 개인들이 타일을 기증하면서 작업이 확대되었다. 결국 리우의 라

셀라론 계단 한 예술가의 집념이 폐허가 되던 도시의 골목을 재생한 모범 사례로, 140여 개국에서 기증한 타일로 장식되어 있다.

파(Lapa) 지역과 산타 테레사 지역을 잇는 125m, 250개의 계단이 전 세계에서 보내준 수천 개의 타일로 장식되면서 리우 도시 재생의 상징이자 이제는 중요한 관광 포인트로 자리를 잡았다.

계단을 장식하고 있는 타일을 기증한 나라는 140여 개국 정도 되는데, 설명문을 보니 한국도 있었다. 한국에서 기증한 타일은 어디쯤 박혀 있나 살펴보았지만 찾기가 힘들었다.

"어디서 왔어요?" 계단을 서성거리고 있는데 계단을 청소하던 주민이 물었다.

"한국이요, 남한. 계단이 멋있네요." 계단을 칭찬하면서 두리번거렸다.

"한국? 아, 여기 있어요." 그는 한쪽 벽면에 있는 태극기를 어렵지 않게 찾아주었다. 작품을 있는 그대로 감상하면 되지, 여기서도 국가주의가 작동하는 것 같아 머쓱하기도 했지만, 왠지 뿌듯했다.

셀라론 계단은 예술가의 혼과 집념을 간직한 채 아름답게 장식되어 있지만 주변 상황은 여전히 좋지 않아 보였다. 주변 골목엔 버려진 차량이 흉측하게 방치되어 있고, 위쪽은 지저분하고 으스스한 분위기까지 풍겼다. 계단 옆의 건물에 거주하는 한 미술가가 그나마 스스로 청소를 하고 있었다. 사람들에게 영감과 상상력을 줄 수 있는 공간인데도 방치되어 아쉬웠다.

계단을 둘러보고 아래로 내려오다, 인근 골목의 벽에 스프레이로 그림을 그리는 두 청년을 만났다. 한 명은 브라질 청년이었고, 다른 한 명은 호주에서 온 예술가였다.

"아, 셀라론 계단을 돌아보고 왔군요. 우리는 도시를 조금이라도 아름답게 보이려고 벽화 작업을 하고 있습니다."

내가 다가가 묻자 활짝 웃는 얼굴로 설명했다. 이곳 사람들이 가난하고 치안도 불안하지만 아름다운 벽화를 보면 사람들 마음이 조금이라도 따뜻해질 것이란 얘기였다. 호스텔에서 밤새 술을 마시며 광란의 파티를 즐기는 젊은이도 있지만, 제2, 제3의 셀라론도 있는 것이다.

따뜻한 사회를 위해 노력하는 사람들은 코파카바나로 가면서 더 만날 수 있었다. 버스를 타고 해변에 도착하니 남반구의 가을이 시작되는 5월 중순임에도 강렬하게 내리쬐는 햇볕 아래 흥겨운 분위기가 느껴졌다. 남위 22도 전후에 걸쳐 있는 리우는 연중 기온이 섭씨 25~30도의 전형적인 열대 사바나 기후 지역이다. 한여름인 12~1월에는 40도가 넘기도 하지만, 겨울인 7~8월에도 평균 25도 이상을 유지해 사계절 푸르고 해수욕이 가능하다.

코파카바나 해변으로 가다가 작은 시위대와 마주쳤다. 기묘한 분장과 복장을 한 시위대였다. 무슨 일인가 궁금해 두리번거리다 마이크를 들고 있는 청년을 발견했다.

"지금 무슨 일이 일어나고 있는가?" 내가 다가가 사정을 물었다.

"나는 시위 참가자가 아니다. 취재하기 위해 나온 브라질 방송국 기자다."

그 청년은 유창한 영어로 상황을 설명해주었다. 농민들의 경제적 안정을 위해 아마존 밀림의 벌목과 개발을 허용하는 법안이 의회에서 논의 중인데, 그 법안에 반대하는 시위라고 했다.

"중요한 이슈인데, 시민들의 관심이 적고 참가자도 많지 않아 어떻게 뉴스로 만들어야 할지 걱정이다. 방송에 나가야 사회적 이슈로 관심을 끌 수 있

코파카바나 해변 백사장 길이가 4km에 달한다. 해변이 빌딩들 앞으로 긴 타원형을 이루며 끝없이 이어져 있고 오른쪽에 우뚝 솟은 봉우리가 설탕봉이다.

는데….” 그는 낙담한 표정을 지었다.

“저 퍼포먼스를 담으면 흥미를 끌 수 있을 것 같다.” 내가 아마존 원주민처럼 얼굴에 하얀 분칠을 한 참가자들을 가리키며 말했다.

“당신은 어디에서 왔나? 일본이냐?” 젊은 기자가 물었다.

“한국에서 왔다. 나도 한국의 기자다. 지금은 브라질과 남미를 여행하는 중이다.”

“한국인? 남한?”

“그렇다. 남한.”

“여행은 재미있나? 브라질에 대해선 어떻게 생각하나?”

“며칠 되지 않았지만 아주 흥미롭게 여행하고 있다. 브라질은 잠재력이 엄청나게 크고, 멋진 자연을 갖고 있다. 주민들도 아주 친절하다. 하지만 앞으로 해야 할 일이 많은 나라라는 생각이 들었다.”

“맞다. 브라질은 경제개발을 위한 사회간접자본이 부족하고, 빈곤 문제를 해결하려면 어린이들에 대한 교육이 중요한데 교육을 받지 못하는 어린이들이 여전히 많다.” 그 젊은이는 브라질에 대한 애정이 넘치는 저널리스트였다.

“한국의 교육열은 여기서도 유명하다.” 그는 한국에 대해서도 잘 알고 있었다.

"한국도 부족한 점이 아주 많다. 국토가 좁고, 자원도 부족하지만 지난 수십 년 동안 교육과 기술에 집중 투자하여 경제성장을 이룩하고 사회를 개발해왔다. 지금은 고도성장의 후유증을 심하게 겪고 있다. 한국도 아직 해결해야 할 문제가 많다."

"브라질 언론에서도 한국의 경제성장과 사회발전에 대해 많이 소개하고 있다. 정말 놀라운 나라. 교육에 대한 투자가 첨단기술 개발을 가능하게 했고 이젠 기술을 주도하는 나라로 만들었다. 그에 비하면 브라질은 문제가 너무 많다." 그 청년은 열띤 표정을 지었다.

"브라질에서도 룰라와 호세프 대통령이 집권한 이후 사회 개혁을 진행하고 있지 않나?"

"룰라 대통령은 브라질을 올바른 방향으로 이끌었다. 하지만 장애물이 많다. 브라질은 매우 크고 다양한 나라다. 부패한 관료들도 많다. 대통령 한 사람이 개혁을 이끌어갈 수 없다. 기득권 세력의 저항도 강하다. 이걸 개혁하려면 시간이 많이 걸릴 것이다."

대화를 나누는 사이에 아마존 밀림 개발 반대를 위한 시위와 퍼포먼스가 시작되었다. 기자는 카메라를 아마존 원주민처럼 분장한 시위대에 들이대고, 시위 참가자를 인터뷰하기 시작했다. 한참 동안 그 자리에 서서 시위대와 그가 취재하는 모습을 지켜보았다.

드넓은 코파카바나 해변의 한 귀퉁이에서 십여 명이 벌이는 작은 퍼포먼스였고, 지나가는 사람들도 흘끗 쳐다보기만 할 뿐 별 관심을 기울이지 않았다. 하지만 그들은 브라질의 깨어 있는 젊은이들이었다. 리우엔 광란의 축제도 있고, 미래를 위한 진지한 고민도 있다.

시위대 사진을 찍고, 그 기자에게 손을 흔들어 작별을 고한 다음 코파카바나 해변으로 향했다. 4km에 이르는 환상적인 해변엔 평화와 여유, 낭만이 넘쳤다. 특히 강렬한 햇볕 아래에서 비치 발리볼을 하는 사람들이 아주 건강하게 보였다. 그들의 표정에 근심 걱정은 없었다.

탈의실과 짐을 맡길 만한 곳이 보이지 않아 발만 담그는 것으로 만족하고 해변을 걷다가 해변 카페에 앉아 풍경을 망연하게 바라보고 있자니, 리우의 강렬한 햇볕과 끝없이 펼쳐진 해변이 좋아지기 시작했다. 아침에 광란의 파티를 벌인 청년들과 처참한 노숙자들을 보면서 울적해졌던 마음도 백사장에 쏟아지는 강렬한 태양처럼 밝아졌다. 셸라론의 집념과 열정적인 방송국 기자, 미래를 생각하는 시위대를 만나고 해변을 거닐어서 그런지 마음도 가벼워졌다. 한없이 절망하고 좌절하기보다 삶을 즐기면서 희망을 향해 한 걸음 한 걸음 내딛는 것이, 사회개혁을 위한 치열한 고민 자체도 즐길 수 있는 것이 오히려 바람직한 것 아닌가.

1년 내내 수영을 할 수 있는 곳, 해변이 뜨거운 만큼 마음도 뜨거운 사람들, 그 뜨겁고 다양한 에너지를 마음껏 발산하는 곳, 리우의 멋은 바로 거기에 있었다. 리우의 백미는 저 산꼭대기의 예수상도 아니고, 슈거 로프에 놓인 케이블카도 아니다. 여기에 끝없이 펼쳐져 있는 해변이며, 해변을 가득 메운 자유롭고 에너지 넘치는 사람들이다. 해변을 떠나는 발걸음이 가벼워졌다.

혼자 하는 여행의 힘겨움

저녁 어둠이 내리기 시작했을 때 짐을 챙겨 상파울루 행 야간 버스를 타기 위해 터미널로 향했다. 초행길이라 지리도 파악할 겸 일찌감치 출발했다. 한낮의 해변엔 여유와 자유가 넘쳤지만, 어둠이 내리기 시작한 시내의 거리는 무언가 불량한 느낌이어서 괜히 긴장하게 만든다. 론리 플래닛에서 리우를 비롯해 브라질을 여행할 때 강도와 도둑을 조심해야 한다고 하도 많이 강조를 해놓아 더욱 불안했다. 숙소 직원도 조심하라고 몇 차례 주의를 주었다. 길을 걸어가면서도, 차를 타고 가면서도, 아무런 관련이 없는 행인에 신경이 쓰이고, 가방과 주머니는 안전한지 자꾸만 손으로 확인했다. 지금까지 만난 리우 주민들이 모두 친절하고 친근하며 도움도 많이 주었는데, 내가 너무 경계하는 게 아닌가 싶기도 했다.

초행길에 혼자 어디를 간다는 것은, 더구나 주변을 분간하기 어려운 밤에 이동한다는 것은 복잡하고 힘든 일이다. '홀로 여행'의 불편함은 그것만이 아니다. 조금만 움직이려 해도 짐을 모두 들고 움직여야 한다. 심지어 화장실에 가거나 슈퍼에서 물 한 병을 사려고 해도 그렇다.

리우 버스터미널은 한국의 버스터미널과 비슷하지만, 티켓 판매가 통일되어 있는 것이 아니라 각 민간 운송업자들이 자신의 창구에서 티켓을 판매하는 형태다. 터미널은 현대식 건물에 규모를 가늠하기 어려울 정도로 컸고, 브라질 전국 곳곳은 물론 남미 주요 도시를 연결하는 버스들이 운행하고 있었다. 거대한 교통 허브다.

시간은 저녁 9시가 넘어가고 졸음이 몰려왔지만 편하게 잠들 수도 없다. 혼자이니 자칫 짐을 도둑맞을 수도 있고, 잠에 깊이 빠져 버스 시간을 놓칠 수도 있어서다. 1시간 정도 기다리다 10시 15분이 넘어 상파울루로 가는 익스프레스 브라질리아(Express Brasilia) 버스에 올랐다. 짐은 비행기 탑승 때처럼 일일이 꼬리표를 붙여 별도로 부치고, 수화물 티켓을 승객에게 나누어주었다. 도난 방지를 위한 것이었다. 버스에 오르자마자 바로 발을 길게 뻗고 의자를 뒤로 젖힌 다음, 눈을 감았다. 잠이 쏟아졌다.

브라질과의 첫 만남. 처음에는 모든 것이 낯설고 불편했지만, 꼬박 이틀 동안 리우의 명소라는 곳과 시내, 해변을 이리저리 돌아다니면서 애정을 갖게 되었다. 이제 리우가 좋아질 만하니까, 다시 떠나야 한다. 나는 여행자이기 때문이다. '익숙해지는 것과의 결별'을 즐기는 진짜 여행자이니까 말이다.

희망,
'주민이 원하면 바뀌지 않는다'

좀체 가늠하기 어려운 '괴물 도시'

'익숙해지는 것과의 결별'이 여행자의 숙명이라지만, 결별과 떠남만 있고 목적지와 목표가 없다면 나침반이나 지도 없이 항해하는 것과 다를 바 없다. 여행을 가치 있게 만드는 것은 어디로, 무엇을 향하여 가느냐 하는 것이다. 그게 여행의 또 한 원리이며, 목표가 확실해야 목적지가 분명해지고 쓸쓸함이나 외로움에서 벗어날 수 있다.

우리 가족의 세계일주 여행의 목표는 세계와 소통하면서 자신의 꿈과 사회의 희망을 찾는 것이었다. 치열한 현실에서 벗어나 재충전의 시간을 갖고, 무너져 가던 가족의 사랑과 신뢰를 회복하는 것도 중요한 목표였다. 여행을 하면서 우리 가족의 사랑은 단단해졌고, 지금 해야 할 일을 찾은 창군과 동군은 유럽 여행을 마치고 한국으로 돌아갔다. 올리브는 이들의 뒷바라지를 위해 한국에 주저앉게 되었다. 이제 혼자 남은 내가 우리 가족의 세계일주 여행을 마무리해야 하는 상태다. 나의 목표는 분명하다. 나 자신과 우리 사회의 꿈과 희망을 찾는 것이다.

그런데 대체 어디에서 꿈과 희망을 찾을 것인가. 중국에서는 혁명의 아버지 마오쩌둥(毛澤東)과 고대 불교의 초석을 놓은 현장(玄奘), 네팔에서는 해외봉

사단원들과 NGO(비정부기구)를 이끌던 곰곰이와 서칫, 인도에서는 '씨앗 은행'의 반다나 시바, 콜카타의 성녀 테레사 수녀, 비폭력과 평화의 철학을 실천한 간디, 대자본에 의지하지 않고 사회개발의 기적을 이룬 케랄라를 만났고, 유럽에서는 슬로시티 운동본부, 아시시의 성인 프란체스코, 자본주의의 대안을 제시한 몬드라곤의 호세 신부를 만났다. 모두 현실에 절망하지 않고 미래를 위한 희망의 씨앗을 뿌린 사람들이었다. 그들의 힘은 실천에 있었다. 시작은 작고 소박했지만 그것이 큰 힘을 발휘했다.

리우를 떠나 상파울루를 여행하면서도 그 희망은 모호했다. 희망의 씨앗을 뿌리는 사람들도 있지만, 거대 도시의 혼돈 속에 묻혀 버렸다. 그러다 상파울루를 떠나 '세계의 환경수도'로 불리는 쿠리치바를 만나면서 그 희망을 재차 확인하였다. 이번 여정은 결별과 떠남이 새로운 가치와 만나 여행을 완성해가는 바로 그 2단계 과정이었다.

밤 10시 30분 리우를 떠난 버스는 예상보다 1시간 정도 빠른 새벽 4시 10분 상파울루 버스터미널에 도착했다. 리우에서 남서쪽으로 442km를 5시간 반 동안 달렸다. 위도는 큰 차이가 없는데 상파울루로 오니 제법 선선하여 긴 팔 긴바지로 갈아입었다.

버스터미널은 24시간 운영되고 승객들도 제법 있었다. 여행 안내 센터에서 지도와 함께 상파울루 여행과 관련한 각종 자료와 정보를 얻고 대합실에 앉아 날이 밝기를 기다렸다가 메트로를 타고 수마레 역 근처의 사치 호스텔(Saci Hostel)에 도착했다. 숙소에 짐만 맡기고 '파울리스타 거리 투어'에 참가하기 위해 중심역인 세 역으로 갔다. 비가 오락가락하는 궂은 날씨여서 투어 참가자는 많지 않았다. 가이드는 포르투갈어로 진행하고, 영어로 키워드 정도만 설명해주는 형태였다. 10여 명의 투어 참가자들 대부분이 상파울루 주민들이고 외국인은 나와 필리핀인 한 명이 전부였다.

상파울루는 사실 가늠이 어려운 도시다. 인근 인구를 포함해 거주자가

상벤투 역에서 바라본 상파울루 중심가 상파울루는 인구가 1200만 명, 인근 인구를 포함하면 1900만 명에 달하는 남반구 최대 도시이자 브라질의 경제 중심지이지만, 빈곤층 등 도시문제가 집약된 곳이기도 하다.

1900만 명에 달하며, 도시에만 1200만 명이 사는 거대한 메트로폴리탄이다. 브라질은 물론 남반구 최대 도시로 세계에서 일곱 번째로 크며, 중심인 세 역을 이용하는 인구는 하루 200만 명에 달한다. 상파울루 주(州)의 인구는 4100만 명으로, 이들이 브라질 경제의 1/3을 담당한다. 이 주의 면적은 한국의 세 배로, 영국이나 포르투갈보다 크다. 오죽하면 론리 플래닛이 상파울루를 '괴물(monster)'이라고 표현했을까. 그만큼 가늠이 어렵고 다양하며, 문화와 경제, 산업이 얽혀 있다.

파울리스타는 재개발 계획에 따라 이미 정비가 완료된 곳이다. 브라질 중앙은행을 비롯해 증권 및 상업 거래소, 각종 금융기관들이 들어서 있고, 대형 쇼핑몰, 비즈니스맨들과 관광객을 위한 고급 레스토랑들이 밀집해 있다. 서울의 종로나 광화문, 여의도의 기능이 복합된 곳인 셈이다. 상파울루의 스카이라인이 여기에서 시작되고, 가장 유명한 미술관도 여기에 있다.

상파울루의 랜드마크이자 근대 브라질 건축의 상징인 상파울루 미술관(MASP)은 두 개의 빔에 건물이 올라앉은 독특한 형태의 건축물이다. 건물 길이가 74m에 이르지만 중간에 기둥이 없는 것이 특징이다. 미술관이 만들어진 것은 1947년이며 이 건물이 완공된 1968년 이곳으로 이전했다. 전후 세워진 브라질의 첫 미술관으로, 여기에 라파엘로와 렘브란트, 반 고흐, 모네, 르누아르, 피카소 등 근대 유럽 미술의 신기원을 연 작가들의 명화도 전시되어 있다.

상파울루 미술관 건너편의 트리아농 공원(Parque Trianon)은 삭막한 파울리스타에 여유를 주는 공간이다. 공원에는 20~30m는 족히 되어 보이는 나무들이 울창한 숲을 이루고 있어 마치 아마존 정글에 온 것 같은 착각을 불러일으킨다. 곳곳에 조각품도 전시해 놓고 산책길을 조성해 도심의 쉼터로 제격이다. 하지만 과거 열대우림이 뒤덮고 있었을 곳을 회색 콘크리트 건물로 채워넣고, 손바닥만 한 곳을 공원으로 남겨 놓은 것 같아 아이러니했다.

파울리스타 거리 투어의 마지막 코스는 '카사 다 로사(Casa das Rosas)', 즉 장미의 집이었다. 트리아농 공원에서 길을 따라 한참 걸어가면 나오는 멋진 건축물로, 20세기 초에 지은 건물 가운데 거의 유일하게 남아 있다. 파울리스타가 현대식 고층 건물로 완전히 탈바꿈한 가운데 마치 섬처럼 남아 있는데, 1928~35년에 건립된 신고전주의 양식 건물로 30개의 방과 장미로 가득한 정원을 갖추고 있다. 지금도 각종 전시와 연극 공연, 세미나 등이 열려 상파울루 문화·예술 센터 역할을 하고 있다.

상파울루의 상징과도 같은 파울리스타는 유럽 거리의 모조품 같았다. 서구식 '개발'이 한창 진행되고 있는 브라질 입장에서는 급성장하는 경제와 전통, 자연과의 조화를 보여주고 싶어 투어까지 운영하지만, 이국적인 것을 찾는 여행자에게는 새로운 영감을 주지 못했다. 현대적 빌딩으로 치자면 이보다 더 높고 획기적인 건축 기법을 사용해 만든 도시가 얼마나 많은가. 진짜 브라질, 브라질만이 가진 과거와 현재와 미래를 보기엔 부족한 곳이었다.

혼돈의 도시를 섬처럼 떠돌다

이틀 동안 상파울루라는 거대 도시를 이해하는 건 현실적으로 불가능하다. 이 '괴물 도시'는 규모만큼이나 볼거리와 즐길 거리들이 다양하다. 론리플래닛을 보니 수준급의 박물관과 문화센터가 110개, 실험적인 극장과 공연장이 402개에 달하고 세계적 수준의 레스토랑은 무려 1만 2500개에 이른다고 한다. 여기에 1만 5000개에 달하는 대중적인 펍에선 매일 저녁 흥겨운 파티가 열린다. 이곳 주민들이 거리의 폭력과 혼잡한 도로, 매캐한 공기에 끊임없이 불평과 불만을 토해내면서도 거대 도시에서 빠져나가지 않는 것은 이러한 다양성과 경제적 기회 때문이다. '파울리스타노'들은 열심히 일하지만 그것보다 더 열정적으로 즐기며 살아가고 있다. 그게 상파울루의 진짜 매력이다.

다음 날 돌아본 루츠와 상벤투, 세 역을 중심으로 한 센트로(Centro), 즉 다운타운은 상파울루의 진면목을 보여주었다. 다양한 디자인의 고층 빌딩이 숲을 이루는 가운데 초대형 쇼핑몰과 레스토랑, 카페, 극장이 곳곳에 들어서 상파울루의 다양성과 역동성을 마음껏 표출하였다. 파울리스타 거리가 새롭게 조성된 금융 중심지라면 센트로는 경제와 함께 역사, 문화가 복합된 문화 중심지이며 치열한 삶의 현장이라 할 만했다.

전철을 타고 루츠 역으로 갔다. 루츠 역은 여행 안내 센터와 숙소에서 1차적으로 돌아보기를 권했던 곳이다. 하지만 리우의 코파카바나 해변에서 만난 방송 기자가 "사회간접자본이 부족하다"고 말한 것처럼 제대로 된 안내판 하나 없어 지도를 보면서 돌아다녀야 했다.

루츠 역 주변엔 주목할 만한 박물관들이 많다. 연한 황갈색 벽돌로 외장을 한 루츠 역사를 지나면 루츠 공원이 있고, 그 공원 안에 회화 작품을 주로 전시해 브라질 예술의 흐름을 볼 수 있는 피나코테카 미술관이 있다. 이름만 들어도 무엇일까 궁금증을 자아내는 포르투갈 언어박물관도 인근에 있다.

언어는 한 사회의 생활과 문화를 담아내는 그릇이기 때문에 과연 무엇을 전시했을까 궁금했지만, 마침 월요일 휴관이어서 들어가지는 못했다.

루츠에서 상벤투와 세 역으로 이어지는 다운타운은 다양한 건축물이 상파울루의 번영을 보여주는 곳이다. 뉴욕의 엠파이어 스테이트 빌딩을 연상시키는 뾰족한 첨탑의 알티노 아랑테스 빌딩(Edificio Altino Arantes), 46층에 높이가 168m에 달하는 둥근 원뿔형의 이탈리아 빌딩(Edificio Italia), 유선형의 외관을 가진 코판 빌딩(Edificio Copan) 등 모두 특색 있게 지어진 건물들이 각자 자태를 뽐내고 있다. 모두 상파울루의 랜드마크 역할을 하며 아랑테스와 이탈리아 빌딩에 올라가면 어마어마한 넓이의 상파울루를 조망할 수 있다.

상벤투에서 세 역으로 이어지는 대로 위에는 아낭가바우 공원(Parque Anhangabau)을 조성해 시민들과 관광객들이 편안하게 걸을 수 있도록 하고 있다. 공원과 도로, 보도 등이 입체적으로 교차해 어디가 지표면이고, 어디가 고가도로인지 구분하기 어려울 정도다. 공원 끝에는 프랑스 파리의 오페라 극장을 본떠 1911년 건설한 신고전주의 양식의 상파울루 시립극장이 있다. 극장 앞의 멋진 조각상도 발걸음을 멈추게 한다.

다운타운의 대형 건물들 아래엔 상가와 식당, 카페들이 들어서 있고 사람들로 들끓는다. 건물이 끝없이 이어져 있는 만큼 상가도 끝이 없고, 그 크기는 가늠하기 어려울 정도다. 매장에 들어가 상품들을 보니 역시 중국산이 가장 많이 눈에 띄었다. 완구류는 물론 의류 등에는 어김없이 'Made in China' 마크가 붙어 있고, 브라질, 엘살바도르 등의 제품도 보였다. 역시 '세계의 공장', 중국산 제품이 지구 반대편의 매장까지 장악하고 있었다.

한국에서 가져온 우산이 망가져 가게에 들러 우산도 하나 사고, 노천 카페에서 커피도 한 잔 한 다음, 상파울루에서 빼놓을 수 없는 메트로폴리탄 대성당을 찾았다. 겉에서만 보아도 웅장하기 그지없는 성당이다. 천장 높이가 100m를 넘으며, 벽 높이는 65m에 달한다. 비잔틴 스타일의 모자이크와 브

상파울루 메트로폴리탄 대성당 입구의
야자수가 이색적인 정취를 자아낸다.

라질 양식이 결합된 건축물이다. 대성당 앞의 광장엔 하늘을 찌를 듯이 길게 자란 야자수가 양 옆으로 열을 지어 심어져 있어 이색적인 분위기를 풍긴다.

상파울루에서 또 하나 빼놓을 수 없는 것은 바로 음식이다. 특히 무게를 달아 가격을 지불하는 일종의 뷔페가 아주 발달해 있다. 이른바 '킬로(kg) 식당'이라고 하는 곳이다. 루츠와 상벤투 역 중간의 뷔페 음식점에서 야채와 밥, 콩, 고기 등을 잔뜩 담았는데, 11.59헤알(약 6800원)이 나왔다. 어제 저녁 파울리스타 거리의 백화점 뷔페 식당에선 비슷한 음식이 31.5헤알(약 1만 8600원)이었는데, 식당마다 가격 차이가 컸다. 상파울루 시내를 돌아다니며 식당들의 가격을 보니 대략 100g에 1.5~2.5헤알(880~1500원)이었다. 한 끼 식사가 대체로 700g 정도 되므로 약 6200~10000원인 셈이다.

하지만 겉으로 보는 것과 달리 약간만 고개를 돌려도 상파울루의 어두운 면이 금방 눈에 들어온다. 불량해 보이는 노숙자와 부랑자들이다. 멋진 모습의 시립극장 앞 공원은 물론 대성당 주변을 비롯해 곳곳에 노숙자와 부랑자, 낮부터 술에 취한 사람들이 몰려 있어 마음 편하게 걷기가 어렵다. 특히 대성당 앞과 인근 지하철 역 구내엔 부슬부슬 내리는 비를 피해 몰려든 거리의 방랑자들로 어수선했다. 지하철을 타러 가는 것조차 망설여졌다. 곳곳에 경찰이 배치되어 만일의 사태에 대비하고 있지만, 왠지 불안하고 스산했다.

브라질의 대명사 가운데 하나가 된 빈곤층. 도시 치안을 위해 공권력을 투입해 이들을 도시 외곽으로 내보낸다 하더라도 빈곤 문제를 원천적으로 해결하지 않는 한 이들은 먹을 것과 일자리를 찾아 계속 도심으로 들어올 것이다. 그러면 사회불안은 해결할 수 없을 것이다. 빈곤층과 빈부 격차의 해소는 브라질이 당면한 가장 심각한 사회문제다.

동시에 상파울루의 시계는 20세기 중반에 머물러 있는 듯했다. 상파울루는 유럽의 남미 공략이 본격화한 1550년대에 처음으로 건설되었지만 18세기 말까지만 해도 소도시에 불과했다. 그러다 19세기 중반 커피 생산이 본격화하면서 급팽창하기 시작해 20세기 초반에는 브라질이 세계 커피 생산량의 3분의 1을 차지하면서 상파울루가 그 상업의 중심지로서 최대의 호황을 누렸다. 1920년대 말~30년대 초 세계 대공황의 여파로 타격을 받았으나, 2차 세계대전 이후 자동차를 비롯한 공업의 중심지가 되면서 거대한 메트로폴리탄으로 성장했다. 상파울루의 랜드마크 역할을 하는 건축물들은 대부분 이러한 호황 국면인 20세기 초·중반에 건설된 것들이다. 알티노 아랑테스는 1947년, 이탈리아 빌딩은 1965년, 코판 빌딩은 1966년에 건설되었고, 파울리스타 거리의 상파울루 미술관도 1968년에 완공되었다. 상파울루는 지나간 영화의 도시였다.

상파울루가 과거의 영화를 보여주는 도시로 남아 있는 것은 브라질 근현대사의 굴곡과 관련이 깊다. 브라질은 1882년 포르투갈로부터 독립하고 1889년 공화제로 이행했지만 1930년까지 40년 동안 대지주와 토호 세력으로 이루어진 콜로네레스가 권력을 장악했다. 이후 1980년대 말까지 50여 년 동안 쿠데타가 끊이지 않는 등 민주주의 실현에 어려움을 겪었다. 광활한 토지와 풍부한 자원을 바탕으로 한 경제는 세계경제의 흥망성쇠에 따라 부침을 거듭하고, 경제력을 장악한 집권층과 여기에서 소외된 민중의 괴리가 커졌다. 상파울루의 스카이라인을 형성하는 고층 빌딩과 그 아래 후미진 곳 부랑자들의 대조적인 모습은 바로 이를 반영하는 것이다.

리우도 마찬가지지만 상파울루도 어떤 하나의 정체성을 가진 곳으로 얘기하는 건 힘들다. 다양성과 복잡성이 분출되면서 해석을 어렵게 하는 괴물과 같은 도시, 한쪽에선 치솟는 마천루와 서구적 자본주의의 혜택을 누리는 사람들이 있는가 하면, 다른 한쪽에선 하루 끼니를 걱정해야 하는 사람들이 살아가는 곳, '혼돈'의 도시가 바로 상파울루였다. 브라질 역시 거대하지만 아직 혼돈에 싸인 나라, 잠재력은 있지만 그것을 뚜렷한 국가적 목표를 향해 결집시키지 못하는 나라, 때문에 사회적 통합이 쉽지 않은 나라다.

드디어 찾은 브라질의 희망

쿠리치바는 브라질 남부 파라나 주의 수도이자 브라질에서 여덟 번째로 큰 도시다. 리우에서 800km, 상파울루에서 400km 정도 떨어져 있으며 인구는 176만 명에 달한다. 대도시임에도 일찍이 친환경적인 도시개발을 추진해 환경오염과 교통, 주택 등 도시문제를 최소화함으로써 세계적으로도 주목을 받고 있다. 특히 선진국이 아닌 개발도상국의 도시가 미래지향적인 도시계획을 실천했다는 점에서 큰 화제가 되었다. '세계의 환경수도', '도시계획의 모범 사례', '가장 살기 좋은 도시' 같은 별명은 이 도시의 위상을 말해준다.

내가 쿠리치바라는 낯선 이름의 도시를 처음 접한 것은 서울 마포의 성미산 마을 만들기 활동을 막 시작하던 1990년대 말이었다. 공동육아협동조합에서 만난 부모들이 의기투합해 도시의 삭막함을 넘어 이웃이 소통하는 '마을'을 만들어보자며 겁 없이 덤벼들던 때 쿠리치바를 알게 되었다. 쿠리치바를 연구해온 전문가를 초빙해 강의를 들으면서 도시라고 다 똑같은 것은 아니라는 것을 알게 되었고, 우리도 거대한 공룡도시 서울에서 멋진 '마을'을 만들 수 있다는 믿음을 갖게 되었다. 그 후 10여 년이 지나면서 성미산 마을은 도시 속 공동체 마을의 모범 사례가 되었고, 쿠리치바는 내 마음속 로망의 도시이자 새로운 영감을 준 원형질로 남아 있었다. 이런 인연이 있는 쿠리치바이니 브라질에 왔으면 당연히 방문해야 했다.

밤 11시 상파울루를 출발한 버스가 아침 6시 쿠리치바 버스터미널(Rodoferroviaria)에 도착했다. 버스가 고장이 나는 바람에 중간에 다른 버스로 갈아타면서 예정 시간보다 1시간 정도 더 걸렸다. 카사 호스텔(Casa Hostel)에 여장을 풀고 쿠리치바를 한 바퀴 돌아보기로 했다. 가장 좋은 방법은 시티투어를 이용하는 것이다. 시티투어 버스는 25개의 주요 명소를 순회하며 요금은 27헤알(약 1만 6000원)이다. 주요 포인트들은 거의 다 들른다고 보면 된다. 운행 거리는 44km에 이르고, 자신이 원하는 곳에서 어디든지 내려 돌아보고 다음 버스를 탈 수 있다. 중간에 내릴 수 있는 횟수는 4회로 제한되어 있다.

시티투어에서 대표적인 곳은 쓰레기 매립장을 공원으로 조성한 식물원(Jardim Botânico)을 비롯해 쿠리치바 시청과 법원, 시의회 등이 몰려 있는 센트로 시비코(Centro Civico), 독특한 외관의 오스카 니마이어 박물관(MON, Museu Oscar Niemeyer), 숲속에 캠퍼스를 만든 세계 최초의 환경대학인 유닐리브레(Unilivre, Universidade Livre), 숲속의 호수 위에 만든 오페라 하우스(Opera de Arame), 채석장을 공원으로 만든 탕구아 공원(Parque Tanguá)과 팅구이 공원(Parque Tingui) 등이다. 송신탑(Torre Panoramica)에서 숲으로 둘러싸인 쿠리치바 시내를 한눈에 내려다볼 수 있으며, 최초의 보행자 전용도로인 플로레 거리(Rua das Flores), 즉 '꽃의 거리'도 빼놓을 수 없는 곳이다.

오전 8시 45분 숙소에서 가까운 식물원에서 시티투어 버스를 타 오후 5시 플로레 거리에 도착하기까지 8시간 동안 아주 빡세게 돌았다. 쿠리치바는 '대도시'에 대한 기존 관념을 뛰어넘는 곳이었다. 도시 전체가 거대한 숲에 둘

쿠리치바 식물원 쓰레기 매립장이었던 곳에 조성한 공원이다. 건너편으로 고층 빌딩이 보이는데, 유럽의 전원도시를 연상시킨다.

러싸인 느낌을 줄 정도로 녹지가 풍부했다. 도시의 주요 기능을 대로 주변에 밀집시켜 이곳에 고층 빌딩들이 들어서도록 하고, 그 이외 지역엔 공원과 낮은 빌딩이 들어서도록 해 쾌적한 환경을 유지하고 있었다. 가는 곳마다 신선한 충격의 연속이었다.

1991년 쓰레기 매립지를 공원으로 조성한 식물원에서 바라본 도시의 모습은 유럽의 전원도시에 온 듯한 착각을 불러일으켰다. 녹음이 우거진 공원의 숲 뒤로 우뚝우뚝 솟은 고층 건물들이 병풍처럼 서 있고, 공원엔 조깅을 하거나 가족과 산책하는 사람들, 관광객들, 현장학습을 나온 어린 학생들로 평화로웠다.

환경대학 유니리브레의 캠퍼스는, 캠퍼스라기보다는 공원 같은 분위기였다. 열대우림이 우거진 숲길을 따라 들어가면 나무로 만든 강의실과 연구실이 나오는데, 자연에 깃든 모습이다. 그 옆에는 채석장이었던 곳을 개조해 만든 연못이 숲을 반사하고 있다. 세계에서 가장 아름다운 캠퍼스였다.

1992년에 만든 아라메 오페라 하우스는 자연과 음악이 어우러지는 낭만적인 곳이었다. 숲속의 호수 위에 원형의 철골 구조물을 만들고 천장을 투명 소재로 채택해 자연채광이 이루어지도록 했다. 오페라 하우스에 앉으면 바

쿠리치바 오페라 하우스 숲 속의 호수 위에 지어진 공연장으로 벽과 천장을 투명하게 만들어 자연 속에 들어온 느낌을 살리고 있다.

로 주변의 숲과 호수, 하늘이 보인다. 좌석에는 1572명이 앉을 수 있고, 야외에 들어갈 수 있는 인원까지 합하면 모두 2만 명이 관람할 수 있다. 공연을 보면서 호수 옆 작은 폭포의 시원한 물줄기도 함께 감상할 수 있다.

탕구아 공원은 버려진 채석장을 1995년에 공원으로 만든 곳으로, 안으로 들어가니 무성하게 자란 나무와 덩굴이 뼈대만 남은 시멘트 건물들을 휘감아 자연으로 되돌리고 있었다. 인간이 만든 구조물이 시간이 흐르면서 자연의 일부로 사라지는 과정을 보여주는 것 같았다.

마지막으로 들른 꽃의 거리는 이제 핸드폰을 비롯한 각종 전자제품과 의류, 신발, 화장품 등 다양한 상품을 판매하는 상업 시설과 은행 등 금융기관이 빼곡하게 자리 잡은 상가로 탈바꿈해 있지만, 브라질 최초의 보행거리로 여유와 낭만이 넘쳤다. 마침 꽃의 거리 한가운데 슈퍼(Super)라는 아주 멋진 채식 뷔페를 발견해 저렴하면서도 맛있는 저녁을 먹을 수 있었다.

밤새도록 버스로 이동해 숙소에서 잠깐 쉰 다음 하루 종일 곳곳을 돌아다녔지만, 피곤하지 않았다. 지금까지 한국에 멋진 도시로 알려진 곳을 방문했다가 실망하는 경우가 많았는데, 쿠리치바는 기대를 저버리지 않았다. 드디어 희망을 찾은 느낌이었다.

송신탑에서 바라본 쿠리치바 전경 BRT가 지나는 간선도로를 따라 고층 빌딩이 들어선 반면 주택 지역은 낮은 건물과 녹지가 잘 어우러져 있다. 지역에 따라 용적률을 차등 적용한 도시계획의 결과다.

'세계의 환경수도' 쿠리치바의 비밀

쿠리치바가 세계적인 환경도시로 탈바꿈한 과정과 비결은 다음 날 쿠리치바 시청의 환경부를 방문해 담당자의 설명을 들으면서 분명해졌다. 쿠리치바는 꼭 들르고 싶었던 곳이기에 환경부장에 해당하는 환경 엔지니어 카를로스 알베르토 구일렌과 미리 약속을 해둔 터였다. 택시를 타고 환경부에 도착하니 건물이 먼저 놀라움을 안겨주었다. 일반적인 도시의 무미건조한 관공서 같지 않았다. 환경부는 시 외곽 널찍한 공원의 숲과 정원에 둘러싸여 있었다. 건물로 들어서는데 서양식 억양의 한국말이 들려왔다.

"안녕하세요?" 구일렌이었다. 1년 전 서울과 수원, 광주 등을 방문한 적이 있는 그가 한국어로 인사를 건넨 것이었다. 한국어는 그것으로 끝이었지만, 지인을 만난 것처럼 반가웠다.

"반갑습니다. 어제 시티투어 버스로 주요 명소들을 둘러보았어요. 쿠리치바가 아주 아름다워서 놀랐습니다. 여기 오기 전에 리우데자네이루와 상파울루를 여행하면서 도시문제가 많다는 것을 확인했는데 쿠리치바처럼 환경을 고려한 도시가 브라질에 있다는 게 믿기지 않습니다." 내가 시티투어의 감상과 함께 쿠리치바에 대한 인상을 칭찬을 곁들여 간단하게 설명했다.

"시티투어 버스를 타셨군요. 쿠리치바 시내와 공원을 돌아볼 수 있는 아주 탁월한 버스지요." 구일렌도 시티투어 버스를 칭찬하며 매우 흡족한 표정을 지었다.

"환경부 건물도 아주 인상적이네요." 내가 환경부 위치와 목조로 된 건물에 관심을 보였다.

"이 건물은 모두 재활용 목재로 만들었어요. 이 기둥은 나무 전봇대로 만들었죠. 나무 전봇대를 시멘트나 철골로 대체하면서 버려진 것을 재활용한 거예요. 계단과 바닥의 목재도 모두 재활용 소재로 만들어 이 건물은 이산화탄소(CO_2)를 추가로 배출하지 않습니다." 구일렌은 건물의 기둥과 나무로 된 계단 난간을 쓰다듬으며 자랑스러운 듯이 설명했다.

건물을 설명하던 구일렌은 환경부 건물 뒤의 다른 건물로 나를 안내했다. 대나무와 목재, 밀짚 등으로 만든 시범 건물이었다.

"환경부를 방문하는 시민들이 이곳을 둘러보고 자신의 생활에 응용할 수 있도록 만든 시범 건물이에요. 주변에서 쉽게 구할 수 있는 소재로 지을 수 있는 집이죠. 그 가능성을 보여주는 거예요. 정부가 먼저 실천하지 않으면 시민들이 믿지 않죠. 정부가 먼저 실천해야 시민들이 믿고 따라요." 구일렌은 싱긋 웃으며 설명했다.

'정부가 먼저 실천해야 시민들이 믿고 따른다.' 구일렌이 나를 자신의 사무실로 안내할 때에도 그의 말이 귓전에 스쳤다. 사실 대부분의 개발도상국가에서 정부나 관료에 대한 불신은 뿌리가 깊다. 브라질도 마찬가지다. 권력과 각종 인·허가 제도를 이용해 자신의 이익을 챙기는 관료들이 많고, 부패해 있다. 그런 상황에서 구일렌의 말은 신선하게 다가왔다.

쿠리치바가 지금과 같은 모습을 갖게 된 데엔 40여 년에 걸친 당국의 노력과 주민의 참여가 있었다. 브라질은 1950~60년대 경제성장과 도시로의 인구 집중 등 급격한 변화를 겪었다. 그러면서 교통, 주거, 안전 등 도시문제가 심화하자 인공수도 브라질리아를 건설하는 등 대규모 프로젝트를 잇달아 추진했다. 쿠리치바도 도심에 고가도로를 건설할 계획이었다. 이때 파라나 대학에서 건축학을 연구하는 전문가들이 고가도로를 설치할 경우 삶의 질이 떨어질 수 있다며 획기적인 제안을 들고 나왔다. 이것이 1968년에 채택된 '쿠리치바 마스터플랜'이었고, 이를 주도한 30대 초반의 인물이 자이메 레르네르(Jaime Lerner)였다. 그는 1971년 시장에 임명되어 세 차례 연임하고, 나중에 파라나 주지사까지 지내면서 환경도시의 꿈을 실천에 옮겼다. 레르네르의 비전과 강력한 리더십이 평범한 도시를 친환경 도시계획의 모범 사례로 탈바꿈시키는 계기가 되었다.

가장 큰 변화는 교통 시스템에서 시작되었다. 1974년 레르네르 시장은 세계 처음으로 중앙버스전용차로와 급행간선버스(BRT) 시스템을 도입했다. 고가도로와 지하철 건설에 나선 다른 대도시들과 달리, 쿠리치바는 버스 중심의 대중교통 시스템을 구축한 것이다. BRT는 여러 대의 버스가 굴절 형태로 이어져 일반 버스보다 훨씬 많은 승객을 태울 수 있고, 2~5km마다 환승 센터를 설치해 쉽게 갈아탈 수 있도록 했다. '지상에 만들어진 지하철 탑승구'라 할 수 있는 튜브형 정류장을 설치해 승객들이 편리하고 신속하게 타고 내릴 수 있도록 편의성을 높였다.

전체적인 도시계획은 이 교통 시스템과 연계해 만들었다. BRT가 지나가는 간선도로를 중심으로 관공서와 병원, 쇼핑센터 등 유동인구가 많은 시설이 들어서도록 해 주민들의 접근성을 높였다. BRT 주변의 용적률도 다른 곳에

비해 훨씬 높이 책정해 지금은 20~30층 높이의 고층 빌딩 대부분이 이 간선도로를 따라 들어서 있다. 그 외의 지역은 용적률을 낮게 적용해 2~3층 이하의 낮은 주택이 들어서도록 했고, 곳곳에 공원을 조성해 쾌적한 주거지역이 되도록 했다. 멀리서 보면 간선도로 주변과 이외 지역이 뚜렷이 구분된다. 간선도로와 각 지역을 잇는 도로엔 일방통행 노선을 많이 만들어 정체구간을 해소했다.

버스 중심 정책에 대한 불만도 많았지만, 지금은 전체 주민의 85%가 이용할 정도로 사랑받고 있다. 하루 이용객이 200만 명에 달한다. 1974년 이후 40년 동안 쿠리치바 인구가 배로 늘었지만 차량 통행량이 30% 감소한 것은 대표적인 성과다. 쿠리치바 교통 시스템은 이후 콜롬비아의 보고타, 멕시코의 멕시코시티 등 중남미는 물론, 인도네시아 자카르타, 필리핀 세부, 미국 LA의 오렌지라인, 서울의 중앙버스전용차로제 등의 벤치마킹 대상이 되었다.

풍부한 녹지로 쾌적한 주거환경을 만든 것도 특징이다. 쿠리치바는 레르네르가 시장이 된 직후부터 슬럼가가 될 가능성이 있는 공공 용지를 공원화하는 정책을 추진했다. 특히 홍수방지용 범람원을 공원으로 개발해 슬럼화를 막고 녹지를 확보하는 이중의 효과를 거두었다. 지금은 시 전체 면적의

70%가 녹색지역으로 지정되어 개발에 제한을 가하고 있다. 기업이 녹지를 개발할 경우 그에 해당하는 녹지를 조성해야 한다. 대체 녹지를 확보할 수 없을 경우 '개발권'을 살 수 있는데, 이 '개발권'을 사고파는 시장도 형성되어 있다. 탄소배출권 거래와 같은 시장 기능으로 녹지를 유지하는 것이다. 이에 힘입어 쿠리치바의 1인당 녹지면적은 1970년대 1m²에서 지금은 52m²로 노르웨이 오슬로와 함께 세계 최고 수준을 자랑한다.

"쿠리치바는 2007년부터 주민 참여를 통한 '생태도시(Bio-City)' 전략을 추진하고 있습니다. 도시계획과 교통, 쓰레기 처리와 같은 환경정책을 교육과 일상 생활의 영역에서 실천함으로써 생태적 다양성을 확보하기 위한 것입니다." 구일렌은 기존의 환경도시를 한 단계 더 발전시키고자 하는 의욕에 넘쳐 있었다.

"생태적 다양성을 높임으로써 궁극적으로 도시를 '사람의 도시(city of people)', '삶의 질이 높은 도시'로 만들려는 것이 핵심입니다."

쿠리치바 생태도시 계획의 핵심은 생태적 다양성이다. 자신이 살고 있는 곳의 생태적 다양성을 인식하는 것을 기본으로, 도시 개발에 더욱 엄격한 잣대를 적용하고 있다. 공공, 민간 부문 모두 새로운 건물을 짓거나 도로를 건설할 때 개발 대상지역의 생태를 전문가들이 참여해 조사하여, 파괴되는 생태적 문제점을 점검하고 대체녹지 확보 등 대처 방안을 만들도록 한다는 것이다. 민간 부문의 참여, 강과 강 주변 환경의 회복과 홍수 조절, 탄소배출 최소화와 시민들의 이동성을 동시에 고려한 교통 시스템, 쓰레기 최소화와 재활용 확대 등이 생태도시의 핵심 사안이라고 구일렌은 설명했다.

"독특한 역사적 배경과 다양한 프로그램으로 쿠리치바는 '친환경도시', '생태도시'로서의 이미지를 확고히 하고 있어요. 쿠리치바가 브라질에서 일곱 번째로 큰 도시지만 공기의 질이 가장 우수하고, 재활용률도 85%에 이르고 있어요." 구일렌의 설명은 거침없이 이어졌다.

환경문제는 오늘날 인류의 생존을 위협하고 있는 심각한 문제이며, 쿠리치바가 추진하는 정책들은 사실 대부분의 도시들이 채택하려는 정책들이다. 그럼에도 브라질이라는 개발도상국의 도시가 이를 '실현'하고 있다는 것이 놀라웠다. 한 가지 궁금한 점이 있었다. 이런 쿠리치바의 성공 배경과 관련해, 많은 전문가들이 레르네르 시장의 지도력에 초점을 맞추고 있고, 일부에서는 1800년대 중반 독일과 이탈리아 등 환경에 관심을 많이 가졌던 유럽 이민자들이 들어오면서 쿠리치바가 본격적으로 개발되기 시작했다는 역사적 특수성을 거론하기도 한다. 실제 이를 실행하고 있는 구일렌의 견해가 궁금했다.

"친환경도시나 생태도시를 만드는 데 무엇이 가장 중요하다고 생각하나요?" 내가 물었다.

"주민의 참여죠. 정부가 아무리 좋은 정책을 실시해도 주민이 참여하지 않으면 성공할 수 없어요." 구일렌은 빙그레 미소를 지으며 말했다. 얼핏 당연한 말로 들렸다.

"정권이 바뀌고, 정치 상황이 달라지면 도시의 환경정책도 영향을 받지 않나요? 대부분의 경우 정치 상황의 변화에 따른 정책의 연속성을 확보하는 것이 큰 문제거든요."

"주민들이 호응하고 참여하는 정책이나 프로그램은 정치 상황이 바뀌어도 변하지 않습니다. 재활용 쓰레기를 가져오면 이를 과일이나 버스 티켓으로 바꾸어 주는 프로그램을 1980년대 말에 도입했어요. 어떤 정부도 이를 되돌릴 수 없죠. 주민들이 호응하니까 말이죠."

구일렌의 말이 또다시 귓전을 때렸다. 처음 만났을 때 한 "정부가 먼저 실천해야 시민들이 믿고 따른다"는 말과, 대화가 거의 끝나갈 때 한 "주민들이 호응하는 정책은 정치 상황이 변해도 바뀌지 않는다"는 말이 교차했다. 그가 한 처음과 마지막 말이 나의 사고에서 일치하는 듯했다. 마치 프레젠테이션을 하듯이 2시간 가까이 열정적으로 설명해주고 환경부 건물 이곳저곳을

쿠리치바의 환경정책을 총괄하는 환경부 건물 녹음이 우거진 공원에 자리 잡고 있으며, 건물을 재활용 목재로 만들어 이산화탄소를 추가로 배출하지 않는다.

소개해준 구일렌과 헤어질 때에도 그의 말은 긴 여운을 남겼다.

쿠리치바는 리우와 상파울루를 돌아보면서 갖지 못했던 브라질의 희망을 보여주었다. 리우와 상파울루가 1960~70년대까지의 성장에 멈추어 있는 도시였다면, 쿠리치바는 바로 그 시점에 미래를 내다본 도시설계로 새로운 희망을 던진 도시였다. 자이메 레르네르라는 탁월한 선각자가 쿠리치바 마스터플랜을 만든 것도 바로 그 시점이었다. 중요한 것은 깨어 있는 사람들의 실천이었으며, 그걸 통해 상황이 바뀌어도 정책이 바뀌지 않도록 '좋은 것'을 실제로 보여주었다는 점이었다.

물론 쿠리치바도 브라질의 다른 도시들과 마찬가지로 어두운 면이 많을 것이다. 하지만 작은 부분이라도 하나하나 실천해 나간다면 더 많은 사람들이 진정한 가치의 아름다움을 발견할 것이다. 지금까지 여행하면서 만났던 희망의 아이콘들처럼 쿠리치바가 희망의 빛을 쏘아올릴 수 있었던 것은 대안에 대한 믿음과 끈질긴 실천이었다. 희망은 신기루처럼 존재하는 것이 아니다. 가치 있는 것을 찾고 그것을 실천할 용기를 갖는 것, 그것이 작더라도 큰 희망이 되는 것이다.

브라질 쿠리치바~포즈 두 이과수~
아르헨티나 푸에르토 이과수

환경,
'자연의 경이와 인간의 도전이 빚은 이중주'

여행지에서 만난 낯선 친구들

쿠리치바를 여행하면서 몸과 마음이 더욱 가벼워졌다. 리우와 상파울루에서는 찾기 어려웠던 희망의 빛을 본 데 따른 충만감 때문이었다. 새로운 환경에 익숙해지고 사람들을 만나며 여행의 즐거움을 느낄 수 있었기 때문이기도 했다. 쿠리치바의 환경 담당 책임자 구일렌을 비롯해 친절한 숙소의 주인, 말은 통하지 않았지만 마음을 주고받은 택시 운전수, 캐나다 여행자와 길에서, 숙소에서, 여행지에서 잇따라 만나 대화를 나누었다.

캐나다에서 온 클레어 몬도우는 쿠리치바의 숙소에 도착한 날 아침에 만났다. 50대 중반의 호리호리한 클레어는 몬트리올 시의 건강 관련 업무를 담당하는 여성 공무원으로, 6개월간 남미를 여행하고 있다고 했다. 그녀는 남미의 북서쪽에서 시작해 시계 반대 방향으로 여행하고 있어, 북동쪽에서 시작해 시계 방향으로 여행하고 있던 나와는 반대였다. 그녀는 내가 앞으로 여행하려는 페루와 칠레, 볼리비아, 아르헨티나를 돌아 브라질로 넘어온 상태였고, 나는 그녀가 여행하려는 브라질 리우데자네이루와 상파울루 여행을 마치고 그녀가 지나온 나라들을 여행할 계획이었다. 그래서 우리는 서로 필요한 여행 정보를 주고받을 수 있었다.

앞으로 어떤 지역과 도시를 경유해 여행하면 좋을지 좀 막연했던 나에게 클레어의 상세한 정보는 큰 도움이 되었다. 그녀는 수첩의 메모를 확인해가며 가장 마음에 들었던 숙소, 인상 깊었던 여행지, 각지의 교통 정보를 상세히 소개해 주었다.

공무원인 클레어가 어떻게 장기여행을 할 수 있는지 궁금했는데 캐나다에선 법적으로 장기휴가가 가능하다고 했다.

"캐나다에선 6개월에서 1년 동안 장기휴가를 7년에 한 번 사용할 수 있어요. 무급휴가가 원칙이지만, 일정 기간 분할 상환을 조건으로 휴가 기간 중에도 임금을 받을 수 있죠." 그녀의 말이 흥미로웠다.

"장기휴가 기간에도 월급을 받고, 그걸 근무 기간에 상환한다는 거군요?" 내가 흥미를 보이며 물었다.

"네. 맞아요. 1년 휴가를 내고 50%의 월급을 받고 그걸 1년 동안 상환하기로 한다면, 휴가 기간을 포함해 2년 동안 50%의 임금을 받는 방식이죠. 이때 상환 기간을 2년으로 하면, 휴가 후 2년 동안 평소 월급의 75%를 받는 겁니다. 나는 6개월의 휴가를 내고 85% 임금을 받기로 했어요. 휴가 중에 85% 임금을 받고, 휴가 후에도 4년 동안 임금의 85%만 받게 되죠."

그녀는 캐나다의 독특한 휴가제도를 상세하게 설명했다. 아주 합리적인 제도라는 생각이 들었다. 고용자의 입장에서는 추가적인 임금 부담이 없고, 종업원 입장에서도 휴가 기간 중 일정한 수입을 보장받으면서 재충전의 시간을 가질 수 있기 때문이다. 세계 최장의 노동시간에 앞만 보고 달려가는 한국에도 이런 제도가 있다면 좋을 것 같았다.

쿠리치바 환경부의 구일렌을 만나고 돌아왔을 때에도 클레어는 숙소에 있었다. 나는 구일렌과 만나 나눈 대화와 쿠리치바가 환경도시로 자리를 잡기까지의 과정을 자세하게 설명해 주었다. 그녀는 나의 이야기에 놀라면서 매우 큰 흥미를 보였다. 그녀가 여행 정보를 준 데 보답을 한 것 같았다. 그녀는 야간 버스를 타고 이과수로 출발하려는 나에게 자신이 만든 소박하지만 정성이 들어간 저녁까지 대접했다. 최고의 식사였다.

구일렌을 만나기 위해 환경부로 가면서 탔던 택시 운전수도 잊을 수가 없다. 그는 영어를 못하고, 나는 포르투갈어를 못했지만, 한국과 브라질에 대해 서로 흥겨운 대화를 나누었다. 내가 손짓을 해가며 브라질은 큰 국가고 한국은 작은 나라라고 말하니, 그는 브라질은 축구를 좋아하고 한국은 아주 강하고 좋은 나라라며 엄지손가락을 추켜세웠다. 그는 수첩의 지도까지 펼쳐 보이며 한국과 브라질을 비교하고 삼성, 현대, LG를 좋아한다며 활짝 웃었다. 축구와 한국의 대기업은 언어가 통하지 않아도 대화의 물꼬를 터주는 역할을 했다. 아마 내가 한국어로 이야기했더라도 그는 의미를 이해했을 것이다. 그는 선물이라며 회사 마크가 새겨진 볼펜을 나에게 주었다.

그런데 문제가 발생했다. 환경부에 거의 도착했을 즈음 그가 택시 미터기를 누르지 않은 채 달렸다는 사실을 뒤늦게 깨달은 것이다. 당황스런 표정을 짓는 그를 향해 내가 종이와 펜을 들이밀었다. 그는 조금 생각하더니 '14'라는 글자를 적었다. 택시비가 14헤알이라는 얘기였다. 전날 만난 시청 직원이 환경부까지 택시비가 12~14헤알 정도 될 거라고 했는데, 무리한 가격은 아니었다.

"노우~(No~)" 내가 고개를 가로저으며 말했다.

그는 깜짝 놀란 표정으로 더욱 당황하는 기색을 숨기지 못했다. 내가 진지한 표정으로 그의 얼굴을 살피며 그가 선물해준 볼펜을 꺼내 '14'라는 글씨에 'X'자 표시를 했다. 그의 표정이 일그러졌다. 나는 그 옆에 천천히 '15'라고 적고 동그라미를 그렸다.

"씨이~ 씨이~" 그가 더 깜짝 놀란 표정으로 고개를 여러 번 끄덕였다. 일그러졌던 얼굴도 활짝 펴졌다. 내가 14보다 적은 금액을 적으면 어떻게 하나 긴장했다가 더 많은 금액을 적으니 놀란 것 같았다.

"마이 프렌드~." 내가 운전수의 어깨를 두드리며 큰 소리로 외쳤다.

"씨이, 씨이, 마이 프렌드~" 그도 나의 손을 덥석 쥐면서 활짝 웃었다.

1헤알, 한국 원화로 550~600원 정도밖에 안 되는 돈이지만, 우리의 신뢰와 우정을 맺어주었다. 언어가 달라 말이 통하지 않아도 마음이 통하면 얼마든지 친구가 될 수 있다. 그게 여행의 매력이기도 하다.

아마존 '숲의 신'의 분노를 담은 이과수 폭포

오전 7시 10분 이과수 폭포와 붙어 있는 포즈 두 이과수(Foz do Iguaçu)에 도착했다. 저녁 9시 30분에 쿠리치바를 출발해서 10시간 가까이 걸렸다. 버스는 밤새 남미 중부 평원을 달렸다. 사탕수수 밭과 열대우림이 끝없이 이어졌다. 습한 열대지역이라 그런지 여명은 붉은색을 띠었다.

버스터미널에서 지역(로컬) 버스로 갈아타고 또 다른 로컬 버스터미널인 테테우(TTU)로 온 다음, 시내버스로 갈아타고 숙소로 향했다. 이과수의 교통 시스템은 아주 독특했다. 인구 31만 명의 작은 도시지만, 이과수 폭포를 보기 위해 오는 관광객이 많아 각지를 연결하는 버스들이 수시로 드나들었다. 때문에 시내버스와 시외버스를 연결하는 환승 터미널인 TTU가 있다. TTU는 폐쇄적인 구조로 되어 있어, 일단 이곳에 들어와 다른 버스로 갈아탈 경우 요금을 추가로 내지 않아도 된다. 나도 장거리 터미널에서 버스를 타고 왔기 때문에 추가 요금은 내지 않았다.

약간 통통한 30대 초반의 숙소 여주인은 아주 상냥하고 활달했다. 침대 배정부터 여행 안내, 아침식사 준비까지 모든 것을 혼자 처리했다. 이과수 여행 방법에 대해서도 아주 상세히 소개해주었다. 그녀는 브라질 쪽의 이과수 폭포는 2시간만 보면 더 볼 게 없다면서 내가 관심을 보인 이타이푸 댐(Itaipu Dam)까지 하루에 돌아보면 시간이 맞을 것이라고 말했다. 당초 이튿날 파라과이로 넘어가 이타이푸 댐을 돌아볼 계획이었는데, 실제 폭포에 가보니 그녀 말이 사실이었다. 그녀 덕분에 하루 만에 다 돌아볼 수 있었다.

숙소 앞에서 이과수 국립공원 행 버스에 올랐다. 이과수 폭포가 세계 7대 자연경관으로 꼽힐 정도로 세계적인 관광지임에도 국립공원으로 가는 버스는 일반 시내버스와 다를 게 없었다. 버스 앞에 'IGUAÇU'라는 표지만 있을 뿐, 어디를 경유해서 어디로 가는지 안내판은 물론 안내 방송도 없었다. 버스도 허름했고, 청소도 대강 해 놓았다.

약 30분 달려 이과수 국립공원에 도착했다. 셔틀버스 요금을 포함해 41.10 헤알(약 2만 4000원)의 입장료를 내고 공원으로 들어갔다. 셔틀버스는 열대우림이 장관을 이룬 숲길로 천천히 들어갔다. 곳곳에 이과수 인근의 우림지대를 트래킹하거나 보트 또는 사파리 투어를 할 수 있는 곳들이 있었고, 버스는 그곳에 잠시 정차했다 떠나기를 반복했다. 20분 정도 달려 폭포 정류장에 도착했다. 버스에서 내려 숲길을 따라 걸어 내려가니 멀리서 묵직하면서 웅장한 폭포 소리가 들리기 시작하고, 숲길을 돌아나가자 이과수가 눈앞에 나타났다.

강우량에 따라 150~300개의 크고 작은 물줄기가 90~100m의 협곡으로 줄지어 떨어지는 이과수는 장관이었다. 이과수 폭포는 브라질 중동부 파라나 주의 고원지대를 흐르던 이과수 강(Rio Iguaçu)이 브라질 중북부의 아마존에서 시작해 저지대를 흐르는 파라나 강(Rio Paraná)과 합류하기 직전에 형성된 폭포다. 두 강의 낙차가 워낙 크고 유량도 풍부해 세계 최고의 장엄한 폭포를 만든 것이다. 이과수란, 원주민 언어에서 유래한 말로, 이(y)는 '물(water)'을, 과수(guaçu)는 '크다(big)'를 의미한다. '거대한 물'이란 뜻인 셈이다. 이 강이 브라질과 아르헨티나의 국경을 이룬다. 이과수 강을 흡수한 파라나 강은 양국 국경을 따라 남쪽으로 흘러 아르헨티나의 부에노스아이레스를 거쳐 남대서양으로 나가는 엄청난 강이다.

브라질 쪽에서 바라본 이과수 폭포와 전망대 거대한 호수의 한쪽 면이 푹 꺼지면서 물이 쏟아져 내려 물의 커튼을 만드는 듯한 모습이다. 전망대가 폭포 가까이 있어 물보라가 관광객을 덮치기도 한다.

전설에 의하면 아마존 '숲의 신'이 이과수에 사는 아름다운 여성에 반해 결혼하려 했다. 하지만 그 여성이 다른 전사와 눈이 맞아 카누를 타고 이과수를 빠져나가려 하자 이에 격노한 신이 강을 칼로 내리쳐 땅이 푹 꺼지면서 폭포가 만들어졌다고 한다. 지질학적 조사에 의하면 판이 다른 두 지층이 만나면서 폭포가 형성되었다고 하지만 신과 인간 사이의 애증과 낭만이 깃든 전설이다. 사진으로만 보던 이과수를 바라보니 탄성이 절로 나왔다.

브라질과 아르헨티나의 접경 지대에 있는 이과수는 브라질과 아르헨티나 양쪽에서 관람할 수 있다. 브라질 쪽에서는 전체적인 경관을 조망할 수 있는 반면, 아르헨티나 쪽에서는 폭포에 가까이 다가가 그 아름다움을 감상할 수 있다. 그래서 가이드북도 브라질과 아르헨티나 양 사이드에서 모두 볼 것을 권고하고 있고, 대부분 그렇게 한다. 국경을 넘어 양국의 이과수 폭포를 연결하는 버스들이 15~20분에 한 대씩 운행한다. 나도 권유에 따라 브라질에서 이틀, 아르헨티나에서 하루를 머물며 양 사이드를 모두 돌아보았다.

브라질 쪽에서 본 이과수는 입을 딱 벌어지게 만들었다. 한편으로는 장엄함이, 다른 한편으로는 신비로움이 느껴졌다. 멀리서 본 이과수는 마치 밀림에서 갑자기 물줄기가 뻗어 나와 계곡으로 떨어지는 것 같았다. 폭포 상류엔 나무가 우거진 원시의 밀림이 들어서 있고, 그 끝이 갑자기 푹 꺼지면서 폭포를 만들고 있었다. 카메라로 전모를 담을 수 없을 정도로 폭포가 길게 이어져 있고, 굽이를 돌아가면 다른 폭포가 나왔다. 어마어마한 물의 커튼이다.

폭포는 단순하지 않았다. 한 곳에 모여서 떨어지는 것이 아니라 곳곳에 폭포가 만들어져 있고, 폭포 아래엔 또 다른 새로운 폭포가 더 아래로 내리꽂힌다. 거친 물줄기가 사랑하는 여인의 변심에 화가 난 신의 분노를 담은 듯 거칠게 바위를 때리며 쏟아져 내린다. 자신의 몸을 바위에 힘껏 부딪친 물줄기는 다시 아래쪽 바위를 향해 몸을 던진다. 그 위에서는 새로운 물줄기가 다시 아래로 돌진한다. 위에서 울컥울컥 쏟아져 내리는 물줄기는 끝이 없다. 바라보는 내 몸과 영혼마저 그 속으로 빨려 들어갈 것만 같았다.

폭포 가까이 가자 굉음이 천지에 진동했다. 폭포 아래로, 바위로, 쏟아지는 어마어마한 물줄기가 지축을 흔들고, 그 소리가 지상의 모든 것을 휩쓸어 가는 듯하다. 거기에서 튀어나온 포말이 허공에 흩어져 관광객 머리 위에 소낙비처럼, 안개비처럼, 이슬비처럼 쏟아져 내린다. 계곡 곳곳에는 물보라가 만든 무지개가 현란했다. 물보라는 바람이 휙 불면 이쪽으로 갔다, 저쪽으로 갔다를 반복했다. 바람이 물보라를 저쪽으로 밀어낼 때를 기다려 사람들이 옷 속에 감추어둔 카메라를 꺼내 잽싸게 사진을 찍었다.

'너의 언어로 설명하려 애쓰지 마라'

아르헨티나 쪽으로 넘어가 이과수를 돌아보기 전에 브라질의 포즈 두 이과수에서 하루를 더 묵었다. 햇볕과 하늘과 공기 때문이었다. 포즈 두 이과수의 날씨는 그야말로 환상적이었다. 지금까지 거쳐 온 리우와 상파울루, 쿠리치바와는 비교할 수 없을 정도로 상쾌했다. 아침 기온은 13~16도 정도로 약간 선선하지만, 낮 기온은 25~26도로 덥지도 춥지도 않았다. 작열하는 태양으로 햇볕에 나가면 뜨겁지만 그늘로 들어오면 시원했다. 하늘은 청명했고, 푸르른 초목이 눈과 마음을 시원하게 했다. 숙소는 깨끗하고 조용한데다, 정원도 잘 갖추어져 있고 손님도 별로 없어, 쉬기에 안성맞춤이었다. 하루 종일 숙소에서 빈둥거리며, 두터운 옷을 모두 빨아 햇볕에 널고, 야외 파라솔 아래에서 책도 읽고, 여행기도 정리했다.

아르헨티나 쪽 이과수 폭포를 돌아보려면 국경을 통과해야 했다. 아침 일찍 푸에르토 이과수(Puerto Iguaçu) 행 버스에 올랐는데 브라질과 아르헨티나 국경을 넘나드는 버스임에도 시내버스나 마찬가지다. 국경을 넘는다는 어떠한 표식이나 특별한 장치도 없었다.

20여 분을 달려 국경에 도착했다. 그런데 버스가 속도를 늦추는 듯하더니 그냥 통과해 버리는 것이 아닌가. 가이드북에 브라질과 아르헨티나를 연결하는 버스가 국경을 그냥 지나칠 경우, 출국 때 문제가 있을 수 있다고 적혀 있던 걸 기억한 나는 벌떡 일어나 외쳤다.

"여기서 내려야 해요. 이미그레이션 도장이 필요해요!"

승객이 별로 없어 그냥 통과하려 했던 운전수는 나를 쳐다보더니 얼른 차를 세웠다. 나만 혼자 덩그렇게 내려, 온 길을 되짚어 브라질 이미그레이션을 찾아 여권을 내밀었다. 출국 도장을 받는 걸로 출국 수속은 끝이었다.

그 사이 내가 타고 왔던 버스는 이미 아르헨티나로 넘어가 버리고, 나만 횅뎅그렁하게 남아 다음 버스를 기다렸다. 국경을 걸어서 넘어오는 사람도 있고, 자전거를 타고 넘어가는 사람도 있었다. 국경이 무장 군경이 지키는 곳이 아니라 사람들의 이동 통로일 뿐이었다. 다음 버스가 도착하자 손을 흔들어 세운 다음 이전 버스의 티켓을 보여주니 그냥 타란다. 버스를 타고 국경을 잇는 이과수 강을 건넜다. 이과수 폭포에서 내려온 강물이 흐르는 협곡이 양국의 국경선이다.

강을 넘으니 아르헨티나 국경 검문소가 나타났다. 입국 절차가 필요하므로 승객들이 모두 내려 이미그레이션으로 향했다. 입국 심사소 직원이 내 여권을 보더니 "어디 가냐?" 하고 물었다. "푸에르토 이과수와 부에노스아이레스로 간다. 나는 여행자다" 하고 말하니 인적 사항을 컴퓨터에 기록하고는 도장을 "꽝" 찍었다. 그걸로 입국 심사도 끝이었다.

세관 검사소를 통과해 도로로 나오니 아르헨티나 국경까지 타고 온 버스가 또 떠나 버렸다. 이번엔 아르헨티나 국경 검문소에서 다음 버스를 기다려 브라질에서 끊은 티켓을 보여주고 버스에 올랐다. 표 한 장으로 같은 노선의 다른 버스를 세 번 갈아타며 브라질에서 아르헨티나로 넘어온 셈이다.

푸에르토 이과수는 도시라고 하기 어려운 작은 타운이었다. 터미널에 도착해 다시 폭포로 가는 버스에 올라타 약 20여 분을 달리니 아르헨티나 이과수 국립공원이 나타났다. 폭포 전체를 관람하고 관광 열차도 탈 수 있는 입장권을 구입하고 드디어 국립공원에 들어섰다.

아르헨티나 쪽 이과수엔 상류 순환 코스(Upper Circuit)와 하류 순환 코스(Lower Circuit)가 있는데, 먼저 하류 쪽으로 향했다. 하류 순환 코스는 폭포가 떨어지는 곳 바로 가까이 가서 폭포의 위용을 관람하는 코스다. 바로 눈앞에서 어마어마한 물줄기들이 쏟아져 내렸다. 폭포 바로 아래의 브라질과 아르헨티나 사이에 있는 산 마르틴 섬(San Martin Island)으로 보트를 타고 건너가 바라본 폭포는 엄청난 장관이었다. 아르헨티나에서는 폭포에 아담과 이브

악마의 목구멍 거친 물줄기가 지축을 흔드는 듯한 굉음을 내면서 세상 모든 것을 집어삼킬 듯 거칠게 내리꽂히는 모습을 한참 들여다보노라면 넋까지 휩쓸려 가는 느낌을 받게 된다.

(Adam & Eve) 같은 여러 이름을 붙여 놓았지만, 그게 무슨 소용이 있을까 싶었다. 설명이 필요 없는 대자연의 경이 그 자체였다.

아르헨티나에서 본 이과수는 그야말로 거대한 물의 향연이었다. 브라질 쪽에서도 볼 수 있었지만, 폭포가 한 군데에서만 떨어지는 것이 아니라 굽이를 돌 때마다 새로운 폭포가 나타났다. 셀 수가 없었다. 폭포에 대한 기존 관념을 바꾸길 요구하는 듯했다. 폭포는 단선적으로만 떨어지지 않았다. 거친 숨소리를 토해내며 수직 낙하해 아래의 바위와 부딪혀 하얀 포말을 일으켰다가 다시 그 아래의 심연으로 거침없이 쏟아져 내렸다.

약 3시간 동안 하류 순환 코스를 돌아본 다음 단체 관광객들이 주로 이용하는 라 셀바(La Selva) 레스토랑에서 60페소(약 1만 5600원)짜리 뷔페로 식사를 하고 상류 순환 코스로 향했다. 이과수 폭포에서 가장 유명한 '악마의 목구멍(Devil's Throat)'을 돌아보는 코스다. 생태숲 열차(Ecological Forest Train)를 타고 상류로 올라간 다음, 거기서 다리를 통해 '악마의 목구멍' 바로 위의 전망대까지 걸어가야 한다.

폭포의 상류엔 열대우림이 우거져 있고, 호수와 같은 강 위로 '악마의 목구멍'으로 향하는 다리가 멋지게 나 있었다. 강을 내려다보니 어른 허벅지보다 굵은 물고기들이 유영하고 있었다. 그때였다.

"하이, 코리안…" 소리가 들리며 바로 옆에서 누군가 어깨를 툭툭 건드렸다.

'이런 곳에서 나를 찾을 사람이 없을 텐데…'라고 생각하며 고개를 돌리니 바로 이틀 전 이타이푸 댐을 함께 관람했던 이탈리아 청년 알레산드로 메렐리오가 반갑게 웃고 있는 게 아닌가. 나도 너무 반가워 인사를 나누고, 그 사이의 안부를 확인했다. 그도 어제 브라질 쪽 이과수에서 하루 쉬고 브라질 친구를 만나 오늘 아르헨티나로 넘어왔다고 했다. 그의 브라질 친구를 소개받고, 셋이서 이과수에 대한 감탄사를 주고받으며 '악마의 목구멍'으로 향했다.

'악마의 목구멍'은 모든 것을 집어삼킬 듯한 기세로 물이 거세게 내리꽂히는 어마어마한 폭포였다. 폭포 앞에 누군가의 시를 적어놓았다.

"Do not try to describe it in your voice.(너의 언어로 이걸 설명하려 애쓰지 마라.)"

동양이든 서양이든 대자연의 경이 앞에서 겸손해지는 건 같은가 보다.

넓고 평평하고 잔잔하게 흐르던 강물이 '악마의 목구멍' 앞으로 몰려들면서 수량이 불어나고, 갑자기 푹 꺼진 땅 아래로 거칠게 내리꽂히는 곳, 폭포처럼 쏟아진다는 말은 바로 이걸 두고 하는 말이었다. 관광객들이 넋을 잃은 채 탄성을 토해냈다. 지상의 모든 것을 휩쓸어갈 듯한 기세였다. 거칠고 강력하며 거역할 수 없는 힘을 가진 이 폭포 앞에서 인간은 그저 나약한 존재였다. 이토록 장엄한 자연에 어떻게 손을 댈 수 있을까.

이과수 폭포는 확실히 격정적이고, 다듬어지지 않고, 에너지가 넘치고, 폭발적으로 뻗어 나오는 힘을 주체하지 못해 이곳저곳 우당탕탕 부딪치며 거친 광야를 달리는 '젊은' 폭포였다. 폭포 모습이나, 지축을 흔드는 굉음은 그

격정의 산물이었다. 바위를 돌아서 굽이굽이 물길을 내며 떨어지는 한국의 유려한 폭포와는 확실히 달랐다. 아직 다듬어지지 않은 정열의 나라 브라질과 아르헨티나가 바로 이런 모습인 것 같았다. 국가는 폭포를 닮았다. 아니, 폭포가 국가를 닮은 듯했다.

자연에 도전하는 인간의 오만

이과수 폭포가 자연이 만든 경이라면, 이타이푸 댐은 그 자연을 이용하려는 인간의 도전을 상징하는 또 다른 경이적인 구조물이다. 이타이푸 댐을 돌아보려면 이 댐과 거의 붙어 있는 브라질의 포즈 두 이과수나 파라과이의 시우다드 델 에스테(Siudad del Este)를 거쳐야 한다. 나는 브라질에서 이과수 폭포를 돌아본 다음 바로 버스를 타고 댐으로 향했다.

댐에선 두 종류의 투어를 운영하고 있다. 하나는 겉에서만 보는 파노라마 투어로 1시간 동안 진행되는데 30헤알(약 1만 7700원)인 반면, 댐과 발전시설 내부까지 돌아보는 2시간짜리 스페셜 투어는 56.10헤알(약 3만 3000원)이다. 이왕 온 김에 댐 속까지 샅샅이 돌아보겠다고 생각하여 스페셜 투어를 신청했는데 잘한 선택이었다. 댐의 전체적인 개요와 경관은 물론 댐의 작동원리, 물의 힘에 의해 수력발전기가 돌아가는 어마어마한 발전기 축까지 직접 눈으로 확인하였다. 한국에서도 보기 힘든 발전소 내부를 지구 반대편 브라질과 파라과이의 접경에서 볼 수 있어 더욱 뜻깊었다. 이례적인 경험이었다.

투어 버스를 타고 댐으로 가까이 다가가자 댐의 위용이 사람을 압도했다. 브라질과 파라과이의 국경을 이루는 파라나 강을 돌과 콘크리트로 막아 만든 엄청난 구조물이었다. 댐의 크기가 얼마나 되는지 가늠하기가 힘들 정도다. 가이드는 자랑스러운 듯 댐의 길이가 2.5km, 바위와 모래 등으로 쌓

이타이푸 댐 전경(위)과 댐의 발전 설비(아래) 댐의 전체 길이가 2.5km에 달하며, 댐 안에는 초대형 발전기 20기가 설치되어 있다.

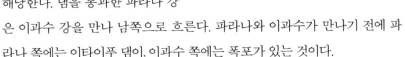

은 둑까지 합하면 총 연장이 8km에 달하는 세계 최대 규모의 댐이라고 설명했다. 댐의 높이는 평균 196m로 건물로 치면 65층 높이에 해당한다. 댐을 통과한 파라나 강은 이과수 강을 만나 남쪽으로 흐른다. 파라나와 이과수가 만나기 전에 파라나 쪽에는 이타이푸 댐이, 이과수 쪽에는 폭포가 있는 것이다.

댐의 담수량과 발전 능력은 중국이 장강(長江) 상류에 만든 삼협(三峽)댐에 이어 세계 2위지만, 실제 발전량은 세계 최대다. 총 발전 능력은 이타이푸 댐이 1만 4000MW, 삼협댐이 2만 2500MW에 달한다. 이타이푸엔 700MW의 발전 능력을 가진 발전기 20기가 설치되어 있다. 2008년 발전량을 기준으로 보면 이타이푸가 94.7TWh, 중국 삼협댐은 80.8TWh였다. 이게 얼마나 되는 전

이타이푸 댐의 중앙통제소
사진 위쪽이 파라과이,아래 쪽이 브라질 통제소로 좌우 대칭구조로 근무하고 있는 데, 양측의 시설과 인력 배치 가 모두 동일하다.

력인지 가늠하기 쉽지 않은데, 단순화하면 5000만 명의 주민이 이용할 수 있다. 한국 국민이 사용하는 전기를 이 댐 하나로 충당할 수 있다는 얘기다.

거대한 강을 가로막고 건설한 댐 위에서 전체 모습을 조망한 다음, 중앙통제소를 거쳐 발전기 터빈이 돌아가는 내부로 들어갈수록 그 규모가 사람을 압도했다. 거대한 댐만큼이나 내부에도 시설이 많았고, 공간이 생각보다 훨씬 넓었다. 바로 옆에서 돌아가는 발전기 터빈은 육중한 쇳덩어리로, 폭포보다 더 압도적인 굉음을 토해내며 쉼 없이 돌아갔다.

브라질과 파라과이는 1973년 50 대 50의 비율로 투자하고, 전기도 그렇게 나누기로 합의하고 이 댐을 만들었다. 지금도 50 대 50으로 댐을 운영하고 있다. 댐 중앙은 물론 댐의 컨트롤 타워인 중앙통제소에도 가운데 국경선을 그어 놓았다. 물론 통제소에서 근무하는 사람들이 그 선을 넘지 못하는 것은 아니지만, 인력을 그 선을 중심으로 양쪽에 똑같이 배치해 놓고 있었다.

"여기서 생산한 전력을 브라질과 파라과이가 각각 50%로 나누기로 했지만 파라과이는 국가가 작기 때문에 생산 전력의 8%만 갖고도 충분합니다. 나머지 92%는 브라질에 판매하고 있어요. 파라과이가 가져가는 댐의 발전량 8%는 파라과이 총 전력 수요의 72%를 충당합니다. 여기서 생산하는 전력의 양이나 경제에 미치는 영향이 어느 정도인지 상상할 수 있죠."

브라질과 파라과이는 이를 관광 상품화해 인간이 창조해낸 기술의 놀라움과 이타이푸 댐의 기술적 우수성을 홍보하고 있다. 투어를 만든 것도 이때문이다. 중앙통제소까지 돌아본 다음 다시 버스를 타고 돌아올 때에는 양국이 생태적 다양성과 환경보호를 위해 얼마나 많은 신경을 쓰고 있는지 열심히 설명했다. 댐으로 인한 환경파괴 논란에 대한 반응인 셈이다.

그럼에도 깊은 협곡에 가공할 만한 시멘트 콘크리트 구조물을 설치한 인간의 도전에 두려움이 느껴졌다. 인간의 능력에 경탄하면서도 자연의 이용과 이를 위한 기술적 진보에 대한 인간의 무모한 신념을 보는 듯했다. 자연의 일부인 인간이 자연과 조화를 이루어 살아가야 한다고 생각하기보다는, 자연을 정복해야 할 대상 또는 인간의 욕망을 충족하기 위해 마음대로 조작할 수 있는 생산수단의 일부로 보는 근대적 세계관의 결정체였다.

실제로 이 댐은 생태계에 엄청난 영향을 미치고 있다. 댐으로 인해 $700km^2$의 열대우림이 파괴되었고 원주민을 포함해 1만 가구가 이주해야 했다. 무수한 생물들이 터전을 잃었고 자연이 만든 생태계는 파괴되었다. 이과수 폭포보다 더 컸던 세계 최대의 구아이라 폭포(Guaira Falls)는 이 댐에 잠겨 버렸다. 댐이 완공되어 그 폭포가 사라지기 직전 이를 구경하던 사람 80명이 다리 붕괴로 사망하는 참극이 빚어지기도 했다.

이타이푸 댐에서 생산된 전력을 필요한 곳까지 운반하는 것도 댐 건설 못지않게 엄청난 일이다. 때문에 수력발전소에서 뻗어져 나온 어마어마한 전선과 그 전선을 연결하기 위해 세워놓은 거대한 철 구조물이 흉물처럼 보였다. 철 구조물과 전선이 여기서 시작해 1000km가 넘는 상파울루로, 리우데자네이루까지 연결되어 있을 것이라 생각하니 기가 질렸다.

자연에 대한 인간의 도전은 지금도 계속되고 있다. 브라질에선 아마존 열대우림에 새로운 수력발전소를 건설하는 문제를 두고 논란이 끊이지 않고

전력 운반을 위한 이타이푸 댐 송전탑 거대한 협곡에 들어선 시멘트 콘크리트 구조물로 인한 댐의 환경 파괴 문제 못지않게 여기에서 생산된 전력을 운반하면서 유발되는 환경 파괴 문제도 심각하다.

있다. 주민들과 환경 및 시민 단체들의 반대를 무릅쓰고 중국은 기어이 세계 최대의 삼협댐을 만들었다. 한국에서도 환경단체의 반발에도 불구하고 멀쩡한 강을 파헤쳐 보를 만들고, 인공적인 구조물을 만드는 4대 강 사업을 강행했다. 가이드는 이타이푸 댐의 위용과 그 경제성을 열심히 설명했지만, 경이로운 자연에 대한 인간의 도전이 어디까지 지속될지 걱정이 가시지 않았다.

인간의 필요에 의해 자연을 이용하는 것은 불가피하지만, 환경에 대한 영향이나 충격을 최소화하면서 자연과 인간이 지속 가능한 '평화적 관계'를 유지해야 한다. '적정 기술'은 이를 위한 하나의 대안이 될 수 있다. 기술이 대자본의 이익을 위해 독점적으로 이용되는 것이 아니라, 가정 또는 작은 공동체의 필요를 충족시킬 수 있도록 개발되고 보급되어야 한다. 그렇게 함으로써 인간의 필요와 욕망을 충족하기 위해 자연을 약탈하고 이를 상업화하는 것이 아니라, 인간과 자연이 공존할 수 있는 방안을 모색해야 하는 것이다. 브라질로 넘어오기 전 유럽에서 마지막으로 들렀던 영국 웨일즈의 대안기술센터(CAT)가 시도하는 적정 기술이 필요한 것도 바로 이 때문이다.

흥분을 감추지 않는 여행자

이과수 폭포와 이타이푸 댐을 모두 돌아보고, 로사리오 행 야간 버스를 타기 위해 터미널로 오니 다른 외국인 여행자들도 버스를 기다리고 있었다. 프랑스와 영국에서 온 여행자들로, 아르헨티나에서 브라질로 넘어가기 위해 버스를 기다리고 있었다. 화제는 이과수 폭포와 이타이푸 댐으로 이어졌다. 이들은 이타이푸 댐을 아직 돌아보지 않은 상태였다.

"브라질 포즈 두 이과수로 가면 이타이푸 댐도 돌아볼 수 있어요. 폭포와 함께 이 댐을 꼭 돌아보기를 권합니다. 이타이푸 댐은 폭포만큼이나 거대하고 놀라운 시설이에요. 자연에 대한 인간의 개입, 인간의 오만과 욕망을 확인할 수 있어요. 강력히 추천합니다."

눈동자를 동그랗게 해 가면서 나의 이야기에 귀를 기울였지만 이들이 과연 이타이푸 댐까지 돌아볼지 확인할 길은 없었다. 사실 이과수 폭포를 돌아보는 관광객은 물밀듯이 들이닥쳤지만, 이타이푸 댐 투어는 한산하기 그지없었다. 나와 함께 스페셜 투어에 참여한 사람도 브라질 현지인 두 명과 나중에 '악마의 목구멍' 앞에서 만난 이탈리아인 한 명이 전부였다.

대화의 화제는 아르헨티나의 살인적인 물가로 이어졌다. 사실 나는 로사리오 행 야간 버스 표를 사며 깜짝 놀랐다. 가장 저렴한 리오 우루과이(Rio Urguay)의 티켓이 세미까마는 460페소, 까마는 486페소였다. 세미까마는 의자가 반쯤 젖혀지는 것이고, 까마는 거의 침대처럼 젖혀지는 좌석 버스다.

그런데 이 가격이 론리 플래닛에 나온 것과 엄청나게 차이가 났다. 1년 전 발간된 최신판에는 이과수에서 로사리오를 거쳐 부에노스아이레스까지의 버스비가 175페소, 로사리오에서 부에노스아이레스까지가 58페소로 나와 있다. 그렇다면, 이과수~로사리오는 120페소 정도가 적당한데, 실제는 그 네 배인 460~486페소였다. 최근 2년 사이에 가격이 네 배나 급등한 것이다.

"아르헨티나 물가를 믿을 수가 없어요. 로사리오로 가는데, 여기 책에 나와 있는 가격과 이 티켓 가격이 네 배 정도 차이가 납니다." 내가 론리 플래닛과 티켓을 보여주며 말했다.

"맞아요. 아르헨티나 물가는 미쳤어요(crazy). 책은 아무 소용이 없어요. 지금도 물가가 오르고 있는 중이라니까요." 젊은 프랑스 여행자는 고개를 절레절레 저었다.

"아르헨티나를 여행하려면 높은 물가에 대비해야 해요." 터미널 바닥에 털썩 주저앉아 기둥 옆에 세워놓은 배낭에 기대고 있던 영국 여행자는 심드렁한 표정으로 경고하듯이 말했다. 사실이 그랬다. 이것이 아르헨티나를 여행하면서 만날 살인적 인플레의 서곡이었다.

오후 9시 버스가 푸에르토 이과수를 출발해 로사리오로 향했다. 깜박 잠이 들었는데 누군가 툭툭 치며 나를 깨웠다. 퍼뜩 눈을 뜨니 차장이 저녁식사를 나누어 주고 있었다. 쿠리치바에서 만난 클레어가 한 말이 생각났다.

"브라질을 제외하고 남미의 모든 버스에서 식사를 제공해요. 먹을 만해요."

시계를 보니 10시 30분이었다. 구수한 음식 냄새를 실은 버스가 캄캄한 밤길을 신나게 달렸다. 남미 대륙을 시계 방향으로 일주하기 위해선 엄청난 거리를 이동해야 한다. 푸에르토 이과수에서 로사리오로의 야간 버스 이동은 그 장거리 여행의 시작이었다.

아르헨티나 푸에르토 이과수~로사리오~
부에노스아이레스~바릴로체

국가,
'공유가치가 없으면 약탈자가 된다'

'우리나라는 골 때리는 나라입니다'

달려도 달려도 끝없는 평원이다. 저녁 9시 아르헨티나 북동쪽 끝에 있는
푸에르토 이과수를 출발해 다음 날 오후 4시까지 19시간 동안 중동부의 대
도시 로사리오를 향해 달렸다. 2층 버스의 맨 앞좌석에서 본 것은 끝없이 펼
쳐지는 평원과 군데군데 남아 있는 아열대 숲, 소를 방목해 키우는 목장, 중
소 규모 도시와 작은 마을들, 사탕수수와 같은 상업용 농작물을 키우는 넓
은 농장이었다. 아무리 둘러보아도 산은 물론 고층 빌딩이 들어선 도시의 그
림자도 없다. 버스는 평원에 외롭게 놓인 2차선 도로를 운전기사를 바꿔가
며 시속 약 60~70km로 쉬지 않고 달렸다.

그런데 버스가 남쪽으로 달리는데, 해가 앞쪽이 아니라 뒤쪽, 그러니까 북
동쪽에서 떠오르고 있었다. 북쪽에서 해가 뜨다니! 나는 지금 남반구를 여행
하고 있는 것이다!!

단조롭기 그지없는 길, 끝 없는 평원이 이어졌다. 국토 면적이 인도에 버금
가는 큰 나라라는 사실이 다시금 실감이 갔다. 인구는 4200만 명으로, 인도
의 25분의 1도 되지 않는다. 그 인구도 대부분 부에노스아이레스와 코르도

바, 로사리오, 멘도사, 산 미구엘 데 투쿠만 등 일부 대도시에 몰려 있고, 중부의 팜파스 평원지역이나 서부의 안데스 산악지역, 남부 파타고니아엔 인구가 희박하다.

아르헨티나는 참으로 대단한 나라다. 1800년대 말과 1900년대 초반만 하더라도 세계에서 가장 잘사는 나라 가운데 하나였다. 당시 프랑스에 버금가는 세계 톱5 부자 나라였다. 드넓은 국토에 인구는 적고, 기후 조건 등이 농작물 생산과 목축에 최적의 조건을 갖추었고, 천연자원도 풍부해 먹고 사는 데 걱정이 없었다. 환율이 조금만 올라도 수출이 활기를 띠어 경제가 호황을 누렸다. 20세기 초까지만 해도 이를 바탕으로 최고의 황금기를 구가했다.

그럼에도 불구하고 정치적 불안정과 경제정책의 실패로 그 엄청난 잠재력을 사회발전으로 연결시키지 못했다. 특히 1900년대 초반 이후 잦은 쿠데타로 정권이 수시로 바뀌고, 부정부패가 만연하면서 엄청난 부가 해외로 유출되어 경제가 후퇴하고, 빈부 격차가 극심해지면서 사회불안이 심화되었다. 사실 아르헨티나는 20세기의 대부분을 정치불안과 반복적인 경제위기, 고질적인 재정 및 금융 불안, 고물가와 대외부채의 증가, 자본이탈, 구제금융, 국가 자산의 대외매각 등으로 불안하게 보냈다.

특히 1976년부터 1983년까지 군부 집권 기간 동안 30만 명에 가까운 사람들이 체포, 구금, 고문 당하고 심지어 살해되는 최악의 인권 탄압 시대를 거쳤다. 1983년 문민정부가 들어섰으나 경제정책은 실패의 연속이었다. 2001년엔 대외부채 지급 불이행(디폴트)을 선언, 결국 국가가 파산에 이르기도 했다. 실패한 정부, 실패한 경제, 실패한 사회의 대표적 사례였다. 아직도 아르헨티나의 위기는 끝나지 않은 상태다. 치솟는 물가에 집권층의 부정부패가 여전하고, 정부에 대한 신뢰도 바닥에 추락해 개혁에 대한 국민적 공감대도 마련하지 못하고 있다.

아르헨티나의 역사와 현재를 보면서 브라질 포즈 두 이과수의 숙소에서 만난 클라우디오 브리체또가 생각났다. 아르헨티나 출신으로 브라질 리우에서 일하고 있는 30대 후반의 비즈니스맨이었다. 그는 자신을 이탈리아 이민자의 후예라고 소개했다. 여행을 많이 다녀 남미 전역을 훤히 꿰뚫고 있었고, 특히 아르헨티나에 대해서는 손바닥 들여다보듯이 알고 있었다.

클라우디오는 내가 아르헨티나를 여행할 계획이라고 말하자, 말끝마다 아르헨티나는 '골 때리는 나라(strange country)'라고 비판을 퍼부어 댔다. 아르헨티나는 사회가 낙후되어 있는데도 사람들은 유럽식 생활 스타일을 동경하는 '이상한 나라'라고 했다. 그리고 아르헨티나나 브라질 모두 부정부패가 심하지만, 아르헨티나 정치인들은 자금을 모두 외국으로 빼돌려 브라질보다 더 가난해졌다고 강조했다. 그의 '골 때리는 나라론(論)'은 계속되었다.

"상점에서 카드로 계산하면 1달러가 4.5페소지만 현금으로 계산하면 1달러가 5.5페소가 되는 '골 때리는 나라'예요. 국토가 엄청나게 넓은데도 인구의 80% 이상이 부에노스아이레스 같은 대도시에 집중해 사는 '희한한 나라'죠. 가난하지만 가난하지 않다고 생각하며, 가난을 극복하려고 노력도 하지 않는 '이상한 나라'입니다. 나라가 엉망이 되어 있는데도 TV에선 외국의 희한한 사건이나 포르노에 가까운 프로그램으로 국민들을 현혹시키는 '웃기는 나라'예요. 그러면서 유럽인의 후예라고 생각하고 유럽식 생활을 동경하는 '골 때리는 나라'입니다. 아르헨티나는 이해하기 어려운 '황당한 나라'예요."

그의 말을 듣고 있으니 아르헨티나가 정말 이상한 나라라는 생각이 들었다. 그런데 아르헨티나에 비난을 퍼붓는 그가 아르헨티나에서 태어났지만, 지금은 브라질에서 일하고 있다니 더 이상하다는 생각이 들었다.

과연 국가란 무엇인가, 아르헨티나는 어떤 나라일까. 이곳 사람들은 자국의 현실을 어떻게 받아들이고 있을까. 여기엔 어떤 희망이 있을까. 여러 생각을 하는 사이에 버스가 로사리오에 도착했다. 버스에서 내려 일단 부에노스아이레스 행 버스표를 예매했다. 역시나 론리 플래닛에는 78페소로 나와 있는데, 세미까마가 125페소(약 3만 2500원)로 50% 이상 올라 있다.

라 레추차 호스텔(La Lechuza Hostel)에 여장을 풀고 인근 레스토랑에서 스테이크에 맥주, 후식으로 커피까지 곁들인 77.5페소(약 2만 원)짜리 저녁식사를 했는데, 고독한 여행자가 누릴 수 있는 최고의 만찬이었다.

숙소에는 영국, 네덜란드, 브라질 등 각국에서 온 여행자들이 많았는데 저녁에는 간단한 파티도 열렸다. 5페소를 주고 한국으로 치면 군만두와 비슷한 엠파나다(Empanada)를 같이 먹으면서 남미와 아르헨티나를 비롯한 각국에 대한 이야기꽃을 피웠다. 여행에 관한 이야기들이 두서없이 이어졌는데 나도 서서히 세계를 주유하는 진짜 여행자가 된 느낌이다.

사라진 체 게바라의 출생지

로사리오에 들른 것은 이곳이 체 게바라(Che Guevara)의 고향이기 때문이다. 그가 누구인가. 영원한 혁명가, 순수한 혁명가의 아이콘으로 지금도 전 세계 젊은이들에게 이상주의의 로망을 심어주는 인물 아닌가.

체 게바라는 아르헨티나 의사 출신으로 중남미를 여행하면서 민중 해방을 위한 혁명가의 길을 걷기로 다짐하고, 피델 카스트로와 함께 쿠바 혁명을 이끌었다. 쿠바 혁명정부의 중앙은행 총재를 역임하고, 혁명정부의 대외 대변인 역할을 하면서 카스트로를 도와 쿠바 정권의 기초를 세웠다. 하지만 혁명을 확산시켜야 한다며 권력자의 자리를 박차고 볼리비아 혁명전선에 뛰어들어 게릴라 활동을 벌이다 1967년 정부군에 체포되어 39세의 나이로 불꽃 같은 삶을 마감했다. 목전의 이익과 자본주의적 이윤 추구의 바람 앞에 순수한 영혼이 무참히 무너져 내리는 시대, 체는 순결의 표상으로 남아 있다.

로사리오에 도착한 바로 다음 날 체의 탄생지(Casa Natal Che Guevara)를 찾아

나섰다. 기대감에 들떴는데 좀 이
상했다. 숙소에서 받은 지도와 스
마트폰의 GPS를 대조해 가며 체
의 탄생지를 샅샅이 뒤졌지만, 없
었다. 길거리에는 탄생지를 알리
는 표지판뿐, 기념관이나 박물관
은 물론이고 탄생지의 흔적도 찾
을 수 없었다. 가게 몇 곳에 들러

로사리오 '체'의 집 체 게바라의 탄생지라는 간판은 있지
만 사유지여서 기념관 같은 시설은 없다.

물어보았으나, 표지판이 전부라고 했다. 나중에 인포메이션 센터에 가서 물
어보니 체의 탄생지가 사유지가 되어 아무것도 만들 수 없다고 했다. 세계 젊
은이들의 우상이자 영웅이며, 라틴 아메리카의 자유와 해방투쟁의 상징이며
표상인데….

체의 탄생지를 보러 일부러 이곳을 찾은 나로서는 너무 허전했다. 그렇다
고 그냥 돌아갈 수도 없었다. 로사리오 시에서 펴낸 관광 안내 지도에 체 게
바라의 벽화(Mural del Che Guevara)가 표기되어 있었다. 거기에 가면 그의 발자취
를 볼 수 있을까 싶어 골목골목을 돌아 찾아갔다. 하지만 공원이라고 부르
기도 민망한 공터에 체의 얼굴을 그린 벽화가 덩그렇게 있는 게 전부였다. 벽
화 속의 체는 표정이 다소 굳어 있어, 보는 사람에 따라서는 험상궂게 보일
것 같았다. 순수한 열정은 느끼기 힘든 벽화였다. '이게 뭔가?' 싶었다.

체의 생애와 사상에 대한 설명이나 교육용 자료라도 비치하고 관광 안내
도에 표시를 해 놓던지 하지, 얼굴 벽화 하나만 달랑 있는 사실상의 '공터'를
관광 안내도에 버젓이 표시해 놓다니. 안내 지도에 표시까지 해 둔 것을 보면
관광 상품화하려는 의도가 있는 것은 분명한데, 이렇게 허술하고 콘텐츠를
채워놓지 않은 로사리오의 무성의와 형식주의를 탓하지 않을 수 없었다. 체
게바라는 그의 고향에서 버림받고 잊혀진 존재였다.

허전한 마음을 달래며 로사리오를 관통하는 파라나 강변으로 나갔다. 짙은 안개에 옅은 비까지 뿌리는 궂은 날씨여서인지 강변은 썰렁했다. 강변을 따라 로사리오의 랜드마크 역할을 하는 반데라(국기) 기념관으로 향했다. 아르헨티나 국기를 기리기 위한 웅장한 기념물이었다. 기념탑이 얼마나 높은지 안개에 가려 그 끝을 제대로 볼 수 없을 정도였다. 기념탑 앞에는 20세기 초에 사용했음직한 대포도 배치해 놓았다.

묘했다. 일부 권위주의 국가를 제외하면, 국기를 숭상하고 기념관까지 만드는 나라가 얼마나 될까. 실제로 숙소 직원에게 아르헨티나 국기가 무엇을 의미하고 왜 기념관이 있는지 물어보았다.

"아마, 하늘 같은데…. 디자이너가 문득 하늘을 보고 그린 건지도 모르겠네요." 모호한 답이 돌아왔다.

"아, 그래요? 하늘이 파라니까…." 내가 고개를 갸우뚱했다.

"아니요, 잘 모르겠어요." 직원도 고개를 갸우뚱했다.

"그럼, 국기 기념관을 만든 이유는 뭐죠?"

"글쎄요. 디자이너가 이곳 사람이어서 그런 것 같은데요."

나중에 확인해 보니 1812년 아르헨티나 독립전쟁 당시 국기가 처음 로사리오에 게시된 것을 기념해 1957년 이곳에 기념관을 세운 것이었다.

세계 젊은이들의 우상, 변화와 혁명의 상징 게바라 탄생지엔 팻말 하나만 만들어 놓고, 국기 디자이너 탄생지엔 거대한 조형물과 기념관을 만들어 놓은 아르헨티나는 '이상한 나라'임이 분명해 보였다.

여전히 허전한 마음으로 로사리오의 중심이자 보행자 전용도로인 코르도바(Cordoba) 거리를 걸었다. 총 1.3km에 이르는 긴 도로로, 다른 도시의 중심 상업지역과 마찬가지로 각종 상점들로 꽉 들어차 있었다. 1910년에 개교해 설립 100년이 넘은 로사리오 대학을 거쳐 그 건너편의 추모박물관(Museo de la Memoria)을 찾았다. 1973~83년 사이 군사정권에 의해 인권이 짓밟힌 슬프고 참혹한 역사를 기억하기 위해 만든 곳이었다. 과거의 기억을 나누는 대화도 열린다. 과거의 아픔을 뛰어넘어 인간다운 사회를 만들려는 노력이 이루어지는 곳이다.

로사리오를 떠나면서 허망함과 실망감이 떠나지 않았다. 물론 이곳에도, 추모박물관처럼 새로운 희망의 씨앗을 뿌리고자 하는 노력이 있겠지만, 그것을 확인하기는 어려웠다. 정치·경제적 불안으로 어려움을 겪고 있는 아르헨티나처럼 내 마음도 울적해지고 있었다.

'에비타 향수'에 배인 슬픈 현실

부에노스아이레스는 한때 세계 5대 부국으로 번영했던 아르헨티나의 수도다운 풍모와 위엄을 지니고 있었다. 남미가 아니라 스페인 마드리드나 바르셀로나, 프랑스 파리에 온 듯한 착각을 불러일으킬 정도로 19세기 신고전주의 양식의 웅장한 건물들이 즐비하였다. 약간 색이 바랜 것이 부에노스아이레스가 지닌 역사와 전통, 과거의 영화를 보여주는 것 같았다. 곳곳의 카페와 레스토랑, 바에서 음악과 함께 왁자지껄한 웃음소리가 울려 퍼지고, 남녀가 탱고 리듬에 몸을 맡기는 낭만과 정열의 도시가 되기에 충분해 보였다.

그런데 내가 부에노스아이레스에 머문 2박 3일 동안 줄곧 우중충한 날씨가 이어지는 바람에 그런 낭만을 느끼기 어려웠다. 게다가 유럽에서부터 시작된 금융 위기의 여파가 영향을 미쳐 사람들은 풀이 죽어 있었고 흥은 자취를 감추었다. 하지만 그러한 상황은 거꾸로 열정적인 탱고 리듬과 축구 열풍에 가려 있던 부에노스아이레스의 속살을 볼 수 있게 해주었다.

부에노스아이레스에 도착한 다음 날 주요 명소 25곳을 운행하는 홉온 앤홉오프(Hop-on and Hop-off) 버스를 타고 도시를 한 바퀴 돌았다. 90페소(약 2만

3400원)를 내고 타면, 어디서나 내리고 다음 버스를 탈 수 있다. 스페인어는 물론 영어로도 설명이 나와 차만 타고 있어도 대략적인 이해가 가능한 버스, 주마간산(走馬看山)에 딱 어울리는 투어버스다.

버스는 부에노스아이레스의 정치 중심지인 5월 광장(Plaza de Mayo) 끝에서 출발, 광장 건너편에 있는 대통령궁을 거쳐 광장을 한 바퀴 빙 돌았다. '장미의 집(Casa Rosada)'이라고 불리는 대통령궁은 핑크빛으로 곱게 색칠되어 있고, 관광객도 꾸준히 몰려들고 있었다. 5월 광장은 국가적 주요 행사와 과거 민주화를 위한 시위가 벌어지던 곳이다. 수많은 젊은이들이 조국의 민주화와 자유를 위해 피를 흘리던 장소였는데 생각보다 넓지 않았다.

대통령궁과 5월 광장 주변엔 주요 관공서 건물들이 포진해 있다. 잇따른 통화관리 실패로 국민들을 고통에 빠뜨린 아르헨티나 중앙은행과 재무부 건물은 대통령궁 바로 옆에 있다. 버스는 대통령궁에서 부에노스아이레스를 동서로 가로지르는 중심도로인 '5월 대로(Avenida de Mayo)'를 따라 시의 상징인 레푸블리카 광장의 오벨리스크와 콩그레스 광장의 의회 건물을 차례로 지나쳤다.

이어 탱고로 유명한 산 텔모 지역을 통과했는데, 날씨가 궂어서인지 거리가 썰렁하고 탱고를 추는 사람도 없었다. 라 보카엔 최고 명문 축구 클럽인 보카 주니어스 홈구장이 있었지만, 인근 초기 유럽 이주자들의 정착지엔 가난의 그림자가 짙게 배어 있었다.

부에노스아이레스엔 길이나 공원에 다른 나라 이름을 붙여 놓은 곳이 많았고 각국 또는 각국의 거류민들이 기증한 조형물들도 많다. '이탈리아 공원', '독일 정원', '칠레 대로' 같은 식이다. 철도역과 버스터미널이 있는 공원의 높은 시계탑 '빅벤'은 영국 정착민들(colonists)이 런던의 빅벤과 같은 종탑을 만들어 기증한 것이다. 콜로니스트들의 선물이 주요 관광포인트이기도 하다. 아르헨티나에 유럽을 비롯한 각국의 이민자들이 집단적으로 거주하는 커뮤

니티가 많으며, 이들이 국가의 주
요 구성 단위라는 점을 잘 보여주
고 있었다.

몇 차례 버스에서 내려 인근을
돌아보고 다시 타기를 거듭하다
마지막으로 에바 페론(Eva Peron)의
묘지가 있는 레콜레타(Recoleta)에서

에바 페론의 묘지 참배자들의 발길이 끊이지 않지만, 페
론이 뿌린 포퓰리즘에 대한 논란은 여전하다.

내렸다. 여기선 굳이 에비타의 묘
지를 찾을 필요가 없었다. 사람들을 따라가기만 하면 되었다. 꼭 찾아보고
싶은 묘지였다.

'작은 에바'라는 의미의 에비타는 초원지대인 팜파스의 한 작은 마을에서
빈민의 딸로 태어나 배우의 꿈을 안고 15세 때 가출, 부에노스아이레스의 3류
극단을 전전하다 정치인 후안 페론(Juan Peron)을 만나 일약 퍼스트레이디까지
된 인물이다. 20대 후반 에비타의 빼어난 미모와 선동가적 기질, 강한 명예욕
등이 당시 노동부 장관이던 후안 페론의 정치적 야망과 맞아 떨어졌다. 둘은
1945년 대중들의 관심 속에 결혼했고, 이듬해 대통령 선거에서 에비타가 유
세 현장에 직접 뛰어들어 대중적인 지지를 호소한 데 힘입어 페론이 대통령에
당선되었다. 페론은 주요 산업의 국유화, 외국자본에 대한 규제, 노동자 복
지의 강화 등 사회주의적 정책을 펼쳤으며, 퍼스트레이디가 된 에비타는 노
동자와 빈민 등 사회적 약자를 위한 지원과 봉사 활동을 펼쳐 국민들의 인
기를 한 몸에 받았다.

하지만 허니문은 오래가지 않았다. 에비타는 척수 백혈병과 자궁암에 걸려
33세의 젊은 나이에 눈을 감았다. 그녀의 죽음을 안타까워하는 애도의 물결
이 전국을 감쌌다. 특히 가난하고 소외된 사람들의 추모 열기가 뜨거웠다.
이런 가운데 페론은 정치적 위기를 맞았다. 애초 그의 정책은 국가 재정을 고

려하지 않은 인기 영합주의, 즉 포퓰리즘의 성격을 띠고 있었다. 재정은 취약해졌고 반대의 목소리가 커지자 나중에는 권위주의 색깔을 강화했다. 이런 혼란 속에 1955년 군부 쿠데타가 발생해 페론은 권좌에서 물러나 스페인으로 망명했다.

에비타의 묘지에는 사람들의 발길이 끊이지 않아 그녀가 영원한 '아르헨티나의 연인'임을 보여주었다. 이는 가난하고 소외된 사람들에게 애정을 보여준 에비타에 대한 그리움의 표출이면서, 갈수록 어려워지는 살림살이와 절망적인 현실 정치권에 대한 반작용의 성격이 강하다. 그녀의 극적인 인생을 소재로 한 브로드웨이 뮤지컬 〈에비타〉가 1978년 세계적으로 히트해 '에비타 신화'도 만들어졌다. 에비타는 'Don't cry for me Argentina(아르헨티나여, 나를 위해 울지 마오)' 하고 노래했지만, 아르헨티나는 여전히 흐느끼는 것 같았다.

하지만 그녀와 그녀의 남편이 펼친 포퓰리즘과 권위주의, 이른바 페론 주의의 실체를 고려하면 이러한 향수의 이면에는 일종의 허상의 이미지 또는 허위의식이 자리 잡고 있는 것이 사실이다. 페론이 뿌린 포퓰리즘의 씨앗은 지금까지도 아르헨티나를 괴롭히는 고질병이 되었다. 뮤지컬 〈에비타〉는 상업적인 목적을 위해 그녀의 극적인 인생을 미화한 것으로, 아르헨티나 사회의 변화와는 별 관계가 없다. 더욱이 에비타에 대한 향수가 부조리한 사회를 개혁하려는 새로운 에너지로 발전하지 못하는 것도 분명한 한계다.

아르헨티나 사람들 사이에서도 에비타에 대한 평가는 극단적으로 엇갈린다. 로사리오 숙소에서 직원에게 단도직입적으로 물어본 적이 있다.

"에바 페론을 좋아해?"

"글쎄, 나는 좋아하지만, 많이 좋아하는 건 아니고…. 사람마다 다르다."

"그럼 아르헨티나 사람들의 일반적인 평가는 어때?"

"좋아하는 사람과 그렇지 않은 사람이 반반 정도 될 것 같다."

에비타에 대한 향수엔 아르헨티나가 처한 슬픈 현실이 배어 있는 것이다.

레콜레타를 마지막으로 버스를 타고 시내를 거쳐 상 후안의 숙소로 돌아왔다. 오늘의 여행은 편안하지도, 즐겁지도 않았다. 오디오 가이드의 설명도 유적이나 기념물의 역사나 현재에 대한 설명 없이 건축물의 설계자 같은 단편적인 사실만 나열해 지루하기 그지없었다. 녹음된 가이드의 목소리도 최악이었다. 피곤에 절은 듯 거의 쉰 목소리의 중년 아저씨 목소리를 계속 듣는 것 자체가 고역이었다. 그나마 오전에는 의욕을 내 가이드에 집중했지만, 오후에는 창문도 없는 2층 버스에 웅크린 채 내리는 비를 피하면서 덜덜 떠는 최악의 '관광'이었다. 이래저래 아르헨티나 이미지를 악화시키는 일들이 이어졌다.

'콜로니'의 연합체 국가

시티투어 버스로 부에노스아이레스를 한 바퀴 돌았지만, 그것으로 인구 1300만 명의 대도시를 이해하고 느끼는 것은 불가능한 일이다. 다음 날 직접 걸어서 중심가를 돌아보았다. 그때 5월 광장 건너편의 작은 건물 카빌도스(Cabildos)를 만난 것은 행운이었다. 구 시청사(타운홀)인데 지금은 5월 혁명 국립 역사박물관으로 개조되어 있다. 안으로 들어가 봐야 눈에 띄는 전시물은 별로 없고 찾는 사람도 많지 않지만, 이곳을 천천히 돌아보면서 지금까지 가졌던 아르헨티나에 대한 의문들이 하나씩 풀려나갔다. 단편적으로 보았던 아르헨티나의 실체가 하나의 연결고리를 갖고 분명하게 모습을 드러냈다. 카빌도스는 영감을 주는 곳이었다.

카빌도스는 1580년 부에노스아이레스가 형성될 당시 타운홀 기능을 수행하기 위해 지어진 건물이다. 처음에는 벽돌과 볏짚 지붕으로 세워졌으나 수차례 재건과 증축이 이루어졌고, 1821년까지 시의 중심 기능을 수행했다. 부

카빌도스 부에노스아이레스의 구 시청사로, 1810년 '네이버후드' 대표들이 독립을 선언한 역사적인 장소다.

에노스아이레스와 인근의 이민자 집단 대표들은 이곳에서 공개 및 비공개 회의를 열었고, 시의 입법과 행정 및 사법 기능을 수행했다.

부에노스아이레스에서는 '네이버후드(Neighbourhood)' 또는 '콜로니(Colony)'라는 말을 많이 쓴다. 유럽 각국에서 건너온 이주민들이 각각 독특한 문화를 유지하면서 거주하는 지역을 의미한다. '타운(Town)'이라는 말과 큰 차이가 없다. '네이버후드'는 '이웃'을 의미하니 그런대로 이해가 되지만, 식민지라는 의미의 '콜로니'에는 부정적 이미지가 담겨 있음에도 이를 자연스럽게 사용하는 것이 의아했다. 카빌도스에서 보니 부에노스아이레스가 바로 네이버후드와 콜로니들이 모여 만든 도시였고, 넓게 보면 아르헨티나가 이런 이민자 집단으로 구성된 국가였다. 의문점 해결의 실마리는 바로 여기에 있었다.

타운홀인 카빌도스가 의미가 있는 것은, 1810년 5월 25일 네이버후드 대표들이 여기에서 공개 회의를 열고 아르헨티나의 독립을 선언했기 때문이다. 18

세기 말~19세기 초는 유럽 및 세계 질서가 대격변을 일으킨 혁명의 시대였다. 제국주의 세력이 재편되면서 독립도 잇따랐다. 1776년 미국이 독립선언을 한 후 독립전쟁에 들어갔고, 1789년엔 프랑스 혁명이 일어났다. 중남미에서는 1809년엔 에콰도르와 볼리비아가, 1810년엔 아르헨티나·칠레·콜롬비아·멕시코·베네수엘라가, 1811년엔 우루과이와 파라과이가 각각 독립을 선언하는 등 독립의 기운이 요원의 불길처럼 번졌다.

1810년을 전후로 한 중남미 국가들의 독립 선언에는 1808년 스페인·프랑스 전쟁이 결정적인 역할을 했다. 당시 중남미 거의 전역을 장악하고 있던 스페인이 프랑스 나폴레옹과의 전쟁에서 패배하고 국왕 카를로스 4세와 그의 후계자 페르난도 7세가 유폐되면서 중남미 지역에 '권력의 공백 상태'가 발생했다. 이를 계기로 남미의 권력자들이 프랑스로의 예속을 피하고 자신의 재산을 보호하기 위해 '독립'이란 카드를 사용하였다. 엄밀히 말해 아르헨티나의 독립은 '아르헨티나 국민'들의 투쟁의 결과물이 아니었다. 물론 독립을 주도한 인물들의 희생적인 결단과 남미 전역에서 펼쳐진 독립전쟁을 간과할 수는 없지만, 새로운 정체성과 지향성, 새로운 가치를 바탕으로 주민들의 에너지를 모아 새 나라를 만들어가는 투쟁의 과정은 상대적으로 미약했다.

결국 아르헨티나의 독립은, 지배층이 스페인 왕국에서 아르헨티나의 토착 지배층으로 바뀐 것일 뿐이었다. 독립을 통해 정치·경제·사회 구조를 개혁하고 새로운 국가 시스템을 만들어내지 못한 것이다. 때문에 아르헨티나는 기존 콜로니스트들의 연합, 네이버후드들의 연합에서 크게 벗어나지 못했다. 이 역사적 배경이 오늘날 자기 정체성 위기의 근원이라 할 수 있다.

아르헨티나라는 말은 '은(silver)'을 뜻하는 라틴어 '아르젠툼(argentum)'에서 유래했다. 1500년대 스페인에서는 이곳에 '은산(銀山, Silver Mountain)'이 있다는 소문이 퍼졌고, 이를 노린 유럽 이민자들이 대거 몰려들었다. 1602년 한 시인이 이를 노래해 '실버 러시'까지 촉발했다. 물론 아르헨티나에 그들이 바라던 은 산은 없었다. 그럼에도 이 말은 1810년의 독립 선언과 1826년 헌법 제정 때 국호로 사용되기에 이르렀다. 어쩌면 아르헨티나라는 국명이 보여주듯, 이 나라는 지금도 그 콜로니스트들의 '정복'과 '약탈'의 과정에 있는지도 모른다.

카빌도스를 나서 5월 광장과 대통령궁, 대성당과 재무부 및 중앙은행 등 일대를 돌아보고 스타벅스에서 커피를 한 잔 했다. 그런데 커피의 본고장은 바로 남미가 아닌가. 브라질이나 아르헨티나, 우루과이, 파라과이, 콜롬비아 등 남미는 커피의 최대 생산지다. 그럼에도 슈퍼에 가면 미국의 다국적 기업 네슬레의 네스카페가 장악하고 있고, 미국의 스타벅스가 국제적인 커피 맛의 기준이 되어 있다. 남미를 여행하면서 스타벅스에서 커피를 마시고 있으니, 참으로 아이러니다.

커피를 마시면서 아르헨티나를 '골 때리는 나라'라고 말한 클라우디오와, 로사리오와 부에노스아이레스 숙소에서 만난 아르헨티나 젊은이들이 생각났다. 이들은 자신을 소개할 때마다 항상 자신의 조상을 먼저 이야기했다. 나중에 바릴로체나 멘도사, 살타에서 만난 사람들도 마찬가지였다. 그 말의 저변엔 자신을 남미의 '이상한 나라' 아르헨티나의 국민이라기보다는 유럽 이민자의 후예, 즉 콜로니스트라는 인식이 깔려 있는 것이 아닐까?

오후가 되니 부에노스아이레스 도심에도 활기가 느껴졌다. 어쩌면 이곳은 유명 관광지 중심으로 돌아다니면 진정한 낭만과 맛을 느낄 수 없는 곳일 수 있다. 오래 머물며 탱고 리듬에 취해 보고, 〈베사메 무초〉를 부르는 중년 신사의 고독에 빠져 보아야 하는 도시일지도 모른다. 역사와 사회, 그들의 삶을 '이해'하기보다는, 그들의 삶을 '느껴야' 하는 도시, 그 문화에 젖어들어 보아야 하는 도시 같다. 나는 격정적인 탱고 소리가 구질구질한 날씨 속으로 자취를 감춘 이곳에서 세상 걱정만 하는 진지하고 외로운 여행자, 불쌍한 여행자가 된 느낌이다.

부에노스아이레스에서 바릴로체로 가는 길 외롭게 놓인 2차선 도로가 가도 가도 끝이 없는 황무지를 가르고 있다.

'검은 빙하'의 눈물

부에노스아이레스 버스터미널은 아르헨티나 주요 도시는 물론 남미 각국으로 가는 버스가 출발하는 교통의 허브다. 가히 세계 최대의 터미널이라고 불러도 손색이 없을 듯했다. 오후 7시 10분 남부 안데스 산맥의 호수 지역인 바릴로체(Bariloche)로 가는 버스가 출발했다.

비아 바릴로체(Via Bariloche) 버스는 1570km의 기나긴 아르헨티나 동서 횡단 도로를 쉼 없이 달렸다. 남부 평원은 거의 황무지였다. 푸에르토 이과수에서 로사리오를 잇는 아르헨티나 중북부에는 아열대 숲과 사탕수수 등 상업용 작물을 재배하는 농장, 소 방목장이 연이어 나타났는데, 남쪽으로 내려오니 거칠고 메마른 황무지뿐이었다. 가도 가도 끝이 없다. 황무지에 2차선 도로가 외롭게 나 있고, 지나가는 차도 별로 눈에 띄지 않았다.

다음 날 오후 4시 바릴로체에 도착했다. 부에노스아이레스에서 21시간이 걸렸다. 저녁부터 아침, 점심까지 세 끼를 버스에서 제공했다. 아침에 눈 뜬 이후 6~7시간의 풍경은 거의 동일했다. 산은 없고 황무지뿐이었다. 오후를 지나 아르헨티나 서쪽 파타고니아에 접근하니 드디어 남부 안데스의 설산들이 고개를 내밀기 시작했다. 대평원 너머 멀리 흰 눈을 뒤집어쓴 설산들이 보이더니 그 아래로 호수와 숲이 간간이 나타났다.

바릴로체를 다음 목적지로 잡은 건 브라질 쿠리치바에서 만난 캐나다 여성 클레어와 포즈 두 이과수에서 만난 아르헨티나 청년 클라우디오의 영향이 컸다. 둘 모두 바릴로체를 강력히 추천했다. 당초 나는 남미 대륙의 최남단인 칠레의 푼타아레나스나 아르헨티나의 우수아이아까지 가보고 싶었지만 시간이 넉넉하지 않은데다 비용도 많이 들어 그걸 포기하고 대신 이들이 추천한 바릴로체를 선택했다. 지금이 가을에서 겨울로 접어드는 시기여서 추위가 본격적으로 몰아칠 남미 대륙의 남쪽 끝까지 여행하는 게 꺼려지기도 했다. 반면, 바릴로체에 가면 세계적으로 희귀한 '검은 빙하(Black Glacier)'를 볼 수 있었다. 결과적으로 바릴로체가 안데스 산맥 여행의 남쪽 시발점이 되었으며, 그것은 아주 잘한 결정이었다.

바릴로체는 '작은 스위스', '남미의 스위스'라는 별명이 무색하지 않을 정도로 아주 아름다운 마을이다. 안데스 산맥 남동부의 나후엘 후아피(Nahuel Huapi) 호수를 배경으로 자리 잡은 이 작고 아담한 마을은 서쪽으로 거대한 안데스가 버티고 있고 수정 같은 호수와 숲이 조화를 이루고 있다. 아르헨티나에서는 가장 인기 있는 휴가지이기도 하다.

마르코폴로 인 호스텔(Marcopolo inn Hostel)에 여장을 풀고 바로 마을 산책에 나섰다. 스위스 초콜릿 가게들, 아담한 통나무집, 아기자기한 카페들이 죽 늘어선 것이 그야말로 스위스의 작은 마을에 와 있는 듯하다. 지금까지 리우에서부터 부에노스아이레스까지 대도시만 돌아다니다 호수를 끼고 형성된 작은 마을을 보니 분위기가 확실히 달랐다.

시내엔 초콜릿 가게들이 빼곡하게 들어서 있고, 손님들도 많았다. 시내 한복판의 가장 큰 초콜릿 상점 델 투리스타(Del Turista)에 들어가 내부도 구경하고 맛보기용으로 초콜릿도 한 봉지 사서 먹어보았다. 달콤한 초콜릿이 입에서 살살 녹았지만 바릴로체만의 '특별한' 초콜릿 맛은 아니었다. 평범한 초콜릿이었지만, 아르헨티나에선 이국적인 정취였다.

바릴로체 타운은 독립기념일 행사를 위한 준비로 분주했다. 크리스티나 페르난데스 대통령이 내일 이곳을 방문해 기념 행사를 치를 예정이라고 했다. 크리스티나는 2003년부터 2007년까지 대통령을 지낸 네스토르 키르치네스 대통령의 아내다. 클라우디오는 아르헨티나에선 남편이 대통령이 되면 그 다음에는 그 아내가 대통령이 된다며 또 '골 때리는 나라'라고 했는데, 크리스티나가 바로 그런 경우였다. 대통령은 매년 각지를 순회하며 독립기념일 행사를 치르는데, 이번엔 바릴로체 차례란다. 몇 년 전 바릴로체 인근에서 지진이 발생해 많은 피해를 입었는데, 이를 위로하고 복구에 힘을 보태려는 의도도 있다고 했다.

다음 날 아침 아르헨티나 관광객들과 함께 승합차를 타고 나우엘 후아피 국립공원(Parque Nacionale Nahuel Huapi)으로 향했다. 1935년 국립공원으로 지정되었고 호수와 폭포, 검은 빙하, 숲 등이 보호 대상이다. 약간 흐려 있지만, 호수와 호수 주변의 숲, 멀리 만년설을 뒤집어쓰고 삐죽삐죽 솟아오른 산들이 아름다웠다. 오스트리아나 스위스의 알프스 산자락에 온 것 같았다. 이곳에 거주하는 사람들이 대부분 독일과 스위스 등 유럽 북부지역에서 온 이민자 후예들로, 집도 대부분 유럽풍으로 지어져 더욱 그러한 느낌을 준다.

버스는 구티에레스 호수(Lago Gutiérrez)와 마스카르디 호수(Lago Mascardi)를 지나 구불구불한 산길을 달렸다. 작은 폭포를 구경하고 중간에 점심식사를 한 다음 오후 2시 넘어서야 최종 목적지인 검은 빙하에 도착했다. 높이 3478m의 트로나도르 산(Cerro Tronador) 정상과 계곡을 덮고 있는 세계 유일의 검은 빙하다.

이 지역은 남위 43도로 극지방도 아닌데다 해발고도 2100m에서부터 빙하가 만들어져 있다는 것이 신기했다. 가이드 마리사는 수백만 년 전의 빙하기

바릴로체의 검은 빙하 20~30년 전에만 해도 빙하로 덮여 있었으나 지구 온난화로 빙하가 녹으면서 거대한 호수가 만들어졌다. 빙하가 녹으면서 화산재와 자갈, 흙 등이 남아 빙하가 검은색을 띠고 있다.

때부터 형성된 두텁고 견고한 얼음이 바닥에 있어, 그 위에 내린 눈이나 얼음이 녹지 않는다고 했다. 여름에는 일부 녹아내리지만, 겨울에 다시 두꺼운 얼음이 형성되는 과정이 반복되면서 빙하가 만들어졌다. 특히 여름에 눈이 녹아도 주변 화산에서 날아온 화산재와 자갈, 흙 등은 그대로 남아 검은색을 띠고 있다.

트로나도르 산은 살아 있었다. '쩡! 쩡!' 하면서 빙하가 갈라지는 소리가 산에 간간이 울려 퍼졌다. 가끔 산 정상 부위에 두텁게 쌓여 있던 눈이 하얀 분말을 하늘에 뿌리며 절벽 아래의 검은 빙하로 쏟아져 내렸다. 빙하는 울고 있었다. 지구 온난화로 아래쪽 빙하가 계속 녹아내리고 있고 그 녹은 물로 만들어진 호수에는 본체에서 떨어져 나온 빙하가 둥둥 떠다녔다.

"20~30년 전에만 해도 호수는 없었어요. 저는 10년 동안 가이드를 하고 있는데 빙하가 갈수록 빠르게 녹으면서 아래쪽에 거대한 호수가 만들어졌어요. 지구 온난화 때문이에요. 사실 이산화탄소는 미국과 유럽, 중국이 많이 배출하지만, 그것 때문에 이곳의 빙하가 녹아내리고 있어요." 작은 키에 단단한 몸매를 지닌 30대 초반의 마리사가 안타까운 듯 말했다.

지구의 자연은 긴밀하게 연결되어 있다. 아르헨티나나 아프리카의 가난한 국가들은 이산화탄소를 적게 배출하면서도 심각한 피해를 입고 있다. 때문에 환경오염과 지구 온난화, 기후변화는 전 세계 사람들이 경각심을 갖고 함께 대처하지 않으면 해결할 수가 없다. 특히 이산화탄소를 가장 많이 배출한 선진국들의 책임이 크다. 녹아내리는 검은 빙하는 선진국을 비롯해 전 세계가 함께 나설 것을 촉구하고 있었다.

투어를 함께한 일행은 열다섯 명 정도였는데, 대부분 아르헨티나 젊은이들이었다. 검은 빙하를 돌아보고 숲길을 한참 걸어 내려오면서 이들과 많은 대화를 나누었다. 대화 주제는 역시 아르헨티나 정치권과 지도자들의 부정부패와 물가에 관한 것이었다. 이들 모두 정치권이 부패해 국민이 정부를 신뢰하지 않으며, 희망을 찾지 못하고 있다고 말했다. 또 물가가 하루가 다르게 올라 국민들의 생활이 갈수록 어려워지고 있다고 말했다. 많은 사람들이 아르헨티나 페소를 버리고 미국 달러화를 모은다고 말했다. 한마디로 위기에 대한 국가적인 대응이나 사회적 합의는 없이, 불평과 불만을 토해내며 각자 살길을 찾는 데 익숙해져 있는 것 같았다. 검은 빙하가 흘리는 눈물처럼 아르헨티나 사람들의 마음에도 눈물이 흐르고 있었다.

달러를 비축하는 국민들

여행을 하다 보면 자신이 본 것이나 독특한 경험을 일반적인 것으로 치환하는 '특수성의 일반화' 오류에 빠지는 경우가 많다. 독특하고 단편적인 경험은 그 자체로는 사실, 즉 '팩트(fact)'지만 그것이 그대로 보편성을 갖는 것은 아니다. 자신의 특수한 경험을 일반적인 것으로 인식할 경우, 그 사회가 가진 '진실(truth)'과 멀어질 수도 있고 혹은 정반대의 결론에 도달할 수도 있다. 혼자서 많은 지역을 여행할 경우 '장님 코끼리 만지기식'이 되기 쉬워 그런 오류에 빠질 가능성도 높다.

여행자는 이를 경계하고 편협한 사고의 오류에 빠지지 않도록 해야 한다. 그러기 위해선 끝없는 반추와 다양한 자료들을 통해 정확한 정보를 갖는 것이 필요하다. 특히 다른 여행자와의 대화는 편견의 오류에 빠지지 않도록 하는 역할을 한다. 바릴로체에서 만난 여행자들은 내가 가진 아르헨티나에 대한 생각을 확인하고 풍부하게 해 주었다.

트로나도르 산 투어를 한 다음 날 하루 종일 바릴로체 일대를 돌아다니며 '작은 스위스'의 아름다움에 흠뻑 빠졌다. 세로 콤파나리오(Cerro Companario)는 나후엘 후아피 호숫가의 언덕으로, 호수와 호수를 둘러싸고 있는 산, 그리고 호숫가의 마을들을 조망할 수 있는 곳이다. 바릴로체의 호수지역 가운데 가장 유명해서 여행자들도 가장 많이 몰린다.

케이블카를 타고 전망대에 올라가니 그림 같은 호수가 펼쳐졌다. 가장 큰 호수인 나후엘 후아피 호수를 비롯해 크고 작은 호수들이 끝없이 이어져 있고, 그 주변으로는 나무가 우거진 숲이, 그 숲속에는 마을들이 자연 속에 깃들어 있듯이 아름답고 평화롭게 자리 잡고 있었다. 오스트리아나 스위스의 호수마을, 우리 가족이 돌아본 오스트리아 잘츠부르크와 할슈타트를 연상시키는 멋진 모습이었다.

바릴로체가 북유럽을 연상시키는 데엔 이유가 있다. 스위스와 스웨덴, 독일 등 중북부 유럽 이주민들이 집단 거주지, 즉 콜로니를 만들고, 각각의 문화와 전통을 유지하고 있는 곳이기 때문이다. 이민자들은 19세기 말~20세기 초부터 활발히 유입되기 시작했으며, 특히 1945년 2차 세계대전 종전 이후

나치주의자들이 대거 피신해왔다. 바릴로체가 2차 세계대전 전범들의 도피처로 인기가 높았으며, 독재자 히틀러가 이곳에 피신해 수년간 살았다는 주장이 나와 주목을 끌기도 했다. 한 작가가 관련 저술까지 내놓았는데, 진위 여부는 확인되지 않았다. 그 정도로 유럽 이민자들이 선호하며, 각자의 문화를 유지하는 곳이다. 이곳이 영토적으로는 아르헨티나에 속하지만, 마을의 모습이나 생활방식, 문화 등은 유사(類似) 유럽으로, 각각의 마을에도 스위스 콜로니, 독일 콜로니 같은 이름이 붙어 있다. 행정적으로는 아르헨티나이지만 아직 유럽의 식민지, 유럽에서 넘어온 이주민들의 집단 거주지역인 셈이다.

세로 콤파나리오를 돌아보다 아르헨티나 청년들을 만났다. 친구의 생일을 맞아 일곱 명이 3일간 바릴로체를 여행하고 있다고 했다. 프란시스코는 대학 졸업 후 파타고니아 북쪽에 있는 네우켄의 여행사에서 2개월째 근무하고 있는 청년으로 영어에도 상당히 능통했다. 그들은 콤파나리오 전망대의 스낵코너에서 나에게 차도 대접하며 작은 유머에도 까르르 웃음 폭탄을 터트리는 아주 명랑하고 쾌활한 청년들이었다.

하지만 이들에게도 아르헨티나 경제난의 그림자가 드리워져 있었다. 여행사 근무에 만족한다는 프란시스코는 "아르헨티나에서 좋은 일자리를 찾는 건 아주 어렵다"고 말했다. 듣고 있던 다른 친구들 모두 고개를 끄덕이며 다소 심각한 표정을 지었다. 이들 가운데 대학생도 있었는데, 국립대학 학비는 무료, 사립대학은 월 800페소 정도의 수업료를 낸다고 했다. 대학에서도 시험을 볼 때는 비용을 따로 지불해야 하지만 저렴한 학비에 만족스러워했다.

청년들과 헤어져 숙소로 돌아오다 이번엔 젊은 미국인 여학생 브렌트를 만났다. 버스 정류장에서 만나 바릴로체 시내까지 함께 버스를 타고 왔다. 미국 콜로라도 출신으로, 부에노스아이레스의 대학원에서 공공정책을 공부하면서 자전거 투어 가이드를 병행한다고 했다. 대학원생 겸 투어 가이드라 그런지 그녀는 아르헨티나의 정치·경제·사회 상황에 대해 아주 체계적인 인식을 갖고 있었다.

"아르헨티나는 지속 가능한 공공정책, 사회통합과 사회개발을 위한 공공정책이 절실한 국가예요. 개발해야 할 공공정책이 많은 곳에서 공부하고 있는 게 아주 즐거워요." 브렌트는 환한 미소를 지으며 말했다. "학기 중에는 공부를 하고 방학을 이용해 가이드를 하죠."

나는 물가를 언급하며 그동안 가진 의문점을 제기했다.

"맞아요. 물가는 아르헨티나가 당면한 최대 과제죠. 가장 심각한 문제예요. 페소화 가치가 하락하면서 수입품 가격이 크게 올라 물가를 끌어올리고 있어요. 정부도 치솟는 물가를 제대로 관리하지 못하고 있죠." 브렌트는 분석적으로 말하면서 혀를 내둘렀다.

"아르헨티나 정부나 국민들이 이런 문제에 어떻게 대응하는지 확인하기가 어려웠어요. 해결하려는 의지가 있는지도 잘 모르겠어요." 내가 약간 답답한 듯이 말했다.

"아르헨티나 사람들은 물가와 환율을 크게 걱정하면서 달러를 모으고 있어요. 달러를 모으는 방식으로 위기에 대응하는 거죠. 국가가 대응하는 데 한계가 있다는 걸 국민들이 잘 알고 있어요." 브렌트는 주변을 돌아보면서 말했다.

"아, 국민들은 자신들이 뽑은 정부보다 미국 달러를 더 신뢰하는군요." 내가 약간의 과장과 블랙 유머를 섞어서 말하며 싱긋 미소를 보냈다.

"맞아요. 그들은 달러를 신뢰해요." 브렌트도 미소를 보내면서 말했다.

저녁때에는 숙소에서 의외의 한국인을 만났다. 한국 SK네트웍스의 직원으로 중남미 지역 전문가로 파견되어 아르헨티나 거의 전역을 여행하고 있다는데 스페인어에도 아주 능통했다. 우리는 저녁 8시부터 시작해 자정이 되기까지 중남미에 대한 대화를 나누었다. 남미 여행을 하면서 한국인과 만나 이토록 오랫동안 대화를 나눈 것은 이번이 처음이었다.

그 청년은 아르헨티나보다 콜롬비아에 사업 기회가 더 많을 것으로 보았다. 상대적으로 사회도 안정되어 있고, 자원도 풍부해 글로벌 자금이 콜롬비아로 유입될 가능성이 더 크다는 것이다. 그는 남미 대륙의 남쪽 끝 엘 칼라파테에서 버스를 타고 28시간을 달려 막 도착했는데도 쌩쌩했다. 패기만만했다. 그 청년의 모습을 바라보자니 아르헨티나의 우울한 현재 모습과 한국전쟁 후 비약적으로 성장한 역동적인 한국의 모습이 겹쳐졌다. 한국의 기업이나 젊은이들이 이렇게 세계 곳곳을 누비며 시장 조사도 하고, 사업 기회도 모색하고, 투자 대상을 물색하는 한 한국에 희망이 있을 것이라는 생각이 들었다. 지구 반대편의 이런 시골에까지 전문가를 파견해 조사토록 하는 것, 한국의 기업 아니면 누가 하겠는가.

아르헨티나를 떠나면서 무언가 부족한 느낌이 들었다. 독자성, 독창성, 창조성 등 아르헨티나의 정체성보다는 모든 것이 콰시~(Quasi~), 준~(準~), 아~(亞~), 사~(似~), 또는 사이비(似而非) 같은 느낌이다. 유럽 이민자의 후예라는 인식을 갖고, 남미의 전통보다는 조상의 나라인 유럽에 뿌리를 대는 영원한 이민자의 나라 같다. 인구의 90% 이상이 유럽계 이민자나 그 후손들이기 때문에 그런 사고를 가질 만도 하지만, 그렇다면 정치나 사회 구조도 유럽식으로 가져가면 좋으련만, 특히 청렴이나 자유, 민주, 인권 등 보편적 가치에서 유럽 기준을 따르면 좋으련만, 그런 데에는 소홀히 하면서 겉만 유럽을 좇는 껍데기 나라라는 인상을 주었다.

바로 거기에 아르헨티나가 겪는 어려움의 근원이 있었다. 국가가 국민의 안전과 자유를 보장하지 못하고, 국민들이 공유할 수 있는 가치를 상실하면, 국민들은 각자 자신의 능력대로 자신의 이익을 챙기는 데 몰두하는 법이다. 약탈자가 되는 것이다. 아무리 영토가 넓고, 자원이 풍부하고, 잠재력이 많다 하더라도 이를 국가적 개발의 에너지로 연결할 수가 없다. 정치나 경제 부문의 지도자들조차 자신에게 부여된 권력을 축재를 위한 사유물로 전락시키고, 중앙이나 지방의 관료들은 관료들대로, 기업인들은 기업인들대로 자신의 이익을 위해 이전투구를 벌인다.

국가란 국민이 공통의 안전과 자유, 인권, 경제적 권리를 보호하기 위해 인위적으로 만든 조직이다. 이를 위해 입법과 사법 제도, 경찰과 군대를 만들고, 이들에게 인신 구속은 물론 하늘이 부여한 최고의 가치인 개인의 생명을 빼앗을 수 있는 권한까지 부여한 것이다. 하지만 그 공통의 가치에 대한 신뢰를 잃고 권력이 사유화되는 순간 국가의 정체성은 물론 국가의 존립 기반이 무너지는 것이다. 그것은 약육강식이 지배하는 정글의 사회로 가는 지름길이다.

한국은 어떠한가. 한국의 해방도 스스로의 힘에 의해서 이루어진 것이 아니라 일제의 패망에 의해 갑자기 주어진 것이라는 한계를 갖고 있지만, 지난한 반봉건·반식민지 투쟁의 역사를 갖고 있다. 해방 후에도 4·19혁명과 5·18민주화투쟁, 1980년대 후반의 노동자 대투쟁과 6월 항쟁 등 보편적 가치를 실현하기 위한 투쟁과 희생의 역사를 지니고 있다. 이를 통해 확립한 민주와 평화, 노동, 인권, 통일의 가치는 국가 정체성 확립의 귀중한 토대다.

하지만 한국 사회도 아직 갈 길이 멀다. 이미 용도 폐기된 좌파 논란을 포함한 구시대적 이념 논쟁이 끊이지 않고 이어지고 있고, 그 한계가 명확하게 드러난 신자유주의에 대한 맹신이 공동체의 분열을 가속화하고 있다. 국가에 대한 신뢰가 점점 약화하면서 각자 자신의 이익을 챙기려는 황금만능주의가 갈수록 맹위를 떨치고 있다. 비용이 들더라도 공통의 보편적 가치를 지키기 위한 노력이 더 필요하다. 아르헨티나가 약육강식의 정글 속에서 아직도 흐느끼고 있듯이, 한국도 사회 구성원들이 공유하는 보편적 가치를 형성하지 못하면 모두가 약탈자가 될 것이다.

안데스에 서린 인디오의 영혼

민주주의,
'공동의 가치와 투쟁의 공유'

새로운 세계가 펼쳐지는 안데스

여행은 익숙한 환경에서 벗어나 다양한 세상을 알아가는 과정이다. 이를 통해 내가 접하는 것이 전부가 아니라는 사실을 깨닫고, 내 삶의 전부인 것처럼 생각되던 현실의 무게를 가볍게 만드는 것이다. 그럼으로써 다른 시각을 갖게 하는 게 여행이다. 세상의 끝은 없다. 세상의 끝처럼 보이는 곳에서 새로운 세상, 새로운 언어와 문화와 전통을 지닌 세계가 열린다. 부에노스아이레스에서 바릴로체로 향하는 길도 끝없이 황무지가 이어져 세상의 끝으로 가는 것 같았지만, 안데스에 접근하자 새로운 세계가 열렸다.

남미의 등뼈 안데스 여행은 이를 확인하는 또 하나의 여정이었다. 브라질 리우데자네이루에서 시작해 열대에서 아열대를 거쳐 안데스 남쪽의 온대지방까지 내려온 발걸음은 안데스 산맥을 지그재그로 타고 넘으면서 북쪽으로 올라가는 여정으로 이어졌다. 원래 계획은 안데스의 남쪽 끝에서 출발해 페루 리마를 거쳐 에콰도르와 콜롬비아 보고타까지 올라갈 계획이었으나, 귀국 일정이 빨라지면서 리마에서 남미 여행을 마쳐야 했다. 그렇게 여정을 줄였어도 바릴로체에서 리마까지 이동거리는 7000km에 달했다. 안데스 산맥의 남북 직선거리가 7000km임을 감안하면 사실상 이를 종주하는 거리다.

남미에서 지금까지 이동한 거리 4530km보다 먼 거리를, 그것도 험준하기로 악명이 높은 안데스를 이동해야 한다.

아침 어둠이 가시지 않은 오전 8시, 버스가 바릴로체를 출발해 안데스로 향했다. 흐리고 비가 내리는 궂은 날씨에 나후엘 후아피 호수 주변으로 이어진 길을 천천히 달렸다. 날이 맑으면 호수와 산, 산 정상의 눈과 하늘, 숲이 잘 어울린 풍경이 펼쳐졌을 텐데 그걸 보지 못하고 떠나는 것이 아쉬웠다.

출발한 지 1시간 반 정도 지나 안데스 산맥 가운데의 아르헨티나 국경에 도착해 30여 분 만에 출국 심사를 마쳤다. 다시 굽이굽이 산길을 돌아 40분 가까이 달리니 칠레 국경이 나타났다. 입국 심사를 위해 버스에 실린 짐을 모두 꺼내 긴 테이블에 올려놓았다. 특수훈련을 받은 견공(犬公)이 등장해 여행자들의 가방에 일일이 코를 갖다 대고 킁킁거리며 검사를 했다. 안데스 산맥 남쪽 끝에서 X-레이 투시기 대신 개의 코가 중요한 일을 하고 있었다.

칠레로 넘어와 구불구불한 산길을 한참 달려 오소르노에 도착하니 칠레 시간으로 11시 30분(아르헨티나 시간으로는 12시 30분)이다. 바릴로체에서 4시간 반이 걸렸다. 드디어 안데스 산맥을 넘었다. 산맥의 남쪽에 있는 비교적 낮은 고개인 '사모레 추기경 고개(Paso Cardenal Samore)'였다. 1978~83년 아르헨티나와 칠레 사이에 국경 분쟁이 발생했을 때 중재 역할을 한 안토니오 사모레(Antonio Samore) 추기경의 이름을 땄는데, 해발 1314m로 안데스 산맥에서 가장 낮은 고개 중 하나다. 사실 안데스 산맥을 넘었다기보다는 아르헨티나에서 칠레로 넘어왔다는 생각이 강했다.

오소르노에 도착은 했는데, 말도 안 통하고 지리도 잘 모르니 막막하기만 했다. 아르헨티나에서는 터미널이나 상점에서 영어가 그런대로 통했는데 여기엔 영어를 할 줄 아는 사람이 거의 없었다. 브라질과 아르헨티나는 유럽 이민자의 후예들이 많고 백인이 대부분인데, 오소르노엔 둥그스름한 모양에 챙 짧은 검은색의 칠레 전통 모자에 알록달록한 망토, 천으로 된 짐을 짊어진 메스티조들이 많다. 여자들은 작은 키에 검은 머리를 한 줄로 길게 땋았다. 갑자기 안데스의 오지마을에 온 느낌이 들었다. 아니, 새로운 세계였다.

한참을 서성이다가 일단 산티아고 행 버스를 예약했다. 오후 10시 45분에 출발하는 콘도르(CONDOR) 회사의 세미까마로 1만 칠레페소였다. 출발은 늦지만, 가장 싸고 내일 아침 9시 산티아고에 도착하니 시간도 적절했다. 그런데 화폐 단위가 아르헨티나페소에서 칠레페소로 바뀌니 환율이 복잡해지고 물가 가늠이 잘 안 되어 감을 잡는 데 한참 시간이 걸렸다. 대략 1달러가 500 칠레페소니, 원화로 환산하면 1페소=2.4원 정도다. 2.5원으로 생각하고 물가를 계산했는데, 나중에 신용카드 청구서를 보니 1페소=2.66원이 적용되었다(이 여행기에선 1페소=2.7원을 적용했다). 오소르노~산티아고를 10~11시간 달리는 야간 버스가 1만 페소, 즉 2만 7000원 정도니 그리 비싼 것은 아니다. 아르헨티나에선 부에노스아이레스~바릴로체 간 21시간 야간 버스가 원화로 17만 원이나 했다.

출발시간까지 10시간 이상이 남아 오소르노나 실컷 돌아보기로 했다. 오소르노는 남북으로 4300km에 달하는 국토를 15개 지역으로 나눈 칠레에서 '지역 10(region X)'에 속하는 인구 15만 명의 작은 마을이다. 평범한 칠레인들이 사는 변방 마을로, 관광지도 아니고 관광객도 없어 이곳을 돌아보는 게 오히려 흥미로울 것 같았다. 상업적으로 탈색한 관광지가 아닌 칠레의 진짜 속살, 맨얼굴을 볼 수 있을 것 같았다.

터미널에서 시내 방면으로 오니 대형 쇼핑몰이 곳곳에 들어서 있었다. 터미널 앞의 허름하고 쓰러질 듯한 상점들과는 완전히 달랐다. 점심때도 되어 현대적 쇼핑몰인 점보(JUMBO)의 뷔페에서 소고기와 밥, 샐러드에 후식으로 케이크와 콜라까지 담았더니 5460페소(약 1만 4700원)가 나왔다. 생각보다 가격은 비쌌지만 푸짐한 식사였다.

오소르노 시가지를 세 번 정도 왔다 갔다 했다. 목이 기형적으로 굵어 아주 우람해 보이는 마을 중앙공원의 황소상이 이곳이 축산업의 고장임을 알리고 있고, 그 옆의 성당과 상가가 도시의 중심부를 형성하고 있다. 론리 플래닛에도 황소상 말고는 볼 것이 없는 마을이라고 하였는데, 정말 마을을 돌아보는 데 20~30분도 걸리지 않았다.

칠레는 남미 국가 가운데 정치적으로 비교적 안정되어 있고, 안정적인 통화 및 경제 정책으로 꾸준한 경제성장을 이루며 적절한 재정 관리를 통해 남미 국가로서는 처음으로 경제협력개발기구(OECD)에 가입한 나라다. 오소르노에서는 아르헨티나보다 더 낡은 듯한 모습도 곳곳에 눈에 띄었지만, 오지에까지 몰아친 '개발' 바람을 느낄 수 있었다. 쇼핑몰도 그 가운데 하나였다. 대형 쇼핑몰엔 갖가지 상품이 넘치고 가격도 아주 저렴했다. 여느 선진국 못지않은 현대식 시설에 매장도 아주 깔끔했다.

산티아고 행 콘도르 버스에 올라 밤새 푹 자고 눈을 떠 보니 아침이 밝아오고, 오른쪽으로 하얀 눈에 덮인 안데스의 봉우리들이 길게 이어졌다. 산티아고에 접근하면서 포도밭이 길게 이어져 이곳이 와인 주산지임을 알렸다. 포도넝쿨 잎은 이미 누렇게 바뀌어 낙엽이 지고 있었다. 5월 말, 남반구에선 계절이 가을에서 겨울로 넘어가고 있었다.

작지만 단단한 메스티조의 나라

오소르노에서도 칠레가 브라질이나 아르헨티나에 비해 훨씬 '남미답다'는 생각이 들었는데, 산티아고를 보며 이런 생각이 더욱 강하게 들었다. 동쪽으로는 안데스 산맥, 서쪽으로는 태평양에 접한 국토가 좁고 길게 이어져 언뜻 국가적 통합이나 정체성 형성에 어려움이 있을 것 같았지만, 오히려 더 단단한 느낌이었다. 광활한 국토를 가진 아르헨티나가 알맹이 없이 껍데기만 치

산티아고 헌법 광장에 서 있는 아옌데 동상
칠레 민주주의의 상징이자 칠레에서 가장 존경받는 인물이다.

장한 '가짜 유럽' 같다면, 칠레는 키가 작지만 까무잡잡한 피부에 내적으로 강한 자기 정체성과 유대감을 갖고 있는 '메스티조의 나라'로 보였다.

산티아고에 도착해 라 침바 호스텔(La Chimba Hostel)에 여장을 풀고 오후 2시부터 시작하는 시내 프리 투어에 참가했다. 산티아고의 핵심 명소를 돌아보는 것으로 칠레를 이해하는 데 가장 좋은 시티투어다.

대통령궁인 모네다 궁(Palacio de La Moneda) 앞 광장으로 가니 젊은 가이드 호세가 기다리고 있었다. 캐나다와 네덜란드, 독일, 미국에서 온 여행자 10여 명과 함께하는 시티투어가 시작되었다. 기마병이 늠름한 자세로 경비를 서고 있는 모네다 궁에는 대통령을 비롯해 주요 정부 각료들이 근무하고 있다. 그 주변으로 정부청사가 들어서 있다. 호세는 청사 건물 뒤편 헌법 광장(Plaza de la Constitucion) 한쪽에 서 있는 아옌데의 동상으로 우리를 안내했다.

살바도르 아옌데(Salvador Allende, 1908~1973)는 칠레 민주주의의 상징이자 칠레 현대사에 결정적 전환점을 마련한 인물이다. 내과 의사이기도 했던 그는 남미에서 선거를 통해 처음으로 대통령에 당선된 사회주의자다. 칠레 사회당 당원으로 1952년, 1958년, 1964년 대통령 선거에 나섰으나 고배를 마시고 1970년 도전 네 번째 만에 당선되었다. 대통령이 된 후 기간산업 국유화, 최저임금 40% 인상, 초등학생에 대한 무상급식, 빈곤층에 대한 교육과 주택 지원 확대 등 사회주의 색채가 짙은 개혁에 본격적으로 나섰다.

그의 정책은 노동자와 농민 등 민중과 지식인들의 지지를 받았지만, 경제계 등 보수적 성향의 기존 지배층은 노골적으로 반감을 드러냈다. 1959년 쿠바 사회주의화로 냉전이 심화하고 중남미의 도미노 사회주의 혁명을 우려한 미국도 거부감을 나타냈다. 특히 미국은 칠레의 자본가와 일부 노동자 조직을 사주해 파업을 유도하면서 아옌데의 개혁을 방해했다. 이로 인해 사회·경제적 불안이 심화되었으며 의회에서 그의 탄핵안을 채택하면서 불안은 최고조에 달했다.

"불안이 심화되던 1973년 11월 군부 쿠데타가 일어났어요. 그걸 주도한 게 피노체트였죠. 피노체트는 아옌데의 퇴진을 요구했지만, 아옌데는 항복을 거부하고 바로 여기 모네다 궁에서 저항하다 최후를 맞았습니다." 호세는 광장 저쪽의 대통령궁을 가리키며 설명을 이어갔다.

"피노체트 정권은 아옌데가 자살했다고 발표했지만, 이후 조사 결과 쿠데타 세력에게 살해된 것으로 결론이 났습니다. 아옌데가 사망한 이후에는 군부 독재체제가 시작되었죠."

정부에 반대하는 수많은 사람들이 체포, 투옥, 실종, 살해되는 등 악명 높은 독재체제가 이어졌다. 1991년 조사결과 군부 통치 하에서 3000여 명이 살해되고, 수천 명이 실종된 것으로 집계되었다고 한다. 이런 철권통치에도 불구하고 지식인과 학생, 노동자의 저항이 끝없이 이어져 결국 1988년 대통령 집권 연장 투표에서 패배한 피노체트가 영국으로 망명하면서 17년에 걸친 군부 독재가 종식을 고했다. 피노체트는 인권 유린 등을 이유로 영국 사법 당국에 의해 체포되었으나 건강상의 이유로 석방되어 2000년 칠레로 돌아와 재판을 받다 2006년 사망했다.

"아옌데 대통령은 칠레 민주주의의 상징으로 칠레 국민의 마음속에 아직도 살아 있습니다. 칠레 국민이 가장 사랑하고 존경하는 사람이죠. 아옌데가 민주주의의 소중함을 일깨워주는 역할을 하고 있어요."

군부 독재에 대한 칠레 국민들의 저항과 투쟁의 공유가 국가 정체성 확립과 사회통합, 경제개발의 밑거름이 되고 있는 것이다. 말하자면 칠레인들은 지난한 과정을 통해 자유와 민주주의라는 공통의 가치를 갖게 되고, 그것이 오늘날 칠레를 만든 토대가 된 것이다.

시티투어는 중앙은행과 지진으로 피해를 입어 복구가 진행 중인 법무부 빌딩, 고고학 박물관, 1973년 군부 쿠데타 이전까지 의회 건물로 사용되었던 구의회 건물을 거쳐 아르마스 광장으로 이어졌다. 아르마스 광장 주변에는 대성당과 산티아고 박물관, 법원과 시청사 등이 자리 잡고 있다.

아르마스 광장은 산티아고 거리 문화의 현장이었다. 야자수와 유칼립투스, 포플러 나무들이 쭉쭉 뻗어 있는 사이로 거리의 악사들이 애잔하면서도 활기 있는 안데스 음악과 최신 팝을 연주하고, 칠레의 자연과 사람들의 생활을 화폭에 담은 그림이 광장 한편을 장식하고 있었다. 길거리의 갤러리가 따로 없었다. 광장은 산책하는 사람들, 여행자들, 데이트를 즐기는 젊은 연인들, 체스를 두거나 대화를 나누는 노인들, 휴식을 취하는 시민들로 붐볐다. 칠레의 1인당 국민소득이 1만 4000달러 수준으로 한국보다는 적지만, 훨씬 정감이 넘치는 풍경이었다.

포레스트 파크는 산티아고를 가로지르는 마푸초(Mapucho) 강변을 따라 조성된, 산티아고에서 가장 큰 공원이다. 마푸초 강은 스페인이 이 지역을 점령할 당시 최후까지 저항한 용맹한 인디언 부족인 마푸초의 이름을 딴 강으로,

아르마스 광장 산티아고 시민들의 휴식처이자 다양한 문화·예술 활동이 펼쳐진다.

한때 양측이 이 강을 사이로 휴전을 해 마푸초 강 너머는 인디언이, 반대편에
는 스페인이 각각 차지한 때도 있었다고 한다. 그 후 마푸초 부족이 쫓겨나
게 되는데, 그 일부가 안데스 남부 파타고니아 지방으로 이주했다고 한다.

포레스트 파크 너머에는 산티아고의 가장 중요한 광장 가운데 하나인 이
탈리아 광장(Plaza Italia)이 있다. 주요 집회가 열리는 공간이다. 호세는 학생이
든, 노동자든, 시위를 할 경우 이 광장에서 모여 대통령궁을 향해 행진한다고
말했다. 이탈리아 광장에서 마푸초 강을 건너면 각종 기념품점과 식당들이
밀집한 파티오 벨라비스타(Patio Bellavista)가 있다. 일종의 쇼핑 및 식당가로, 칠
레 전통 공예품과 기념품들이 가득한 일종의 명물거리다.

마지막으로 네루다 하우스로 향했다. 파블로 네루다는 1971년 노벨 문학
상 수상자이자 대통령 선거에도 출마한 정치가다. 정치적으로는 공산주의
자였으나 문학 작품은 사랑을 노래한 시에서부터 남미 인디언 문화와 마추

픽추를 노래한 시, 역사와 민중의 삶을 담은 정치색이 짙은 시, 난해한 초현
실주의적인 시에 이르기까지 다양한 스펙트럼을 보인다. 특히 역사와 전통
정서를 담아 칠레의 민족 시인으로 꼽힌다. 1973년 피노체트가 아옌데 정부
를 공격할 당시 건강이 갑자기 악화되어 산티아고에서 숨졌다.

그의 집은 산 크리스토발 언덕 아래에 고즈넉하게 자리 잡고 있었는데, 마
침 월요일이라 문을 열지 않아 밖에서만 구경해야 했다. 아담한 크기의 3층
으로 된 주택 뒤로는 언덕이 이어지고, 집이 약간 높은 곳에 자리 잡고 있어
아래쪽으로 주택가와 멀리 시가지를 볼 수 있다. 호세는 네루다가 다양한
유형의 시를 쓰면서도 칠레 민중들의 생활과 자유와 민주주의에 대한 애정
을 보였다며, 네루다가 칠레인들이 가장 사랑하는 작가라고 강조했다.

3시간 반에 걸친 시티투어를 마친 후 푸니쿨라를 타고 산 크리스토발 언
덕으로 향했다. 정상에 서 있는 마리아상은 브라질 리우의 〈구원자 예수상〉
을 연상시켰다. 해가 뉘엿뉘엿 지면서 동쪽 안데스 산맥의 영봉들이 햇빛을
받아 빛나는 환상적인 풍경이 펼쳐졌다.

칠레는 한국과 닮은 점도 많아 보였다. 군부 독재자 피노체트와 박정희가
유사하고, 학생운동과 노동운동을 통해 민주화를 이룬 것도 비슷했다. 다른
나라에 비해 상대적으로 경제적인 안정을 이룬 것도 유사해 보였다. 아옌데
와 김대중 전 대통령은 몇 차례 도전 만에 대통령에 당선되어 민주화의 상징
이 되었다는 점에서 유사하다. 칠레가 경제개방을 하면서도 아르헨티나처럼
심각한 경제위기에 시달리지 않았던 것도 모든 것을 시장에만 맡기지 않고
국가가 적절히 개입했기 때문이다. 이러한 수정주의적 경제정책은 IMF(국제통
화기금) 금융위기 이전 국가 주도의 경제발전 전략을 구사한 한국과 유사점이
발견되는 대목이다.

아르헨티나에서 칠레로 넘어와 오소르노와 산티아고를 돌아보면서 두 나
라는 아주 다른 모습으로 다가왔다. 아직도 콜로니스트들의 연합체 같은

산티아고의 저녁 노을 산 크리스토발 언덕에서 바라본 모습으로, 사진 반대편의 안데스 고원에는 햇빛이 비쳐 멋진 풍경을 연출한다.

느낌의 아르헨티나가 국민통합에 어려움을 겪고 있는 반면, 칠레는 자유와 민주주의를 위한 투쟁과 경험을 공유하면서 국민적 유대를 강화하고 있다. 아옌데와 네루다가 국민적 영웅으로 존경받고, 그러한 공감대가 국민적 일체감을 형성하고 있다는 점에서 애정이 가는 것은 어찌할 수가 없었다.

날라리 여행자와 메스티조 후안

산티아고의 라 침바 호스텔은 다국적 여행자들로 붐볐는데 그들과 이야기를 나눌 기회가 있었다. 건축업에 종사한다는 네덜란드 청년 피터는 몇 개월 일해 번 돈으로 1~2년 동안 세계 곳곳을 여행하는 중이었다. 그는 트레일러에 배낭을 싣고 도보 여행을 하고 있었다. 주로 텐트에서 자고 현지인의 집에서 묵기도 한다고 했다. 콜롬비아, 페루, 볼리비아 등을 거쳐 지금은 칠레를 여행하고 있는데, 무리해서인지 허리 통증으로 산티아고에서 물리치료를 받으며 휴식을 취하는 중이었다. 한국도 두 차례 여행했는데, 도보 여행과 히치하이킹으로 주민들과 만나는 것을 즐기는 젊은이였다.

30대 초반으로 보이는 앤드류는 영어를 가르치면서 여행 비용을 조달해 세계를 돌아다니는 영국 청년이었다. 한국에서도 1년 반 동안 학원에서 아이들을 가르쳤는데, 비자 문제 때문에 3개월마다 한 번씩 외국으로 나갔다 다시 입국해야 했다. 주로 가격이 저렴한 동남아 지역을 여행하고 돌아오면 비자 문제가 해결된다고 했다. 말하자면 불법 취업한 영어 강사인 셈이다.

"불법이다. 당국에 걸리면 재입국이 어렵다." 내가 앤드류에게 말했다.

"당신 말이 맞다. 하지만 한국에는 그런 사람이 아주 많다. 법무 당국도 알고 있지만 문제 삼지 않는 것 같다. 그 문제로 당국에 적발된 사람을 보지 못했다." 앤드류는 빙그레 웃었다.

앤드류와 피터는 남미에서만 벌써 몇 개월째 여행하고 있었고, 내가 앞으로 여행하려는 칠레와 아르헨티나 북부 지역은 물론 볼리비아, 페루, 에콰도르, 콜롬비아 등을 훑고 내려온 상태여서 많은 정보를 얻을 수 있었다. 어쨌든 세계 각국에서 온 젊은이들과 어울려 이야기를 나누는 건 즐거웠다. 칠레인 메스티조 후안(Juan)과의 우연한 만남도 즐거운 기억으로 남았다.

후안은 산티아고 시티투어를 한 다음 날 와이너리로 가다가 만났다. 볼리비아 대사관에서 비자를 받은 후 전철을 타고 가장 큰 와이너리가 있는 남쪽 끝 4번 메트로의 메르세데스(Das Mercedes) 역에 내려 밖으로 나오니 택시들이 즐비하게 기다리고 있었다. 한 택시 운전수가 다가오더니 와이너리까지 3000페소에 타라고 했다. 나는 너무 비싸다며 고개를 흔들었다.

난 택시보다는 이들과 대화를 나눠보고 싶었다. 급할 건 없었다. 관광 성수기를 지나 비수기로 접어들 때의 약간 느슨하고 나른한 분위기도 여유를 부리게 만들었다. 택시 운전수들과 이런저런 이야기를 나누고 있을 때 나에게 다가와 말을 건 사람이 바로 후안이었다.

"어디서 왔어요? 일본? 중국?" 후안이 활달하게 말했다.

"한국. 사우스 코리아."

"코레아? 코레아를 좋아해요. 샘숭, 헌다이, 엘지… 아주 좋은 나라죠."

"그래요? 나도 칠레를 좋아해요. 칠레 와인도 좋아하죠." 내가 와인 마시는 시늉을 했다.

머리가 내 어깨에 닿을 정도로 작은 후안은 모자가 아주 잘 어울리는 까무잡잡한 피부의 메스티조였다. 활짝 웃는 모습이 진실하고 순수해 보였다.

내가 남미를 여행하는 중이라고 하자 후안은 나를 자신의 가게로 안내했다. 그는 노점상이었다. 그의 작은 노점에는 커피와 각종 스낵 종류가 수북이 쌓여 있었다.

"오우케이, 네스카페 치꼬!" 내가 외치며 그를 따라갔다.

그가 타 준 커피를 마시면서 돈을 꺼내니 그가 손을 절레절레 흔들었다. 100페소짜리 동전을 잔뜩 꺼내자 200페소면 된다면서 동전 두 개를 집었다. 그것으론 충분치 않다며 200페소를 더 주니 무척 좋아했다.

손님이 많냐고 물으니, 앞으로 많아질 것이라며 낙천적으로 답했다.

"생활에 만족해요? 행복해요?"

"물론이죠, 아주 행복해요. 하하하. 행복해요, 마이 프렌드!"

천천히 커피를 마시며 나도 "마이 프렌드!"를 외치며 여유를 부렸다.

그때 택시 운전수가 나와 후안에게 다가와 말했다.

"와이너리로 가는 마이크로 버스가 있어요. 600페소면 됩니다. 후안, 네 친구한테 마이크로 버스를 타라고 가르쳐주게." 스페인어였지만, 택시 운전수가 후안에게 그렇게 말하는 것 같았다.

조금 있으니 정말 소형 버스가 도착했고, 후안은 나에게 저 버스를 타라고

산티아고의 메르세데스 역 앞에서 만난 후안 사진 뒤편의 작은 노점을 운영하며 살아가고 있지만 유머와 따뜻한 마음으로 고독한 여행자에게 행복감을 선사해 주었다.

손짓을 보냈다.

"그라시아스~ (Gracias~)"라고 외치고 버스에 올랐다. 언어는 다르지만 마음으로 교감하고 이들의 도움을 받아 현지인이 이용하는 운송 수단으로 즐거운 경험을 하면서 와이너리로 향했다. 기분도 좋고, 비용도 절약하고, 경험도 하는 일석삼조였다.

와이너리 투어를 마치고 메르세데스 역으로 돌아와 후안을 다시 찾았는데, 후안은 안 보이고 그의 부인이 노점을 지키고 있었다. 나는 와이너리에서 기념품으로 받은 커다란 와인 잔을 부인에게 선물로 주었다. 앞으로 긴 여정을 이어가야 하는 배낭여행자에게 커다란 와인 잔은 부담이기도 하고 후안에게 기념으로 주고 싶었다. 후안의 부인은 나를 알아보고는 반가워하며 "그라시아스~"를 연발했다.

메르세데스 역 택시 정류장에서 만난 택시 운전수와 후안은 칠레의 전형적인 서민들로 모두 따뜻한 마음을 가진 사람들이었다. 친절하고, 함께 살아가는 사람이 가질 수 있는 이해나 공감의 분위기가 넘쳤다. 부유하지는 않지만, 마음엔 따뜻한 마음을 지니는 것, 그게 쉬운 일이 아닌데 말이다.

'국민'이라는 공감대는 어떻게 형성되나

내가 방문한 와이너리는 칠레에서 가장 크다는 콘차이토로(Concha y Toro)였다. 방문자가 많아 매일 일정한 시간에 투어를 진행하는데, 두 종류의 와인을 시음하는 전통 투어(Traditional Tour)가 8000페소(약 2만 1600원), 네 종류의 와인을 시음하는 프리미엄 투어(Premium Tour)가 1만 7000페소(약 4만 5900원)였다. 생각보다 비쌌다. 와인에 관심이 많은 것도 아니고 해서 전통 투어를 택했다.

콘차이토로는 스페인 이민자의 후예로 1860년대 재무부 장관까지 지낸 유명 가문이 1883년에 세운 와이너리다. 칠레에서는 유일하게 칠레와 미국 뉴욕 증권거래소에 상장된 기업으로, 유럽과 미국에도 포도밭(vineyards)을 가진 다국적 기업이다.

와이너리는 매우 넓었고, 주인의 집은 고색창연한 것이 작은 궁궐을 연상시켰다. 포도밭에는 까베르네 쇼비뇽, 메를로, 까르메네르 등 20여 종류의 포도가 심어져 있었고, 이미 수확이 끝난 상태였다. 이곳은 겨울인 6~8월에는 비가 많이 오지만, 봄~여름 사이엔 영상 10도에서 30도 사이의 건조한 기온이 지속되고 햇볕도 강해 포도 재배에 적합하다. 이런 자연적인 조건으로 와인이 칠레의 주요 산업으로 성장했고, 1980년대 이후 세계적인 명성을 얻고 있다.

와이너리 투어에는 미국, 아일랜드, 네덜란드, 중국 등 관광객 10명과 함께 참여했다. 레드 와인과 화이트 와인을 각각 시음했는데, 와이너리를 돌아보고, 강한 태양 아래에서 와인 맛을 봐서 그런지 더욱 맛이 있었다. 호두 맛 같기도 하고, 태양의 맛 같기도 한 칠레 와인은, 유럽 와인과 맛에선 큰 차이가 없고 가격은 저렴해 한국에서 아주 잘 팔리고 있다. 특히 칠레와의 자유무역협정(FTA) 체결 이후 관세가 폐지되면서 시장 점유율이 높아졌다.

앞서 오소르노의 대형 마트에서 와인 매장을 찾은 적이 있었다. 한국에서 인기를 끌고 있는 와인의 가격을 확인해보고 싶었다. 한국에서 고급 와인으로 취급받는 몬테스 알파(Montes Alpha)가 1만 990페소(약 2만 9700원)로 가장 비쌌다. 한국의 고급 레스토랑에서 6만~8만 원 대, 호텔에서는 10만 원 대에 판매되는 와인이다. 한국에서도 대중적인 '1865'는 8690페소(약 2만 3500원)로 역시 고가였다. 칠레 와인은 최저 690페소에서 1만 990페소까지 다양했으며, 특히 3천~4천 페소, 한화로 7천~1만 원 대 와인이 많았다.

전철을 타고 산티아고 시내로 돌아와 마지막으로 아르마스 광장의 칠레 국립 역사박물관(Museo Historico Nacional de Chile)을 찾았다. 시티투어 때 돌아보지 못한 칠레의 최고 명문인 칠레 대학과 삼거리의 한가운데 삼각형으로 자리 잡고 있는 증권 및 상품 거래소를 거쳐 아르마스 광장으로 왔다. 역사박물관에 도착했을 때엔 폐관 시간이 가까이 되어 빠르게 돌아보아야 했는데, 그렇게 해도 될 정도로 작은 박물관이었다. 하지만 브라질이나 아르헨티나의 역사박물관과 비교하기 어려운 감동이 전해지는 곳이었다. 칠레 고유의 역사 인식과 미래에 대한 자기 나름의 전망을 보여주고 있었다. 현대사 부분에서는 피노체트의 군부 독재에 저항한 역사를 상세히 전시하면서 자유와 민주주의를 기치로 미래로 나아가고자 하는 의지를 전하고 있었다.

마침 박물관엔 현지 어린이들이 교사의 인솔 아래 현대사 부분을 관람하고 있었다. 그 교사는 아옌데의 사진 앞에서 무엇인가를 열정적으로 설명했다. 정확히 이해할 수는 없었지만 현대사의 굴곡과 자유, 민주주의를 향한 칠레인들의 투쟁과 희생을 설명하면서 조국 건설을 위한 희생, 땀과 눈물을 잊어서는 안 된다고 강조하고 있을 게 분명했다. 규모가 크고 전시물도 많았지만 감동은 없었던 브라질과 아르헨티나 박물관의 허전함을 칠레의 작은 박물관이 채워주었다. 외국인 관광객은 거의 눈에 띄지 않았지만, 의미가 큰 방문이었다.

박물관을 나서면서 오전에 볼리비아 비자를 발급받은 후 들렀던 토발라바(Tobalaba) 역과 마푸초 강 사이에 건설 중인 남미 최대 건물의 공사 현장이 떠올랐다. 300m 높이의 72층짜리 코스타네라 센터(Costanera Center) 공사 현장이었다. 쇼핑몰과 사무실, 컨벤션 센터, 호텔 등이 들어가는 복합 건물로, 완공되면 남미에서 가장 높은 빌딩이 된다. 공사 책임자는 이 건물이 완공된 후 바로 옆에 180m짜리 새 건물을 지을 예정이라고 했다. 인근 곳곳에서도 건설 공사가 한창 진행 중이었다. 세계 경제위기에 대한 칠레의 대응력이 다른 남미 국가보다 우수하고, 비교적 안정적인 성장을 지속하고 있는 데에는 이유가 있었다.

칠레의 힘은 광활한 국토나 풍부한 부존자원이 아니었다. 칠레 국민들은 유럽 이민자의 후예라는 엉뚱한 자존심도 갖고 있지 않았다. 바로 칠레라는 나라가 자신들이 개척하고 살아가야 하는 땅이라고 하는 정체성과, 그 나라를 만들려는 공동의 노력, 공동의 경험에 기반한 공동체 의식이 힘의 근원이었다. 자유와 민주주의라는 공동선(共同善)을 달성하고자 하는 경험의 공유가 칠레인이라는 공감대를 만들었다. 안데스 산맥 저편엔 광활한 국토의 아르헨티나가 흔들거리고 있었지만 산맥 너머엔 다른 세계가 있었다,

열정,
'안데스의 험로를 넘는 힘'

지구를 돌아 드디어 태평양에

칠레 산티아고를 여행하고 나니 남미 여행의 반환점을 돈 느낌이 들었다. 거리상으로도 남미를 절반 정도 일주하는 1만 2000km 여정 가운데 5500km 정도를 달렸으니 거의 절반에 가깝다. 하지만 지금까지는 대체로 평지를 여행했는데 이제 안데스의 심장으로 향하는 험한 코스가 남아 있다. 그럼에도 산티아고를 여행하면서 오히려 여행에 대한 호기심과 열정이 더 끓어오르는 것 같았다. 처음 리우에 도착했을 때와 달리, 혼자 여행에도 적응이 되고 다국적 여행자들과 섞여 여행하는 것도 즐기고 있다.

브라질과 아르헨티나, 칠레 등 남미의 주요 국가들을 여행하면서 갖게 된 지적 충만감도 작용하여 진정 원하던 여행의 즐거움을 느끼기 시작하였기 때문일 것이다. 가족과 헤어져 거의 한 달째 혼자 여행하며 오로지 '나'라는 개인에 몰입하고 이에 따라 진정한 나를 찾게 되면서 열정도 되살아난 것 같다.

산티아고를 출발해 태평양 연안의 발파라이소까지는 2시간이 채 걸리지 않았다. 발파라이소를 찾은 것은, 태평양과 바로 접해 있어 태평양을 볼 수 있다는 점, 네루다 하우스가 있다는 점, 보헤미안의 풍모가 물씬 풍기는 예술의 도시라는 점, 그리고 칠레 의회가 자리 잡고 있다는 점 때문이었다.

네루다 하우스 옆 기념품 상가의 벽화
보헤미안 풍의 낭만적 정서가 물씬 풍긴다.

발파라이소에 도착해 카사벨라 호스텔(Casabella Hostel)에 여장을 푼 다음, 먼저 파블로 네루다 하우스 겸 기념관으로 향했다. 산티아고에서 만난 가이드 호세가 산티아고의 네루다 하우스보다 발파라이소의 것이 더 볼 만하다고 조언한 터라 잔뜩 기대했다. 더구나 네루다야말로 발파라이소에서 가장 유명한 예술가 아닌가. 612번 버스를 타고 언덕을 한참 올라가 네루다 하우스에 도착하니 마침 일단의 관광객이 승합차를 타고 도착했다. 집 앞에는 기념품과 수공예품 등을 파는 작은 가게들이 오밀조밀하게 늘어서 있었다.

5층 규모로 된 네루다 하우스는 높은 언덕에 자리를 잡아 시내 전경은 물론 태평양까지 한눈에 굽어볼 수 있다. 그런데 이름이 세바스티아나 박물관(Museo de Sebastiana)이다. 건축가 세바스찬 콜라도의 이름을 딴 것이란다.

네루다는 '복잡하고 피곤한 산티아고'를 떠나 평화롭게 시를 쓸 수 있는 공간을 찾다 이 집을 발견했다. 1961년 이 집으로 이사하여 시를 썼고 특히 매년 신년에는 이곳에서 보냈다. 네루다는 이 집에 반해 "세바스찬이 시를 쓰지는 않았지만 그는 건축의 시를 쓴 사람"이라고 칭송했으며, 그 때문에 집에도 건축가의 이름을 붙였다고 한다.

작은 마당엔 태평양까지 조망할 수 있는 정원이 잘 조성되어 있다. 하지만 가는 날이 장날이라고, '수도 시설 문제로 오늘 문을 닫는다'는 팻말만 걸려 있고 문이 잠겨 있었다. 산티아고에서는 월요일 휴관이라 구경하지 못했는데, 여기도 문을 닫다니 허탈했다. 난 네루다와 인연이 없는 것인가.

하지만 네루다 하우스 아래로 조금 내려가니 태평양이 내려다보이는 곳에 작은 공원이 있고, 네루다가 거기에 엉거주춤 서 있었다. 전형적인 칠레 노인의 모습을 한 네루다 동상이었다. 그 옆에는 1945년 노벨 문학상을 받은 가브리엘라 미스트랄이 의자에 앉아 있었다. 물론 동상이다. 네루다 하우스에 들어가지는 못했지만, 전통 정서와 삶의 애환을 시에 녹여내 칠레의 문화적 정체성 확립에 큰 역할을 한 두 시인을 만난 것으로 만족해야 했다.

발파라이소 아래편의 태평양을 보자 묘한 감동이 몰아쳤다. 저 바다를 건너가면 바로 내가 출발한 한국 아닌가. 아직 갈 길은 멀지만, 저 태평양만 건너면 한국에 당도한다. 한 걸음 한 걸음 앞으로 내디뎌 거의 지구를 한 바퀴 돌았다고 생각하니 뿌듯함과 흥분감이 몰려왔다.

발파라이소는 태평양 연안의 가파른 언덕에 만들어진 아주 흥미로운 도시다. 이곳이 본격적으로 성장한 것은 1880~1910년대, 그러니까 미국 서부지역의 골드 러시(Gold Rush)가 한창이던 때였다. 당시 금을 찾기 위해 미국 서부로 넘어오는 사람들이 크게 늘어나면서 미국 서부와 남미의 해상교역도 급증했다. 남미 대륙의 동쪽에 있는 브라질이나 아르헨티나는 대륙의 남쪽 끝 마젤란 해협을 통해 커피와 설탕 등 농산물을 북미 대륙의 서쪽에 있는 캘리포니아 지역으로 운송했는데, 발파라이소가 그 해상교역의 태평양 연안 거점항구로서 번영을 누렸던 것이다. 더욱이 발파라이소는 산티아고의 외항 성격을 띠어 산티아고 주민들의 해안 휴양지로도 인기를 끌고, 군사적으로도 중요한 지역이었다. 이런 내적·외적 요건으로 발파라이소는 19세기 말~20세기 초 번영을 누릴 수 있었다.

하지만 1906년 발파라이소 대지진으로 약 3000명의 사망자가 나고 도시

발파라이소 태평양 연안의 가파른 언덕에 주택가가 형성되어 있어 푸니쿨라가 아래쪽과 위쪽 언덕을 연결한다. 언덕 위쪽 주택가의 담벼락이 다양한 벽화들로 장식되어 독특한 분위기를 형성하고 있다.

가 심각한 피해를 입은데다 1914년 파나마 운하가 개통되면서 선박 물동량이 급감하고 실업자가 늘어나면서 급격히 쇠락하였다. 이렇게 쇠락한 발파라이소를 찾은 것은 보헤미안들이었다. 미술가, 시인, 작가, 조각가 등이 모여들면서 도시 모습이 크게 바뀌었다.

네루다 하우스에서 발길을 돌려 주택들이 빼곡하게 들어선 발파라이소 언덕의 중턱을 가로지르는 알레마니아(Alemania) 도로를 따라 주택가를 한 바퀴 돌았다. 아주 독특하고 멋진 풍경이 펼쳐졌다. 주택이 언덕을 따라 다닥다닥 붙어 있고 집과 골목의 담벼락을 다양한 벽화들이 수놓고 있었다. 회색 벽과 적갈색 지붕으로 만들어진 도시가 아니었다. 보헤미안 냄새가 풍기는 모습으로 기존 질서에 얽매이지 않고, 가난하지만 자유분방하게 살아가는 분위기다. 도시 전체가 미술관이라고 할 정도로 낭만적인 정취를 자아냈다.

알레마니아 도로를 따라 태평양을 내려다보면서 언덕을 한 바퀴 돌아 항구가 있는 소토마이어 광장까지 내려왔다. 이곳의 또 다른 명물은 낮은 해변 지역과 언덕 위 마을을 연결하는 푸니쿨라다. 발파라이소가 한창 성장하던 19세기 말에 만들어진 것들로 아직 10여 대가 남아 있고, 여전히 주민들이 이용하고 있다. 이러한 독특한 역사와 문화유적, 이색적인 도시 분위기 때문에 유네스코(UNESCO)가 이곳을 세계유산으로 지정했다.

하지만 활력은 크게 떨어져 보였다. 전반적으로 쇠락과 가난의 냄새가 풍겼다. 과거 영화를 뒤로하고, 지금은 보헤미안들이 우수에 젖은 낮은 음을 읊조리는 듯한 도시였다. 시티센터에도 과거의 영화를 간직한 빌딩들이 숲을 이루고 있는데, 대부분 신고전주의 양식의 거대한 건물들로 색이 바래고 문을 닫은 상점도 많았다. 게다가 발파라이소 바로 옆에 깨끗하고 아름다운 해변 도시 비냐 델 마르(Vina del Mar)가 신도시로 조성되자 상업 시설이 대거 이전, 이곳의 공동화 현상이 더욱 심화되면서 도시 전체가 퇴색하고 있었다.

숙소로 돌아오니 네덜란드와 독일 청년이 도착해 있었다. 네덜란드 청년 페터는 국제 비즈니스 전략을, 독일 청년 앤디는 경영학을 공부하는 학생인데, 논문을 마친 후 남미를 여행 중이라고 했다. 그들의 여행 코스도 내 코스와 비슷하여 브라질에서 시작해 아르헨티나~칠레~볼리비아~페루로 남미를 시계 방향으로 돌고 있었다. 단지 나보다 1개월 전에 남미에 들어와 천천히 여행하고 있는 반면, 나는 한국인 특유의 '빨리빨리' 여행을 하고 있었다.

이들은 경영학과 국제 비즈니스 전략을 공부해서 그런지 남미 경제는 물론 한국의 대표 기업인 삼성전자나 현대자동차에 대해서도 잘 알고 있었다. 특히 삼성전자의 경영 전략에 관심이 많았다. 학교에서도 삼성과 현대 등 한국 기업의 비즈니스 기법과 전략을 케이스로 공부한다고 했다. 내가 한국의 경제신문에서 20년간 근무한 이력과 삼성과 현대의 독특한 경영 기법과 성공 배경 및 미래 전략에 대해 자세하게 설명하자 흥미롭게 경청했다. 그러고 보니 그 숙소에 숙박한 투숙객은 나와 그들 둘을 포함해 세 명이 전부였다.

안데스 군단이 넘은 고개

다음 날 아침 일찍 숙소를 나섰다. 아르헨티나 멘도사로 가는 카타 인터내셔널(CATA International) 버스가 오전 8시에 터미널을 출발하여 먼저 비냐 델 마르로 향했다. 새로 개발된 도시답게 현대적 고층 빌딩과 아파트들이 즐비했다. 아침 출근 시간과 겹쳐 도로는 자동차로 정체 현상을 빚고 있었다.

비냐 델 마르에서 승객을 더 태운 버스는 안데스를 향해 동쪽으로 직행했다. 남미의 태평양 연안은 곧바로 안데스 산맥으로 이어지기 때문에 버스가 달리면서 고도가 높아지자 주변 풍경도 빠르게 달라졌다. 먼저 산티아고 북부의 포도밭이 길게 이어졌고 소 방목지가 넓게 펼쳐졌다. 평화로운 농촌 모습이지만, 가을이 깊어가고 있어서인지 뭔가 가난과 퇴락의 분위기가 더 짙게 풍겼다. 전형적인 늦가을의 정취다. 그런 풍경도 잠시, 버스는 곧 산악지대로 진입했다.

버스는 협곡으로, 협곡으로, 안데스의 계곡을 따라 점점 더 깊숙이 빨려 들어갔다. 산 정상에는 눈이 쌓여 있고, 고도가 높아짐에 따라 나무 색깔이 달라졌다. 빨갛고 노랗게 물든 단풍이 펼쳐지더니 곧 나뭇잎이 떨어지고 앙상한 가지만 남은 나무들이 나타났다. 협곡으로 조금 더 들어가니 거칠고 메마른 황무지가 나타났다. 나무는 사라지고 선인장만 듬성듬성 서 있는 산으로 올라가자 본격적인 고원지대가 펼쳐졌다. 해발고도 3000m 가까이 올라가면서 생명체는 찾아볼 수 없는 완전한 황무지가 이어졌다.

몇 굽이의 산을 돌아 발파라이소를 떠난 지 3시간 가까이 지나자 깎아지른 고개가 나타났다. 칠레와 아르헨티나를 오가는 버스와 트럭들이 급격한 S자를 그리며 아슬아슬하게 고개를 오르기 시작했다. 안데스 산맥을 넘어 칠레와 아르헨티나를 잇는 가장 대표적인 고개인 우스팔라타 고개(Uspallata Pass)다. 아르헨티나의 수도 부에노스아이레스에서 태평양으로 향하는 가장

칠레 산티아고에서 안데스 산맥을 넘어 아르헨티나 멘도사를 잇는 도로 고도가 달라짐에 따라 풍광이 시시각각 달라지는 험로 중의 험로다.

짧은 길이자, 칠레의 수도 산티아고로 이어지는 가장 가까운 고개다.

이 고개는 남미의 독립 시기인 1817년 호세 산 마르틴(Jose San Martin) 장군이 이끄는 안데스 군단이 스페인 정복자들로부터 칠레를 해방시키기 위해 넘었던 유서 깊은 곳이기도 하다. 고개 높이는 3810m에 달하며 북쪽에는 안데스에서 가장 높은 6962m 높이의 아콩카과(Aconcagua) 산이, 남쪽에는 6570m의 투풍가토(Tupungato) 산이 버티고 있다. 포장도로를 따라 자동차로도 넘어가기 쉽지 않은 이 길을 말을 타거나 걸어서 어떻게 넘었을까.

안데스 군단은 온갖 어려움을 헤치고 결국 우스팔라타를 넘었고, 산 마르틴은 칠레와 페루를 차례로 독립시켰다. 나는 지금 칠레에서 아르헨티나로 넘어가면서 남미의 독립 역사가 서려 있고 지금은 교역의 핵심 통로가 된 고개를 넘고 있다. 그토록 보고 싶었던 안데스의 심장으로 다가가고 있다고 생각하니 심장 박동도 빨라졌다.

S자를 그리는 험로는 끝이 없었다. 깎아지른 언덕도 언덕이지만, 거기를 거의 360도 회전하면서 오르는 버스와 트럭의 행렬은 숨을 막히게 했다. 차량들은 천천히, 아주 조심스럽게 운행했다. 버스가 고갯마루에 올라설 때 차창으로 아래를 내려다보니 버스와 트럭들이 굽이굽이 고개를 오르는 모습이 마

치 누에가 엉금엉금 기어가는 듯했다. 안데스가 아니면 보기 어려운 풍경이다. 티베트에서 네팔로 히말라야를 넘어가는 험로보다 더 험한 것 같았다.

고개를 오르자 고원지대가 나타났다. 전후좌우에 삐죽삐죽 솟아 있는 산 정상은 만년설에 덮여 있고, 고원의 대지도 하얀 눈으로 덮여 있었다. 안데스 횡단도로는 마지막 터널로 이어졌다. '구원자 예수'라는 의미의 크리스토 레덴토르 터널(Tunel del Cristo Redentor)이다. 터널을 지나자 '아르헨티나 공화국에 온 것을 환영합니다(Bienvenido Republica Argentina)'라고 쓴 팻말이 여행자를 반겼다. 발파라이소를 출발한 지 거의 4시간 만에 안데스를 넘은 것이다.

국경 검문소와 세관을 지나 안데스 산맥을 내려가기 시작하니 이번엔 안데스를 오를 때와 같은 풍경이 반대의 순서로 펼쳐졌다. 국경을 넘어 조금 달리자 해발 2720m인 푸엔테 델 잉카(Puente del Inca)가 나타나고 다시 1시간 정도 달려 우스팔라타 마을을 지났다. 아르헨티나로 넘어오면서 대지는 완전한 황무지로 바뀌었다. 거친 곳에서나 자라는 낮은 풀과 관목만 보일 뿐 이렇다 할 식생을 찾아보기 어려웠다. 거칠고 메마른 풍경이다. 멘도사에 가까이 다가가자 어마어마한 포도밭이 이어졌다. 산티아고 인근의 포도밭처럼 잎이 모두 떨어지고 메말랐는데, 이곳이 더 황량하였다.

황무지와 포도밭 사이로 난 길을 한참 달려 아르헨티나 시간으로 오후 4시 멘도사에 도착했다. 발파라이소를 떠난 지 7시간 만이다. 여장을 푼 곳은 라가레스 호스텔(Lagares Hostel). 저녁에는 멘도사의 중심도로인 산 마르틴 로(Avenida San Martin)를 따라 시내 중심부 인데펜덴치아 광장의 루미나리에를 구경하고, 멘도사의 주산품인 와인을 곁들인 스테이크로 저녁식사를 했다. 엄청난 상가와 넘치는 쇼핑몰, 멘도사는 가이드북에서 본 그대로 상업의 도시였다.

150년 전의 계획도시 멘도사

멘도사는 독특한 도시다. 엄청나게 넓은 도로가 가로 세로로 쭉쭉 뻗어 있고 곳곳에 공원이 조성된 계획도시다. 어떻게 이런 도시를 만들었을까 싶을 정도로 직사각형으로 구획이 나뉘어져 있다. 물론 원래부터 이런 도시는 아니었다. 1861년 대지진으로 도시가 거의 대부분 붕괴되자 1863년 새로운 도시계획에 따라 재건한 것이다. 특히 지진이 다시 일어날 경우 시민들이 대피할 공간을 충분히 확보하기 위해 도로를 널찍하게 만들고, 곳곳에 대규모 공원과 광장을 조성했다.

그렇다 보니 멘도사는 돌아다니기엔 좀 싱겁다. 아르헨티나에서 네 번째로 큰 도시고, 도시에만 11만 명, 인근 지역을 포함하여 100만 명 이상이 살고 있지만, 오래된 도시 특유의 미로 같은 건 찾아볼 수가 없다. 가장 오래된 건물이라야 150년 정도 된 것이다. 그 대신 도시 곳곳에 조성된 공원과 그 공원에서 이루어지는 문화 활동이 볼거리다.

멘도사에서 빼놓을 수 없는 것이 와인이다. 산티아고에서 안데스를 넘어오면서 본 드넓은 포도밭이 말해주듯 멘도사는 아르헨티나 와인의 중심 생산지다. 론리 플래닛에서 '멘도사에서 와인 투어를 하지 않으면 죄를 짓는 것'이라고 표현할 정도로 와인은 멘도사 여행의 필수 코스다. 좀더 엄격히 말한다면, 멘도사에선 와이너리 투어 이외엔 별로 볼 만한 것이 없다.

혹시나 하여 인포메이션 센터에 들러 멘도사의 과거와 오늘을 볼 수 있는 곳이 있는지 물어보았지만 와인 투어를 추천한다는 답만 들었다. 인포메이션 센터에서 추천해 준 곳은 로페즈 와이너리(Lopez Winery)였다. 최대 와인 생산지역인 마이푸(Maipu)에 위치한 아르헨티나의 5대 와이너리 가운데 하나라고 했다.

멘도사에는 모두 1200여 개의 와이너리가 있고 이곳에서 아르헨티나 와인의 70% 이상을 생산한다. 멘도사는 2005년 프랑스의 보르도 등과 함께 '세계의 와인 수도'로 선정된, 세계적인 와인 생산의 거점이기도 하다. 멘도사에서는 잉카 시대부터 이어져 내려온 관개 시스템을 통해 산 정상 부위의 눈이 녹아 흐르는 물을 척박한 일대에 공급하고 있다. 이를 위해 설치해 놓은 수로와 발전 시설들이 곳곳에 보였다. 그리고 이 관개 시스템을 전담하는 부서를 별도로 두어 일대의 농업용수를 관리하고 있다.

"와인 산업 이외에 올리브, 사과, 오렌지, 복숭아, 아몬드 등 과일과 양파 등 채소도 멘도사의 주요 산업입니다. 여기에 필요한 용수는 잉카의 관개 시스템을 이용하여 공급합니다."

인포메이션 센터 직원은 이렇게 설명했다. 그 관개 시스템이 메마르고, 거칠고, 황량한 안데스 산맥의 동쪽 지역에 멘도사라고 하는 일종의 오아시스를 만들고 있는 셈이다.

9번 버스를 타고 45분 정도 외곽으로 나가자 로페즈 와이너리가 나타났다. 거의 매 시간 무료 와이너리 투어가 진행되는데, 내가 도착했을 때 아르헨티나 주민 다섯 명이 투어를 기다리고 있었다. 이들과 함께 투어에 참가했다. 가이드가 스페인어로 설명한 다음 영어로 간단히 소개하는 방식이었다.

멘도사 외곽 로페즈 와이너리의 거대한 오크 통 멘도사는 '세계의 와인 수도' 중 하나로, 아르헨티나 와인의 70%가 이곳에서 생산된다.

직접 둘러본 와인 제조 공장은 상당히 흥미로웠다.

먼저 와인을 수확해 이곳으로 가져오면 발효 공정을 거친다. 레드 와인은 20도의 온도에서 10일 정도, 화이트 와인은 17도의 온도에서 20일 정도 발효시킨다. 이어 숙성 과정을 거치는데, 6개월~1년 정도 오크 통에 넣어 숙성시킨다. 숙성 기간은 와인 종류에 따라 다르다. 충분히 숙성되어 제 맛을 띠면 보틀링(Bottling)에 들어간다. 병입, 즉 와인을 병에 담는 것이다. 모든 공정이 자동으로 이루어진다. 이 공장의 생산 능력은 연간 5000만 리터에 달하며, 시간당 1만 병의 생산 능력을 갖추고 있다. 이런 생산 시설을 갖춘 와이너리가 멘도사에만 1200개가 넘는다니 놀라울 뿐이다. 스파클링 와인과 레드 와인 맛을 보았는데, 멘도사가 낳은 '신의 물방울'이라고 해서 다른 곳의 와인과 특별히 다르지 않았다.

다시 버스를 타고 시내로 돌아오니 오후 3시 가까이 되었다. 오전에만 해도 사람들로 북적이던 거리가 조용했다. 대부분의 상점들은 문을 닫았다. 스페인을 여행하면서 시에스타 시간 때문에 혼란스런 경우가 많았는데, 아르헨티나의 도시도 그 전통을 유지하고 있었다. 오후 1시부터 4~5시까지 시의 모든 기능이 정지되는 것이다. 그나마 인데펜덴치아 광장 앞의 레스토랑과 카페들이 문을 열고 있어 늦은 점심을 먹을 수 있었다.

격자형 도로를 갖춘 계획도시 멘도사에서 가장 대표적인 공원은 산 마르틴(San Martin) 공원으로, 하루 종일 다녀도 다 보지 못할 정도로 크고 도로도 넓다. 멘도사의 4대 공원이자 광장은 산 마르틴과 에스파냐 광장, 이탈리아 광장, 인데펜덴치아 광장 등이다. 대지진 이후 도시계획을 새로 만들 때 심은

남미의 독립 영웅 산 마르틴 장군의 동상 아르헨티나 출신의 산 마르틴 장군은 독립군을 이끌고 1817년 멘도사에서 안데스 산맥을 넘어 칠레와 페루의 독립을 성공시키는 데 결정적인 역할을 했다.

가로수가 크게 자라 도시는 온통 초록색을 띠고 있다.

각각의 광장은 나름대로 특색이 있었다. 에스파냐 광장은 과거 식민 지배를 했던 스페인과 형제애를 위해 건설된 광장으로, 양국의 우호를 상징하는 조각과 벽화가 공원을 장식하고 있다. 이탈리아 광장 역시 이탈리아와의 우호를 위해 만들어진 공원으로, 로마 유적을 연상시키는 조각상과 고대 로마 건설의 영웅 로물루스 형제를 자신의 젖으로 키웠다는 늑대상이 서 있었다.

인데펜덴치아 광장은 멘도사의 중앙공원으로, 젊은이들의 휴식과 만남의 광장이다. 광장엔 수공예품을 파는 노점들이 즐비한데, 주말이면 대성황을 이룬다. 산 마르틴 광장엔 남미의 독립 영웅 산 마르틴 장군의 동상이 우뚝 서 있고 그 주변으로 나무와 벤치가 멋진 조화를 이루고 있다.

오후 5시가 넘자 낮에 문을 닫은 상가들이 다시 문을 열고 거리도 사람들로 북적이기 시작했다. 시에스타가 끝난 것이다. 세상이 달라져도 300년이 넘는 스페인의 식민지배를 받은 멘도사의 후예들은 점심을 겸한 휴식 시간의 전통을 굳건하게 지키고 있는 셈이다. 하긴, 이곳의 한여름 낮은 찌는 듯한 더위로 정상적인 활동이 어렵기 때문에 시에스타가 필요한 측면도 있다. 멘도사는 150년 전 새로 건설된 계획도시라는 점이 인상적이었지만, 스페인과 이탈리아 등 유럽 이민자 후예들의 도시라는 점에선 아르헨티나의 다른 도시들과 큰 차이가 없었다.

원초적인 자신으로 돌아가는 즐거움

멘도사를 돌아본 다음 살타(Salta)로 가는 안데스마르(Andesmar) 버스에 올랐다. 멘도사에서 아르헨티나의 북서부 살타까지는 1308km로 20시간이 걸린다. 그런데 아르헨티나에선 짐을 싣고 내릴 때 팁을 주는 것이 관행이 되어 있다. 부에노스아이레스와 로사리오를 여행할 때에는 팁을 슬쩍 무시하고 내가 배낭을 직접 버스의 짐칸에 싣고 내렸다. 하지만 여기서는 직원이 딱 가로막고 있어 2페소를 팁으로 주었다. 버스 회사 직원이 묵직한 내 배낭을 조심스럽게 짐칸에 집어넣었다.

여기서는 이런 작은 팁이 관행이지만 좀 이상한 경우도 있다. 칠레 산티아고를 출발해 안데스 산맥을 넘어 아르헨티나 세관에서 입국 심사를 받을 때에는 버스 차장이 종이컵을 들고 다니며 세관원에게 줄 팁을 여행자에게 걷었다. 세관 심사는 정부의 공공 업무이며, 여행자가 각자 알아서 절차를 밟는 것인데 왜 팁을 주는 것일까. 좀 황당했지만, 어쩔 수 없어 몇 페소를 그 컵에 집어넣었다. 일부 여행자들, 특히 서양 여행자들은 어깨만 들썩이며 무시하기도 했다. 버스 차장은 국경을 넘을 때 이 팁이 든 컵과 간식거리들을 주섬주섬 챙겨서 세관원에게 건넸다.

마치 통행세를 내는 것 같았다. 세관원은 버스 회사 직원이 건네는 돈이 든 종이컵을 작은 책상 안쪽에 챙겨놓았다. 작지만 일상화된 '작은 부패'가 아닐까 싶었다. 무거운 짐을 버스에 싣고 내려주는 직원에게 팁을 주는 것은 감사의 표시로 이해할 수 있지만, 세관 검사는 법과 절차에 따라 진행하면 되는 것 아닐까. 마치 팁 명목의 '세금'을 내고 국경을 통과하는 것 같았다. 여기서는 이렇게 작은 '세금'을 내지만, 좀 큰 기업은 그에 맞게 더 큰 '세금'을 내고, 대기업이나 정부의 고위 관료들은 아주 많은 '세금'을 주고 받을 게 아닌가.

멘도사에서 살타로 가는 길은 멀고 멀었다. 아침에 일어나니 주변에 숲이 우거진 산과 사탕수수 등을 심어놓은 대규모 농장이 펼쳐졌다. 멘도사는 메마르고 대지조차 척박한데다 늦가을의 황량한 분위기였는데, 살타로 접근하자 시원한 초록이 온통 대지를 감싸고 있다. 갑자기 다른 세계로 들어가고 있는 느낌이었다.

살타는 남위 25도로 태양이 내려오는 남회귀선(23.27도)과 가깝다. 차창으로 비치는 햇살도 아주 뜨겁다. 아열대에서 다시 열대로 접근하고 있는 것이다. 바릴로체는 남위 43도로 산 위엔 빙하가 있었는데 다시 열대지역으로 오다니, 아주 빠른 속도로 엄청난 거리를 이동하고 있다.

버스에서 아침과 점심을 제공받고 오후 3시 30분 드디어 살타에 도착했다. 숙소의 홀에 있던 독일 청년의 소개를 받아 도시 전경을 구경하기 위해 텔레페리코(Teleferico) 전망대로 향했다. 정확한 명칭은 성 베르나르도 언덕(Cerro San Bernardo)이다. 살타가 해발 1190m인 반면, 베르나르도 언덕은 1454m 높이에 위치해 살타를 한눈에 내려다볼 수 있다. 살타는 안데스 산맥 아래의 분지에 자리 잡은 아담한 도시다. 인구가 65만 명이지만 축구 경기장이 두 개나 있고, 경마장에 자동차 경주 트랙까지 갖추고 있다. 정상으로 올라가니 해가 뉘엿뉘엿 지기 시작하고 연인과 가족 단위의 주민들이 한가로운 토요일 오후를 즐기고 있었다.

살타 카테드랄의 야경 1856년 지진으로 옛 성당이 붕괴된 후 새로 건설되기 시작해 1882년에 완성된 건물로, 화려한 조명으로 색다른 정취를 풍긴다.

남미를 여행하면서 벌써 몇 번째 보는 도시의 해 질 녘 풍경이지만 여전히 낭만적이고 아름답다. 특히 해가 기울어가는 이 시간대의 햇빛은 사람의 마음을 편안하게 만드는 마력을 갖고 있는 것 같았다.

몸은 피로하지만 정신은 더욱 명징해졌다. 산티아고에서 발파라이소를 거쳐 안데스를 넘어 멘도사의 핵심 골자만 찍어서 본 다음 살타까지 달려온 '압축적인' 여정이었지만, 내 가슴 속에 잠자고 있던 열정이 깨어나고 있다. 원초적인 나 자신으로 돌아가는 듯한 느낌이다. 내가 몸담았던 현실, 그동안 삶의 전부인 것처럼 나를 짓누르던 현실은 이제 아주 작은 점으로 바뀌었고, 광활한 대지와 자연, 그 속을 방랑자처럼 떠도는 내가 그것을 대체했다. 비로소 자유로운 나 자신으로 돌아가고 있었다.

절망,
'안데스의 선율에 담긴 삶의 무게'

코카 잎으로 고산증을 달래다

여행을 하면서 현지인과 그들이 살아가는 이야기를 나누는 것은 쉬운 일이 아니다. 더구나 한곳에 오래 머무는 여행이 아닌 지구를 한 바퀴 도는 여행이라면 그런 기회를 갖기 더욱 어렵다. 수많은 다국적 여행자, 숙소나 식당의 직원, 가이드 등을 만났지만, 아르헨티나의 북서쪽 끝 안데스 산맥 동쪽 사면의 살타에서 가이드인 아리엘을 만난 것은 나에겐 정말 행운이었다.

브라질에서 아르헨티나, 칠레를 거쳐 다시 아르헨티나로 넘어오면서 남미를 알게 되고, 특히 아르헨티나의 힘겨움의 근원을 이해하게 되었지만, 현지인들의 삶의 실제 모습은 어렴풋이 짐작할 수밖에 없었다. 그러다가 만난 아리엘이 그 속살을 보여주었다. 40세의 아리엘은 어렵지만 열심히 살아가는 전형적인 아르헨티나 사람이었다. 현실의 어려움에 절망하지 않고 새로운 희망을 찾으려고 몸부림치는 사람이기도 했다.

살타를 찾은 것은 이곳이 칠레의 산 페드로 데 아타까마(San Pedro de Atacama)로 넘어가는 중간 기점이기 때문이지만, 이곳은 중부 안데스의 동쪽 사면에 자리 잡고 있어 고원의 소금사막을 비롯한 다양한 투어도 발달되어 있다. 살타에 도착한 날 저녁 시내의 투리스모 데 라 포사다(Turismo de la Posada) 여행사에 들러 살리나스 그란데스 코스(Salinas Grandes Course)를 예약했다. 오전 7시부터 저녁 7시까지 12시간 동안 편도 230km, 왕복 460km가 넘는 장거리를 달리며 고원의 황무지와 소금사막, 원주민 마을 등을 방문하는 코스였다. 가격은 250페소(약 6만 7500원)로 적지 않았지만, 그만큼 인상적이었다.

투어에는 두 쌍의 아르헨티나 중년 부부도 함께 참여했다. 한 부부는 부에노스아이레스 부근에 살며 이곳에 휴가차 왔고, 다른 부부는 살타에 거주한다고 했다. 그나마 부에노스아이레스 인근에서 왔다는 부부 가운데 남편이 영어를 조금 할 줄 알아 그들과 띄엄띄엄 대화를 나눴는데, 다행히 아리엘이 영어를 유창하게 구사해 대화하는 데는 별다른 불편함이 없었다.

살리나스 투어를 위해선 물과 고산증에 대비한 코카 잎이 필요했다. 아리엘의 조언에 따라 먼저 슈퍼에 들러 물과 코카 잎, 간식으로 먹을 사탕, 과자 등 스낵을 구입했다. 그런 다음 살타 북쪽의 후후이(Jujuy)를 거쳐 안데스 산맥의 중심부로 향했다. 후후이는 원래 우마와까(Humahuaca) 인디언이 살던 곳인데, 그들은 유럽 이민자들에 쫓겨 지금 더 깊은 산속으로 들어가 수공예와 목축 등으로 생활을 유지하고 있다.

살타 외곽으로 나가 후후이로 방향을 틀자 거대한 협곡이 펼쳐졌다. 협곡 안쪽 해발 1200~1500m의 분지엔 아열대 우림과 사탕수수 농장이 들어서 있다. 아리엘은 사탕수수와 담배가 주산업이며, 각종 야채와 과일도 생산하고 있다고 했다. 차를 운전하면서 살타와 후후이의 개황과 현지의 산업 등 기본적인 정보에 대해 설명하는 아리엘의 목소리에는 비애가 담겨 있었다.

"아르헨티나에는 석유와 금, 철, 구리 등 자원이 많아요. 하지만 모두 미국과 유럽의 대기업에 넘어갔어요. 아르헨티나에 있지만, 아르헨티나 것이 아니에요. 그런데도 정부는 외국기업 유치를 위해 세금을 면제해주고 있죠."

후후이를 지나 안데스 산맥으로 접근하자 깊은 협곡이 이어지면서 아열대 우림이 사라지고 황무지가 나타났다. 안데스로 오르기 전에 인디언 마을 옆

후후이를 지나 안데스 고원으로 향하는 험로 안데스 산맥은 생각보다 깊고 험해 구불구불 이어진 도로를 따라 고원 위에 오르면 더 높은 고원이 앞을 가로막는다.

의 전망대에서 잠시 정차했다. '일곱 색깔 언덕'이라고 하는 세로 데 시에떼 콜로레스(Cerro de Siete Colores)를 조망할 수 있는 곳이다. 언덕이 함유한 광물질 성분에 따라 색깔이 다른 언덕이 아름답게 펼쳐져 있었고, 많은 관광객들이 그 광경을 카메라에 담느라 여념이 없었다. 전통 의상과 알록달록한 망토에 둥근 모자를 쓴 인디언들이 수공예 제품을 길거리로 들고 나와 관광객들에게 들어보였다. 언뜻 보아도 조악해서인지 관광객들은 금방 돌아섰다.

황무지로 이루어진 높은 산으로 올라가면서 풍광이 빠르게 바뀌었다. 산 아래쪽에 보이던 숲이 사라지고 황무지가 펼쳐지면서 선인장이 빼곡한 산이 나타났다. 조금 더 올라가자 선인장도 살지 못하는 황량한 황무지가 펼쳐졌다. 차량은 구불구불 이어진 고개를 힘겹게 올라가기 시작하고, 우리는 슈퍼에서 미리 구입한 코카 잎을 접어서 입안 깊숙이 밀어 넣었다. 코카 잎을 어금니와 볼 사이에 끼우고 거기서 나오는 즙을 조심스레 삼키기 시작했다.

코카 잎은 코카인의 원료가 되는 잎사귀로, 1kg을 정제하면 아주 미량인 약 1g의 코카인을 얻을 수 있다고 한다. 대체로 해발 1500~2000m 높이의 습한 지대에서 자라기 때문에 볼리비아와 페루에서 생산해 아르헨티나로 들여오는데, 잉카 시대부터 고산증 치료약으로 사용되었다. 그래서 원래 코카 잎이나 열매를 정제해 만든 코카인은 불법이지만, 안데스 인근의 고산지역에서는 고산증 대비용으로 코카 잎이 허용된다. 코카 잎은 일종의 마약 성분을 함유하고 있어, 이 즙을 빨면 혈관이 확장되어 뇌로의 산소 공급을 촉진시켜 산소 부족으로 생기는 고산증에 도움이 된다.

차량은 이제 어떠한 식물도 살 수 없는 황무지 고원지대를 향해 힘겹게 올라갔다. 모래와 자갈, 흙이 빗물에 씻겨 내려가면서 파헤쳐놓은 대지의 속살이 그대로 드러났다. 깊은 협곡 위에는 고원이 형성되어 있고, 그 고원을 한참 달리면 더 높은 고원이 나타났다. 끝이 없어 보였다. 그렇게 한참을 올라가 해발 4170m 높이의 고개를 넘었다. 벌써 거의 3000m를 올라온 셈이다. 코카 잎 덕분인지 고산증은 나타나지 않았지만, 그래도 숨이 가빠지고 피로가 몰려왔다. 히말라야의 5000m 고원을 너끈히 넘은 몸이지만, 다시 3000~4000m 이상으로 올라오니 비슷한 증세가 나타난 것이다. 고갯마루엔 인디언 원주민이 수공예 제품을 바위에 올려 놓고 판매하고 있었다. 안데스에서 불어오는 찬바람을 맞으며 덜덜 떨고 있는 모습이 유럽 콜로니스트들에 쫓겨 더욱 깊고 높은 산으로 밀려난 것을 보여주는 것 같았다.

고개를 넘어 다시 한참 달리자 소금사막이 나타났다. 이토록 높은 고원에 소금호수가 있다는 사실이 믿기 어려웠다. 마치 하얀 눈이 내려 있는 것 같은 거대한 평원이다. 지각변동으로 땅이 솟아올라 해발 4000m 이상의 고원에 거대한 호수가 만들어졌고, 건조한 날씨에 물이 마르면서 지금 같은 소금호수가 되었다. 이후 한 해에 한두 차례 내리는 비로 주변의 소금기가 다시 호수로 유입되고, 그 물이 마르면서 소금이 두터운 표층을 형성하게 되었다.

소금호수는 끝이 보이지 않았다. 모두들 점프 샷도 찍고, 손가락을 이용해 촬영 놀이도 하면서 재미있는 시간을 보냈다. 소금호수를 배경으로 평범하게 사진을 찍으면 그저 하얀 눈밭에 사람만 나오기 때문에 재미있는 동작을 취해 극적인 효과를 만드는 것이다.

살리나스 그란데스 소금호수
눈처럼 쌓여 있는 것이 정제하여 채취한 소금이며, 멀리 이것을 실어나르는 트럭이 보인다.

소금호수 한편에선 소금 벽돌로 집을 짓고 사는 현지인들이 소금을 채취하고 있었다. 햇볕이 강렬한데다 하얀 소금에 반사되는 복사열까지 겹쳐 살갗이 엄청 따가웠지만 고지대인 탓에 바람은 매우 차가웠다. 이 강렬한 햇볕과 차가운 바람에서 피부를 보호하기 위해 머리에서 얼굴까지 천으로 둘둘 감고 작업을 하고 있었다. 햇볕에 붉게 탄 채 소금을 채취하고 관광객을 대상으로 음료수와 기념품을 팔아 삶을 영위하는 것이 쉽지 않아 보였다.

"슈퍼에선 작은 소금 한 봉지가 3~4페소입니다. 그런데 여기선 소금 1톤을 30~40페소에 팔아요. 그게 현실입니다." 아리엘이 설명하면서 허탈한 표정을 지었다. 전 세계 어디서나 생산자와 소비자의 불일치와 유통업자의 중간 마진은 존재하지만, 그게 상상을 초월하는 수준이었다.

"아이들 교육이 유일한 희망이죠!"

살타로 돌아오면서 점심도 먹을 겸 푸르마마르카(Purmamarca)라고 하는 우마와까 인디언 마을에 들렀다. 해발 2192m의 작은 마을로, 관광객들에게 수

살타의 푸르마마르카 인디언 마을 주민들은 주로 관광객을 대상으로 한 상업에 종사한다. 도로 오른쪽에 각종 기념품을 판매하는 가판대가 늘어서 있다.

공예품과 차와 식사를 팔았다. 식당에는 닭고기와 라마 요리 등이 준비되어 있었다. 안데스의 상징과 같은 라마를 보호하기 위해 채식을 하라는 론리 플래닛의 권고가 있었지만, 어떤 맛일지 궁금해 '과감하게' 라마 스테이크로 식사를 했다. 마음이 께름칙해서 그런지 탁월한 맛은 느껴지지 않았다.

식사 후 동네를 돌아보는데 애잔한 마음이 앞섰다. 자신의 삶의 터전을 이방인들에게 내주고 관광객들에게 수공예품을 팔아 살아가는 원주민들의 삶은 가난하고 고단해 보였다. 자생적인 발전 기회를 상실한 채 침략자들에게 터전을 내주고, 2등 또는 3등 국민으로 전락한 것 아닌가. 인디오들의 박제된 삶이 가슴을 아프게 파고들었다.

다시 차를 타고 살타를 향해 달리면서 아르헨티나 사람들의 생활, 한국의 성공과 현재 상황, 경제와 교육과 정치 등에 대해 이야기를 나누었다. 주로 가이드인 아리엘과 대화를 나누고, 그의 통역으로 아르헨티나 중년 부부와 의견을 주고받았다. 국가에 대한 실망과 좌절, 그 속에서 살아가는 그들의 욕구와 희망을 읽을 수 있었다.

"아르헨티나 정치인들은 국가나 국민은 생각하지 않고 자신의 이익만 추구해요. 아르헨티나의 많은 자원들도 모두 미국과 유럽의 다국적 기업들에게 넘어갔어요. 경제가 어려우니 중앙은행에 요청해서 화폐를 남발해 물가는 치솟고, 언론은 잡다한 사건 사고와 연예, 스포츠만 방송하고, 심야 시간은 물론 대낮에도 포르노 같은 것을 방송합니다. 자유를 주니 젊은이들은 술 마시고 담배 피고, 방탕하게 놀고, 누구도 이것을 제지하지 않아요. 방송엔 듣기 거북스런 상스러운 말들이 난무합니다. 이렇게 사회가 엉망으로 돌아 가니 오히려 독재를 그리워하는 사람들도 있어요."

아리엘은 온통 절망적인 언어를 쏟아냈다. 그의 말은 지금까지 내가 아르 헨티나 곳곳을 여행하면서 느꼈던 것과 다르지 않았다.

"아르헨티나에는 공장이 없어요. 그러니 일자리도 없죠. 브라질은 공장을 짓고, 교육을 강화하고, 교육에 대한 지원을 늘리고 있는데, 아르헨티나는 자원과 식량의 원재료를 외국에 판매하죠." 아리엘은 경제 상황이 어려운 이 유를 줄줄이 털어놓았다.

"한국은 경제도 성장하고 자동차도 만들고, 민주주의가 되었지요?" 아리 엘이 물었다.

"한국도 문제가 많아요. 그래도 기업들이 많고, 교육열도 강하고, 민주주 의를 이룩하고, 열심히 일합니다. 한국인들은 정말 열심히 일해요." 내가 어깨 를 으쓱하며 말했다.

"한국은 대단한 나라에요. 삼성, 현대… 이 자동차도 현대차에요. 여기에서 인기가 많죠." 아리엘이 운전대를 탁탁 치면서 말했다.

"그렇지만도 않아요. 한국은 경제성장과 민주주의를 이룩했지만, 살기가 점점 더 힘들어지고 있어요. 경쟁도 아주 치열하고. 세계에서 가장 긴 시간을 일하는 사람들이 한국 사람들이에요. 일자리가 한정돼 있어 취직하기도 힘 들어요." 내가 한국에 대한 환상을 깨며 말을 이었다.

"아르헨티나는 그런 일자리도 없어요. 부정부패가 심하고, 정부가 하는 이 야기를 믿는 사람이 없어요. 아르헨티나 사람들에겐 희망이 없어요." 아리엘은 고개를 절레절레 흔들었다.

동서고금을 막론하고 자신이 살고 있는 시대에 만족하는 사람은 없을 것이다. 신자유주의의 광포한 공세가 지구촌 구석구석을 장악하면서 경쟁은 더욱 치열해지고 사람들의 살림살이가 어려워지고 있다. 빈익빈 부익부의 극심한 불균형과 사회 공동체의 붕괴, 물신주의와 황금만능주의로 인한 인간성의 상실 등 가치 전도가 심화하고 있다. 그 자본과 시장의 논리에서 누구도 피해갈 수 없다. 그야말로 '퇴로가 없는' 약육강식의 경쟁에 내몰리고 있고, 거기에서 실패한 정부, 실패한 국가의 민중들이 가장 심한 고통을 겪는다.

나나 아리엘이나 투어에 함께한 중년의 아르헨티나 부부나 마찬가지다. 하지만 삶은 계속되어야 한다. 나는 세계일주 여행을 끝낸 다음 현실로 돌아가야 하고, 아리엘도 가이드 일을 하며 가정을 꾸려나가야 한다. 중년의 아르헨티나 부부도 여행을 마치면 다시 삶의 현장으로 돌아가야 한다.

"아리엘, 가족은 어때요?" 내가 아리엘의 가족 관계로 말을 돌렸다.

"열네 살과 열세 살 먹은 딸 둘과 두 살배기 아들, 아내가 있어요. 나는 아이들 교육이 희망이라고 생각해요. 유일한 희망이죠. 그래서 모든 것을 교육에 쏟아 붓고 있어요. 힘들더라도 아이들 교육만은 제대로 시키려고 해요."

"멋진 선택이에요. 자녀 교육은 최고의 선택이에요."

"맞아요. 우리의 희망은 교육밖에 없죠. 제대로 교육을 받아야 정부든, 외국기업이든, 취직을 할 수 있고, 꿈을 실현할 수 있어요."

그의 절망의 탈출구는 교육이었고, 그는 아이들의 교육을 위해 열심히 일하고 있었다. 아리엘의 소망대로 그의 아이들이 절망스런 아르헨티나에서 잘 살아갈지는 알 수가 없는 일이다. 하지만 그런 희망적인 탈출구가 있으니 아리엘은 살아갈 힘을 얻는 것이다. 아무리 세상이 어렵다 해도 희망의 끈이 있는 한 살아갈 힘을 얻게 된다. 희망이 삶을 지탱하게 해주는 힘이다.

우리의 이야기는 문화로 이어졌다. 아리엘은 남미 전통음악이자 명상음악으로 세계적으로도 유명한 '고독한 목동'이라는 의미의 〈엘 파스트로 솔리타리오(El Pastro Solitario)〉, 날개를 편 콘도르처럼 무엇에도 얽매이지 않는 자유를 향한 안데스의 기원이 담긴 애절한 〈엘 콘도르 파사(El Condor Pasa)〉, 흥겨운 남미의 파티 및 댄스 음악 〈훔비아(Humbia)〉, 인디언의 자유를 표현한 댄스 음악 〈사이아(Saya)〉 등의 음악을 소개하면서 차에 있는 CD를 틀어주었다.

고우면서도 애절한 안데스 팬플룻의 끊어질 듯 이어지는 선율이 가슴을 후벼 파며 마음을 적셔왔다. 광활한 안데스와 작열하는 태양, 파란 물이 뚝뚝 떨어질 것 같은 투명한 하늘, 하늘을 가르는 콘도르, 황량한 고원사막, 오아시스와 같은 원주민 마을들, 머리를 깃털로 장식한 채 말을 타고 달리는 인디오들, 거기에 깃든 기쁨과 슬픔, 애환이 녹아든 음악이었다.

오지에서도 작동하는 GPS

세계일주 여행을 계획하면서 인간의 손길이 전혀 미치지 않은 순수한 자연을 보고 싶었다. 자연의 아름다움이나 장엄함과는 다른, 아주 황량한 풍경에 대한 동경이었다. 끝을 가늠할 수 없는 사막이라든가 광활한 초원, 인간의 손길을 거부하는 고원이나 산악 지대와 같은 극단의 환경을 보고 싶었다. 그것은 나뿐만이 아니어서 둘째 아들 동군은 우유니(Uyuni) 소금사막을 가장 보고 싶어 했고, 첫째 아들 창군도 중국 서부 실크로드의 황량한 사막과 해발 4000~5000m의 티베트 고원을 직접 보고 싶어 했다.

아르헨티나 북서부 살타에서부터 본격적으로 안데스 고원의 황량한 자연으로 들어가는 여정이 시작되었다. 심장 박동이 빨라졌다. 마음속에 있던 어떤 그리움의 대상을 직접 만난다는 기쁨과 야릇한 흥분 때문일 것이다. 해발 3000m 이상으로 올라가면서 약한 고산증이 나타나기도 했지만 그것이 열

해발 3000m 전후의 고원을 잇는 도로

정을 꺾지는 못했다.

황량한 자연을 그리워하는 이유는 여러 가지일 것이다. 그것이 현실로부터의 벗어남과 자유의 상징이며 어떤 원형질에 대한 갈구의 표현이라면, 그것을 경험할 수 있는 가장 좋은 곳이 바로 안데스 중앙고원이다. 아르헨티나와 칠레와 볼리비아, 세 나라가 국경을 맞대고 있는 곳, 안데스 중서부 고원지역은 비현실적인 풍경을 선사한다. 그야말로 태고의 자연이 살아 움직이는 듯한 상상력을 자극하는데, 살타에서 칠레의 산 페드로 데 아타까마, 볼리비아의 우유니 소금사막으로 이어지는 루트는 이를 체험하는 여정이었다.

살타에서 아타까마로 가는 버스는 멘도사에 도착했을 때 예매해 두었다. 아타까마는 안데스 산맥에서도 가장 험하고 깊숙한 오지여서 버스는 안데스마르(Andesmar)가 유일하며, 매주 월·수·금요일에 운행한다. 눈이 내리는 겨울철에는 운행이 중단되기도 한다. 멘도사와 살타를 스치듯 여행한 것도 이 때문이었다. 가격은 275아르헨티나페소(약 7만 4250원)였다.

아타까마는 찾아가는 길부터 놀라움의 연속이었다. 이 길의 일부는 아리엘과 살리나스 그란데스 코스를 여행하면서 지나친 곳인데, 그래도 새로웠다. 오전 7시 일찌감치 안데스마르 버스에 올랐다. 아직 새벽 어둠이 가시지 않은데다 구름이 잔뜩 끼고 빗방울이 떨어지는 날씨여서 밖을 내다보기 힘들었다. 북쪽으로 2시간을 달려 오전 9시 도착한 후후이에도 비가 내리고 있었다. 길거리에 풀풀 날리던 먼지가 씻겨나가는 듯했다. 이곳은 상당히 건조하고 척박한 곳인데, 비가 내리는 것이 의외였다.

안데스 고원을 넘어 칠레로 가는 버스엔 사람이 많지 않아 곳곳에 빈자리가 눈에 띄었다. 장거리 버스 여행을 할 때마다 앉았던 2층의 맨 앞자리를 또 차지했다. 풍경을 가장 잘 볼 수 있는 자리다. 후후이를 떠나 푸르마마르카 마을을 지나자 구름이 갑자기 사라지고 햇볕이 쨍쨍 내리쬐기 시작했다. 해발 1200~1500m 안팎의 살타와 후후이 계곡에는 구름이 끼고 비가 내렸지만 2500m 이상으로 올라가면서 완전히 고원사막 기후로 변해 버린 것이었다.

푸르마마르카를 지나 안데스 협곡의 험악한 산악으로 올라가기 시작했다. 4170m 고개를 넘으니 어제 보았던 소금호수인 살리나스 그란데스가 나타났다. 소금호수 가운데로 난 길을 달려 다시 험준한 고개를 넘자 또 다른 소금호수가 나타났다. 안데스 중부지역엔 소금호수들이 곳곳에 형성되어 있다더니, 이렇게만 봐도 그 규모가 상상 이상이다.

푸르마마르카에서부터 본격적으로 시작된 황무지를 4시간 정도 달려 아르헨티나 국경 검문소에 도착했다. 고지다 보니 조금만 움직여도 금방 숨이 가빠오고 머리가 지끈거려 천천히 움직여야 했다. 현지인들도 마찬가지다. 티베트인을 비롯해 고산지대 주민들이 뒤뚱뒤뚱 굼뜨게 행동하는 것도 이 때문이다. 아르헨티나 출국 수속을 마치고 다시 고원을 달렸다.

달려도 달려도 끝이 없는 고원 황무지다. 400km 이상의 장거리 고원 여행이었다. 오전 10시 30분에 본격적으로 황무지에 진입하여 아타까마에 도착한 것이 오후 4시 30분이니, 근 6시간 동안 황무지를 달렸다.

고원사막 한가운데에 위치한 아타까마에는 이곳이 국경임을 알리는 어떠한 팻말도 없었다. 터미널도 없이 마을 입구 비슷한 곳에서 내렸다. 도로에는 밀가루처럼 고운 흙먼지가 수북이 쌓여 있어 움직일 때마다 풀썩풀썩 날렸다. 허름한 상점 같은 곳에서 입국 수속을 밟고 나니 그냥 가란다. 국경 검문소 출입구도 없고, 거리 표시도 없다.

스마트폰을 켜니 미리 표시해 놓은 호스텔과 나의 위치가 떴다. 이 오지에서도 인공위성과 교신하는 GPS가 나의 위치를 명확히 표시해 주었다. 문명

황량한 아타까마 거리 건조한 기후로 거리엔 먼지가 풀풀 날리고, 멀리 만년설에 덮인 안데스의 산들이 우뚝 서 있다.

의 이기가 편리하기는 하지만, 이런 오지 중의 오지에서도 한 치 오차도 없이 작동하는 걸 보니 뭔가 좀 섬뜩했다. 이제 오지는 없다는 생각도 들고, 더 이상 도망갈 곳이 없는 세상이 된 것 같기도 했다. 숙소는 멀지 않았다. 버스가 온 길을 조금 거슬러 올라가 골목으로 꺾어 들어가니 주택을 개조한 호스텔 투야스토(Hostel Tuyasto)가 보였다.

아타까마는 총 인구라야 2000명에 불과한 작은 오지마을이지만 칠레와 아르헨티나, 볼리비아로 향하는 도로가 만나는 교통의 요충이다. 이 지역 사방 수백 km 내에 거주하는 사람이 거의 없어 교통량은 아주 미미하다. 2000년대 들어 안데스 오지를 여행하는 사람들이 늘어나고, 특히 아타까마 사막과 '달의 계곡(Valle de la Luna)' 등 원시의 비경을 간직한 곳이 관광지로 각광 받으면서 여행자들이 몰려들고 있다.

숙소에 도착해 중심가인 카라콜레스(Caracoles)로 나가 보았다. 포장도 안된 시골 동네 길 같았지만 막 '개발 바람'을 타기 시작하고 있었다. 대부분 흙과 시멘트로 지어진 집들이 길 양편에 옹기종기 붙어 있고, 여행사들과 기념품점, 호스텔, 식당, 카페, 슈퍼 등이 빽빽하게 들어서 있었다. 여행자가 늘어나면서 갑작스럽게 생긴 상점들이다.

아타까마와 볼리비아 우유니 소금사막에는 대중교통이 없어 투어가 필수적이다. 여러 여행사 중 특히 영어 가이드가 된다는 콜큐(Turismo Colque) 여행사에서 아타까마 인근의 간헐천(Geyser) 지역과 '달의 계곡'을 돌아보는 투어와 고원과 우유니 소금사막을 횡단하는 2박 3일 투어를 예약했다. 가격은 거의 고정되어 있어 흥정이 어려웠다. 환율도 1달러=500페소로 정해져 있었다.

투어 비용으로 총 8만 8000페소(176달러)를 지불했다. 아타까마 지역 투어 2만 3000페소(46달러)에, 2박 3일 우유니 투어 6만 5000페소(130달러. 원래 7만 6000페소인데 할인해 주었다)였다. 여기에는 우유니 사막에서의 이틀간 숙박 비용과 3일치 식비 및 교통비가 모두 포함되어 있다. 칠레 쪽 아타까마의 간헐천 입장료 5000페소(약 1만 2500원)와 달의 계곡 입장료 2000페소(약 5000원), 볼리비아 쪽 우유니 국립공원 입장료 180볼리비아노(BOB, 약 3만 원)는 별도로 지불해야 한다. 이렇게 해서 총 비용은 30만 원 가까이 된다. 절대 금액으로는 비싼 것이 아니지만, 칠레와 볼리비아의 경제 여건에서 보면 수지가 맞는 사업이다.

투어 예약을 마치고 저녁을 먹는데 고산지대여서 그런지 계속 멍한 상태였다. 미 달러화와 칠레 페소, 볼리비아의 볼리비아노 등 몇 개 나라의 통화로 계산을 하는데 정신이 산란했다. 그래도 마음은 홀가분했다. 세계 최고의 오지마을에 도착해 세계에서 가장 험하고 황량한 곳으로 들어간다는 흥분감에 진짜 여행을 하는 느낌이었다.

태초의 지구를 닮은 엘 타티오

새벽 4시, 호스텔 입구에서 투어 버스를 기다렸다. 사위는 캄캄하고, 고원의 차가운 바람이 옷깃을 파고들었다. 고개를 들어 하늘을 보니 '우와~' 하는 탄성이 절로 나왔다. 까만 하늘에서 지상으로 쏟아져 내릴 듯이 촘촘히 박힌 별과 우유를 뿌려놓은 듯 긴 띠를 만들며 흐르는 '밀키 웨이(Milky Way)'가 선명하였다. 고도 2400m의 고원지대, 시야를 가로막는 공해나 한 알갱이의 수분도 허용하지 않는 건조한 환경이 밤하늘을 선명하게 만들고 있었다.

하지만 바람이 엄청 매서웠다. 어제 여행사 직원이 아침에는 바람이 차니 따뜻하게 입어야 한다고 해서 배낭에 있는 모든 옷을 꺼내 입고 중국 여행 중에 구입한 가죽장갑까지 끼었지만 새벽 냉기를 막기엔 역부족이었다. 10여 분 기다리니 승합차가 도착해 잽싸게 올라탔다.

가이드의 소개를 들어보니, 우리의 목적지는 아타까마에서 90km 정도 동북쪽 안데스 산맥 중간의 '엘 타티오(El Tatio)'라는 간헐천 지역으로 승합차로 1시간 40분 정도 걸린다고 했다. 해발 4300m에 달하는 고원에 온도는 영하 18도 정도라니 엄청 추운 날씨다.

도로는 포장되어 있지만, 언덕에서 굴러 떨어진 흙과 자갈이 곳곳에 놓여 있고, 도로 자체가 많이 훼손되고 보수가 제대로 되지 않아 심하게 덜컹거렸다. 한참을 달려 비포장도로에 접어들었는데 모래와 자갈이 잘 다져져 있어 포장도로와 큰 차이가 없었다.

2시간 가까이 달려 새벽 6시, 엘 타티오 간헐천 입구에 도착하였다. 바깥 날씨는 지금까지 여행한 가운데 가장 추워 손발이 얼어붙고 귀의 감각이 마비될 정도였다. 등산복에 달린 모자까지 뒤집어쓰며 체온을 유지하기 위해 안간힘을 썼지만, 얼마나 추운지 정신을 차리기 힘들었다.

10여 분 정도 올라가니 수증기와 뜨거운 물이 치솟는 간헐천이 나타났다. 곳곳에 뚫린 구멍으로 흰 수증기와 뜨거운 물, 뜨거운 물에 곤죽이 된 진흙이 함께 쏟아져 나왔다. 분수처럼 계속 치솟는 것이 아니라 마치 지표면 아래의 거대 생물체가 숨을 쉴 때마다 '피유우~' 하며 수증기가 간헐적으로 하늘 높이 뿜어져 나오는 것 같았다. 그때마다 뜨거운 물이 울컥울컥 올라왔다. 한 곳에서만 솟아오르는 것이 아니라 넓은 고원 곳곳에서 뿜어져 나왔다. 지

아타까마 엘 타티오 간헐천
해발 4300m 높이에 있다. 아
침 해가 산 정상을 비추는 가
운데 간헐천에서 뜨거운 수증
기가 뿜어져 나오고 있다.

구가 곳곳에 뚫린 구멍으로 숨을 쉬고 꿈틀거리는 것 같았다. 안데스 중부에
해당하는 이 지역에서 화산 활동이 계속되어 만들어진 것이었다.

"용암이 지하 15km 지점에 있어요. 그 용암에 의해 달구어진 암반이 지하
수를 뜨겁게 만들고, 그로 인해 형성된 수증기가 지표면의 틈을 뚫고 올라오
는 겁니다. 이곳은 해발 4300m로 세계에서 가장 높은 간헐천이에요. 여기에
100여 개의 간헐천이 있습니다."

활달한 30대 초반의 가이드가 설명했다. 특히 이 간헐천은 해가 뜰 때와
질 때, 즉 지하와 지상의 온도차가 클 때 가장 왕성하게 활동한다. 그래서 최
고의 장관을 보기 위해 새벽에 출발한다고 했다.

간헐천에 손을 갖다 대니 아주 뜨거웠다. 가이드는 평균 온도가 85도에 이
른다고 설명했다. 하지만 고원지대를 감싸고 있는 얼음장처럼 차가운 대기를
만나 금방 차가워졌다. 차갑게 식은 물이 간헐천 주변에 얼어붙으면서 곳곳
에 둥그스름한 원뿔형의 빙판을 만들어 놓았다. 위도로만 보면 남회귀선 근
처의 아열대~열대 기후에 속하지만, 고도가 워낙 높아 밤만 되면 기온이 영하
로 뚝 떨어지는 것이다. 여러 자연현상이 복합적으로 일어나는 지역이다.

간헐천을 돌아보고 있는데, 여행사에서 빵과 치즈, 커피, 계란으로 아침을

준비했다. 계란은 간헐천에서 막 쪄낸 것이었다. 간헐천의 움직임은 해가 뜨면서 절정으로 치달았다. 산등성이로 해가 올라와 햇살이 비스듬하게 비치자 간헐천의 수증기가 하늘에 수를 놓기 시작했다. 땅에서 갑자기 솟아올라 하늘로 올라가는 수증기가 햇볕에 화려하게 빛났다. 기다렸다는 듯이 간헐천이 곳곳에 뚫려 있는 구멍으로 '피유우~', '피유우~' 일제히 거친 숨을 토해내면서 뜨거운 물을 쏟아냈다. 태초의 지구가 바로 이러했을까? 한쪽에서는 물과 흙이 부글부글 끓고, 다른 쪽에는 얼음장처럼 차가워 어떠한 생명도 허락하지 않는 극단의 자연현상, 혼돈만이 지배했던 태초의 모습이었다.

산 위로 떠오른 해가 따뜻한 햇살을 뿌리자 얼음장처럼 차가웠던 고원의 냉기도 한결 꺾였다. 고원에선 햇볕의 유무에 따라 자연현상이 빠르게 바뀌고 온도도 빠르게 달라진다. 그렇게 요동을 치던 간헐천이 숨을 고르기 시작했다. 하늘로 거칠게 뿜어내던 간헐천의 기세가 점차 수그러들었다. 해 뜨는 것으로 간헐천 체험도 끝이 났다.

"어메이징!"

"원더풀!"

"언빌리버블!"

모두 감탄사를 쏟아내며 승합차로 몰려들었다.

하지만 이런 경이적인 자연에도 비애가 깃들어 있었다. 세계 3대 간헐천의 하나인 이곳에서 지열을 이용한 발전소 건설을 둘러싼 논란이 일고 있는 것이다. 과거 칠레 정부가 지열발전소를 지으려다 중단한 적이 있는데, 최근 다시 추진하려 하고 있다. 지역 주민들은 환경 파괴를 이유로 반대하고 있다. 발전소를 만들어 봐야 인근엔 주민들이 거의 없어 멀리 떨어진 대도시로 전력을 보내야 하는데 그럴 경우 흉물스런 전신주와 케이블이 안데스를 가로질러 가야 한다. 이 또한 심각한 환경 파괴다. 오히려 신비로운 자연환경을 보존하면서 관광 산업을 발전시키는 것이 지역 주민들을 위해 필요하다고 가이드는 목소리를 높였다. 지속 가능한 미래보다는 당장의 이익을 좇는 자본의 공세가 이곳에까지 상처를 내고 있는 셈이었다.

이제 버스는 간헐천을 떠나 노천 온천으로 향했다. 간헐천에서 솟아나는 뜨거운 물을 가두어 만든 풀장이었다. 노천 온천이라고 하지만 시설은 풀장과 낮은 담장이 전부였다. 탈의실도 없다. 일찍 도착한 사람들은 벌써 물속에 들어가 온천을 즐기고 있었다. 바깥 대기는 아주 차갑지만 풀장에서 뜨뜻한 김이 올라왔다. 나도 브라질과 독일, 네덜란드 여행자들과 함께 담장 뒤에서 수영복으로 갈아입고 온천으로 들어갔다.

해발 4000m 고원에서의 천연 온천은 짜릿한 경험이었다. 물과 함께 올라온 미세한 진흙으로 바닥은 미끈미끈했다. 조심조심 사람들이 모여 있는 곳으로 움직이니 처음 미지근하던 온도가 올라가기 시작했다. 온천수가 나오는 곳은 뜨끈뜨끈했다. 울컥울컥 온천수가 올라올 때마다 뜨거운 물이 온몸을 부드럽게 감쌌다. 밖에 내놓은 얼굴은 차갑지만 새벽잠을 설치면서 추위에 떨었던 몸이 뜨끈한 온천수에 녹아내렸다. 이것이야말로 인공이 전혀 가미되지 않은 100% 천연 온천욕 아닌가.

뜨끈한 물에 한참 몸을 담갔다가 나오니 밖의 공기가 얼음장 같았다. 하지만 수건으로 물기를 싹싹 닦고 옷을 입고 나니 신기하게도 온몸에 훈훈한 열기가 감돌면서 추위가 단번에 사라진 것 같았다.

다시 차를 타고 이번엔 고원 한복판에 있는 원주민 마을을 방문했다. 시멘트 블록이나 흙으로 집을 지은 아주 작은 마을이었다. 워낙 메마르고 척박해 아무것도 살 수 없는 이곳에 마을이 들어서 있다는 것이 알 수 없는 비애를 느끼게 했다. 지금은 관광객들을 대상으로 라마 꼬치구이와 엠파나다와 같은 간식이나 커피 등의 음료를 팔고, 소금 채취 같은 광산업을 영위하고 있지만 아주 남루해 보였다.

간헐천에서 흘러내린 물이 작은 하천을 만들어 풀이 자라는 곳에는 남미의 척박한 고원지대에 서식하는 라마와 비쿠냐(Vicuna) 등 동물들이 한가롭게 풀을 뜯고 있었다. 모두 안데스 산맥의 3000~4200m 고원지대에 사는 동물들이다. 라마는 길이가 최대 2m를 넘고 무게도 130~155kg에 달한다. 비쿠냐는 이보다 작아 몸길이가 1.5m 안팎, 무게는 35~65kg 정도다. 가이드는 이들이 뜯어먹는 풀이 1년에 고작해야 2~4cm 정도 자란다고 했다. 아주 척박한 환경이지만 공생하면서 자라는 동물들이 아주 정겹게 다가왔다.

척박한 자연의 마력, '달의 계곡'

아타까마 사막에 있는 '달의 계곡'은 고원 지형이 달 표면을 닮았다. 고원에 몰아치는 바람과 작열하는 태양, 심한 온도차 등 순전히 자연의 작용에 의해 기형적인 모습으로 변한 바위와 협곡이 신비로움을 자아낸다. 칠레 정부는 자연의 신비로움과 기형적인 달 표면을 닮은 이곳을 '자연의 성소(聖所)'로 지정해 보호하고 있다. 특히 일부 지역은 100년 동안 한 방울의 비도 내리지 않아 세계에서 가장 건조하고 척박한 곳으로 꼽힌다.

간헐천 투어를 마친 후 숙소에서 한참 쉬다가 아타까마 마을을 한 바퀴 돌아보고 오후 3시, 달의 계곡 투어에 나섰다. 달의 계곡은 지역이 넓고 돌아볼 만한 곳도 많지만 몇 개의 포인트가 인기를 끌고 있다. 먼저 30여 분 달려 거대한 황무지를 내려다볼 수 있는 언덕으로 향했다. 입구 양편의 깎아지른 바위 사이에 좁은 통로가 나 있었다. 들어가면서부터 먼지가 풀풀 날렸다. 바람과 먼지가 풍화 작용을 일으키면서 바위를 깎아내린 것이다. 통로를 만들고 있는 바위는 켜켜이 색깔을 달리하였다. 수만 년 동안 모래와 흙이 쌓이면서 층을 이룬 지표면이 불쑥 솟아올라 엄청난 세월의 두께를 살을 쩬 듯이 그대로 드러냈다.

바위 틈을 지나니 거칠고 험한 절벽 아래로 황량하기 그지없는 황무지가 펼쳐졌다. 영겁의 세월 동안 풍화와 침식에 의해 만들어진 황무지였다. 나무 한 그루, 풀 한 포기 찾아볼 수 없고, 안데스의 하늘을 유영하는 콘도르도 여기선 만날 수 없다. 아무리 둘러보아도 부서져 내리고 바람에 날리는 고운 모래 흙, 그리고 그것에 의해 풍화된 거친 언덕뿐이다. 끝없이 펼쳐진 아타까마 사막은 너비가 100km, 길이가 1000km에 달하며, 이 가운데서도 달의 계곡은 가장 극적이고 장엄한 풍광을 자랑한다.

사막 저쪽 끝으로는 만년설을 이고 있는 안데스 영봉들이 버티고 있고, 그 앞으로 거대한 협곡이 휘어져 돌아가고 있다. 한편엔 바람에 씻기어 한쪽으로 모인 고운 모래가 부드러운 구릉을 이루고 있고, 다른 한편엔 바람과 모래에 의해 연한 부분은 떨어지거나 씻겨나가고 견고한 부분만 남은 뾰족뾰족한 바위산들이 파도를 만들고 있다. 자세히 보면 사람이나 동물 모양을 한 바위가 많은데, 보호를 위해 출입을 제한하고 있다.

한참 넋을 빼앗기며 구경한 후 석양에 빼어난 경치를 자랑하는 달의 계곡 중심부로 향했다. 이곳에 들어가려면 별도로 2000페소의 입장료를 내야 한다. 계곡으로 들어가니 하얀 소금이 표면에 덕지덕지 붙어 있는 소금바위가 나타났다. 암염(巖鹽)이다. 일부 바위에는 소금이 덩어리가 되어 두텁게 붙어 있고, 어떤 곳에는 이끼처럼 바위를 덮고 있다. 태곳적 바다였음의 징표다. 예전에는 소금광산이 있었으나, 지금은 폐쇄되었다.

달의 계곡 이곳저곳을 돌아보는 사이에 해가 서서히 기울어 산 아래쪽으로 긴 그림자를 드리우기 시작했다. 달의 계곡 투어에서 가장 멋진 석양을 보러 이동할 때가 되었다. 전망대로 향하는 곳은 엄청난 모래 언덕이다. 언덕은 화산재와 바위가 깎여 나와 만들어진 모래를 포함하고 있어 약간 검은색을 띠었다. 푹푹 빠지는 언덕을 지나자 뾰족뾰족한 바위 너머로 태양이 서서히 기우는 가운데 달의 계곡 심장부가 석양에 붉게 물들어 가고 있었다.

아타까마 '달의 계곡' 세계에서 가장 건조한 지역으로 석양에 뾰족뾰족한 산의 윤곽이 드러나고 있다.

계곡 아래쪽에는 눈이 내린 듯 소금기를 머금은 모래가 하얗게 펼쳐져 있고, 그 옆의 언덕은 석양을 받아 붉게 빛났다. 풍화되어 뾰족하게 남은 산 정상의 능선이 비스듬한 햇살에 칼날처럼 도드라지고, 그 그림자도 핏빛으로 물들어 갔다. 태양은 마지막 붉은 열기를 뿜어내면서 서쪽으로 기울었다. 산 그림자가 계곡 아래쪽으로 비추면서 달의 계곡이 선명하게 드러났다. 이건 마치 우주선을 타고 다른 행성에 온 것 같았다.

여행의 묘미는 바로 여기에 있다. 현실에서 보기 어려운 자연을 만나고, 이색적인 경험을 하고, 새로운 사람을 만나는 것, 그것이 여행의 묘미다. 해가 뉘엿뉘엿 넘어가면서 환상적인 모습을 보이던 달의 계곡도 해가 넘어가자 바로 어둠에 묻혔다. 동시에 대기가 식기 시작했다. 발길을 돌려 산에서 모래언덕을 지나 투어버스로 돌아오는데 기온이 뚝뚝 떨어지는 게 느껴질 정도였다. 달의 계곡에 달처럼 차가운 밤이 찾아오고 있었다.

칠레 아타까마~볼리비아 우유니

행복,
'진정한 나를 찾는 즐거움'

슬슬 몰려오는 고산증과 싸우며

드디어 우유니 소금사막 투어가 시작되었다. 칠레 아타까마에서 출발해 2박 3일 동안 해발 4000m 안팎의 안데스 고원 황무지를 통과해 볼리비아 우유니까지 가는 여정이다. 알티플라노 고원(Altiplano Plateau)이라고 불리는 볼리비아 남부의 이 고원은 세계에서 가장 황량하고 거친 곳이다. 우유니 소금사막은 이 고원 한가운데 있는 곳으로, 우리 가족이 세계여행을 준비할 때 가장 가보고 싶어 했던 곳 중 하나였다. 우리 가족이 읽었던 여러 세계여행 서적에서도 '죽기 전에 꼭 가봐야 할 곳'으로 이곳이 빠지지 않았다. 가족이 함께하지 못해 아쉬웠지만, 꿈에 그리던 우유니를 여행한다는 설렘과, 사람이 생존하기 어려운 고원으로 들어간다는 긴장감이 동시에 몰려왔다.

아침 6시에 숙소를 나서는데 짐이 늘었다. 어제 저녁 산 3리터와 5리터짜리 커다란 물통과 간식용 비스킷과 사탕 등 때문이다. 모두 고원사막의 횡단에 필요한 것들이다. 특히 물이 아주 무거웠다. 고원엔 마실 물이 없고, 고산증을 막으려면 물을 많이 마셔야 하기 때문에 충분히 준비해야 했다.

투어버스는 약속 시간보다 30분 이상 늦은 8시가 넘어서야 도착했다. 다른 여행자 아홉 명이 이미 탑승해 있었다. 여러 숙소를 돌며 여행자들을 태웠는데, 내가 마지막이었다. 승합차는 아침식사를 위해 먼저 식당으로 향했다. 그것도 모르고 새벽에 간단히 식사를 한 나는 두 번째 아침식사를 하며 여행자들과 인사를 나누었다. 국적이 다양했다. 미국과 브라질 남성 청년, 독일인 부부, 호주와 스페인, 포르투갈, 프랑스 여성, 그리고 나를 포함해 각 대륙에서 다양하게 모였다.

식사 후 곧 칠레 국경으로 향했다. 아타까마의 칠레 이미그레이션은 말이 이미그레이션이지 그냥 시골의 작은 버스 정류장 같았다. 여권을 내밀자 바로 출국 스탬프를 찍어주었다.

수속을 마치고 아르헨티나와 볼리비아와 국경을 이루는 고원으로 향했다. 분지에서 고원으로 향하는 길은 완만하지만 끝없는 오르막이었다. 30여 분을 달려 해발 4000m 고원에 올라섰지만, 풍경에는 이렇다 할 변화가 없었다. 고원 한복판의 갈림길에서 오른쪽(동쪽)으로 달리면 아르헨티나, 왼쪽(북쪽)으로 방향을 바꾸면 볼리비아다. 아르헨티나 쪽은 포장이 되어 있지만, 볼리비아 쪽은 비포장도로다. 우리는 왼쪽의 비포장도로로 진입했다. 먼지가 엄청 날렸다. 아무런 도로 표지판도 없이 황무지 한가운데 나 있는 바퀴 자국이 곧 도로다.

볼리비아 국경도 황량하기는 마찬가지다. 황무지 한가운데 초소 같은 건물이 외롭게 서 있고, 별 의미 없어 보이는 차단기가 전부다. 마음만 먹으면 검문소를 우회해 얼마든지 국경을 넘을 수 있을 것이다. 허름한 사무실에서 입국 스탬프를 받고 4일간 유효한 우유니 국립공원 입장료 150볼리비아노를 지불하고 볼리비아로 넘어갔다. 국경을 넘어서면 에두아르도 아바로아(Eduardo Avaroa) 안데스 야생동물 보호구역이다. 볼리비아는 남미 최빈국이지만, 동식물을 포함한 자연을 인간과 동급으로 취급하는 독특한 헌법을 채택하고 있다.

국경을 넘기 전에 볼리비아 차량으로 바꾸었다. 우리는 칠레 아타까마에서 타고 왔던 승합차에서 내려 볼리비아 현지인이 운전하는 지프 두 대에 다섯 명씩 나누어 탔다. 나는 독일인 부부, 브라질 청년, 호주 여성과 같은 지프에 탔다. 다른 지프에는 미국인 청년과 프랑스, 포르투갈 여성, 두 명의 스페인 여성이 탑승했다. 우리가 타고 온 승합차는 볼리비아에서 칠레로 넘어가는 여행자들을 싣고 아타까마로 돌아가기 위해 국경 근처에서 기다렸다.

국경을 넘어 아무리 달려도 똑같은 풍경만 이어졌다. 가장 먼저 만난 것은 베르데 호수(Laguna Verde)였다. 해석하자면 '초록 호수'라는 뜻이다. 팻말을 보니 해발 4350m다. 해발 2400m인 아타까마에서 2000m를 더 올라온 셈이다. 멀리 만년설을 뒤집어쓴 설산이 베르데 호수에 비쳤다.

지프는 베르데 호수에서 스페인의 초현실주의 예술가인 달리의 이름을 딴 살바도르 달리(Salvador Dali) 공원을 지났다. 기묘한 형상의 돌들이 우뚝우뚝 솟아 있는 것이 초현실주의 예술 작품 같다. 실제로 달리는 여기에서 영감을 얻어 작품을 만들었다고 한다. 바람과 모래에 의해 풍화된 바위들이 사막 한가운데 박혀 있어, 달리의 작품만큼이나 초현실적으로 보였다.

달리 공원을 지나 폴케스 노천 온천(Termas de Polques)에 도착했다. 노천 온천이라고 해봐야 고원 한가운데 만들어진 연못에 불과했다. 투어 참가자들이 홀렁홀렁 옷을 벗고 뜨끈한 온천으로 들어갔다. 엘 타티오 간헐천을 여행할 때 이미 온천에 들어가 보았던 나는 이번엔 참았다. 어제 온천욕을 한 이후 약간 코가 막히면서 감기 기운이 있었다. 앞으로 3일 동안 이어질 험난한 여정을 생각하면 몸의 밸런스를 깰 수도 있는 행동은 자제해야 했다.

노천 온천에 이어 해발 4300m의 찰비리 호수(Laguna Challviri)를 거쳐 오후 1시 30분 '내일의 태양'이라는 의미를 지닌 마냐나 간헐천(Sol de Manyana)에 도착했다. 엘 타티오 간헐천이 지표면 아래에서 물이 울컥울컥 올라오는 것이었던 반면, 이곳은 구멍이 커다랗게 뚫려 있는 곳 아래에서 뜨거운 흙탕물이 부글부글 끓는 간헐천이었다. 사람도 빠질 만큼 큰 구멍에서는 유황 냄새를

콜로라다 호수 해발 4278m
에 이르는 호수로, 가운데
흰 점처럼 보이는 것이 플라
밍고다. 호수 주위에 누군가
돌탑을 쌓아놓았다.

풍기는 수증기가 계속 올라왔다. 바람이 불 때마다 그 수증기가 훅 끼쳐와,
오래 있다가는 정신을 잃을 것 같았다. 더구나 그 큰 구멍들이 구불구불 이
어져 발을 잘못 디뎠다간 깊디깊은 땅 속으로 흔적도 없이 빠져 들어갈 것
같았다. 지옥의 문을 연상시켰다.

마냐나 간헐천에서 다시 차를 달려 콜로라다 호수(Laguna Colorada)에 도착했
다. 가장 유명한 호수다. 멀리서만 바라보아도 호수가 아주 넓다. 플라밍고
들이 물속의 생물체들을 찾아 고개를 물에 담그고 있었다. 안내문을 보니 이
곳은 습지 보호를 위한 국제협약인 람사르 협약에 의해 1990년 볼리비아에
서 처음 보호구역으로 지정되었다. 호수의 고도는 해발 4278m이며, 평균 수
심이 35cm에 불과하다.

콜로라다 호수에는 전망대도 있었다. 전망대의 벽은 콜로라다 호수와 여
기에서 서식하는 플라밍고의 종류, 각종 식물의 종류를 설명해 놓고 있었다.
플라밍고는 색깔에 따라 칠레, 안데스, 제임스 플라밍고 등 세 종류로 분류되
지만, 일일이 구분하긴 어려웠다. 먹이를 찾는 플라밍고들과 파란 하늘, 고요
한 호수가 저 멀리 흰 설산과 어울려 한 폭의 수채화를 만들고 있었다. 주변
환경은 거칠고 척박하기 그지없지만, 호수는 정반대의 모습이다.

전망대까지 한참 바위 언덕을 오르고 내리니 숨이 막히고 속도 조금 울렁거렸다. 해발 4300m나 되는 고원에서는 걷거나 언덕을 오를 때 항상 조심해야 한다. 서두르거나 뜀박질을 했다가는 큰코다칠 수 있다. 나는 천천히, 천천히, 한 걸음, 한 걸음. 조심스럽게 발을 옮겼다. 고산지대에 적응하는 방법이다.

호수를 돌아보고 숙소로 돌아오니 오후 4시였다. 숙소는 난방 시설도 없이 침대만 덩그러니 놓인 막사 같았다. 물이 귀한데다 온수도 나오지 않아 세수도 제대로 못했다. 하긴 여기에서 온수가 콸콸 나오는 숙박 시설을 운영한다면 거기서 나오는 오수를 감당할 수 없을 것이다. 콜로라다 호수는 폐쇄형 호수이기 때문에 여기에서 오수를 버리면 호수에 그대로 쌓이게 된다. 그러면 오염되는 것은 순식간이다.

저녁식사를 기다리는데 우유니 여행을 마치고 칠레 쪽으로 넘어가는 한 무리의 여행자들이 숙소에 들이닥쳤다. 이틀 정도는 샤워를 하지 못한 꾀죄죄한 모습에 먼지를 흠뻑 뒤집어 쓴 것이 하루 종일 고원 황무지를 달려온 것 같았다. 하지만 우유니에서 여기까지 오는 여정이 환상적이었다며 모두들 감탄사를 쏟아냈다. 그러고 보니 콜로라다 호수가 칠레와 볼리비아에 걸쳐 있는 안데스의 중심, 알티플라노 고원의 중요한 정거장인 셈이다. 말하자면 사막 한가운데의 오아시스나 마찬가지다.

저녁식사 후 마침 밖에 나갔던 브라질 청년이 환호성을 질렀다. 하늘에서 별이 쏟아진다는 것이었다. 밖으로 나가보니, 정말이다. 별들은 마치 손에 잡힐 듯 가까운 하늘에 촘촘히 박혀 있고 금방이라도 쏟아져 내릴 것 같았다. 고원이 하늘과 맞닿은 듯했다.

하지만 태양이 사라진 고원의 추위는 살인적이었다. 숙소도 춥기는 마찬가지여서 있는 대로 옷을 껴입고, 침낭 속으로 기어들어가 몸을 잔뜩 웅크렸지만 추위는 뼛속으로 파고들었다. 여기에선 땔감용 나무를 구할 수도 없으니 난방은 상상도 할 수 없었다. 너무 추웠다.

고산증도 약간 느껴졌다. 스페인과 호주 여성은 고산증 때문에 식사도 제대로 못하고 계속 토하고 정신을 차리지 못했다. 내가 준 코카 잎을 입에 물고 어떻게든 버티려고 애를 썼지만, 코카 잎은 고산지역에 오기 전에 입에 물고 있어야 효험이 있다. 그래도 심리적 효과는 있었는지, 코카 잎을 입에 문 호주 여성의 얼굴에 약간의 생기가 돌았다.

자연이 빚은 예술작품과 춤추는 플라밍고

잠자리가 추우니 아침에 일어나서도 몸이 개운할 리 없다. 머리를 감는 건 생각할 수도 없고, 양치질과 엉성한 세수로 만족해야 했다. 하지만 태양은 모든 마법의 시작이었다. 아침에 빵과 시리얼에 따끈한 커피를 한 잔 하니 몸이 좀 풀리기 시작하더니, 해가 뜨면서 몸에 생기가 돌았다. 광합성을 하는 것도 아닌데, 햇볕을 받으니 금방 살아났다.

오전 8시 20분 콜로라다 호수를 떠나 다시 황량한 고원사막을 달리기 시작했다. 이따금 다른 지프도 보였다. 지프가 달릴 때마다 뽀얀 먼지바람이 길게 띠를 이루며 지프를 따라갔다. 사막에서는 지프들이 달려 바퀴 자국이 생기면, 그게 길이다. 땅이 자갈과 모래로 이루어져 있어 어디로든 달릴 수 있지만, 운전수들은 어디가 길인지 귀신같이 알고 차를 몰았다.

콜로라다에서 20분 정도 달리자 '바위 나무'라는 의미의 아르볼 데 피에드라(Arbol de Piedra)가 나타났다. 고원사막 한가운데 태양과 바람과 모래가 만든 기암괴석 무더기였다. 관광 홍보 사진에 자주 등장하는 진짜 고사목처럼 생긴 이 바위는 '아르볼 데 피에드라'의 상징이다. 기묘한 바위가 신비로움을 자아냈다. 자연은 최고의 예술가라는데 그 예술가가 만든 최고의 예술 작품

아르볼 데 피에드라 바위가 풍화되면서 나무 모양을 하고 있다. 오로지 태양과 바람과 모래 등 자연 현상이 빚어낸 최고의 예술품이라 불러도 손색이 없다.

이었다. 거대한 암석이 바람과 그 바람에 쓸려온 모래에 의해 풍화되어 이런 모습을 띠려면 과연 얼마의 시간이 필요할지 상상이 가지 않았다.

기암괴석은 넓은 모래사장 위에 무더기로 우뚝우뚝 서 있었다. 바위의 연한 부분은 풍화되어 고운 모래로 바뀐 반면 단단한 부분만 남아 있는 것이다. 여행자들은 꾸준히 몰려들어 그 신비로운 모습을 카메라에 담기에 여념이 없었다. 일부 여행자는 바위 위로 올라가 펄쩍 뛰기도 했다. 공원 관리사무소가 바위에서 떨어져 나온 돌로 여행자가 돌아다닐 수 있는 길을 표시해 놓았지만 태연히 무시하는 여행자가 한둘이 아니었다.

기암괴석을 한참 돌아본 다음 다시 거친 모래바람을 일으키며 황무지를 달렸다. 가도 가도 모습은 달라지지 않았다. 고원사막은 때로는 붉은색, 황토색, 누런색으로 바뀌었다. 바위와 모래가 함유한 광물질 성분이 다르기 때문에 나타난 색깔의 변화였다.

그렇게 달려 10시 20분에 혼다 호수(Laguna Honda)에 도착했다. 표지판이 햇볕과 바람으로 일부 부식되었지만, 이곳이 해발 4116m임을 확인할 수 있었다. 또다시 10분 정도 북쪽으로 달리니 아름다운 호수가 나타났다. '냄새나는 호수(Stinking Lake)'라는 뜻의 헤디온다 호수(Laguna Hedionda)다. 이곳은 안데스 고원에 서식하는 플라밍고의 주요 서식처 가운데 하나로, 남미 지역에 서식하는 세 종류의 플라밍고를 모두 관측할 수 있다. 먹이가 되는 작은 미생물과 수초들이 호수에 다량 함유되어 있어 플라밍고에게 적합한 환경이기 때문이라고 했다.

우리 말로 홍학이라고 하는 플라밍고는 가늘고 긴 다리로 얕은 물에 서 있는 모습이 고고한 자태를 풍긴다. 알을 낳은 후 암수가 28일 동안 함께 품어 부화시키고 함께 키우는 습성을 갖고 있다. 우리가 도착했을 때에도 플라밍고들이 무리를 지어 호수를 거닐고, 물속에 머리를 박고 먹이를 찾고 있었다. 이따금 긴 날개를 펴고 수면 가까이로 미끄러지듯이 날기도 했다. 파란 하늘과 설산, 플라밍고가 잔잔한 호수 표면에 반사되어 더없이 아름다운 풍경을 선사했다.

안데스는 확실히 티베트 고원만큼이나 신비로움과 경이를 자아냈다. 고도는 티베트가 5000m에 육박하고, 안데스 중앙의 알티플라노 고원이 4000m를 넘지만 그 차이를 느끼기는 어렵다. 다른 점이 있다면 티베트인들이 주로 야크와 양 등 목축에 종사하며 불교의 한 종파인 라마교에 귀의해 살고 있는 반면, 이곳엔 사람이 희귀하다. 풀도 없고, 목초지도 없다. 그저 척박한 황무지의 연속이며 일부 지역에 라마나 비쿠냐, 플라밍고 같은 동물들이 서식할 뿐이다.

헤디온다 호수를 떠나 다시 황무지를 달리는데 자동차 타이어가 펑크가 났다. 모두 깜짝 놀라 차량에서 내렸는데 볼리비아 운전수는 아무렇지 않게 즉석에서 타이어를 교체했다. 거친 황무지를 달리다 보면 이런 일은 다반사인 듯했다. 수리를 마치고 다시 한참 달려 기암괴석이 도로 양편으로 끝없이 늘어선 로카스 계곡(Valle de Rocas)을 거쳐 알로타(Alota)라는 마을에 도착했다.

점심식사를 위해 사막 한가운데 작고 가난한 마을에 정차한 것인데, 가이드의 말에 따르면 이곳 주민들 대부분이 광산업과 목축업에 종사한다고 했

우유니 기차 무덤 굉음을 내며 달렸을 기차가 사막 한가운데에서 침식되는 적막한 모습이 인류 문명의 최후를 보여주는 듯하다.

다. 삭막하고 건조한 이곳은 사람도 잘 눈에 띄지 않고 적막감만 감돌아 시간이 정지한 곳 같았다.

인류 문명의 최후를 보여주는 기차 무덤

식사를 마치고 다시 사막을 2시간 정도 질주해 기차 무덤(Cementerio de trenes)에 도착했다. 참으로 이색적인 풍경을 선사하는 곳이었다. 고원의 황무지 한가운데 운행을 멈춘 기차와 레일이 덩그러니 놓인 채 뜨거운 태양의 세례를 받고 있었다. 기차와 레일은 태양과 바람에 의해 조금씩 부식되면서 건조한 황무지를 가로질러 날려온 모래 속으로 아주 조금씩 빠져 들어가고 있었다. 칙칙폭폭 굉음을 내며 육중한 몸을 움직여 고원을 질주했을 기차가 이제 생명을 다한 채 사막 한가운데에서 영원한 휴식을 취하고 있는 것이다.

이 철도는 1880~90년대 영국 자본이 볼리비아 광물자원의 수출을 원활히 하기 위해 건설했다. 광물이 풍부한 볼리비아 포토시와 우유니를 거쳐 안데스 고원을 통과해 태평양으로 이어진 철도로, 20세기 초반까지 활기를 띠었다. 하지만 1940년대 광물이 고갈되면서 광산업이 급격히 쇠퇴하자 철도도 사양화의 길을 걸었다. 애당초 사람이 거의 살지 않는 고원에 건설한 철도라서 광물자원이 사라지자 더 이상 쓸모가 없어져 버린 것이다. 용도 폐기된 철도와 기차를 우유니 3km 외곽에 버려 이런 희한한 무덤이 생겼다.

버려진 기차는 아이들의 놀이터가 되었다. 키가 작고, 피부색이 까무잡잡하고, 머리털은 검은, 메스티조 아이들이 먼지투성이가 된 채 기차 지붕 위를 오르락내리락하면서 놀고 있었다. 생명체라곤 찾아볼 수 없는 거친 황무지에 버려져 고철 덩어리가 된 기차, 구름 한 점 없는 파란 하늘, 뽀얀 먼지를 뒤집어쓴 꾀죄죄한 아이들이 묘한 분위기를 자아냈다. 아무 소리도 들리지 않는 정적 속에서 사람만 움직였다. 핵폭탄을 맞은 후 생명체가 사라진 황무지에서 아이들이 고철 덩이 기차를 장난감 삼아 노는 것 같았다.

자연을 마음대로 사용하다 그 수명이 다하면, 사막으로 서서히 가라앉는 이 기차처럼 인간이 만든 모든 구조물과 기계와 문명은 폐허가 될 것이다. 자연은 소리 없이 그것을 받아들여 자신의 품으로 끌어안겠지만, 다시 인간에게 되돌려주기까지 억겁의 세월이 필요하다. 기차 무덤은 자연에 대한 인간의 무모한 도전에 대해 무언의 경고를 하고 있는 듯했다.

기차 무덤을 돌아보고 5시에 우유니에 도착하니, 마침 장날이었다. 큰 도로가 의류와 과일, 생활용품 등을 파는 장터가 되어 있었다. 둥근 모자에 원색의 망토를 두르고, 천으로 만든 보따리를 둘러멘 원주민과 메스티조들이 시장을 가득 메우고 있었다. 나이 든 여성들은 예외 없이 굵은 주름의 둥근 치마를 입고, 젊은 여성들은 바지를 입었다. 이들은 고산족 특유의 느릿느릿한 걸

소박하지만 정감이 넘치는 우유니 시장

음으로 시장을 돌아다녔다. 어디서 생산한 것인지 귤과 같은 과일도 풍성했다. 가난하지만 정겨운 사람 냄새가 물씬 풍기는 것이 한국의 1960~70년대의 장터 모습을 연상시켰다.

장터를 이곳저곳 기웃거리며 한 바퀴 돌다 따뜻한 양말도 한 켤레 사고, 즉석에서 귤을 갈아 만들어주는 주스도 마셨다. 말은 통하지 않지만, 모두 활짝 웃으며 반가워했다. 숙소로 돌아오다 브라질 청년과 마주쳤다.

"뭐 좋은 거 쇼핑했니?" 내가 물으니 입술에 바르는 연고를 흔들어 보였다. 우유니를 넘어오면서 찬바람과 뜨거운 태양에 입술이 부르터 연고가 필요한 참이어서 그의 도움을 받아 연고를 하나 사 들고 함께 숙소로 돌아왔다.

아타까마에서 우유니까지 이틀에 걸쳐 달려온 안데스 고원은 태초의 자연과 거기에 깃들어 사는 동물들, 엄혹한 환경에서 억척스럽게 살아가는 인간, 그리고 자연을 약탈해온 인간 문명의 최후를 압축적으로 보여주는 곳이었다. 또 태양과 바람과 모래, 하늘과 바위, 호수가 사람들에게 끝없이 말을 걸어오는 곳이기도 했다. 자연에 겸손하고 욕망을 버리라고, 저 자연처럼 투명하고 순수하며 진실되게 살라고 말하는 것 같았다.

"꿈을 현실로 만들었다. 그래서 행복하다"

우유니의 허름한 호텔이지만, 모처럼 샤워도 하고 푹신한 침대에서 편안히 잠을 자고 나니 몸도 정신도 모두 개운했다. 고산증도 사라진 것 같았다. 새벽 5시 30분 우유니 소금사막을 향해 출발했다. 어제 오후 장날이어서 북적북적하던 우유니는 아직 깊은 잠에 빠져 있었다. 시내를 벗어나 20~30분 정도 달리니 소금사막이 나타났다. 세계에서 가장 넓은 '우유니 소금사막(Salar de Uyuni)'이다. 지프는 그 소금사막 한가운데로 신나게 질주했다. 이곳에도 딱히 길은 없었다. 소금이 마치 거대한 빙판처럼 평탄하고 단단하게 굳어 있어 아무 곳으로나 달리면 된다.

한마디로 무어라 표현하기 어려운 환상적이고 그야말로 초현실적인 풍경이었다. 앞뒤 좌우로 온통 순백의 소금사막이 펼쳐지고, 저쪽 끝의 안데스 영봉이 뿌옇게 밝아오고 있었다. 남미 안데스 산맥의 중심부 고원, 해발 3600m가 넘는 고원에 이토록 넓은 소금사막이 있다는 것 자체가 놀라웠다. 아침 해가 뜨기 전 여명이 밝아오는 가운데 소금사막을 신나게 달리는 경험은 지상 최고의 경험이며, 일생에 한 번 있을까 말까 한 경험이 아니고 무엇이랴.

소금사막은 달려도 달려도 끝이 없었다. 시속 60~80km로 약 1시간 반 정도 달려 사막 한가운데에 도착했다. 저쪽 소금사막 끝으로 태양이 떠오르기 시작했다. 지평선 끝에서 비추는 햇살이 만든 내 그림자가 소금사막 위로 길게 펼쳐졌다. 지구가 둥글다는 것을 보여주기라도 하듯 소금사막은 둥그스름한 지평선을 만들고 있었고, 그 너머에 안데스의 산봉우리들만 아스라이 보였다. 워낙 거리가 멀어 산봉우리는 지평선에 거의 닿아 있었다. 모두 환호성을 지르며 경이로운 경치에 빠져들었다. 나도 외쳤다.

"야~호~"

나의 함성은 넓디넓은 소금사막으로 흔적도 없이 사라졌다. 짜릿함과 함께 흥분이 몰려왔다. 책에서만 보았던 소금사막, '과연 그곳에 갈 수 있을까?' 의심하며 얼마나 많은 생각을 했던 곳인가.

여행을 준비하기 위해 일주일에 한 번씩 가졌던 가족회의 때 우유니 소금사막을 가장 가고 싶다고 얘기했던 동군에게 들려주고 싶었다.

'아빠는 드디어 꿈을 현실로 만들었다. 그래서 행복하다. 여긴 책에서 본 것보다 훨씬 멋진 곳이야. 너도 너의 꿈을 포기하지 말고, 꼭 이루길 바란다.'

아이에게 무엇을 하라고 지시하는 아빠가 아니라, 아빠 자신이 꿈을 이루어 가는 모습을 보여주어 아이도 용기를 갖고 실천하도록 하고 싶다. 지금 여기에서 느끼는 이 행복감을 그대로 전달하고, 그럼으로써 삶의 동기를 부여하고, 스스로 꿈을 꾸도록 하고 싶다.

우유니는 볼리비아 알티플라노 고원에 있는 세계 최대의 소금사막이다. 다량의 소금기를 함유한 호수가 지각 변동에 의해 솟아올랐다가 건조한 기후에 물이 증발하면서 소금사막이 만들어졌다. 조개 등의 화석을 조사한 결과 3만~4만 2000년 전까지는 호수였다고 한다. 높이는 해발 3656m에 이르며, 소금층의 두께는 얇게는 수십 cm에서 두껍게는 100m를 넘는 곳도 있다. 소금을 함유한 물이 유입된 후 서서히 증발되는 과정을 거치면서 평평해져 끝을 가늠할 수 없게 되었다. 우기인 12~3월엔 수심 20~30cm의 염호가 만들어져 하늘과 구름의 모습이 호수에 그대로 투영되어 어디가 하늘이고 어디가 호수인지 구분이 어려운 장관을 연출한다. 지금은 6월로 매일 땡볕이 내리쬐기 때문에 그런 모습을 볼 수 없지만, 이것도 신비롭다.

우유니 소금사막의 소금 매장량은 총 100억 톤으로 볼리비아가 수천 년 동안 먹을 수 있는 양이다. 원주민들은 이곳 소금을 채취해 삶을 영위해 왔는데, 고원이나 내륙은 소금이 부족해 인기가 많았다. 하지만 이곳에 엄청난 양의 리튬이 묻혀 있는 것으로 확인되면서 1980년대 이후 새롭게 주목받기 시작했다. 리튬은 휴대전화나 노트북, 전기자동차 등에 들어가는 리튬전지의 핵심 원료로, 이곳의 리튬 매장량은 전 세계 매장량의 50~70%에 달한다.

서구 자본이 여기에 달려든 것은 당연한 수순이었다. 1980~90년대 미국 자본이 리튬 추출을 위한 탐사까지 벌였는데 지역 주민들이 반발했다. 개발 이익이 현지 주민들에게 돌아가지 않는다는 이유에서였다. 논란 끝에 미국 기업의 개발 계획은 중단되고, 볼리비아 정부가 외국 기업에 의한 개발을 불허하고 점진적인 개발 계획을 수립하여 시행하고 있다고 한다. 개발 주권을 서구 자본에 넘기지 않고 자국이 보유하면서 외국 자본을 적절히 이용하겠다는 의도로서, 개발권 이양에 따른 폐해를 막자는 것이다.

피시 아일랜드의 선인장과 광활한 우유니 소금사막 해발 3656m에 자리 잡은 세계 최대의 소금사막으로, 멀리 안데스 산맥의 봉우리들이 바다에 떠 있는 섬처럼 보인다.

해가 완전히 떠오른 후 우유니 소금사막 한가운데 있는 '물고기의 섬'인 피시 아일랜드(Fish Island)로 이동했다. 30볼리비아노(약 5100원)를 내고 섬으로 올라갔다. 섬에는 2~3m 크기의 선인장들이 장관을 이루고 있었다. 1년에 기껏해야 수 cm씩 자라는 선인장이 이 정도까지 크는 데에 수백 년은 걸렸을 것이다. 온통 소금으로 둘러싸여 어떤 생명체도 살 수 없는 척박한 환경에서, 바위 틈에 뿌리를 내리고 웅장하게 자라난 선인장들은 신비로움과 경이로움을 자아냈다. 믿기지 않는 풍경이다.

피시 아일랜드의 작은 산책로를 천천히 돌아보았다. 여기도 해발고도가 높아서 천천히 걸어야 한다. 모두 한 발 한 발 조심스럽게 선인장 섬을 돌았다. 한 아름이 넘는 굵은 선인장이 숲을 이루고 그 너머로 하얀 소금으로 뒤덮인 사막이 펼쳐져 있다. 마침 섬 입구의 바위 위에 라마 한 쌍이 서로 몸을 부비며 사랑을 나누고 있었다. 파란 하늘과 하얀 소금사막, 선인장과 라마가 아주 이색적인 정취를 자아냈다.

피시 아일랜드를 둘러보고 다시 소금사막 한가운데로 나왔다. 태양이 하늘 한가운데에서 이글거렸다. 그 아래는 소금 외에는 아무것도 보이지 않는 소금의 바다다. 여기서는 사진을 찍어도 그냥 하얀 백지 위에 사람만 나온다. 그래서 사람들은, 살타의 살리나스 그란데스 투어 때처럼, 사막 한가운데서 점프를 한다든가 이런저런 소품을 이용한 흥미로운 장면을 연

우유니 소금사막에서 지구본 위에 올라선 필자

출해 가며 촬영하는 데 열을 올린다. 나도 지프 위에도 올라가고, 독일인 부부가 준비해온 지구본 위에 올라가 있는 것처럼 포즈도 취하며 사진을 찍었다. 중년의 독일 부부는 지구본은 물론 축구공, 인형 등 갖가지 소품을 갖고 여러 장면을 연출했다. 60대로 보이는 부부가 마치 10대의 동심으로 돌아간 것 같았다.

소금호수 한편에 소금 호텔(Salt Hotel)이 있다. 건물은 물론 실내장식까지 모두 소금으로 된 호텔이다. 독일인 부부는 여기서 묵기 위해 우리와 헤어졌다. 멋진 중년의 추억을 남기려는 것 같았다. 나머지 일행은 소금 호텔을 한 바퀴 돌아본 다음 소금 채취 현장으로 이동했다.

소금을 한곳으로 모아 삽으로 트럭에 싣고 있었다. 소금사막에 지천으로 널린 소금을 그냥 퍼 담는 것이 아니라, 밭처럼 소금 채취 구역을 만들고 거기에서 소금을 정제한 다음 채취한다. 모든 소금 생산은 콜차니 협동조합(Colchani Cooperative)에서 관장하며, 소금을 채취하는 노동자들 역시 이 협동조

합 소속이다. 슈퍼에 가면 흔하게 볼 수 있는 소금에 이 가난한 볼리비아 광산 노동자들의 고된 노동의 땀이 들어가 있다.

투어의 마지막 일정은 소금으로 만든 기념품과 수공예품, 민속공예품 등 각종 상품을 파는 가게들이 즐비한 콜차니 마을이었다. 상인들이 필사적으로 여행자들을 유혹했다. 어디서나 삶은 처절하지만, 여기에서의 삶도 처절했다. 하지만 장기 배낭여행자 입장에선 특산물을 사서 들고 다닐 수 없어 눈으로만 구경해야 했다. 솔직히 남미를 여행하며 이런 종류의 제품들을 너무 많이 보았고, 제품의 질도 떨어지는 것 같아 별 관심이 가지 않았다.

행복을 느껴본 사람과 그렇지 못한 사람

투어를 마치고 우유니 타운으로 돌아와 고고학 및 인류학 박물관(Museo Arquelogico y Atropologico)을 방문했다. 소박하고 볼품은 없었지만 흥미로웠다. 우유니는 아주 건조하고 소금기가 많아 고대 유물이나 유골이 아주 잘 보존되어 있었다. 특히 이 박물관에는 미라가 거의 원형 그대로 발굴, 전시되어 있었다. 흉측했지만, 살아있는 것 같은 미라였다. 박물관에는 현지 어린이들도 찾아와 이곳의 유구한 역사를 공부하고 있었다.

우유니는 고원지방 특유의, 시간이 천천히 흘러가는 듯한 느낌이 드는 곳이다. 정체된 시간의 도시다. 물론 이곳도 외국인 여행자들이 급증하면서 급격한 상업화의 물결을 타고 있지만, 지금의 우유니가 주는 한적함과 여유로움이 마음에 든다. 우유니가 개발 광풍에 휩쓸려 원래의 색깔을 잃지 않길 바라는 마음이지만, 과연 언제까지 버틸 수 있을지는 불확실하다.

숙소로 돌아와 함께 우유니 투어에 참가한 여행자들과 우유니 및 볼리비아에 대해 이야기를 나누었다. 흥미롭다고 말하면서도 우유니가 지저분하고 남루하다며 불평을 털어놓았다. 하지만 여행을 하는 이유가 무엇인가. 각 나라의 독특한 문화와 삶을 체험하고 새로운 삶의 동력을 얻고자 하는 것이 아닌가. 지저분하고 남루한 것이 싫다면 여행을 하지 말아야지. 젊은 서양 여행자들의 태도는 조금 의아했다.

5시가 되어 투어 참가자들과 헤어져 터미널로 향했다. 우유니에 어둠이 내리깔린 저녁 7시, 버스가 포토시(Potosi)로 출발했다. 주민들이 이용하는 로컬 버스였는데 지금까지 브라질~아르헨티나~칠레에서 탔던 야간 버스와는 차원이 달랐다. 한국의 1960~70년대 시외버스를 보는 것 같았다. 복잡하기가 이루 말할 수 없고 아이들 우는 소리에 음식 냄새까지 불편하기 짝이 없었지만, 정감이 넘쳤다. 서로 양해하고, 아이나 노인에겐 양보하고 협력하는 순박한 볼리비아 사람들이다.

한참 달리는데 영상 메시지를 보냈다는 올리브의 문자가 떴다. 지금 우유니에서 포토시로 이동 중이며 나중에 확인해 보겠다고 반가운 마음을 담아 답장을 보냈다. 우유니를 여행하며 지금까지 내가 짊어지고 있던 삶의 부담과 힘겨움을 순식간에 몰아낸 듯한 이 행복감을 전하고 싶었다. 삶의 힘겨움과 무겁게 짓누르던 책임감, 고통과 번민은 내가 있는 힘을 다해 밀어낸다고 해서 사라지는 것이 아니었다. 내가 평소에 간절히 원하던 것을 찾았다는 어떤 성취감이 그것을 가볍게 밀어냈다. 우유니에서 느낀 만족감과 행복감이 그동안의 힘겨움을 충분히 보상하고도 남았다.

행복을 느끼고자 한다면 진정 가슴 뛰는 일, 자신의 내면 깊숙이 자리 잡고 있는 가장 밑바닥의 욕망을 단 한 번이라도 표출하고 성취해 보는 게 필요하다. 아타까마에서 우유니로 이어진 여정은 지금까지의 일정 가운데 가장 험난한 여정이었지만, 그 성취의 경험을 선사한 최고의 여정이었다.

슬픔,
'안데스 고원에서 만난 세 사람'

개미굴 광산으로 들어가는 사람들

브라질에서 아르헨티나, 칠레에 이어 볼리비아로 넘어오면서 나 자신은 여행의 즐거움과 행복감에 푹 빠졌지만, 내가 여행하는 곳은 갈수록 남루한 모습을 보였다. 특히 안데스 고산지대의 오지로 들어갈수록 환경은 거칠어지고, 그 속에 터전을 잡고 사는 사람들의 삶에선 고단함이 뚝뚝 묻어났다. 거기엔 브라질이나 아르헨티나에서 느낄 수 없었던 안데스의 슬픔, 안데스에서 수천 년을 살아오다 유럽 이민자에 의해 쫓겨난 인디오의 비애가 짙게 배어 있었다. 유럽 이민자들이 물러난 오지에도 글로벌 자본주의의 그림자가 유령처럼 밀려오고 있었다.

그 슬픔은 우유니보다 포토시로 가면서 더욱 강렬하게 다가왔다. 자신의 삶의 터전을 빼앗긴 자들의 상실감이었다. 그 상실에도 불구하고 삶은 지속되어야 한다는 숙명이 여행자의 마음을 애잔하게 만들었다. 고통과 슬픔이 없는 삶과 사회는 존재하지 않겠지만, 볼리비아의 고원도시 포토시와 라파스, 그리고 거기서 만난 사람들의 모습에서 인간의 숙명과도 같은 고통과 슬픔을 만났다. 슬픔에서 벗어나려 애쓰기보다는 그 너머의 새로운 희망, 새로운 기쁨을 찾을 때 비로소 슬픔에서 벗어날 수 있다는 것을 다시 느낀 여정이기도 했다.

포토시는 광산의 도시다. 라 까소나 호스텔(La Casona Hostel)에 도착한 다음 날 아침 바로 광산을 찾아 나섰다. 마침 호스텔에서 오전 8시 30분부터 오후 1시 30분까지 전직 광산 노동자가 영어로 가이드하는 광산 투어를 소개해 주었다. 투어 비용은 80볼리비아노. 하루 숙박비 35볼리비아노와 합해서 115볼리비아노를 지불하면서 50달러를 환전했다. 환율은 1달러당 6.85볼리비아노를 적용했다. 숙박비는 5.1달러(약 6100원), 투어 비용은 11.7달러(약 1만 4000원)가 되는 셈이니 아주 저렴했다. 내친 김에 라파스(La Paz)로 가는 버스도 예약했다. 오후 9시에 출발해 다음 날 오전 6시에 도착하는 야간 세미까마로 65볼리비아노(약 1만 1000원)였다. 모든 물가가 브라질이나 아르헨티나, 칠레에 비해 훨씬 저렴했다.

포토시는 볼리비아는 물론 남미의 역사를 함축하고 있는 도시다. 1500년대 스페인의 침략과 자원 약탈, 부를 향한 인간의 욕망, 식민제국 스페인의 번영, 포토시 현지인들의 열악한 생활, 노예 수입, 그리고 볼리비아 독립 이후 스페인이 버리고 간 광산을 둘러싸고 벌어진 삶을 위한 치열한 투쟁의 흔적이 그대로 남아 있다. 유네스코는 1987년 포토시를 세계유산으로 지정했는데, 포토시야말로 잘 기록하고 기억해야 할 인류의 슬픈 유산이다.

해발 4090m의 고원에 세워진 포토시는 2012년 현재 인구가 24만 명이지만, 전성기인 1600년대에 이미 20만 명이 넘었다. 도시가 들어서기 어려운 지리적 여건임에도 이렇게 번성했던 것은 포토시에 있는 '포토시 산(Cerro de Potosi)' 때문이다. 이 산은 '풍요의 산'이라는 의미의 '세로 리코(Cerro Rico)'로 더 잘 알려져 있는데, '은(銀)으로 만들어진 산'이라고 불릴 정도로 스페인 식민지 시기 은의 주요 공급원이었다.

포토시는 그 은 광산을 개발하기 위해 1545년에 건설되었다. 건설과 동시에 은으로 돈벼락을 맞아 1600년대 중반 남미는 물론 세계에서 가장 크고 부유한 도시로 성장했다. 1556~1783년까지 200여 년 동안 총 4만 1000톤의 은이 생산되어 스페인으로 넘어갔으며, 이 가운데 8200톤이 스페인 왕실 차지가 되었다. 이것이 얼마나 많은 양인지 가늠하기 어렵지만, 당시 세계 은 생산의 절반을 차지하였고 스페인의 전성기를 가져온 물적 토대가 되었다.

당시 스페인에 강력한 '실버 러시(Silver Rush)'를 불러일으킨 포토시는 엘도라도였다. 세로 리코를 파면 은이 쏟아졌다. 폭발적인 은 채굴로 해발 5000m를 넘던 산의 높이가 4824m로 300m 가까이 낮아졌다고 하니 은 채굴 열기가 얼마나 뜨거웠는지 짐작할 수 있다.

1672년에 인구가 20만 명을 넘었고, 86개의 교회가 들어서 최고의 영화를 누렸다. 채굴엔 인디오 노동자들이 동원되었는데, 1603년 5만 8800명에 달했다. 그래도 노동력이 부족하자 3만여 명의 아프리카 노예가 단계적으로 수입되었다. 은 광산으로 스페인 침략자들은 영화를 누렸지만, 광산 노동자들의 삶은 참혹했다. 좁은 갱도에서 특별한 보호 장구 없이 채굴에 나섰고, 광산이 무너지거나 제련 과정에서의 수은 중독으로 사망자가 속출했다.

하지만 세로 리코가 보유한 은엔 한계가 있었다. 약탈에 가까운 채굴 광풍으로 1800년대 들어 은이 고갈되면서 포토시의 경제는 하향세로 돌아섰다. 광산업자들은 주석 생산으로 과거의 영화를 만회하려 했지만 대세를 돌려놓지 못했고, 포토시는 점차 가난한 곳으로 전락하였다.

그럼에도 보석을 찾아 대박을 터뜨리려는 인간의 욕망은, 다른 마땅한 일자리를 찾기 어려운 현지인들의 절박한 생존 본능과 함께 지금도 포토시를 떠돌고 있다. 은이 고갈된데다 수백 년에 걸친 채굴로 산이 개미굴처럼 변해 언제 붕괴할지 모르지만 지금도 사람들은 변변한 보호 장구도 없이 곡괭이와 다이너마이트를 들고 세로 리코의 좁은 갱도로 들어가고 있다.

가이드는 광산 노동자 출신으로 10년째 이 일을 하고 있다는 쵸코였다. 그는 광산 투어에 참가하려면 먼저 서약서를 써야 한다고 했다. 좁고 깊은 갱도

포토시의 세로 리코 16~17세기 막대한 은 채굴로 스페인 전성기의 물적 토대를 제공했다. 지금은 은이 고 갈되고 만신창이가 되어 붕괴 위험도 높지만, 아직도 2만여 명의 광부가 채굴을 지속하고 있다.

로 들어가기 때문에 위험하며, 사고가 나더라도 책임을 묻지 않는다는 '겁나는' 서약서였다. 함께 투어에 참가한 독일과 프랑스, 네덜란드 여행자의 얼굴에도 긴장감이 감돌았다.

"지금까지 사고가 난 적은 없지만, 혹시 발생할지 모를 경우에 대비하는 것입니다. 우리는 매일 들어가서 일을 하는데 사고 나는 경우는 거의 없어요." 쵸코가 안심시켜 주었다. 그제서야 모두들 싱긋이 웃으면서 사인을 하고 서류를 건넸다.

숙소 뒤편 창고에는 광산 노동자들이 입는 점퍼와 바지, 장화, 랜턴이 달린 헬멧이 가득했다. 쵸코는 투어 참가자들에게 일일이 장비를 나누어주었다. 모두 갱도로 들어가는 노동자로 변신한 후 승합차를 타고 '광부들의 시장(Miner's Market)'에 있는 노동자 협동조합 매장에 들렀다. 광산에 필요한 각종 장비들을 판매하는 곳이다. 채굴 장비는 물론, 의류, 장화, 장갑, 헬멧과 코카

잎, 알콜, 다이너마이트까지 갖춘 상점이다.

"이곳은 매우 험한 곳입니다. 곳곳에서 다이너마이트가 터지고, 좁고 깊은 갱도에서 며칠씩 일을 하기도 합니다. 고통을 잊기 위해 코카 잎과 도수 95도짜리 술을 마시죠." 쵸코가 협동조합 매장에

포토시 광산 투어 가이드가 광부들의 노동자 협동조합 매장 앞에서 코카 잎을 들고 광산에 대해 설명하고 있다.

서 다이너마이트와 코카 잎, 술병을 흔들어 대며 말했다. 그러더니 다이너마이트를 투어 참가자들에게 휙휙 던졌다. 참가자들이 기겁을 하며 그게 땅에 떨어지지 않도록 받아냈다.

"광부들은 위험한 환경에서 목숨을 내놓고 일해요. 그 고통을 잊으려면 독한 술과 코카 잎, 강한 심장이 필요합니다. 그게 없으면 여기서 살아남지 못해요. 그 광부들을 위한 선물로 맥주와 독한 술을 사 주세요."

우리는 조금씩 돈을 추렴해 갱도 노동자들에게 선물로 줄 맥주와 95도의 술을 산 후 승합차를 타고 세로 리코로 향했다. 황량한 산이 나타났다. 나무 한 그루, 풀 한 포기 찾아볼 수 없는 민둥산이다. 곳곳이 파헤쳐지고, 터널이 뚫려 있고, 산에서 파낸 흙과 자갈이 여기저기 작은 산더미를 이루고 있다. 한마디로 누더기 산이었다. 200여 년 동안 스페인이 채굴하고, 이어 볼리비아 주민들이 200여 년째 노다지를 찾고 있는 현장이었다.

좁은 입구를 통해 갱도로 들어가자 지열이 후끈 올라왔다. 파낸 자갈과 흙을 실어 나르기 위한 레일이 깔려 있고, 곳곳에 물이 고여 질척질척했다. 갱도는 미로처럼 이어졌다. 전후좌우는 물론 위와 아래로 은을 찾아 사투를 벌인 개미굴이었다.

"정부에서는 세로 리코의 붕괴 위험을 경고하지만, 우리는 그 경고를 따

를 수 없어요. 먹고 살려면 은을 찾아야 합니다. 지나치게 많은 사람들이 들어오는 것을 막기 위해 지금은 협동조합 방식으로 관리하고 있어요. 이 산의 소유주는 협동조합이며, 협동조합에 가입한 사람만 들어와 은을 캐낼 수 있죠. 지금 협동조합에 가입해 있는 사람은 2만 명 정도입니다."

쵸코는 우리를 괴상한 모습의 신상으로 안내했다. 광산을 품은 산의 주인인 '엘 티오(El Tío)'였다. '티오'는 스페인어로 삼촌을 의미하는데 머리에 뿔이 달리고, 얼굴은 사람과 라마가 결합된 듯하고, 가운데 남근이 두드러진 것이 얼핏 악마를 연상시켰다. 광산 노동자들의 수호신이자 광산의 주인으로, 엘 티오가 건강, 그러니까 안전과 행운을 가져다준다고 믿고, 알콜 함량 95도의 독주와 코카 잎, 담배, 라마의 피 등을 바친다. 엘 티오 앞에는 그런 공물(供物)이 어지럽게 널려 있었다. 은을 포함한 이 산의 모든 광물은 엘 티오의 것이며, 엘 티오가 허락해야 광맥을 찾을 수 있다고 믿기 때문에 항상 여기서 의식을 치르고 채굴 작업을 시작한다고 쵸코는 설명했다.

광산 내부엔 은 광맥을 찾아 다이너마이트를 터뜨리고 곡괭이와 드릴로 굴을 파고들어가다 중단한 갱도들이 끝없이 이어졌다. 기어들어가야 할 정도로 좁은 곳도 있었다. 머리에 달린 헤드랜턴 빛을 벗 삼아 산을 뚫고 필사적으로 은을 찾은 흔적이었다.

갱도를 조금 걸어 들어가자 숨이 턱턱 막혔다. 지열과 함께 광산 특유의 바싹 마른 바위가루 냄새가 기도를 막았다. 해발고도가 4000m를 넘어 가뜩이나 산소가 부족한데다 분진까지 겹치니 숨쉬기조차 힘들다. 파헤쳐진 흙과 돌가루는 지열로 바싹 말라 손으로 만지니 먼지가 풀썩풀썩 날렸다. 실제 작업 환경도 열악하지만, 돌가루가 폐에 쌓이는 게 아닌가 하는 공포와 불안감이 엄습해 왔다.

쵸코는 코카 잎을 계속해서 입으로 집어넣고 질겅질겅 씹으면서 열악한 환경에서 '깡'으로 버티는 광부들을 '자랑스럽게' 설명하기 위해 애를 썼다. 갱도 안에서도 다이너마이트를 휙휙 던지기도 했다. 그럴 때마다 투어 참가자들이 화들짝 놀라 뒷걸음질 쳤다.

"이곳의 작업 환경은 아주 열악하고 위험하기도 합니다. 여기서 일하는 광부들은 평균 수명이 40세에 불과해요. 세계에서 가장 낮죠. 그래도 사람들은 계속 들어옵니다. 먹고 살아야 하니까요."

보통 사람들은 작은 위험에도 벌벌 떠는 겁쟁이지만, 광부들은 목숨을 아까워하지 않는다는 듯이 쵸코가 이야기했다. 미국 서부개척 시대의 카우보이나 갱단의 보스 같은 느낌을 주고 싶어 하는 듯했다. 그럼에도 그의 얼굴엔 왠지 모를 깊은 절망과 슬픔이 배어 있었다.

지상에서 가장 처절한 라마 희생제

갱도 밖으로 나오니 마침 한 갱도 입구에서 라마를 잡는 희생제를 준비하고 있었다. 노동자들에게 밀린 임금을 지불하고, 하루 종일 술을 마시며, 라마를 잡아 갱도 곳곳에 라마의 피를 뿌리는 날이다. 마당에는 요란한 음악을 틀어 놓고 주로 20대 초반으로 보이는 청년 광부들이 맥주와 독주를 마시며 희생제를 준비하고 있었다.

하늘에선 이글거리는 태양이 고원 위로 뜨거운 햇살을 말없이 던지고 있었고, 갱도 입구엔 라마 두 마리가 포클레인에 묶여 희생될 시간을 아는지 모르는지 우두커니 서 있었다. 아줌마들은 음식을 준비하고, 나이가 든 노인은 제물을 준비하고, 열 살 남짓한 꼬마들도 왔다 갔다 하며 앞으로 벌어질 일에 흥미진진한 눈길을 보내고 있었다.

준비가 끝나자 라마 희생제가 시작되었다. 먼저 라마를 눕혀 입을 벌리고 맥주를 들이부었다. 라마는 고개를 돌리며 필사적으로 저항했지만 불가항

력이었다. 조금 시간이 지나자 목
구멍으로 무참하게 넘어오는 맥
주를 벌컥벌컥 들이켰다. 사람들
도 맥주와 독주를 나누어 마셨다.
술잔을 반만 비우고 남은 술을 라
마에 뿌렸다. 광산의 주인인 삼촌
'엘 티오'가 이 정성을 받아들여 노
동자들의 안전을 지켜주고, 광맥

포토시 산의 라마 희생제 투어 참가자 중 한 명이 마시고 남은 맥주를 라마에 뿌리고 있다.

을 허락하여 부자가 되길 기원하며 술을 나누었다. 나도 맥주를 따라 반쯤 마시고, 포토시 사람들의 행복을 빌며 남은 맥주를 라마에게 부었다.

이제 라마를 신에게 바칠 시간이 되었다. 청년들이 일제히 달려들어 라마를 결박했다. 운명의 순간이 온 것을 직감했는지 라마가 훨씬 더 격렬하게 버둥거렸다. 삶과 죽음이 눈앞에 있었다. 라마의 저항은 청년들의 완력에 서서히 꺾였다.

네 다리를 묶고, 옆으로 쓰러뜨려 라마의 목을 통나무 위에 올린 다음, 잘 갈아놓은 칼을 들이댔다. 버둥거리던 라마가 꿈틀꿈틀할 때마다 붉은 선혈이 대야에 쏟아졌다. 대야의 피가 늘어날수록 라마는 힘을 잃어갔다. 노동자들은 붉은 피를 광산 입구와 산에 뿌리고, 그걸 참가자와 구경꾼들의 얼굴에 묻혔다. 다시 술이 돌았다. 처절하면서도 간절한 희생제였다.

삶과 죽음, 황금에 대한 욕망과 식민주의자들의 약탈, 원주민들의 처절하면서도 절망적인 절규가 응축된 광산이요, 라마 희생제였다. 희생제가 진행될 때에는 심장이 두근거렸다. 삶과 죽음이 교차하는 인간과 동물의 필사적인 몸부림을 보면서 가슴에서 무언가 뜨거운 것이 올라오는 것 같았다. 안데스 오지의 척박한 땅 포토시의 헐벗은 산기슭 낡은 갱도 앞에서 열린 라마 희생제보다 더 강한 삶에 대한 갈망과 절규가 묻어나는 행위는 없을 것이다.

워낙 긴장을 해서인지 투어를 마치고 숙소로 돌아왔을 때는 몸과 정신이 완전히 녹초가 되어 있었다. 샤워를 하며 얼굴에 묻은 라마 피와 광산의 먼지를 씻어내고 난 후에야 한숨을 돌렸다. 희생제의 잔영 때문인지 가슴도 울렁거리고, 머리는 '띠~잉' 하며 고산증도 나타났다.

숙소 주변의 간이음식점에 들러서도, 11월 광장과 대성당 등이 모여 있는 구시가지를 돌아다니면서도 광산의 절규가 잔영처럼 따라다녔다. 시가지와 주택가는 광산 인근의 산기슭과 계곡 비탈에 형성되어 있어, 어디서나 세로 리코가 보인다. 희망과 절망, 욕망, 슬픔, 삶의 상처가 켜켜이 쌓인 헐벗은 산에 사실상 모든 것을 의지하고 매일 그것을 바라보면서 살아가는 셈이다.

저녁식사 후 야간 버스를 타고 볼리비아의 수도 라파스로 향했다. 고원도 잠에 들 시간이지만, 광산의 곡괭이질은 멈추지 않을 것이다. 그러고 보니 포토시 산은 현대인들의 가슴을 닮은 것 같다. 현실의 각박함과 치열한 경쟁, 사람과 사람 사이의 갈등, 이상과 현실 사이의 괴리로 상처 가득한 것이 현대인의 삶 아닌가. 은을 캐기 위해 만신창이가 된 포토시 산이 구멍이 숭숭 뚫린 사람들의 마음처럼 보인다. 그럼에도 삶은 지속되어야 하기에 현대인들은 저녁마다 목구멍에 술을 털어 넣고 슬픔을 달래고, 포토시에서는 순수 알콜에 가까운 독주를 마시고 처절한 라마 희생제를 치른다. 사람들의 삶에 슬픔이 배어 있듯이 포토시에도 짙은 슬픔의 그늘이 드리워져 있다.

안데스 고지의 사기꾼들

밤새 고원을 달린 버스는 오전 5시 30분, 라파스 버스터미널에 도착했다. 아직 해가 뜨지 않아 도시는 어둠에 잠겨 있고, 호객하는 택시들만이 터미널 앞에 즐비했다. 택시 운전수들의 호객을 피해 스마트폰의 도움을 받아가며 바쿠 호스텔(Bacoo Hostel)에 도착하였다. 체크인 시간을 기다리는데 BBC 뉴스가 나왔다. 프랑스 선거 결과, 스페인 은행에 대한 구제금융, 시리아의 정국 불안, 케냐 항공사고 등이 주요 뉴스였다. 유럽 금융위기와 중동의 정국불안은 몇 개월째 주요 뉴스를 장식하고 있지만, 해결의 기미가 보이지 않는다. 세계는 내가 여행을 떠나기 전이나 지금이나 마찬가지로 어수선하다. 내가 세상으로 되돌아갈 때에도 마찬가지일 것이다.

라파스는 볼리비아의 '사실상'의 수도다. 공식 수도는 사법부가 위치한 중부 수크레(Sucre)지만, 대통령궁과 의회 등 주요 공공 기관이 모두 라파스에 몰려 있다. 도시는 해발 3000~4100m에 위치해 있으며, 평균 고도는 3650m다. '사실상의 수도' 가운데 세계에서 가장 높은 곳이다. 라파스와 붙어 있는 알토 (El Alto) 지역을 포함한 인구가 150만 명에 달하며, 도시를 가로지르는 초쿼야푸 강(Rio Choqueyapu) 주변의 깊은 협곡에 비스듬히 자리 잡고 있다.

앞서 나는 포토시의 숙소에서 라파스 행 버스를 타기 위해 터미널로 갈 때 택시를 이용했다. 60대 중반으로 보이는 택시 운전수는 주로 호스텔에 머물며 여행자들을 태워다주는 일을 했다.

"라파스는 위험한 곳이에요. 지갑, 패스포트 잘 간수하세요. 조심해야 합니다." 택시 운전수가 여러 차례 경고를 주었다. 나는 그의 조언에 형식적으로 답변했다. 내가 누구인가. 지금까지 중국 오지와 네팔, 인도와 유럽을 거쳐 남미 대륙을 거의 절반 이상을 종횡무진 누빈 베테랑 여행자 아닌가. 중국은 물론 인도, 브라질, 아르헨티나도 위험하다지만 아무 문제도 없었다.

하지만 그의 경고를 좀더 진지하게 받아들여야 했었다. 라파스에 도착하자마자 황당한 일을 경험했다. 바쿠 호스텔에 여장을 풀고 라파스 시내를 돌아볼 때였다. 나는 라파스 시내를 돌아본 후 시내 전경을 조망할 수 있는 알토 지역과 일요일 마켓이 열리는 훌리오(Julio) 지역을 돌아보고, 가능하면 인근 지역의 투어 프로그램도 알아볼 계획이었다.

일단 중심인 무리요 광장(Plaza Mullio)으로 향했다. 숙소와 거리가 멀지 않아 10여 분 만에 도착했다. 대성당과 그 옆의 대통령궁, 의회 건물이 아침 햇살을 받아 빛나고 있었다. 현재 이 나라는 새로운 사회를 건설하기 위해 몸부림을 치고 있다.

볼리비아는 아메리카 인디언 원주민이 60%, 메스티조가 25%, 백인이 15%를 차지하고 있으나 1809년 독립선언 이후에도 콜로니스트들의 지배체제가 유지되면서 남미에서 가장 가난한 국가로 남아 있었고, 특히 원주민들은 하층민으로 전락하였다. 그러다 2006년 볼리비아 사상 처음으로 아이마라(Aymara) 원주민 출신의 에보 모랄레스 대통령이 당선되어 주요 기업의 국유화 등 사회주의적 경제정책과 원주민 중시 정책을 추진하며 변화를 시도했다. 미국과 유럽 등 서방에서는 모랄레스 대통령을 '불안하고 위험한' 정치인으로 경계하고 있지만, 그는 볼리비아 국민의 대다수를 구성하는 케추아(Quechua)와 아이마라 등 원주민과 메스티조들의 희망이다.

광장엔 주민들과 관광객들이 한가로운 일요일 오전의 여유를 즐기고 있었다. 사진을 막 찍으려는데 가무잡잡한 얼굴에 작고 통통한 메스티조 여성이 다가오더니 사진기를 내밀고 사진을 찍어달라고 했다.

우리는 사진을 찍어주면서 자연스럽게 인사를 나누었다. 그녀는 칠레에서 온 여행자로 혼자 여행을 하고 있으며, 라파스에는 며칠 전에 도착했다고 했다. 지금까지 수도 없이 이어지고 있는 낯선 여행자 사이의 자연스런 만남이었다. 더욱이 그녀는 유창하진 않지만 영어가 제법 능숙했다. 의사 소통이 가능한 동행을 만난 것이 무엇보다 기뻤다. 마음도 편안해졌다.

"광장 저쪽에 있는 건물이 대성당이에요. 같이 돌아보지 않을래요?" 그녀가 대성당을 가리키며 말했다. 이 광장에서 대통령궁과 의회 건물은 안으로 들어갈 수가 없고, 오로지 대성당만이 내부로 들어갈 수 있다. 그녀를 따라 대성당으로 천천히 걸어 들어갔다.

무리요 광장 라파스 시내 중앙에 있으며, 왼쪽이 대통령궁, 오른쪽이 카테드랄이다.

대성당을 돌아보고 있는데, 안에서 서성이던 가죽 잠바 차림의 한 사내가 다가왔다.

"경찰이다. 마약과 위조지폐 문제가 있어 패스포트와 가방을 검사하겠다." 사내는 자신의 신분증을 흔들고 주변을 부산하게 돌아보면서 말했다. 이런 일은 처음이었다. 대성당 안을 감싸고 있는 특유의 냉랭한 공기와 함께 왠지 모를 긴장감이 몰려왔다.

"여기는 보안 문제가 심각해요. 걱정할 것 없어요." 옆에 있던 칠레 여성이 잔뜩 긴장한 나를 안심시키며 자신의 패스포트와 가방을 사내에게 건넸다.

순간 여기는 대통령궁과 의회 등이 밀집해 있고, 볼리비아가 정치적으로 불안정한 곳이라는 생각과 함께 뭔가 '이상하다'는 생각이 스쳐 지나갔다.

"좋다. 하지만 여기가 너무 어두우니 밖으로 나가자." 사내에게 말하고 걸어 나왔다. 그런데 밖으로 나와 고개를 돌려보니 그 사내가 흔적도 없이 사라졌다.

"괜찮아요. 여긴 원래 보안 문제가 심각해서 그래요." 뒤따라 나온 칠레 여성이 미소를 보이며 말했다.

나는 '휘~유~' 하고 깊은 숨을 내쉬며 아무래도 혼자보다는 다른 여행자들과 함께 시티투어 버스를 타는 게 낫겠다는 생각이 들었다.

"혹시 시티투어 버스를 어디에서 타는지 아세요? 대성당 앞에 있다고 들었는데…" 내가 칠레 여성에게 말했다.

"알아요. 그런데 시티투어 버스는 이미 떠났어요. 그 버스를 타려면 택시를 타고 가야 하는데 멀지 않아요. 안내해 줄게요." 그녀가 약간 당혹스러운 표정으로 말했다.

"고마워요." 나는 그녀의 친절이 반갑고 고마웠다.

그러면서 주변을 두리번거리며 서 있는데 저쪽에서 택시가 다가왔다. 그녀가 택시를 잡아 먼저 올라타고는 나에게 얼른 타라고 손짓을 했다. 일단 택시에 올라탔다. 택시가 막 광장을 빠져나가려는데 갑자기 어떤 사내가 차를 세우더니 앞의 조수석에 올라탔다.

"경찰이다. 마약과 위조지폐를 검사해야 한다. 패스포트를 달라." 그는 고개를 돌려 신분증을 보여주면서 칠레 여성과 나에게 여권과 소지품을 보여줄 것을 요구했다. 차는 광장을 빠져나와 대로로 진입했다. 무언가 잘못되고 있다는 직감이 들었다.

"여기서는 여권을 보여주고 싶지 않다. 나는 아무 문제가 없는 여행자다. 여기서 이렇게 조사받고 싶지 않다." 내가 가방을 꼭 그러쥐고 완강히 거부하면서 사내에게 말했다.

"괜찮아요. 걱정하지 마세요." 옆자리의 칠레 여성이 나를 안심시키면서 먼저 자신의 신분증과 소지품을 건넸다. 그녀도 불안해하고 긴장한 표정이 역력했다. 사내는 우리가 보는 앞에서 그녀의 소지품을 하나하나 검사했다. 검사를 끝내자 가방을 돌려주며 내 것도 보여 달라고 손을 내밀었다.

나는 "경찰서로 가자. 나는 여기서 조사받지 않겠다"고 하고는 "폴리스 스테이션, 폴리스!" 하고 한층 목소리를 높여 택시 운전수에게 경찰서로 가자고 외쳤다.

그러자 그 사내는 핸드폰으로 연신 전화를 하더니 나에게 신분증을 보여 달라고 요구하고, 칠레 여성은 "보여주어도 괜찮다"면서 자신도 가방을 보여주었다고 안심을 시켰다.

몇십 초 정도 옥신각신하다 얼떨결에 내 소지품을 그 사내에게 건넸다. 사내는 내가 빤히 쳐다보는 앞에서 여권과 지갑, 가방의 물건들을 하나하나 들추어보고는 가방에 도로 집어넣은 후 가방을 나에게 건넸다.

"너, 코리안은 문제가 없다. 하지만 칠레 여성은 ID에 문제가 있다. 경찰서로 가야 한다."

사내는 나와 칠레 여성을 돌아보면서 이렇게 말하고는 운전수에게 차를 세우도록 했다. 내가 택시에서 내렸다. 그러자 택시 문이 순간적으로 닫히더니 택시는 '쌔~앵~' 하고 떠나 버렸다. 길가에 혼자 버려진 순간, 어떤 생각이 번개처럼 스치고 지나갔다. '아차!' 하면서 가방을 와락 끌어안았다. 하지만 택시는 이미 골목으로 사라지고 없었다.

가방을 열어 소지품을 확인해 보니 여권과 지갑, 메모장, 카메라, 가이드북 등은 그대로 있었다. 하지만 수첩 안쪽에 꼬깃꼬깃 접어서 비상금으로 보관해둔 100달러짜리 지폐 다섯 장이 감쪽같이 사라지고 없었다.

'아, 이 사기꾼들! 도둑놈들!'

하지만 그들은 이미 시내 저편으로 사라지고 없었다. 지금까지 한번도 당해 보지 않았던 도둑을 라파스에서 당했다. 그들은 기획 사기단이었다. 황당하고 분통이 터졌다. 무리요 광장으로 돌아와 벤치에 앉아 주위를 돌아보았다. 제복 차림의 경찰들이 곳곳에 배치되어 있었지만 '신고하면, 그 도둑놈들을 잡아 내 돈을 찾아줄 수 있을까?' 생각하다 고개를 절레절레 흔들었다.

혼자 여행하다 보니 외롭고 여행지에 대한 정보도 부족해서 외국인 여행자를 만나면 아무 의심 없이 대화를 나누고, 정보를 교환하고, 때로는 함께 움직인 것이 결국 문제를 일으켰다.

그래도 여행은 계속되어야 한다는 생각에, 마음을 추스르고 국립 민속박물관으로 향했다. 소극적인 '홀로 여행자'의 자기 합리화인지 모르겠지만, 어차피 도둑들을 잡을 수 없을 바에야 빨리 잊고 여행에 몰입하는 게 좋겠다고 생각했다. 분노하고 화를 낸다고 해결될 일이 아니었고, 나에게도 바람직하지 않았다. 사후약방문이지만, 더욱 조심할 수밖에 없었다. 여행자인 내가 분노로부터 벗어날 수 있는 길은 새로운 여행지에 대한 호기심뿐이었다.

볼리비아 여성 민주 투사의 염원

화려하지 않고 소박한 민속박물관이 아침의 황당했던 경험에서 벗어나는 데 조금 도움이 되었다. 라파스 민속박물관은 각 지역의 가면을 전시한 것으로 유명하다. 일부 가면은 동양의 가면과 아주 유사했다. 용을 형상화한 것이라든가 한국의 하회탈을 연상시키는 가면도 인상적이었다. 하지만 진짜 관심을 끈 것은 역사를 바라보는 방식이었다. 1만여 년 전 빙하기 때 원주민이 시베리아에서 북미를 거쳐 남미로 내려와 화려한 고대문명을 일으켰으며, 스페인의 점령 후 유럽 문명과 혼합되어 지금의 볼리비아가 형성되었다고 설명하고 있었다. 이를 바탕으로 미래를 위해 전진하고 있다는 인식 아래 자신의 역사를 설명하고 있었다.

그동안 브라질이나 아르헨티나, 심지어 칠레의 박물관에서도 자신의 역사를 스페인 점령 이후의 정치와 문화에 초점을 맞추어 설명하고, 국가적 정체성도 거기서 찾고 있었던 데 비해 볼리비아는 자신의 뿌리를 고대 원주민 문화에 대고 있었다. 과연 남미를 어떻게 보아야 할지, 말하자면 원주민의 시각에서 보아야 할지, 유럽 이민자들의 입장에서 보아야 할지, 많은 생각을 갖게 하였다.

어떤 입장에 서느냐에 따라 시각이 달라지겠지만, 수천 년 남미 대륙을 일구어온 원주민의 역사 역시 외면할 수 없는 이곳 주민들의 역사 아닌가. 게다가 원주민과 메스티조가 85%를 차지하는 볼리비아의 입장에서는 원주민의 역사를 제대로 복원하는 게 정체성 형성에도 중요할 것이다. 이제야 남미의 진짜 모습을 보는 것 같았다. 브라질과 아르헨티나에서 찾을 수 없었던 남미의 문화적·정신적 뿌리가 볼리비아에선 살아 있었다. 그러나 볼리비아가 남미에서 가장 가난한 나라라는 점이 아주 슬프게 다가왔고, 그 역사와 문화적 전통을 어떻게 기억해야 할 것인가는 여전한 과제로 보였다.

박물관에서 나와 미니버스를 타고 알토 지역으로 향했다. 알토 지역은 라파스 외곽의 서민 주거지역으로, 말하자면 라파스 서부의 달동네다. 거기서 매주 일요일마다 훌리오 장터가 열린다. 아침에 무리요 광장에서 황당한 사기를 당한 터여서 가방을 꼭 끌어안고 버스에 탑승했다.

훌리오 장터는 그야말로 거대한 서민들의 삶의 현장이었다. 온갖 물건을 다 갖다 내놓은 노점들이 산 중턱에 끝없이 이어져 있었다. 의류에서부터 신발, 모자, 생활용품, 라디오나 TV와 같은 가전제품, 먹거리 등 없는 게 없을 정도지만 상점은 하나같이 작은 노

볼리비아 서민들의 삶을 잘 보여주는 훌리오 시장

점들이었다. 중간에 옷가지를 산더미처럼 쌓아놓고 손님을 기다리는 비교적 큰 노점도 있지만, 먼지 풀풀 날리는 바닥에 천막을 깔고 신발 몇 켤레, 모자 몇 개, 컵 몇 개, 시계 몇 개만 갖다놓고 파는 사람들이 많았다. 시장은 끝이 없었고, 시장을 오가는 사람도 바글바글했다.

가난하게 살아가는 볼리비아 사람들의 삶의 진면목이 그대로 드러났다.

알토 지역에서 내려다본 라파스 전경 파란 하늘에 떠 있는 구름과 설산, 구름의 그림자와 고원 도시가 숨 막히는 장관을 연출하고 있다.

훌리오 장터에서 알토 지역으로 연결되는 도로와 알토 지역까지 모두 남루하고 초라한 노점들로 가득 차 있었다. 1볼리비아노를 받는 공중화장실이 있지만, 언덕에 방뇨해 지린내가 진동하기도 했다. 닭고기와 감자, 순무, 바나나 등을 야채와 섞어 볶은 음식을 파는 포장마차도 즐비했다.

알토 지역에서 내려다본 라파스도 장관이었다. 5000m가 넘는 산으로 둘러싸인 깊은 계곡에 들어선 인구 150만 명의 도시가 한눈에 들어왔다. 중심 도로 주변에 10~20층 안팎의 빌딩들이 들어선 것을 제외하면, 가파른 산비탈에 2~3층, 또는 4~5층의 건물이 다닥다닥 붙어 있고, 언덕 위쪽으로는 흙으로 지은 집들이 옹기종기 붙어 있었다. 파란 하늘을 떠도는 뭉게구름을 따라 그림자가 도시 위에서 움직였다. 척박한 환경을 개척해온 인간의 끈질긴 생명력을 보여주는 곳이다. 유네스코의 세계유산은 바로 이런 것이 되어야 한다는 생각이 들었다. 전제 군주나 천재 건축가가 만든 웅장한 건축물보다 오랜 기간 민초들이 만든 이 경이의 현장이야말로 귀중한 유산이다.

미니버스를 타고 시내로 돌아오다 시장에 들렀는데 가난하고 궁핍하지만 질박한 삶이 펼쳐지고 있었다. 아직 대자본이 들어오지 않아 시내 중심가에서도 유명 브랜드는 찾아보기 어렵고 전통시장이 유지되고 있었다. '구매력 있는 시장'이 형성되지 않아 대자본도 들어올 생각을 못하는 것 같다. 길은 좁고, 매연을 뿜어내는 오래된 차들이 뒤엉켜 혼잡한 것이 인도의 복잡한 거리를 연상시켰다. 하지만 시내 중심부에는 삼성과 LG의 간판이 크게 내걸려 있었다. 오전에 만난 호스텔 직원은 LG가 볼리비아의 스포츠 중계를 적극 후원해 이미지가 좋다고 말했다. 한국 기업들이 볼리비아의 성장 잠재력을 보고 미리 투자를 하고 있는 것으로, 글로벌 다국적 기업들의 진출도 시간 문제로 보였다.

그럼에도 불구하고 진보를 위한 노력은 세계 어느 곳이나 있기 마련이다. 시내를 돌아다니다 법무부 빌딩 앞에서 천막시위 현장을 발견했다. 호기심이 발동하여 다가가 무슨 일인지 물었다. 내 질문을 받은 천막 앞의 한 남성이 안쪽으로 고개를 돌리더니 영어를 할 줄 안다는 비키를 불렀다.

"반갑습니다. 나는 비키라고 해요. 원래 이름은 빅토리아 로파즈고요. 한국인이라고요?" 50대 후반으로 보이는 비키가 나를 반갑게 맞으며 인사했다.

"반갑습니다. 한국에서 온 여행자입니다. 언론인인데, 지금 세계를 여행 중이죠. 지나가다 우연히 이곳 시위 현장을 발견해 무슨 일이 벌어지고 있는지 궁금해서 들렀습니다."

"볼리비아의 민주화 투쟁에서 입은 피해를 보상받기 위해 시위를 하고 있어요." 비키는 나를 천막 앞의 대자보로 안내했다. 대자보에는 오래된 신문과 사진, 자신들의 요구 사항이 붙어 있었다. 한국의 시위 또는 농성 현장에서 흔히 볼 수 있는 대자보와 비슷했다.

"볼리비아에선 1964년과 1971, 1979, 1980년 대규모 민주화 시위가 벌어

젊은 시절 사진의 민주화 시위 모습을 가리키는 비키 검고 긴 머리카락을 늘어뜨린 사진 속의 비키와 지금의 비키가 외모는 많이 달라져 있지만 속에 흐르는 뜨거운 피는 달라지지 않았다.

졌어요. 이때 수많은 사람들이 체포되고 고문당하는 피해를 입었죠. 이 사람들에 대한 보상이 필요합니다. 그게 과거의 민주화 운동을 정당하게 평가하고 계승하는 길입니다." 비키는 대자보에 붙여 놓은 오래된 신문의 사진 한 장을 가리키며 설명을 이어갔다.

"여기 이 사진 속 사람이 바로 나예요. 1979년 당시 대학생이었던 나는 민주화를 위해 투쟁했죠."

사진 속의 길고 검은 머리를 한 젊은 비키가 두 주먹을 불끈 쥐고 다른 청년들과 거리 한복판에서 시위를 벌이고 있었다. 사진 앞에 선 비키는 이제 주름이 파인 초로의 여인이 되어 있었지만 여전히 활력이 넘쳤다.

"그렇군요. 한국에서도 이것과 비슷한 시위가 많이 벌어졌고, 민주화 이후 피해자에 대한 보상이 이루어졌죠. 볼리비아 정부에서는 어떤 입장인가요?"

"저 빌딩이 볼리비아 법무부예요. 정부는 아직 답변을 주지 않고 있어요. 여기에서 데모를 하는 게 바로 그 때문이죠. 볼리비아 정부는 과거의 잘못된 행위가 입힌 피해를 보상해야 합니다. 지금도 많은 사람들이 체포와 고문의 피해로 어려움을 겪고 있어요."

비키의 얼굴에는 아직도 식지 않은 민주화에 대한 열정이 넘쳤다. 그녀는 볼리비아가 민주화를 위해 많은 진전을 이루고 있지만, 아직도 해결해야 할 과제가 많다면서 차분하고 진지하게 설명했다. 사진 속의 젊은 비키만큼이나 50대의 비키도 아름다웠다. 볼리비아에서 최후를 맞은 영원한 혁명가의 표상, 체 게바라의 후예를 보는 듯했다.

남미의 최빈국으로 민주화와 경제적 독립 및 안정을 위해 몸부림치고 있는 볼리비아는, 비키 같은 열정을 지닌 사람이 있는 한 그 슬픔을 넘어설 희망을 가질 수 있을 것이다. 깨어 있는 사람들이 사회에 희망을 준다. 경찰을 사칭한 사기꾼들 때문에 잠시 우울했던 마음이 치열한 삶의 현장을 보고 비키를 만나 이야기를 나누면서 훨씬 가벼워졌다.

포토시에서 만난 쵸코, 라파스의 사기꾼, 시위 현장에서 만난 비키, 이들은 내가 만난 볼리비아의 세 얼굴이었다. 쵸코는 험난한 삶을 살아가야 하는 슬프고 애잔한 얼굴이며, 사기꾼들은 혼란 상황에 남의 것을 빼앗아 자신의 배를 채우려는 욕망과 탐욕의 얼굴이며, 비키는 슬픔을 넘어서 희망을 찾으려는 몸부림의 얼굴이었다. 혼돈의 시대를 지나는 볼리비아를 보여주는 얼굴들이었고, 그곳에 인간의 삶에 내재된 고통과 슬픔이 배어 있었다.

이 세상 어디에도 고통과 슬픔 없는 삶은 없다. 그것은 삶을 구성하는 본질적인 요소다. 진짜 고통과 슬픔을 아는 사람이야말로 무엇인가를 진정으로 사랑하는 사람이다. 고통과 슬픔은 사랑하는 대상의 상실, 희망의 상실에서 오는 것이기 때문이다. 안데스의 가장 척박한 고원지대에 위치한 남미 최빈국, 원주민과 메스티조의 나라, 체 게바라가 마지막으로 숨을 거둔 나라, 볼리비아의 포토시와 라파스는 삶의 본질 가운데 하나인 고통과 슬픔의 맨 얼굴을 보여주었고, 동시에 그걸 극복하는 방법도 알려주었다.

볼리비아 라파스~코파카바나~페루 푸노~쿠스코

비움,
'코파카바나 하늘의 텅 빈 충만'

때 묻지 않은 안데스 고원의 오지마을

라파스를 떠나기에 앞서 성 프란시스코 성당을 돌아보고 우체국에 들러 서울의 가족에게 엽서를 보냈다. 우유니 소금사막의 사진이 담긴 엽서였다. 둘째 동군이 가장 가보고 싶어 했던 곳인데 먼저 귀국하는 바람에 나 혼자 여행하게 된 아쉬움을 엽서에 실어 보냈다.

코파카바나(Copacabana) 행 버스가 출발하는 세멘타리오(Cementario) 터미널은 말만 터미널이지 버스회사들이 승객을 모으고 차량을 운행하는 공터였다. 버스들이 길가에서 손님들을 태우고 내렸다. 숙소에서 소개해준 망코 카팍(Manco Kapac) 버스회사를 찾았으나 회사 간판은 보이지 않고, 거리에서 티켓을 팔았다. 버스비는 20볼리비아노(약 3400원)였다. 50볼리비아노를 줬더니 차장이 20볼리비아노만 거슬러 주고는 횡설수설했다. 20볼리비아노를 보여주며 나머지 거스름돈을 달라고 하니 그제서야 10볼리비아노를 더 내주었다. 얼렁뚱땅 10볼리비아노를 챙기려 했던 것 같다. 신경 써야 할 일이 많다.

낮 12시 15분 코파카바나로 향했다. 알토 지역을 지날 때는 차창 밖으로 라파스 전경이 펼쳐지자 서양 여행자들이 카메라를 들이대며 사진 찍기에 여념이 없었다. 가파른 언덕에 다닥다닥 들어선 건물과 주택들, 라파스는 아무

가을걷이가 한창인 코파카바나 들판 곳곳에 수확한 곡식을 모아놓은 것이 1960~70년대 한국의 농촌 풍경을 닮았다.

리 보아도 장관이다. 하지만 어제 작은 노점들과 주민들로 법석대던 알토 지역과 훌리오 시장은 깨끗이 정리되어 있었다. 일요일에만 장이 서고, 평일에는 사람과 차량이 운행하는 도로로 바뀌는 것이다.

라파스 시내를 벗어나 외곽으로 나가자 숨 막히는 풍경이 펼쳐졌다. 때 하나 묻지 않은 파란 하늘과 그 하늘에 점점이 떠 있는 하얀 구름, 지평선 너머로 흰 눈을 뒤집어쓰고 있는 설산들, 한참 가을걷이가 진행 중인 들녘과 평화롭게 자리 잡은 마을들…. 모든 사물들이 선명하고 또렷하게 윤곽을 드러내고 있었다. 고산지역이라 그런지 구름이 바로 잡힐 듯 지평선과 붙어 있고, 공해나 먼지가 전혀 없고 건조한 대기는 시야를 확 틔워주었다.

위도로 보면 남위 17도 안팎의 열대지역이지만, 해발고도가 4000m 안팎으로 매우 높아 가을 분위기가 물씬 풍긴다. 이곳에서 주로 재배되는 퀴노아는 단백질과 비타민, 무기질이 풍부한 '곡물의 제왕'으로 미국과 유럽에서 인기를 끌고 있다. 안데스 고산지대에서 수천 년 동안 주식으로 재배되었음에도 관심을 끌지 못하다 1980년대 그 가치가 확인되면서 대체 곡물로서 인기가 높아졌다. 밭 사이에 소들도 한가로이 풀을 뜯는 평화로운 모습이다.

라파스를 떠난 지 2시간여, 티티카카(Titicaca) 호수가 나타났다. 호수 저편으로는 설산들이 어김없이 버티고 있고, 파란 하늘을 반사한 쪽빛 호수가 아름답게 펼쳐졌다. 신나게 달리던 버스가 호수 앞의 산 페드로 티퀴나(San Pedro Tiquina)에 정차하고 승객들이 내렸다. 코파카바나는 티티카카 호수 건너편에 있는데, 다리가 없어서 배를 타고 호수를 건너야 했기 때문이다. 승객들은 탑승료 1.5볼리비아노를 내고 작은 보트로 호수를 건넜다. 우리가 타고 온 버스는 따로 바지선을 타고 호수를 건넜다.

승객을 태운 보트와 버스를 태운 바지선이 멀찍이 떨어져 잔잔한 호수 위를 미끄러지듯 앞으로 나아갔다. 호수를 건넌 후 버스로 호수를 끼고 1시간 정도 달려 코파카바나에 도착했다.

미리 점찍어 놓은 소니아 호스텔(Sonia Hostel)은 가격이 너무 저렴해서 나를 놀래켰다. 주인의 딸인 듯한 젊은 직원이 혼자냐고 묻더니 가격이나 조건은 이야기도 하지 않고 싱글 룸으로 안내했다. 내가 "도미토리를 원한다"고 했더니, 직원은 도미토리는 없다며 고개를 저었다. 가격을 물으니 40볼리비아노(약 6800원)라고 답했다. 6인 도미토리가 포토시에선 35볼리비아노, 라파스에선 55볼리비아노였는데, 화장실에 커다란 침대를 가진 싱글 룸이 40볼리비아노라니 믿기지 않았다.

다른 가격도 놀라울 정도로 저렴했다. '태양의 섬(Isla del Sol)'을 왕복하는 보트 가격이 25볼리비아노(약 4250원), 쿠스코(Cuzco)까지 12시간 버스로 여행하는 비용도 90~160볼리비아노(약 1만 5300~2만 7200원)에 불과했다. 그러고 보니 3시간 반을 달려온 라파스~코파카바나 버스비도 20볼리비아노에 불과했다. 볼리비아 물가는 믿을 수 없을 정도로 저렴하다.

갑자기 '내가 이들과 공정 거래를 하는 것일까' 하는 의문이 들었다. 가난한 볼리비아 사람들을 '환율'이라는 무기로 약탈 또는 착취하는 것은 아닐까? 나중에 코파카바나 터미널 앞에서 커피와 빵을 하나 사먹었는데, 2.5볼리비아노(약 425원)였다. 이걸 만드는 데 들인 정성과 노동의 대가로는 너무 싸

석양에 물든 티티카카 호수와 코파카바나 호수 주변에 정박한 배와 놀이용 보트, 심지어 그림자조차 황혼의 호수에서 올라온 듯 채색되고 있다.

다. 이건 공정한 거래가 아니다. 경제력과 환율의 마술 때문에 볼리비아 사람들은 외국인에게 자신의 노동력을 헐값에 판매하고 있는 것이다.

사실 이러한 '불공정' 거래 때문에 미국과 유럽 등 선진국은 저개발국에서 생산한 낮은 가격의 상품과 서비스로 큰 혜택을 보는 반면, 볼리비아 같은 가난한 국가의 농민이나 노동자들은 열심히 일하면서도 생활은 열악하기 그지없는 '구조적 불균형'이 나타나고 있다. 글로벌 자본주의가 낳고 있는 문제다. 저 들판의 퀴노아 재배 농민들은 땀 흘려 일하지만 소득은 늘지 않고, 그것을 '슈퍼 곡물'로 포장해 판매하는 다국적 기업들은 막대한 이윤을 챙긴다. 저개발국 생산자들이 거대한 자본주의 시스템의 가장 밑바닥에서 가장 열악한 생활조건을 감수하면서 그 시스템을 지탱하고 있는 것이다.

해발 3810m의 고원에 자리 잡은 코파카바나는 티티카카 호를 끼고 있는 작고 아름다운 마을이다. 체크인을 마치고 마을로 나가니 타운 중앙에 2월 광장이 있고, 그 앞에 1583년에 건설된 하얀 회벽의 대성당이 투명한 햇살을 받아 빛나고 있다. 광장과 이어진 공원엔 사람들이 느긋하게 움직이는 것이 평화와 여유를 느끼게 한다. 상가를 따라 걸어 내려가 호수 옆에 있는, 햇살이 잘 비추는 카페 겸 레스토랑에서 여행자로서의 여유와 평화를 만끽했다.

호수 저편으로 해가 뉘엿뉘엿 넘어가는 것을 질리도록 감상하고, 동네 식당을 찾아 스테이크를 주문했는데 가격이 12볼리비아노(약 2040원)에 불과했다. 관광객을 대상으로 영업하는 곳을 피해 동네 주민들이 이용하는 로컬 식당을 찾으니 가격이 더욱 저렴했다. 돌아오는 길에 동네 가게에서 와인을 한 병 사 숙소에서 홀짝홀짝 들이키며 여행기를 적고 있으니 천국이 따로 없다.

"한국에서 본 것은 진짜 색깔이 아니었다"

해가 진 후 나타나는 고원지대의 추위는 코파카바나도 마찬가지였다. 낮에는 기온이 20도 이상으로 올라가 무척 따뜻하지만, 밤이 되면 0도 전후로 뚝 떨어진다. 그럼에도 안데스 고원의 건물에는 난방 시설이 없다. 칠레의 아타까마, 볼리비아의 우유니, 포토시, 라파스 모두 마찬가지다. 그래서 그곳에서는 침낭을 사용했었는데, 이곳은 위도가 남위 16도로 낮은데다 낮에는 무척 따뜻해 침낭을 쓰지 않았다가 말 그대로 동태가 될 뻔했다.

다음 날 아침, 외국인 여행자들과 함께 태양의 섬으로 출발했다. 그런데 아침부터 호수 저쪽에 잔뜩 끼어 있던 먹장구름이 비를 몰고 왔다. 보트 앞자리엔 창문이 없어 비가 들이치고 조금 지나선 찬바람과 함께 우박이 몰아쳤다. 고원의 요란한 가을 날씨다. 약 2시간 호수를 가로질러 태양의 섬 남쪽 항구를 거쳐 북쪽 항구에 도착하니 언제 그랬냐는 듯 하늘이 맑게 갰다.

태양의 섬 여행은 보트로 북쪽 항구까지 간 다음, 섬을 걸어서 일주해 남쪽 항구까지 와 다시 보트를 타고 코파카바나로 돌아오는 방식으로 진행된다. 비를 머금은 먹장구름이 사라지고 강렬한 햇살이 내리쬐면서 티티카카 호수가 쪽빛 속살을 그대로 드러냈다. 볼리비아와 페루의 국경을 이루는 티티카카 호수는 최장 길이 190km, 폭은 최대 80km, 평균 깊이 107m, 최대 수

티티카카 호수 잉카인들이 숭배하던 '태양의 신'이 태어났다는 전설이 깃든 호수로, 파란 하늘과 흰 뭉게구름, 쪽빛 호수와 푸른 나무들이 투명한 햇살에 원래의 색깔을 선명하게 드러내고 있다.

심이 208m에 달한다. 남미 내륙 호수 가운데 가장 크다. 바다처럼 넓은 호수가 안데스의 3800m 고원 한복판에 있다는 사실이 믿기지 않았다.

태양의 섬은 티티카카 호수에 떠 있는 가장 크고 아름다운 섬이지만 사람이 살기엔 아주 엄혹한 곳이다. 주로 바위와 언덕으로 이루어져 있으며, 경작하기도 만만치 않다. 그럼에도 사람들은 계단식 경작지를 만들어 밀과 콩, 옥수수 등 농작물을 재배하고, 목축과 어업을 하며 생계를 유지하고 있다. 800여 가구가 섬에 거주하고 있는데 자동차는 물론 포장도로도 없다. 2000년대 이후 비경(祕境)이 알려지면서 전 세계 여행자들의 발길이 빠르게 늘어나 관광업이 주요한 산업으로 부상하고 있다.

이 섬은 특히 수천 년 동안 남미 대륙을 호령한 잉카인들에게 중요한 의미를 갖고 있다. 그들이 숭배하는 '태양의 신'이 이곳에서 태어났다고 믿었기 때문이다. 하늘과 가까운 고원의 호수에 떠 있는 섬이니 그렇게 생각했음 직하다. 고고학자들의 발굴 결과 이 섬에는 기원전 3000~2000년부터 사람이 살기 시작한 것으로 드러났다. 수십 개의 유적이 남아 있는데, 대부분 잉카 문명의 전성기이자 스페인의 침략 직전인 14~15세기에 세워진 것들이다. 태양의 섬은 신화와 현실이 공존하는 잉카의 성지다.

섬에 도착하니 주민들이 나와 안내해 주었다. 마침 스페인어와 영어를 할 줄 아는 외국인 관광객이 있어 주민의 설명을 영어로 알려주었다. 태양의 섬은 주민들이 지금도 전통적인 방식으로 생활하고 있고, 여행 안내나 보트 운행, 기념품점과 식당 운영도 주민 모임에서 결정한다고 했다. 이곳에서 발굴된 유물을 전시한 작은 박물관이 마을 입구에 있으니 먼저 그곳을 방문한 다음 섬을 걸어서 일주하기를 권유했다.

박물관은 볼품이 없었다. 하긴, 이런 오지마을에 거창한 박물관을 기대하는 것 자체가 어불성설이다. 가난한 볼리비아에서, 그것도 이 작은 섬의 박물관은 소박하고 아기자기한 것이 더 어울리지 않을까. 고대의 주거지와 해저에서 발굴된, 소박하기 그지없는 토기와 석재 등 전시물을 쓰윽 훑어본 다음 마을을 산책했다.

마을 한편의 햇살이 잘 드는 공터에서 콩을 따는 아낙네들, 소와 말, 양을 돌보는 주민들, 집을 손질하는 사람들, 작은 학교가 정겹게 다가왔다. 티티카카 호수 여행을 준비하면서 태양의 섬과 페루 푸노의 갈대 섬 우로스(Uros) 중 어디를 방문할 것인지 고민하다 이곳을 선택했는데, 잘한 결정이었다. 우로스 섬은 세계에서 유일하게 갈대로 만들어진 섬이지만 관광지로 탈색된 반면, 태양의 섬에는 원주민 커뮤니티가 보존되어 있다. 이 섬은 관광지이기도 하지만 실제 주민들과 이들의 삶을 볼 수 있는 곳이다.

선착장에서 마을로 올라가는 길에 두 아이와 함께 건너편 마을로 가는 한 아낙네를 만났다. 나와 같은 보트를 타고 온 가족이었다. 영어를 조금 할 줄 알아 대화를 나누고, 무거운 짐도 들어주었다. 결혼해 페루 리마 인근의 해안에 살고 있는데 몇 년 만의 고향 방문이라며 들뜬 표정이었다. 가난한 고향이지만, 고향을 찾아가는 마음은 누구나 같다. 그 가족과 헤어져 언덕을 오르다 이번엔 한국인 여행자를 만났다. 모처럼 만난 한국인이라 반가웠다. 교환 학생으로 미국 플로리다에서 1년

티티카카 호수 선착장으로 내려가는 태양의 섬 주민들

간 커뮤니케이션을 공부하고 쿠스코에서 봉사활동을 한 다음 귀국에 앞서 남미를 여행하고 있다고 했다. 길은 다양한 사람과의 만남을 잇는 끈이었다.

태양의 섬에는 잉카 시대의 유적들이 곳곳에 흩어져 있다. 수백 년의 세월이 지나는 동안 나무나 풀로 만든 것들은 흔적도 없이 사라지고 만고풍상을 이겨낸 돌만이 남아 작열하는 태양의 세례를 받고 있었다. 새로 만들었는지 매끈하게 다듬어진 고인돌 같은 제단도 보였다. 섬 일주도로엔 돌을 가지런히 늘어놓아 산책로 표시를 해 두었다. 가파른 언덕에선 양들이 한가롭게 풀을 뜯고 있고, 주민들은 마지막 가을걷이에 분주했다. 주로 여성들이 밭일을 하는데, 한결같이 둥근 모자에 펑퍼짐한 치마, 망토를 두르고 있었다.

아름다운 풍경이다. 하늘엔 구름이 아주 가깝게 떠 있고, 하늘은 투명하기 이를 데 없다. 태양은 거칠 것 없이 호수와 섬에 폭포처럼 쏟아져 내리고, 그 햇빛의 세례를 받아 원시의 색깔을 그대로 드러낸다. 어떠한 문명의 이기도 침범하지 않은 태고의 색깔이다.

문득 내가 한국에서 보았던 것은 진짜 색깔이 아니었다는 생각이 들었다. 내가 한국에서 본 색깔은 반투명의 안경을 끼고 본 것이었다. 미세먼지든 매연이든, 아니면 옅은 안개든, 수증기의 미세한 알갱이든, 무언가 뿌연 막이 항상 내 시야를 가리고 있었다. 거기에다 마음까지 산란한 경우가 많아 사물

축제를 즐기는 태양의 섬 주민들 스페인 성인의 탄생일을 맞아 서양 정장을 입은 남성과 전통 의상을 입은 여성 주민들이 악단의 연주에 맞추어 군무를 추고 있다.

을 제대로 집중해서 바라보지 못했다.

진짜 색깔은 바로 여기 안데스 고원에 있었다. 모든 사물들이 자신의 색깔을 선명히 드러내고 있었다. 내 눈을 가리고 있던 반투명 막이 사라지면서 눈이 확 뜨이는 느낌이었다. 안데스 사람들이 걸친 옷과 망토의 알록달록한 원색도 진짜 색깔을 아는 사람들만이 생각하고 사용할 수 있는 색깔이다.

태양의 섬을 일주해 남쪽 마을에 도착하니 마침 축제가 벌어지고 있었다. 주민에게 물어보니 산 아우구스토(San Augusto) 축제라고 했다. 스페인 성인의 탄생일을 맞아 펼치는 축제였다. 군악대 같은 악단의 흥겨운 연주에 맞추어 전통 의상을 입은 여성과 서양 정장 차림의 남성들이 흥겹게 군무를 추고 있었다. 군무를 추는 사람들의 수는 100명이 넘었다. 주민들이 모두 나와 축제에 참가하기도 하고 맥주를 들이키면서 축제를 즐겼다.

남쪽 선착장 입구에는 태양신의 아들이자 잉카 제국을 건설한 전설적인 왕 망코 카팍(Manco Kapac)의 동상이 호수를 향해 우뚝 서 있었다. 붉은 피부와 단단한 체구에 태양을 담은 지휘봉을 번쩍 치켜든 모습이 잉카의 시원을 지키고 있는 것 같았다. 잉카는 유럽의 침략 이후 희미한 신화 속으로 사라졌지만, 그 신비로움은 아직 티티카카 호수를 감싸고 있었다.

태양의 섬에서 코파카바나 항구로 돌아오는데, 태양이 호수 저편으로 서서히 기울기 시작했다. 왠지 모를 충만감이 몰려왔다. 세계일주를 처음 생각할 때만 해도 고민이 한두 가지가 아니었는데 현실의 끈을 내려놓고 마음을 비우니 새 세상을 만나게 되었다. 지금의 이 충만감과 행복감은 그 비움의 대가일 것이다.

안데스 고원의 하늘도 텅 비어 있어서 더 아름다운 것이다. 비어 있다는 것은 아무것도 없는 것이

망고 카팍의 동상 잉카를 건설한 전설적인 왕으로, 태양의 섬 남쪽 선착장 입구에 서 있다.

아니다. 거기엔 무한한 가능성이 담겨 있다. 하늘은 비어 있기 때문에 태양의 세례를 대지에 거침없이 전달할 수 있고, 원초적인 색깔을 보여줄 수 있고, 저 불타는 듯한 핏빛 노을도 만들 수 있다.

오늘날의 우리는 끊임없이 채우는 것에 익숙해져 있다. 근대 산업사회 이후 사람들은 경제성장과 부의 축적이 행복을 가져다줄 것으로 믿고 이를 향해 질주해 왔다. 남들보다 빠르게 새로운 상품과 기술을 개발하고, 효율성과 경제성을 높여야 경쟁에서 이기고 부를 축적할 수 있으며, 그것이 최고의 선(善)이라고 믿었다. 그것이 사회구조는 물론 의식구조까지 장악했다. 나도 부지불식중에 이러한 잠재의식의 지배를 받아 경쟁의 대열에 합류했다. TV든 자동차든, 주택이든 '이게 최소한의 조건'이라고 생각한 것이 조금씩 커져 가고, 그것을 갖추기 위해 허덕거렸다. 애초에 생각했던 '최소한의 조건'에 다가가면 새로운 조건이 생겼다. 열심히 일하고, 열심히 벌지만, 오히려 주머니는 비

고 마음은 가난해졌다. 그럴수록 공허함이 몰려왔다. 이제는 생각이 달라졌다. 물질적 부를 채우려는 노력이 오히려 삶을 황폐화시킬 뿐이다.

성공한 인생이란 과연 어떤 것인가

코파카바나를 떠나는 날 새벽 한참 잠에 빠져 있는데, 가족들이 '탱고'를 이용해 영상 메시지를 보냈다. 군에 입대한 큰 아들 창군을 면회하러 가면서 가족들이 돌아가며 소식을 전하고, 나의 여행에 대한 응원 메시지를 담은 것이었다. 가슴이 먹먹해지면서 그리움이 몰려왔다. 아무도 없는 텅 빈 방에서 영상 메시지를 계속 돌려보며 그리움을 달랬다.

이제 코파카바나를 떠나 페루로 넘어간다. 코파카바나를 떠난 버스는 15분 만에 볼리비아~페루 국경에 도착했다. 20여 분 만에 출국과 입국 수속을 마치고 걸어서 페루 쪽 국경 마을인 융구요(Yunguyo)로 넘어왔다. 페루는 볼리비아보다 1시간이 느리므로 난 오늘 1시간을 더 살게 되었다. 따로 국경을 넘은 버스를 다시 타고 푸노(Puno)를 향해 출발했다.

코파카바나를 떠난 지 2시간 반 만에 푸노에 도착했다. 개발 바람을 반영하듯 이곳저곳에서 건축 공사가 한창이었다. 푸노는 세계에서 유일하게 갈대로 만들어진 섬인 우로스의 여행 기점으로서 인기가 높은데 우로스 대신 '태양의 섬'을 선택했던 나로서는 그냥 스쳐지나가는 곳이 되었다.

내가 타고 온 버스는 푸노까지만 운행하여, 푸노에서 페루 버스로 다시 갈아탔다. 페루 쪽 풍경도 비슷했다. 티티카카 호수 주변으로 넓은 논과 밭이 펼쳐져 있고, 한창 밀과 퀴노아를 수확하는 모습이 보였다. 딱 6개월 전 네팔을 여행할 때도 늦가을 벼를 수확해 수북이 쌓아놓고 이를 말과 소가 밟아 탈곡하고 있었는데, 여기서도 똑같은 방식의 가을걷이가 진행되고 있었다.

해가 떨어진 오후 8시경 버스가 쿠스코에 도착했다. 택시를 타고 숙소인 서던 컴포트 호스텔(Southern Comfort Hostel)에 여장을 푼 후 좀 복잡한 과정을 거쳐 인근 잉카 유적지와 마추픽추 투어를 예약했다. 그리고 나서 바로 올리브와 '탱고' 영상통화를 연결하였다.

가족의 안부부터 확인하는데, 영상에 비친 올리브는 6월 중순에 이미 한 여름 복장이었다. 올리브는 내가 질문할 겨를도 없이 숙소는 어떤지, 먹는 건 어떤지, 여행은 어떤지 질문을 퍼부었다. 이전에만 해도 뭔가 의미 있는 질문을 던지고, 아이들 공부나 생활에 대해 이야기를 나누어야 제대로 된 대화를 했다는 느낌이 들었는데, 이젠 가벼운 주제로 가볍게 대화하는 것이 편안해졌다. 혼자서 아이들 뒷바라지하는 올리브를 위로하면서, 지금 내가 여행하면서 느끼는 행복 바이러스를 나누는 것이 내가 할 수 있는 최선의 일 아닐까. 가장으로서의 책임감이나 권위의식에 빠져 아이들이나 가정에 대해 이러쿵저러쿵 교훈적인 이야기를 한들, 그게 얼마나 공감을 얻고 효과를 낼 수 있을까. 가볍게 주고받는 대화 속에서 나와 올리브 모두 더욱 가벼워지는 것 같았다.

코파카바나와 푸노, 안데스 고원의 투명한 하늘처럼 내 마음도 부질없는 욕망의 덫에서 벗어나 깨끗한 모습을 되찾고 싶다. 비록 현실의 경쟁에서 조금 뒤처진다 한들, 오히려 순수한 나의 본래 모습을 찾을 수 있다면, 그래서 그동안 애써 외면했던 내면의 나 자신을 찾는다면, 오히려 그것이 성공한 인생이 아닐까. 또 그걸 통해 나와 가족이 더 깊이 신뢰하고 사랑할 수 있게 된다면, 비록 TV나 자동차가 없이 작은 집에서 산다 하더라도 그게 행복 아닐까. 안데스 고원의 투명한 하늘은 진정한 비움의 미학, 비움과 채움의 역설을 깨닫게 해준 곳이었다.

페루 쿠스코~신성한 계곡~마추픽추~쿠스코

역사,
'잉카에서 신비주의를 벗겨내는 힘'

신기에 가까운 잉카의 석조 건축술

"잉카의 수도에 온 것을 환영합니다. 쿠스코는 옛 잉카 제국의 수도였어요. 지금 페루 헌법은 이곳을 '역사적 수도'로 명시해 놓았죠. 잉카어로 쿠스코는 중심(Center)이라는 뜻인데, 실제로 가장 중요한 곳이에요. 인구는 50만 명으로 2000년대 들어 세계 여행자들이 몰려들면서 도시가 팽창하고 있어요. 유네스코가 1983년 세계유산으로 지정했고, 매년 200만 명 이상의 외국인 관광객이 찾습니다. 여러분도 그 중의 한 사람이죠."

활력 넘치는 40대 중반의 여성 가이드 릴리의 박력 있는 목소리가 버스에 울려 퍼졌다. 버스에도 단연 활기가 돌면서 '잉카 투어' 참가자들 사이에 약간 흥분된 분위기가 흘렀다. 신비의 제국을 탐험하는 야릇한 긴장감도 느낄 수 있었다. 대형 버스를 가득 채운 참가자들은 유럽과 미국에서 온 여행자들이 대부분이었으며, 동양인은 거의 눈에 띄지 않았다.

쿠스코에 도착한 다음 날 인근의 주요 유적지를 돌아보는 '잉카 투어'에 참가했다. 어제 저녁에 숙소에서 25누에보솔(약 1만 2500원)을 주고 예약한 투어다. 여기에 인근 박물관을 포함한 네 군데 유적을 이틀 동안 자유롭게 입장할 수 있는 70누에보솔(약 3만 5000원)짜리 통합 티켓을 별도로 구입해야 하기 때문에 전체 투어 비용은 95누에보솔(약 4만 7500원)이지만 그리 비싸지 않다.

투어가 시작되는 쿠스코 중앙의 아르마스 광장(Plaza de Armas)엔 노점과 행상들이 즐비하고, 여행자들에게 모자나 장갑, 목도리, 기념품 등을 파는 행상들이 아침 일찍부터 버스 주변으로 몰려들어 물건을 흔들어댔다. 광장 이곳저곳엔 며칠 앞으로 다가온 '태양의 축제'를 준비하는 젊은이들로 활기가 넘쳤다. 릴리가 막 설명을 하는데 버스가 움직이기 시작했다.

"이곳은 해발고도가 3400m에 이르지만, 쿠스코를 관통하는 우루밤바 강(Rio Urubamba) 유역은 2000~2500m로 농사짓기에 적합하죠. 그곳이 오늘 우리가 여행하게 될 '신성한 계곡(Sacred Valley)'입니다. 우르밤바 강은 쿠스코로 들어올 수 있는 유일한 통로인데, 잉카인들은 이 강의 주요 지점에 요새와 신전을 만들었습니다. 오늘 그곳을 돌아보게 됩니다. 이제 쿠스코를 출발해 신성한 계곡으로 갑니다. 좌우로 보다시피 쿠스코엔 잉카 유적이 많아요…"

릴리가 설명하는 사이 버스가 쿠스코 중심도로를 지났다. 책에서만 보던 잉카 제국의 위용을 실감하게 하는 도시였다. 대부분의 건물 기단부는 잉카시대의 것을 그대로 사용했고, 그 위에 성당과 건물을 지었다. 지금까지 남미를 여행하면서 16세기 스페인 침략 이전의 유적을 찾아보기 어려웠는데 쿠스코에 오니 확실히 달랐다. 스페인이 300년 동안 쿠스코를 지배했지만, 잉카의 유산은 아주 단단했다. 그만큼 잉카의 힘이 강건했음을 보여주는 것이다. 릴리의 설명은 쿠스코에서 잉카로, 잉카에서 스페인 식민지로, 페루로 종횡무진 이어졌다.

잉카 제국은 12세기 초 페루의 고원지대에서 형성되기 시작해 15~16세기 초 전성기를 이룬 거대한 왕국이었다. 12~14세기엔 잉카 부족들이 안데스 곳곳에 흩어져 있었지만 15세기 중반에 통일국가의 면모를 갖추었다. 전성기의 잉카는 남미의 광활한 서부지역을 장악해 북쪽으로는 에콰도르와 콜롬비아 남부, 남쪽으로는 볼리비아와 아르헨티나 및 칠레 북부까지 그 영향권 아래 두었다. 중세 시기 유럽이나 아시아에 형성되었던 몽골이나 오스만투르크, 명나라나 청나라와 같은 제국에 버금가는 남미의 거대 제국이었다.

잉카와 쿠스코의 비극은 스페인의 침략에서 시작된다. 지금의 파나마에 상륙해 식민지를 건설한 정복자들은 남쪽에 '황금의 제국'이 있다는 소식을 듣고 남하하기 시작했다. 파나마 식민지 총독이었던 프란시스코 피사로(Francisco Pizarro)가 군대를 이끌고 남쪽으로 내려와 안데스 일대를 장악하고 있던 잉카와 부딪치게 된다. 현재의 에콰도르 과야킬 인근에서 벌어진 잉카 군대와의 첫 전투에서 스페인은 승리하였으나 이후 벌어진 쿠스코 인근의 두 차례 전투에서 잉카가 승리하면서 스페인의 남하에 제동이 걸린다.

이에 피사로는 당시 잉카 제국의 12대 왕 아타후알파(Atahualpa)와 협상에 들어간다. 먼저 스페인의 왕을 받아들이고 기독교로 개종할 것을 요구하였는데, 이는 잉카의 문화와 전통을 무시한 터무니없는 요구였다. 당연히 협상은 제대로 진행되지 않았다. 언어가 달라 의사 소통도 제대로 이루어지지 못했고, 잉카는 황당무계한 스페인의 의도를 정확히 파악하지 못했다. 스페인의 목적은 협상이 아니라 정복이었다.

협상을 통한 정복이 어려워지자 피사로는 아타후알파 왕을 감금한다. 스페인은 처음에는 방 한 칸을 황금으로 가득 채우면 왕을 풀어주겠다고 했다. 잉카는 이 약속을 믿고 황금을 채웠다. 하지만 정복자들은 다시 방 두 칸을 은으로 채울 것을 요구했다. 잉카는 이것에도 응했지만, 스페인은 애초부터 협상이나 타협에는 관심이 없었다. 그들의 목적은 황금을 갖기 위한 잉카 정복이었다.

1533년 아타후알파를 살해하고 쿠스코를 점령한 스페인은 잉카인들을 체계적으로 노예화해 나갔다. 1536년 잉카 군대가 쿠스코를 탈환하기도 했지만, 10개월을 넘기지 못하고 스페인에 완전히 넘어갔다. 게다가 잉카의 주민들과 전사들이 유럽에서 넘어온 천연두(마마)에 걸려 대거 사망하면서 잉카의

신성한 계곡 잉카 제국의 중요한 농업 근거지이자 전략적 요충지였다. 쿠스코를 비롯한 안데스 고원은 해발 3400m를 넘지만 강 유역은 2000~2500m로 농업에 적합해 잉카인들이 신성시하였다.

존재는 서서히 사라져 갔다. 스페인은 잉카를 유린했다. 정복자들은 쿠스코의 궁과 사원, 건물을 철저히 파괴했다. 하지만 잉카의 건축술이 워낙 뛰어나 벽채 또는 기단부를 그대로 두고 그 위에 교회와 수도원, 대학과 공공 기관의 건물을 지었다. 1950년 쿠스코 대지진으로 도시의 3분의 1이 파괴되었지만, 잉카 건물들은 멀쩡했다고 한다.

쿠스코를 떠난 버스는 관광객들을 대상으로 만든 피삭 시장(Pisac Market)에 정차해 쇼핑 기회를 준 다음 '신성한 계곡'에 도착했다. 우루밤바 강이 흐르는 100km의 협곡 지대로, 잉카 제국의 탄생에 결정적인 역할을 한 지역이다. 깎아지른 계곡 사이로 우르밤바 강이 굽이굽이 흘러가고 있었다. 강변엔 제법 넓은 농토가 형성되어 농작물을 경작할 수 있는 천혜의 땅임을 금방 알 수 있었다. 잉카 제국의 중요한 농업 근거지이자, 전략적 요충지다.

'신성한 계곡'을 따라 첫 번째 성채인 피삭(Pisac)으로 향했다. 피삭은 해발

2715m의 작은 마을로, 쿠스코에서 33km 떨어져 있다. 잉카 제국이 설립한 주요 성채 가운데 북동쪽에 위치한 곳으로, 산 아래쪽에 외적의 침입에 방비하기 위한 성채를 만들었다. 성채를 지나니 깎아지른 절벽에 바위를 쌓아올려 만든 계단식 경작지와 주거지가 나타났다. 경작지는 상상 이상이었다. 바위를 촘촘하게 쌓아올려 계단식 밭을 만들고 거기에 옥수수와 밀 등의 농작물을 심어 생산하였다. 외적의 침입을 피해 안전하게 농사를 짓기 위해 계단식 경작지를 만든 것이다.

경작지를 올라가자 산 정상에 귀족과 제사장들의 거주지역과 제단이 나타났다. 이 성채는 완결된 하나의 세계였다. 입이 딱 벌어졌다. 어떻게 이런 것을 만들었을까. 걸어서 오르기도 힘든 절벽에 바위를 견고하게 쌓아 경작지를 만든 것도 그렇지만, 바위를 쌓아올린 솜씨가 가히 예술의 경지였다. 그야말로 신기(神技)에 가까웠다.

이어 우루밤바 강변의 상업지역에 만든 관광객 대상 식당에서 각종 야채와 닭고기, 양고기 등 육류, 과일, 차 등이 잘 차려진 뷔페식으로 식사를 하고 잉카 유적 가운데 가장 유명한 올란타이탐보(Ollantaytambo)로 향했다.

올란타이탐보는 '태양의 신전'이 있는 곳으로, 잉카 도시설계의 전형적인 모습을 보여준다. 안데스의 장엄한 풍광과 웅장한 성채가 조화를 이룬 가운데, 농업과 주거, 제전 등이 종합적으로 이루어지던 '잉카 콤플렉스'의 최고봉이다. 구조는 피삭과 크게 다르지 않지만, 스케일이 다르다. 입구에서 보니 위로 가파른 절벽에 만든 계단식 경작지가 산 정상 부위까지 이어져 있고, 그 위로 석조 건축물들이 아스라이 보였다.

계단식 경작지는 위로 올라갈수록 점입가경이었다. 아래에서 볼 때는 거대한 계단식 경작지이거니 했는데, 가까이서 보니 '어떻게 이런 밭을 만들었을까' 하는 경탄이 연신 쏟아졌다.

"이곳 계단식 경작지에는 화초 등 주로 장식용 초목을 심었어요. 옥수수

올란타이탐보의 거대한 계단 식 경작지 올란타이탐보는 '잉카 콤플렉스'의 최고봉으로 꼽힌다. 오른쪽 위쪽에 태양 의 신전이 보인다.

등 농작물의 경작지는 여기서 1시간 정도 더 안으로 들어가야 있습니다. 햇 볕이 잘 드는 계곡의 산비탈과 그 아래의 마을에서 경작을 했어요." 릴리의 설명은 듣는 사람들을 어리둥절하게 만들었다. 여기만 해도 오지의 산비탈 인데, 경작지는 여기에서도 1시간을 더 들어가야 한다니, 잉카의 석조 기술과 농업 기술은 기존의 농업에 대한 상상력을 완전히 뒤집었다.

해발 2800m 정상에는 귀족과 제사장 및 병사들의 주거지와 태양제 등 의 식을 치르던 '태양의 신전'이 위치해 있다. 신전은 30톤이 넘는 어마어마한 돌 과 작은 돌을 섞어서 만들었다. 큰 돌 사이에 작은 돌을 끼워 넣은 구조로, 지진 등에 대비하기 위한 것이라고 한다.

"태양의 신전 앞에는 퓨마의 머리 조각이 있었어요. 스페인 정복자들은 잉 카인들이 이것을 보면 다시 단합해 반란을 일으킬 수도 있다고 생각하고 그 걸 파괴해 버렸어요. 고고학자들의 연구에 의하면, 이 퓨마 조각은 그림자를 만들며 해시계 역할을 했다고 해요. 스페인 정복자들은 그러한 문화에 무지 했던 것이죠."

이곳의 돌도 예술의 경지였다. 돌을 마치 밀가루 반죽 만지듯이 정밀하게 깎아 견고하게 쌓아올렸다. 서로 다른 크기와 모양의 돌을 한 치의 틈도 허

바위를 정교하게 깎아 맞춘 올란타이탐보 '태양의 신전'

용하지 않고 정확히 맞추어 경작지의 축대와 건물, 신전 등을 만들었다. 물 한 방울 새나갈 틈이 없어 보였다.

산꼭대기로 엄청난 바위를 끌어올려 쌓은 것도 믿기지 않는다. 하지만 이후 연구를 통해 하나하나 증명되고 있다. 실제로 잉카인들이 했던 것처럼 둥근 나무와 돌을 이용해 20여 명의 여성이 30톤의 돌을 평지에서 손쉽게 움직였다고 한다. 매년 열리는 '태양의 축제'에서 돌을 움직이는 시험을 해 이를 입증하기도 했다. 이처럼 뛰어난 과학적 성취를 이루었지만, 그 비밀이 밝혀지기도 전에 16세기 스페인 정복자들에 의해 파괴된 슬픈 역사의 현장이었다.

마지막으로 친체로(Chincero)로 가기 위해 계곡에서 산 위의 평원으로 올라가 한참 달려야 했다. 고도가 한 단계 올라가니 어마어마한 평원이 펼쳐졌다. 마치 다른 세계로 순간이동을 한 듯 고원에 새로운 풍경이 펼쳐졌다. 저쪽 끝으로는 5000m가 넘는 안데스의 영봉들이 도열해 있고, 하늘에 낮게 깔린 구름이 석양에 물들며 신비로운 분위기를 연출했다. 버스가 굽이를 돌 때마다 풍경이 시시각각 달라져 차창에서 눈을 뗄 수가 없었다.

'공중 도시' 마추픽추로 가는 길

잉카 문명의 정수이자 세계 7대 불가사의의 하나인 마추픽추(Machu Picchu)를 여행하는 방법에는 두 가지가 있다. 하나는 쿠스코에서 버스와 페루 레일

(Peru Rail)을 번갈아 타고 다녀오는
방법이며, 다른 하나는 고대 잉카
인들이 만든 잉카 트레일(Inca Trail)
을 따라 걸어가는 방법이다. 페루
레일을 이용하면 하루 만에 돌아
올 수 있는 반면, 잉카 트레일은
43km의 험준한 산길을 사나흘
걸어야 한다. 따라서 잉카 트레일

올란타이탐보에서 마추픽추를 운행하는 페루 레일

은 자연과 잉카의 숨결을 직접 느낄 수 있다는 장점이 있지만, 최소한 3일 전
에 예약을 해야 한다. 이미 안데스 산악지방을 질리도록 여행했던 나는 페루
레일을 이용하기로 했다.

마추픽추 행 기차는 쿠스코에서 한참 떨어져 있는 올란타이탐보에서 출
발한다. 그래서 아침 해가 막 떠오를 때 쿠스코를 출발, 거의 2시간 가까이
달려 8시 30분께 올란타이탐보에 도착했다. 벌써 많은 여행자들이 와 있었
다. 한국의 등산로 입구에서 김밥과 간식거리를 팔듯이 이곳에도 노점들이
늘어서 마추픽추에서 먹을 빵과 샌드위치를 팔았다.

페루 레일은 우루밤바 강이 만든 깊은 계곡 사이에 놓인 구불구불한 철길
을 천천히 운행했다. 자연 속으로, 잉카의 역사 속으로 환상 여행을 떠나는
열차다. 객실은 천장이 유리로 되어 있어 고개를 들면 파란 하늘과 거의 맞
닿은 협곡의 경치가 한눈에 들어온다. 워낙 깊고 좁은 협곡이어서 양편의 가
파른 산줄기가 유리 천장을 가득 메웠다. 기차는 항공기처럼 스낵과 커피도
제공했다. 쿠스코에서 페루 레일 티켓을 끊을 때는 물론 올란타이탐보 역에
서도 여권을 보여 달라고 하더니, 절차나 서비스가 항공기와 거의 비슷했다.

올란타이탐보를 출발해 계곡으로 들어가자 정글이 나타났다. 이곳은
남위 13도의 열대지역이다. 쿠스코가 해발고도 3400m, 올란타이탐보가

2800m로 매우 높아 정글이 형성되기 어려운 반면, 우르밤바 계곡은 2000m 전후여서 정글이 형성되어 있다. 마추픽추 역이 있는 아구아스 칼리엔테스(Aguas Calientes)도 해발 2000m다. 푸르게 채색된 정글과 파란 하늘, 흰 구름이 펼쳐지자 눈이 시원해지고 가슴이 확 트이는 듯했다.

내 옆자리에는 캐나다 가족 여행자가 앉았다. 데이비드라는 은퇴한 캐나다인이었다. 대학교 2학년생인 아들, 고등학교를 졸업한 딸과 6개월 일정으로 여행하고 있는데, 남미를 5개월째 여행 중이라고 했다. 데이비드는 남미 여행에 만족감을 보였다. 특히 수줍어하지만 매우 친절한 사람들과 무척 저렴한 물가 때문에 볼리비아를 마음에 들어했다. 내가 처음엔 가족이 함께 세계 일주 여행을 시작했다가 아내와 큰 아들, 작은 아들이 6개월을 지나면서 차례로 한국으로 떠나고 지금은 혼자 남미를 여행하고 있다고 말하자 데이비드는 크게 놀라면서 말했다.

"나도 처음에는 가족과 함께 여행에 나섰지만, 아내가 먼저 귀국하고 조금 있으면 딸도 귀국할 예정이에요. 내 가족과 당신 가족의 여행이 비슷하네요."

우리는 가족 간의 신뢰와 사랑, 잉카의 역사와 문화, 안데스의 신비와 장엄함에 대해 이야기꽃을 피웠다.

올랸타이탐보에서 마추픽추 입구까지 거리는 45km 정도 되지만 기차는 천천히, 천천히 앞으로 전진했다. 1시간 반 정도를 달려 마추픽추 입구인 아구아스 칼리엔테스에 도착했다. 작은 마을이지만 마추픽추가 세계적인 관광지로 인기를 끌면서 막 '개발'의 몸살을 앓고 있었다. 역에는 가이드가 나와 있었는데, 우리를 마추픽추의 전문 가이드에게 인도해줄 일종의 중간 연락책이었다. 그의 안내에 따라 셔틀버스를 타고 마추픽추로 향했다.

마추픽추는 우르밤바 강이 휘돌아 나가면서 삼면이 급경사로 이루어진 험준한 산봉우리에 위치하고 있었다. 강줄기가 굽이치며 휘돌아나가는 곳에 우뚝 솟은 모습이다. 셔틀버스는 거의 절벽처럼 되어 있는 산비탈의 도로를

360도로 돌면서 구불구불 올라갔다. 위로 올라갈수록 정글과 험준한 산악이 눈앞에 펼쳐졌다.

마추픽추는 접근이 아주 어려운 곳에 위치하여 자연적으로 탁월한 방어기지이기도 하다. 서쪽 태평양 쪽에서 접근하려면 400km가 넘는 안데스 고원의 황량한 사막지대를 통과해야 잉카의 심장부 쿠스코에 도달할 수 있고, 거기서 다시 80km 정도를 더 들어와야 한다. 반대편 동쪽으로는 안데스의 험산들 너머 아마존 밀림이 전개되기 때문에 사실상 접근이 불가능하다. 이렇게 심산유곡의 깎아지른 협곡 위 산꼭대기에 돌로 만든 고대 도시가 존재한다는 것 자체가 신비였다.

절벽에 놓인 도로를 30분 정도 올라가자 드디어 마추픽추가 나타났다. 입구에 샐로먼 가이드가 기다리고 있었다. 그는 나를 포함해 20여 명의 여행자 그룹을 가이드 하기로 되어 있었다. 그의 안내로 마추픽추 투어가 시작되었다. 엄청난 유적이었다. 세계 7대 불가사의라는 말은 과장이 아니었다. 사라진 역사, 잉카의 심장이 다시 뛰는 것 같았다.

마추픽추는 15세기 약 2000여 명의 농민과 노동자가 100년에 걸쳐 건설한, 잉카에서 가장 신성한 곳이다. 역사학자들은 1438~72년 재임한 잉카의 9대 왕 파차쿠티(Pachacuti)가 건설한 것으로 추정하고 있다. 그는 안데스 중서부 지역을 통합해 잉카 제국을 세운 왕이다.

"잉카 시대엔 이곳에 제사장을 비롯해 농민과 귀족, 병사 등 600~700명이 거주했어요. 농업과 거주 지역이 나뉘어져 있는데, 강수량이 풍부하여 별도의 수로를 만들지 않고도 농업이 가능했습니다. 태양 신에게 제사를 지내기 위해 이곳을 찾는 귀족과 왕족들을 위한 방문자 지역도 만들어 놓았어요." 샐로먼은 마추픽추로 들어서며 진지하게 설명했다.

마추픽추는 그 모습만큼이나 신비로운 역사를 간직하고 있다. 마추픽추는 스페인이 잉카 제국을 정복한 이후 400~500년 동안 역사에서 사라졌다가

20세기 초 홀연히 세상에 모습을 드러냈다. 스페인 정복자들이 이곳에 도착하기 이전에 이미 천연두가 확산되어 지역 주민들이 거의 전멸하면서 이 도시의 실체가 정복자들에게 알려지지 않았다. 그러다가 450여 년이 흐른 1911년, 미국의 역사학자 하이럼 빙엄(Hiram Bingham)에 의해 세상에 알려졌다.

예일 대학에서 역사학을 가르치던 빙엄은 잉카 유적을 탐사하기 위해 이곳을 방문했다. 잉카가 마지막까지 항거하다 사라진 도시를 찾는 것이 그의 목적이었다. 일대를 돌아다니던 그는 주민들로부터 산꼭대기에 옛 잉카 도시가 있다는 이야기를 듣고, 파블리토 알바레즈(Pablito Alvarez)라는 11세의 케추아 원주민 아이의 안내를 받아 산으로 올라갔다. 열대우림이 무성하게 덮고 있던 산 정상에는 엄청난 도시가 잠자고 있었고, 일부 케추아인들이 살고 있었다. 잉카의 후예들은 마추픽추의 존재를 익히 알고 있었지만, 빙엄에게는 새로운 '발견'이었다.

마추픽추는 스페인 정복 이후 잊혀졌고, 그 때문에 오히려 쿠스코를 비롯해 곳곳에서 자행된 파괴의 광기를 비켜갈 수 있었다. 그리고 수백 년 동안 정글로 뒤덮여 있었다. 빙엄은 1915년까지 탐사를 행하고 《잉카의 사라진 도시(The Lost City of Incas)》라는 책을 발간하여 마추픽추를 세상에 소개했다.

잉카가 신비적인 신화로 둔갑한 이유는

마추픽추는 크게 두 개의 권역으로 이루어져 있다. 하나는 주민이 살고 제사를 지내는 도시 지역이고, 다른 하나는 계단식 경작지로 이루어진 농경 지역이다. 도시 지역은 다시 태양의 신전과 콘도르의 제단 등이 있는 신전 지역과 일반 주민과 귀족 등의 주거 지역으로 나뉘어진다. 농업 지역은 정상부로 이어지는 가파른 산비탈에 돌을 쌓아 만든 엄청난 계단식 농경지였다.

마추픽추의 계단식 경작지
급격한 경사지에 일일이 돌을 쌓아 경작지를 만들었으며, 그 위쪽에 태양의 신전과 주거 지역을 만들었다.

모든 건물과 신전, 심지어 경작지까지 바위를 쌓아올려 만들었는데, 그 바위 축성 기술이 기가 막혔다. 어제 돌아본 피삭이나 올란타이탐보 유적이 예고편이었다면, 마추픽추는 바로 그 돌 예술의 결정판이었다. 바위와 바위가 맞닿은 불규칙한 면을 얼마나 정교하게 깎아 맞추었던지 면도칼도 들어갈 수 없을 정도였다. 샐로먼은 이에 대해 강한 자부심을 보였다.

"페루는 지진 다발 지역으로 석회나 시멘트 같은 모르타르를 사용하는 것보다 이처럼 바위를 정교하게 깎아 맞춘 건축물이 지진에 더 안전합니다. 잉카인들은 그걸 알고 있었죠. 그래서 바위를 똑같은 크기로 자르지 않고 크고 작은 바위를 정교하게 깎아 맞추었습니다. 이런 건축 기술이 잉카의 전통 건축 양식이며, 마추픽추는 그 잉카 건축 양식의 정수입니다." 작은 키에 통통하며 까맣게 탄 얼굴을 한 메스티조인 샐로먼은 자랑스럽게 말했다.

입구에서 계단식 농경지를 통과해 도시 지역으로 들어서자 먼저 태양의 신전이 나타났다. 잉카인들이 숭배하던 태양 신에게 제사를 지내던 곳으로, 동쪽과 남쪽에 각각 한 개씩 두 개의 창문이 만들어져 있다. 기단부의 거대한 바위 원형을 그대로 살리면서 거기에 다른 바위가 딱 들어맞도록 깎아 신전을 세웠다. 신전 아래쪽엔 발굴 과정에서 사람의 뼈가 발견된 '귀족의 무덤

(Royal Tomb)'이, 신전 위쪽으로는 '왕궁(Royal Palace)'이 배치되어 있다.

조금 더 올라가자 중앙광장인 신성한 광장, 세 개의 창을 가진 건물이 나타났다. 세 개의 창을 가진 신전은 잉카 건축의 정수를 보여주는 곳으로, 벽면을 장식한 바위 가운데 모양이 똑같은 것은 하나도 없다. 어떤 것은 길쭉한 직육면체, 어떤 것은 기역자(ㄱ) 모양, 어떤 것은 요철(凹凸) 모양을 하는 등 커다란 바위들을 자유자재로 깎아 정확하게 맞추어 놓았다.

도시 지역엔 일반 주민의 주택과 주민들의 회합 장소, 수공업 지역, 정원 등이 구역별로 나뉘어져 있다. 맨 위에는 신성한 바위인 '인티후아타나 석(Intihuatana Stone)'이 놓여 있다. '태양을 담는 기둥'이라는 의미의 바위로, 직육면체 형태의 돌출부를 지닌 다면체 바위다. 매년 춘분이 되면 태양이 정확히 이 바위의 모습과 일치해 그림자가 생기지 않는다고 한다. 시간을 재는 게 아니라 절기를 알려주는 천체 시계 또는 잉카 캘린더의 기준이 되는 바위다.

잉카인들이 어떻게 그 육중한 바위를 칼로 도려내듯이 자르고 깎아냈는지 그 과정을 보여주는 바위도 있었다. 큰 바위에 일렬로 작은 구멍이 나 있고, 그 구멍을 따라 균열이 나 있는 바위였다. 샐로먼은 원하는 방향에 맞추어 큰 바위에 작은 구멍을 내고 거기에 나무를 박은 다음 물을 부어 나무가 부풀도록 함으로써 바위를 잘랐다는 사실을 보여주는 바위라고 설명했다. 철기 문명이 발달하지 않았던 잉카인들의 바위 가공 지혜를 보여주는 것이었다.

정상에 있는 마추픽추의 모습을 닮은 바위, 두 개의 우물에 반사된 태양의 위치를 통해 절기 변화를 관측하던 장치도 흥미로웠다. 태양과 가장 가까이 날아갈 수 있어 잉카인들이 신성시했던 콘도르를 기념하는 '콘도르 사원(Temple of the Condor)'도 마찬가지다. 바닥의 바위를 콘도르처럼 깎아놓았는데, 무언가 신성한 기운이 감도는 듯했다.

"콘도르는 메신저 역할을 했습니다. 지금 여러분들은 SNS를 이용하죠? 하지만 벌써 수백 년 전에 잉카인들은 콘도르를 메신저로 사용했어요. 잉카가 메신저의 원조예요. 진짜라니까요. 하하하." 콘도르를 메신저에 비유한 샐로먼의 얘기해 투어 참가자들이 폭소를 터뜨렸다.

샐로먼은 마추픽추의 유적들을 설명하며 잉카의 이 독특한 문화와 기술이 스페인 정복자들에 의해 모두 파괴되었다고 여러 차례 강조했다.

"정복자들의 파괴적인 행위로 인류의 귀중한 문화유산이 사라졌고, 남미 원주민의 삶도 피폐해졌습니다. 이에 대한 정당한 평가와 반성이 필요합니다." 샐로먼이 유럽 정복자들의 행태에 비판적 시각을 들이대자, 한 서양 여행자가 나섰다.

"샐로먼, 유적에 대해 설명만 하면 되지 정치적인 해석까지 할 필요는 없지 않나요?" 서양 여행자의 지적에 갑자기 분위기가 썰렁해졌지만, 샐로먼도 물러서지 않았다.

"문화적 다양성을 이해하지 못해 다른 문화에 대한 말살과 파괴가 진행된 것이 사실입니다. 다시는 이런 일이 일어나지 말아야 합니다." 샐로먼은 더욱 힘을 주어 강조했다.

"여기에서 불법적으로 반출된 유물이 아직도 반환되지 않고 있습니다. 문명 파괴와 약탈의 역사가 아직도 끝나지 않았어요. 이곳을 처음 발굴한 빙엄은 1915년까지 수차례 발굴을 통해 확보한 토기류와 은 장식품, 보석, 유골 등을 추가 연구가 필요하다는 이유로 미국 예일 대학으로 반출했어요. 페루에는 역사적 가치가 있는 유물들을 보존하고 연구할 여건이 갖추어져 있지 않다는 이유에서였습니다. 제국주의자들이 문화재를 반출할 때 항상 들이대는 이유죠. 이에 대해 페루 학자들이 반대하고 나서자 빙엄은 볼리비아를 통해 불법적으로 밀반출을 했습니다."

실제로 많은 유물이 여전히 예일 대학의 피바디(Peabody) 박물관에 보관되어 있고, 페루 정부가 수차례에 걸쳐 유물의 반환을 요구하였으나 반환할 여건이 되지 않았다는 이유로 계속 미루다가 2010년에야 포괄적인 반환에 합의했

마추픽추 전경 잉카 최고의 유적으로 꼽히는 곳으로 스페인의 침략과 잉카 멸망 이후 그 존재가 잊혀졌다가 450여 년이 지난 1910년대에 세상에 알려진 기구하고 슬픈 역사를 간직하고 있다.

다. 그럼에도 실제 반환은 이루어지지 않고 있다. 샐로먼은 마추픽추에 얽힌 스토리를 조목조목 설명했다. 문제를 제기했던 서양인 여행자가 슬그머니 뒤로 빠졌다. 강한 역사 인식을 지닌 인상적인 가이드였다.

약 2시간 동안 샐로먼의 안내를 받아 주요 시설을 돌아본 다음, 마추픽추를 가장 잘 내려다볼 수 있는 언덕으로 올라갔다. 잉카 트레일과 만나는 '경비병들의 집(House of Guards)'이 있는 곳이다. 언덕에 올라서자 마추픽추가 한눈에 내려다보였다. 샐로먼의 인상적인 설명을 들어서인지 뾰족한 산봉우리에 조성된 마추픽추가 더 신비감에 싸여 있는 것 같았다.

마추픽추는 우리가 얼마나 왜곡된 역사 인식을 갖고 있었는지 되돌아보게 하는 곳이었다. 유럽을 여행하면서, 특히 스페인과 포르투갈을 여행하면서 아메리카 신대륙을 탐험한 15~16세기를 '대항해 시대', 도전과 모험의 시대로 생각했다. 물론 남미 원주민의 입장에서는 침략의 역사라는 점도 알고는 있었다. 하지만 실제 남미, 특히 잉카의 심장부에 와서 직접 본 그 침략의 역사는 무자비한 문명 말살의 역사였다. 쿠스코와 마추픽추는 균형적인 역사 인식이 필요하다는 것을 소리 없이 웅변하고 있었다.

잉카와 마추픽추에 대한 인식도 바뀌어야 한다. 그동안 잉카 문명에 대해선 신비로운 문명이라든가, 불가사의한 문명이라고 생각해 왔다. 일부에서는 이곳의 신비로운 유적들이 외계인에 의해 만들어진 것 아니냐는 식으로 설명했다. 하지만 그것은 잉카와 마추픽추를 제대로 이해하지 못하는 무지(無知)에서 비롯된 것이다. 잉카는 엄연한 역사적 실체였고, 마추픽추는 잉카가 축적해 온 탁월한 과학기술의 산물이었다. 스페인 정복자들은 잉카 문명에 대해선 관심이 없었고, 오로지 황금과 영토 확장에만 관심이 있었다. 그래서 잉카 문명을 이해하려 하지 않고, 약탈과 파괴의 대상으로만 여겼다. 그것이 잉카에 대한 무지를 낳은 결정적 요인이었다.

침략자들에 의해 형성된 잉카 신비주의는 이러한 무지의 소치이기도 하지만, 다른 한편으로는 잉카의 부활을 막으려는 일종의 상징 조작이기도 하다. 잉카 신비주의의 이면엔 '잉카는 높은 수준의 과학기술을 보유할 수 없다'는 문화 열등주의와 식민주의 시각이 깔려 있는 것이다. 이러한 열등주의를 강조함으로써 스페인의 점령을 당연한 것으로 만들고, 잉카의 단절과 부활을 막으려 했다. 일제가 한국에 강요했던 식민주의 사관과 다르지 않다.

마추픽추를 돌아보고 다시 셔틀버스를 타고 아래로 내려와 아구아스 칼리엔테스를 한참 돌아보았다. 엄청난 상가가 조성되어 있었다. 잉카가 과거 식민주의자들의 점령으로 곤욕을 치렀다면, 이제는 자본주의 홍수로 또 다른 홍역을 치를 것 같았다. 오후 5시 30분 페루 레일을 타고 아구아스 칼리엔테스를 출발해 포로이로 온 다음, 택시를 타고 숙소로 돌아왔다. 서던 컴포트의 직원 파트리시아가 모든 일정에 맞추어 예약을 해주어 하나도 헷갈리지 않고, 마추픽추 여행을 안전하게 마칠 수 있었다.

사크사이후아만 유적 잉카 이전 석조 건축의 원형이 되었던 킬케 문명기의 대표적인 성곽 유적이다.

마추픽추는, 샐로먼의 말처럼, 다른 문명에 대한 무지로 인류의 소중한 문화유산이 훼손되는 일이 다시는 없어야 한다고, 또한 지금도 이러한 일이 반복되고 있지는 않은지 되돌아볼 것을 온몸으로 외치고 있었다. 신자유주의 물결 속에서 문화적 다양성이 파괴되고 있지 않은지, 그나마 남아 있는 인류의 귀중한 유산이라 할 수 있는 토종 문화조차 상업주의의 제물이 되고 있지 않은지, 문화의 말살이 지금도 진행되고 있지 않은지….

다시 울리는 잉카의 북소리

쿠스코를 떠나기 전, 잉카 이전 석조 건축의 원형이 되었던 킬케(Killke) 문명기의 대표적인 성곽 유적으로 향했다. 쿠스코를 한눈에 내려다볼 수 있는 쿠스코 외곽의 언덕에 있는 곳으로, 11세기에 만들어진 사크사이후아만(Sacsayhuaman) 유적지다. 이틀 동안 둘러본 잉카의 돌 건축물을 능가하는 어마어마한 성곽이었다. 킬케는 잉카가 제국을 형성하기 이전인 900~1200년 사이 쿠스코를 중심으로 이 지역에 형성되었던 독특한 문명이다.

태양의 축제 가장행렬 쿠스코 아르마스 광장에서 펼쳐지는 축제로 잠자던 잉카가 다시 살아나는 듯하다.

사크사이후아만 역시 거대한 돌을 밀가루 반죽처럼 다루며 한 치의 틈도 없이 정교하게 쌓아올린 유적이었다. 언덕을 따라 성곽을 이루고 있었는데, 1000년 전에 만들어진 것이라고는 생각하기 어려울 정도로 기가 막힌 솜씨였다. 킬케의 돌 건축술이 워낙 뛰어나 잉카도 그 성벽과 기단부 위에 잉카의 건축물을 지었다. 스페인이 잉카의 기단부 건축물을 그대로 이용한 것과 같다.

수수께끼 같은 킬케 유적을 돌아보고, 시내로 내려오니 '태양의 축제'가 시작되고 있었다. 일주일 후면 이곳 낮의 길이가 가장 짧은 동지(冬至)로, 잉카에서 가장 중시하는 날이다. 북쪽 멀리까지 갔던 태양이 이날부터 잉카로 다가오기 시작하면서 낮이 길어진다. 양력(그레고리우스력)으로는 6월 24일이지만, 잉카력으로는 이날이 1월 1일이다. 축제는 이를 앞두고 일주일 전부터 시작되는데 들뜬 분위기가 광장을 메우고 있었다. 하이라이트는 동지의 올란타이탐보 축제지만, 쿠스코 아르마스 광장에서의 가장행렬이 축제의 시작을 알렸다.

'둥~ 둥~ 둥~' 가슴을 울리는 듯한 요란한 북 소리와 안데스 전통 음악에 맞추어 잉카의 전통을 재현한 가장행렬이 광장 저쪽에 모습을 드러냈다. 전통 복장을 하고 머리에는 콘도르의 깃털로 장식한 잉카의 후예들이 나타났다. 일부는 농부들의 전통 농법을 재현하기도 하고, 잉카 전사를 형상화한 거대한 동상을 앞세우기도 하고, 높은 목발 위에 올라 전통 악기를 연주하기도 하고, 오염된 지구를 형상화하기도 한 거대한 행렬이다.

광장엔 강렬한 햇살이 내리쬐고, 사람들이 도로 주변을 가득 메웠다. 가장 행렬 뒤편에는 알록달록한 잉카 전통 의상을 입고 전통 춤을 추는 사람들이 따라왔다. 파란 하늘에 울려 퍼지는 안데스 음악을 들으며 잉카의 행렬을 보자니 왠지 모르게 가슴이 뛰었다. 마치 수백 년 동안 사람들의 기억 속에서 사라졌던 잉카가 되살아나는 것 같았다. 약탈의 역사, 비극적인 역사에 종지부를 찍고 새롭게 자기 정체성을 찾으려는 쿠스코의 몸짓, 안데스의 몸짓이었다. 신비주의화한 역사의 실체를 복원하려는 몸짓이었고, 북 소리였다.

축제 행렬을 지켜본 후 돌아본 쿠스코 시내의 잉카 유적 역시 돌의 예술이었다. 가장 유명한 12각형 돌도 어렵지 않게 찾을 수 있었다. 관광객들과 여행자들이 골목골목을 누비며 잉카 유적을 탐방하고 있었고, 12각형 돌 앞에서는 누구나 할 것 없이 인증샷을 찍었다.

쿠스코에는 빼놓을 수 없는 박물관도 많다. 스페인 정복 이전의 잉카 문화유산을 전시해 놓은 MAP(Museo de Arte Precolombino)과 잉카 박물관(Museo Inka)은 필수 코스다. MAP에는 화려했던 잉카 문화를 보여주는 금 장식품과 각종 조각, 집기류 등이 전시되어 있다. 스페인이 철저하게 파괴하고 수백 년 동안 약탈해 간 이후에 남은 것이지만, 잉카가 독특한 문화를 유지하고 번영했음을 보여주는 현장이었다. 하지만 주인을 잃은 비운의 전시물들이다.

박물관에 이어 시내를 돌아다니다 약 한 달 전 아르헨티나 바릴로체에서 만났던 한국인 청년을 산토도밍고 성당 앞에서 다시 만났다. 우연치고는 엄청난 인연이다. 그동안 나는 안데스 산맥을 남에서 북쪽으로 이동하면서 여행했는데, 그도 안데스를 따라 북쪽으로 올라온 것이었다. 너무 반가워 손을 마주잡고 한참을 흔들었다. 오랜 여행에 얼굴은 검게 그을렸고 옷을 탁탁 치면 먼지가 날 것 같았지만, 그의 눈에선 광채가 났다. 새로운 세계를 탐험하고,

쿠스코 시내의 건물 대부분
이 잉카 시기에 만들어진 기
단부에 새 건물을 올리는 방
식으로 지어져 있다.

시장을 조사하고, 사업의 기회를 모색하는 지역 전문가의 풍모가 풍겼다. 나
는 오후의 리마 행 버스를 예약해 놓은 상태였고, 그도 가이드와 함께 여행을
하고 있어 많은 대화를 나눌 수는 없었지만, 기막힌 인연이었다.

　3박 4일 동안 쿠스코를 벼락같이 돌아보고 리마로 가는 것이 못내 아쉬웠
다. 더 머물면서 잉카 트레일도 걸어 보고, 잉카의 속살을 더 많이 보고 싶었
다. 안데스를 떠나 태평양 연안의 평지로 가는 것도 아쉽다. 맑고 투명한 하
늘, 선명한 구름, 천천히 흘러가는 시간과의 이별이다. 야간 버스에서 잠을
자고 나면 버스는 안데스 산맥을 넘어 태평양 연안으로 급격히 내려갈 것이
다. 너무 아쉽다. 하지만 이곳을 떠나면 또 다른 멋진 세계가 있을 것이다.

　버스가 쿠스코를 벗어나자 해가 안데스 고원으로 서서히 넘어가며 붉은
노을을 던졌다. 안데스여, 영원하라. 잉카여, 살아나라. 축제에서가 아니라
때 묻지 않은 자연 속에서 살아가는 순박한 사람들 속에서 잉카가 살아나길
바라는 마음이었다. 그리고 그 후예들이 평화롭고, 풍요롭고, 자연과 하나
가 되는 삶을 살기를 바라는 마음 간절했다.

페루 쿠스코~리마

성공,
'하루 한 걸음 멈추지 않으면 도달하는 곳'

야간에도 아름다운 '왕들의 도시'

마추픽추와 쿠스코 여행을 마치고 나니 남미 여행이 거의 끝난 것 같은 느낌이 들었다. 안데스 산맥을 남에서 북으로 지그재그로 누비고 잉카 문명을 돌아본 한 달간의 여정은 나에게 강렬한 인상을 남겼다. 하지만 그게 끝이 아니었다. 안데스를 넘어, 그리고 남미에서 북미로 넘어가면서 전혀 새로운 세계가 펼쳐졌다.

오후 5시 쿠스코에서 리마 행 버스를 타고 안데스 산맥을 넘어 나즈카 (Nazca), 이카(Ica)를 거쳐 페루 서부 해안으로 접근했다. 이 지역은 강이 흐르는 곳에는 오아시스처럼 농작물을 경작하면서 사람들이 거주하고 있지만, 그것을 제외하면 온통 메마른 모래사막이다. 한참 달려 사막을 지나자 사탕수수와 면화, 오렌지 등을 재배하는 대규모 플랜테이션이 펼쳐졌다.

페루인들의 삶은 생각보다 어려워 보였다. 농업과 광업이 주산업이고 산업적 기반이 약한 페루는 통계를 보니 2011년 1인당 국민소득이 6570달러로 한국의 1980년대 수준이다. 상대적으로 물가가 저렴해서 구매력을 감안한 국민소득은 1만 달러 정도다. 인구 3000만 명 가운데 인디언과 백인의 혼혈인 메스티조가 60%, 인디언이 25%로 이들이 85% 이상을 차지한다. 백인은

5% 정도다. 때문에 볼리비아와 같이 남미의 전통을 많이 간직하고 있다.

쿠스코를 출발하고 거의 21시간을 달려 오후 1시 30분, 리마에 도착했다. 안데스 산맥과 태평양을 끼고 있는 페루의 수도 리마는 생각보다 컸다. 인근 지역까지 포함한 인구는 천만 명에 육박해 남미에서 다섯 번째로 많다. 브라질의 상파울루와 리우데자네이루, 아르헨티나의 부에노스아이레스, 멕시코의 멕시코시티와 함께 남미의 교통 거점으로, 남미의 북서부, 그러니까 에콰도르, 콜롬비아, 볼리비아를 여행할 경우 거의 대부분 리마를 거쳐야 한다.

리마는 해변 도시지만, 리우나 부에노스아이레스 같은 정열은 그다지 강하게 느껴지지 않는다. 하지만 '왕들의 도시(The City of Kings)' 또는 '제왕들의 도시'라는 별명에 맞게 고대와 근대의 역사 유적들이 보석처럼 박혀 있다. 잉카 제국을 무너뜨리고 남미 전역을 장악한 스페인이 수도로 정한 리마에는 옛 총독 건물과 수도원, 성당 등의 유적이 곳곳에 널려 있다. 그 때문에 마치 스페인이나 포르투갈의 한 도시에 와 있는 듯한 착각을 불러일으킬 정도로 유럽을 닮았다. 수차례의 지진으로 파괴와 재건을 반복했고, 특히 1940년 대 지진 때는 도시 전체가 파괴되기도 했다. 그래서 원형을 보존하고 있는 것은 많지 않지만, 당시 모습으로 복구가 이루어져 독특한 분위기를 자아낸다.

대도시 리마를 돌아보는 가장 효율적인 수단은 시티투어 버스다. 태평양과 접한 신시가지 미라플로레스(Miraflores) 지역의 중심인 중앙공원(Parque Central de Miraflores)에서 미라부스(Mirabus) 시티투어가 시작되는데 역사 지구 투어, 리마 일주 투어, 야간 투어 등 다양한 투어가 있다. 물론 걸어서 구시가지의 골목과 시장, 박물관 등을 돌아보는 방법도 있지만, 남미를 일주한 상태여서 투어 버스를 이용하는 편안한 방법을 택했다. 미국 여행과 관련해 리마에서 할 일이 많아 시간을 벌 필요가 있기 때문이기도 했다.

링크 호스텔(Link Hostel)에 여장을 풀고 중앙공원으로 향했다. 케네디 공원(Parque Kennedy)과 거의 붙어 있는 공원이다. 천천히 걸어서 도착한 공원은 따

리마 중앙공원에서 음악에 맞추어 춤을 즐기는 주민들 춤을 추는 사람들은 물론 이를 지켜보는 주민과 관광객 모두에게서 즐거움이 넘친다.

뜻한 햇살을 즐기는 시민들과 여행자들로 붐볐고, 광장 한편에선 많은 시민들이 음악에 맞추어 춤을 추고 있었다. 남녀노소 어울려 춤을 추고 주변엔 시민들이 빙 둘러서서 이를 지켜보는데 참으로 평화롭고 멋진 풍경이었다.

시티 투어는 이미 시간이 상당히 늦어 65누에보솔(약 3만 2500원)을 지불하고 야간 투어를 신청했다. 리마는 야간에도 아름다운 도시였다. 투어버스를 타고 식민지 시기와 독립 이후의 수많은 스토리를 간직한 역사 지구와 공원, 광장을 거쳐 리세르바(La Reserva) 공원을 방문했다. 1920년대에 조성된 이 공원은 2007년 분수공원으로 새롭게 탄생하면서 리마 시민들의 휴식 공간이자 하루에 4만~5만 명이 찾는 관광지가 되었다.

공원에서 본 '마법의 물 순환(Circuito Magico del Agua)'이라는 화려한 야간 분수쇼는 압권이었다. 직선과 곡선으로 시원하게 내뿜는 분수가 야간 조명에 화려하게 빛났다. 특히 분수가 만드는 물의 장막에 레이저 빔을 쏘아 무희의 춤을 보여주는 장면은 환상적이었다. 발레리나의 몸동작에 맞추어 공원에 은은한 음악이 울려 퍼졌다. 시민과 여행자들 모두 감탄사를 연발하며 음악과 발레에 흠뻑 빠졌다. 이 야간 투어는 매주 수요일과 일요일에 이루어지는데, 마침 일요일에 도착하여 이 멋진 쇼를 볼 수 있었던 건 정말 행운이었다.

페루와 남미의 독립 영웅 산 마르틴 장군의 동상 산 마르틴 광장 가운데 우뚝 서 있는 동상으로, 그가 '안데스 군단'을 이끌고 안데스 산맥을 넘어 칠레와 페루를 차례로 독립시켰다.

남미 정복자의 비참한 최후

다음 날 오전의 리마 일주 투어는 리마 역사 지구와 미라플로레스, 태평양 해안 일대를 모두 돌아보는 코스로 3시간 정도 걸렸다. 중앙공원을 출발한 투어 버스는 먼저 후아카 푸클랴나(Huaca Pucllana) 고대 유적지로 향했다. 지금은 기단부밖에 남아 있지 않고, 아직도 발굴이 진행 중인 '리마의 피라미드' 유적지다. 잉카 제국이 형성되기 이전부터 라마와 같은 동물을 잡아 태양신에게 제사를 지냈다고 하는데, 버스 안에서만 본 것이지만 지구 반대편 이집트에 남아 있는 피라미드가 이곳에도 있다는 게 신비롭게 다가왔다.

버스는 메트로폴리탄 리마 박물관(Museo Metropolitano de Lima), 리마 예술박물관(Museo de Arte de Lima, MALI), 이탈리아 예술박물관(Museo de Arte Italiano), 대법원(Palacio de Justica)을 거쳐 페루와 남미의 독립영웅 산 마르틴 장군의 동상이 우뚝

리마 대성당 스페인의 정복자 피사로가 주춧돌을 직접 놓았다고 하며 오른쪽의 성당 안쪽에 그의 무덤이 있다. 피사로는 잉카 제국을 무너뜨린 인물로, 황금 분배를 놓고 다투던 동료의 아들에 의해 살해되었다.

리마 대성당 안에 있는 피사로의 무덤

서 있는 산 마르틴 광장으로 향했다. 각각의 박물관도 충분히 돌아볼 만한 가치가 있으나, 그냥 투어 버스에 앉아서 외면만 구경했다. 그야말로 주차간산(走車看山)이다.

이어 중심 광장이라 할 수 있는 아르마스 광장(Plaza de Armas)에 내렸다. 광장 주변엔 역사적 건축물들이 밀집해 있는데, 리마 대성당(Catedral de Lima)과 대통령궁(Palacio de Gobierno)도 바로 광장과 붙어 있다. 여기에서 나의 주목을 끈 것은 대성당이었다. 이 성당 안에 잉카 제국을 무너뜨리고 리마를 설립한 피사로 장군의 무덤이 있기 때문이다.

프란시스코 피사로 곤잘레스(1471~1541)는 천민 출신의 사생아로 돼지를 돌보는 일을 하다 용병이 되면서 인생의 전기를 맞았다. 신대륙으로 넘어와 식민도시 파나마의 총독 자리에까지 오른 그는 남미에 '황금의 제국'이 있다는 소식에 군대를 이끌고 남하하여 1533년 협상에 나선 잉카의 아타후알파 왕을 감금 살해하고 잉카를 멸망시켰다. 그리고 리마를 수도로 정하고 식민지 개척을 지속했다.

하지만 피사로의 최후는 비참했다. 전리품인 황금의 분배를 놓고 갈등을 빚던 동료 디에고 알마그로(Diego Almagro)를 제거하고 권력을 잡았으나 이는 또 다른 보복을 불러와 , 1541년 알마그로의 아들에게 살해당했다.

대성당 한편에는 그의 무덤이 자리 잡고 있다. 끝없는 욕망의 화신이 되어 평생을 살다 동료의 아들에게 살해당한 피사로. 그는 자신의 업보를 알았을까? 피비린내 나는 원정, 잉카 제국에 대한 유린과 말살은 그가 믿던 신의 뜻이었을까? 그는 정말 영웅이었을까? 그는 성공한 사람이었을까?

성당에는 잉카 제국 왕들의 초상화가 연대기순으로 정리되어 있다. 1200년대부터 12대 왕까지는 인디언이 잉카 제국의 왕으로서 태양신을 새겨 넣은 지휘봉을 들고 늠름하게 서 있었다. 하지만 1533년 스페인에게 정복된 후에는 기독교 사제들이 그 왕위를 계승했다. 스페인이 정통성을 인정받기 위해 그러한 왕위도를 만든 것이지만, 인디언 대신 갑자기 십자가를 든 주교가 등장하는 것은 아무래도 어색했다. 과연 누가 그 정통성을 인정할까.

남미 여행의 마지막을 장식한 도시에서 피사로의 최후를 만난 것은 강한 인상을 남겼다. 피사로와 같은 비극은 어느 시대에나 있었고, 지금도 예외는 아니다. 남북 분단의 상황에서 이데올로기의 노예가 되어 비이성적인 적대감을 드러내며 호전성을 부추기는 것도 그러하고, 자유를 수호하고 평화를 도모한다는 미명 아래 아프가니스탄과 이라크 등 주권국을 침략하는 미국의 대테러 전쟁도 500년 전의 비극과 크게 다르지 않다. 당장의 정치적 이해관계나 경제적 이해득실을 떠나 진정으로 가치 있는 것이 무엇인지, 피사로는 질문하고 있었다.

제대로 소통하려면 필요한 것들

리마에서는 해야 할 일이 있었다. 남미 여행의 마무리와 다음 여정인 북미 여행의 준비였는데, 특히 '배낭여행자의 무덤'이라는 미국을 어떻게 여행할지 골치가 아팠다. 고민 끝에 당초 생각했던 여행 일정을 대폭 수정했다. 원래 에콰도르와 콜롬비아까지 여행한 다음, 미국 뉴욕으로 넘어갈 계획이었으나 남미 일정을 리마에서 마치기로 했다.

함께 여행에 나선 가족이 차례로 귀국하면서, 회사는 나의 복귀 시점을 앞당기기를 바랐고, 나 역시 굳이 원래의 계획을 고수할 생각이 없었다. 그래서 1년을 계획한 여행 일정을 10개월로 단축시켜, 이제 남은 기간은 1개월 정도밖에 안 되었다. 이에 남미 여행을 리마에서 마치고, 미국으로 넘어가기로 했다. 남미의 핵심이라 할 만한 곳은 다 돌아보았으니 큰 아쉬움은 없었다.

하지만 여행 일정을 재조정하여 일정을 새로 짜는 게 생각보다 쉽지 않았다. 론리 플래닛과 인터넷을 뒤지며 거의 이틀을 꼬박 이 일에 매달렸다. 특히 미국 여정의 수정도 수정이지만 전체 일정에 맞는 교통편 예약이 급선무였다. 리마에서 미국으로 넘어가고, 미국에서 일본, 다시 일본을 거쳐 한국으로 돌아가는 항공편을 예매해야 했다. 항공권은 항공사와 날짜에 따라 가격 차이가 커서 여러 인터넷 사이트를 통해 일일이 비교해 보고 결정했다.

리마~미국 뉴욕은 미국의 저가 항공인 스피릿 항공으로 예약하였다. 밤 11시 5분 리마의 호르헤 차베스 국제공항을 출발해 미국 플로리다 주 마이애미 포트 로더데일을 경유해 다음 날 오후 7시 뉴욕 라과디아(La Guardia) 공항에 도착하는 항공편으로, 553.85달러였다. 이어 미국에서 일본으로 가는 항공편은 25일 후 로스엔젤레스(LA) LAX 공항을 출발해 도쿄 나리타 공항에 도착하는 말레이시아 항공으로, 593.70달러였다. 만만치 않은 금액이다.

뉴욕 숙소도 예약했다. 가장 저렴한 호스텔인 호스텔링 인터내셔널 뉴욕(Hosteling International New York)의 도미토리로 1박에 44달러였다. 10~12명과 함께 쓰는 도미토리가 1박에 5만 원 정도니 남미와는 비교가 되지 않는다. 북유럽의 노르웨이나 스웨덴과 비슷하지만 뉴욕의 다른 숙소들은 이보다 최소한 두세 배는 비싸다. 미국의 살인적인 물가에 단단히 대비를 해야 할 듯했다.

그런데 리마에 머물며 페루의 서비스 수준을 가늠해볼 경험을 하였다.

밤에 돈을 인출하기 위해 숙소 인근의 씨티 은행 ATM을 이용했는데 작동이 안 되었다. 다음 날 아침 10시께 은행을 찾았지만 ATM은 여전히 작동이 되지 않았다. 화면에 뜬 스페인어는 무슨 내용인지 알 수가 없었다. 창구로 가 직원에게 상황을 설명하니, 한국 씨티 은행에 전화를 해 보라고 했다.

"여기 씨티 은행 아닌가요?" 내가 씨티 마크가 새겨진 카드를 내밀면서 되물었다.

"이 카드는 한국의 씨티 은행에서 발행한 것이에요. 여기는 페루 씨티 은행입니다." 같은 씨티 은행인데도 무조건 한국으로 전화해 보라는 것이다.

어쩔 수 없다고 생각하고 은행을 나서다 혹시나 하여 다시 ATM에 카드를 꼽고 자판을 두드리는데 다른 직원이 나타났다. 그에게 단말기를 가리키며 화면에 뜬 스페인어의 뜻을 물었다.

"네크워크에 문제가 있답니다." 그 직원이 화면을 보면서 말했다.

"네트워크 문제요?"

"예. 지금 이 ATM에 문제가 있어요. 다른 ATM을 이용하세요."

황당했다. 문제는 내 카드가 아닌 페루 씨티 은행의 ATM에 있었던 것이다. 리마 시내의 다른 씨티 은행 ATM에 카드를 집어넣으니 정상 작동이 되었다.

씨티 같은 글로벌 은행을 이용하는 것은 수수료도 절감하고 잔고의 실시간 확인도 가능하기 때문이다. 장기여행자에게는 이런 다국적 금융기관의 계좌가 필수적이다. 나는 여러 여행기에서 씨티 카드가 유용하다고 하여 그 카드를 만들어 들고 다녔다. 하지만 실제로 씨티는 유럽이나 남미, 아시아에 지점망이 적어 찾기도 어려웠고, 리마에서 이런 어처구니없는 일까지 겪고 보니 황당했다. 씨티보다는 HSBC가 지점도 훨씬 많고 여행자 눈에도 잘 띄었다. 미국을 집중적으로 여행할 생각이 아니라면, HSBC가 훨씬 나을 것 같았다.

씨티 은행 건은 페루의 서비스 수준을 보여준 하나의 에피소드였다. 고객이 원하는 것을 찾아 서비스해주는 것이 아니라 자기들 중심대로 응대하면 그만이라는 식이다. 호스텔의 직원은 길을 묻는 나에게 자세한 설명은 제쳐두고 "찾기 쉽다"는 말만 반복하고, 리마 일주 투어 때는 비가 내리자 가이드가 대응 방법은 찾지 않고 예정된 코스를 형식적으로 서둘러 마치려고만 했다. 식당의 종업원도 추천할 음식을 묻자 자신이 좋아하는 음식만 강조하기도 하였다. 전부는 아니겠지만, 이러한 경험은 여행지의 인상을 좌우한다.

어찌 보면 이는 사람들 사이의 소통에 관한 문제이기도 하다. 소통의 제1차적 요소는 개인의 주관적인 판단을 배제하고 상황을 객관적으로 설명함으로써 그 상황에 대해 공통의 인식을 갖도록 하는 것인데, 리마에서 만난 사람들은 자기중심적인 설명에 익숙해져 있는 것 같았다. 낯선 여행자에게는 많은 혼란을 주는 소통법이다.

내면으로 향하는 여행

리마를 떠나기 전에 태평양의 해안 단구를 돌아보았다. 약 100m 높이의 단구가 태평양 연안에 펼쳐져 있고, 그 위에는 공원이 조성되어 있었다. 바다에는 망망대해로부터 밀려온 파도가 하염없이 부서지며 하얀 포말을 일으키

깎아지른 해안 단구 위의 도시 리마 태평양 연안을 따라 높이가 100m에 이르는 단구가 끝없이 이어져 있고, 그 위에 공원과 아파트가 들어서 있다. 왼쪽 위쪽이 신도시인 미라플로레스 지역이다.

고, 해안에는 파도타기나 수영을 하는 사람들이 개미처럼 작게 보였다. 반대편으로는 호텔과 레스토랑, 카페가 낭만적으로 보였다.

공원은 산책을 즐기는 리마 시민들과 데이트를 하는 연인들, 관광객들이 이따금 지나갈 뿐 비교적 한산했다. 공원에서 태평양을 바라보고 있자니 리마가 좋아졌다. 날씨는 온화하고, 뒤편으로는 안데스의 영봉들이 멋진 병풍을 이루고 있다. 도시에는 스페인 시절의 고색창연한 건물과 유적들이 산재해 있다.

해안을 산책하고 짐을 챙겨 링크 호스텔을 떠나는데, 이곳을 떠나는 여행자들과 막 도착한 여행자들, 리마를 구경하고 돌아오는 여행자들이 엇갈렸다. 이들 각자 여행의 목적이 있고, 가고자 하는 곳도 다르다. 비록 같은 곳을 여행하더라도 각자의 생각이 다르므로, 모두 독특한 여행을 하고 있다. 나도 그런 여행자의 하나다.

여행은 끊임없이 새로운 대상을 찾아가는 것이지만, 그 여행의 최종 목적지는 자신의 내면이다. 여행의 본질 자체가 내면으로의 여행이다. 내면에 투영된 여행지의 자연과 문화, 역사가 그 사람의 새로운 내면을 형성하는 것이다.

브라질 리우데자네이루에서 남미 여행을 시작한 이후 42일 동안 브라질, 아르헨티나, 칠레, 볼리비아, 페루 등 5개국을 여행했다. 남미 대륙의 일부를 스치듯이 돌아본 시간이었지만, 행복한 여정이었다. 남미의 자연과 역사, 문화를 새롭게 발견한 여정이었고, 다양한 여행자와 현지인들과의 만남이 있었다. 나 자신과 가족, 지금까지의 삶을 돌아보고, 다양한 사회의 희망을 살펴본 의미 있는 시간이었다. 처음에는 혼자 여행하는 것에 대한 부담도 많았지만, 여정이 지속되면서 자유로운 여행의 참맛도 즐기게 되었다.

리마는 완전히 어둠에 잠겨 있고, 스피릿 항공 좌석은 빈자리가 수두룩하다. 이제 남미와는 '안녕'이다. 과연 내가 남미를 제대로 여행할 수 있을까 하는 걱정과 불안과 두려움이 있었지만, 나는 여행을 성공적으로 마쳤다. 목표를 세우고, 목적지를 향하여 한 걸음, 한 걸음 내디뎠다. 버스로 이동한 거리만 1만 2000km에 달했고, 야간 버스에서 잠을 자며 이동한 것이 열 차례였다. 이젠 남미에 완전히 익숙해졌다. 하지만 다시 떠난다. 또다시 미지의 세계로 새로운 발걸음을 내딛는다. 미국에서도 처음에는 익숙하지 않을 것이다. 하지만 시간이 지나면 익숙해질 것이고, 그러면 또 떠날 것이다.

이제 새로운 세계와의 만남이 두렵지 않다. 아니다. 두렵지 않은 것이 아니라, 그 두려움보다 큰 기대와 희망을 갖고 있다. 스피릿 항공기는 당초 예정보다 20여 분이 늦은 밤 11시 30분 캄캄한 하늘로 비상했다. 항공기가 공중으로 떠오르면서 나도 가벼워지는 것 같았다. 미지의 세계에 대한 두려움과 불안을 내려놓으니 새털처럼 가벼워지는 느낌이다. 나는 자유다.

슈퍼파워의 맨 얼굴과
고독한 여행자

자본주의,
'황금시대를 지난 폭주기관차'

배낭여행자의 무덤, 미국의 세 얼굴

미국이 '배낭여행자들의 무덤'이라는 말은 과장이 아니었다. 페루 리마에 머물 때 미국 여정은 가장 골치를 썩인 문제였다. 대륙이 크고, 볼거리들이 이 곳저곳에 흩어져 있다 보니 이걸 차례로 돌아보려면 상당한 시간이 필요하다. 국토 면적이 남한의 98배에 달하고, 중국보다 넓으며, 동유럽을 포함한 유럽의 두 배나 된다. 이 대륙을 배낭 하나 짊어지고 돌아다닌다는 것은 상상하기 어렵다. 특히 내륙 지방은 인구밀도가 낮아 대중교통망이 열악하다. 때문에 자동차 렌트가 일반적이며, 론리 플래닛도 그걸 권하고 있다.

더구나 내가 여행할 수 있는 기간은 3주 정도에 불과해 더욱 골치가 아팠다. 당초 나는 동쪽으로는 뉴욕과 보스턴, 워싱턴 등 주요 도시를, 남쪽으로는 플로리다에서 뉴올리언스, 뉴멕시코까지, 북쪽으로는 캐나다 국경 너머까지, 서쪽으로는 '큰 바위 얼굴'이 있는 사우스 다코타의 러시모어, 요세미티, 라스베이거스, 로스앤젤레스, 옐로스톤 국립공원, 내륙으로는 로키 산맥과 그랜드캐니언 등을 돌아보겠다는 막연한 생각을 갖고 있었는데, 이것은 그야말로 '희망 사항'에 불과했다.

결국 미국 일정을 대폭 축소했다. 대략적으로 동부에서 1주일 정도, 중부 내륙 도시를 거쳐 대륙을 횡단하는 데 10일, 서부에서 1주일 정도를 배정하였다. 이 일정도 아주 빡빡한 것이었다. 남미에서 에콰도르와 콜롬비아를 여정에서 제외했듯이 미국에서도 당초 생각했던 곳의 절반 정도를 빼야 했다. 노트에 일정을 숱하게 적었다가 수정하고, 다시 쓰기를 반복했다. 이동 시간을 계산하고, 각 지역에서 돌아볼 만한 곳을 점검하는 등 도상훈련을 반복했다. 하지만 안타까운 게 한두 가지가 아니었다. 특히 미국의 속살을 볼 수 있는 곳을 방문하고 싶었지만 그런 곳을 찾기가 쉽지 않았다.

그래도 남미 여행을 성공적으로 마친 것처럼 미국 여행 역시 흥미진진하게 이루어질 것이라는 점에 대해서는 한 치의 의문도 없었다. 사실 그러했다. 그것은 리마에서 뉴욕으로 가는 스피릿 항공의 경유지인 포트 로더데일부터 시작되었다. 새로운 사람, 새로운 문화를 만났다. 세계에서 가장 까다로운 국경 보안 체크에 드리워져 있는 미국의 불안, 자유로운 미국인들, 물질적 풍요에 비례해서 늘어나는 고독의 그림자는 미국에 첫발을 내디디며 만난 세 가지 인상이었다. 이것은 매우 주관적인 것이지만, 나에게는 진실이었다.

밤 11시 30분 페루 리마 공항을 출발한 스피릿 항공기가 다음 날 오전 6시 30분 미국 플로리다 주의 포트 로더데일 할리우드 공항에 도착했다. 7시간이 걸렸다. 비행기에서 잠을 자는 사이 태평양 연안에서 다시 대서양 연안으로 넘어왔고, 날도 환하게 밝았다. 로더데일은 플로리다 최남단 마이애미의 북쪽에 붙어 있는 작은 해변 타운이다.

세계를 돌고 돌아 미국 여행을 막 시작하려는 나를 처음 맞은 것은 고압적인 출입국 관리소 직원이었다. 외국인을 반갑게 맞이하기보다는 의심의 눈초리를 던지면서 방문자를 귀찮고 성가신 존재로 생각하고, 때로는 불쾌할 정도로 냉랭하게 대했다. 작은 꼬투리라도 잡으려는 듯 이것저것 꼬치꼬치 캐물었다. 숱하게 국경을 넘은 나에게도 이런 경험은 처음이었다.

"돈을 얼마나 갖고 있나?" 출입국 관리소 직원이 따지듯이 물었다.

"으음. 페루 누에보솔, 7~8누에보솔, 그리고 볼리비아 동전들…" 나는 주머니를 뒤져 조금 남은 페루 동전을 짤랑거리며 정중하게 답변했다. 입국 카드에 불법적인 것이나 미화 1만 달러가 넘는 화폐를 소지하지 않았다고 명확하게 적어놓았는데도 따지듯이 묻는 관리소 직원의 질문에 대한 '성실한' 답변이었다. 아예 동전을 세어줄 용의까지 있었다.

직원이 귀찮다는 듯 입국 도장을 '쾅!' 찍어 주었다.

이제 짐을 찾아 뉴욕 행 항공기로 짐을 다시 부치고, 리마 공항에서 철저하게 했던 보안 검색을 처음부터 다시 받아야 했다. 보통 한 공항에서 트랜짓을 하게 되면 고객의 편의를 위해 짐을 최종 목적지로 보낼 수 있는데, 미국은 그걸 불허하였다.

나는 리마 공항에서 체크인을 하면서 짐을 최종 목적지인 뉴욕으로 보내달라고 요구했다. 하지만 스피릿 항공사 직원은 고개를 절레절레 흔들었다.

"법률상 그렇게 할 수 없다. 미국의 보안 체크를 위해 포트 로더데일 공항에서 짐을 찾아 다시 부쳐야 한다. 우리는 그 법률에 따라야 한다."

이건 미국이 리마 공항의 보안 체크를 신뢰하지 못한다는 얘기나 마찬가지다. 입국장에서 본 미국은 안보의 나라였다. 하지만 그것이 오히려 미국의 불안을 보여주는 것 같았다. 진정한 불안은 외부가 아니라 내부 사회에 있다. 과거 대제국의 역사가 그러하듯, 미국이 아무리 외부의 적, 테러와의 전쟁을 벌인다 하더라도 진짜 위협은 내부로부터의 분열이다.

로더데일에서 뉴욕 행 항공기는 오후 4시에 출발하므로 8~9시간 정도 여유가 있었다. 로더데일 시내를 돌아보기로 하고 인포메이션 센터에서 지도와 함께 간단한 소개를 받은 다음, 정류장으로 갔다. 모든 것이 낯설어 망설이는데 마침 친절한 40대 중반~50대 초반의 신사를 만났다. 그도 시내로 가는 중이어서 함께 버스를 탔다. 거기에서 미국의 두 번째 인상을 만났다. 자신의 생각을 거리낌 없이 표출하는 미국인들의 자유다.

버스비가 1.75달러여서 2달러를 냈는데, 버스에 잔돈이 없어 거스름돈을 받지 못했다. 버스엔 젊은 청년들 7~8명과 아줌마, 할머니 등이 탑승해 있었다. 한산했다. 뒷자리에 앉은 한 백인 청년이 합장을 하면서 인사를 했다. 동양인에 대한 관심의 표현이었다.

내가 미소를 지으며 한국에서 온 여행자라고 인사하자 그 청년을 비롯한 승객들 모두 반갑게 눈인사를 건넸다. 서로 인사를 나누는데, 뒷좌석의 청년이 엄지손가락을 치켜세우며 뭐라고 중얼거렸다.

"버스에 거스름돈이 없어 2달러를 냈다." 내가 버스에 함께 올라 탄 신사에게 말하니, 이걸 소재로 자기들끼리 이런저런 이야기를 나누기 시작했다. 조용하던 버스 안에 갑자기 활기가 넘쳤다.

"한국은 대단한 나라다. 그레이트!" 뒷좌석 청년이 좀 시끄럽게 떠들어댔다.

"맞아. 그리고 한국 버스는 여기보다 훨씬 조용할 거야." 한 중년 여성이 귀부인 흉내를 내면서 '품위 있게' 말했다. 정중하게 말했지만, '입 닥치고 조용히 하라'는 뜻이었다.

"오, 예스! 미국은 토론이 필요한 나라예요. 대화가 필요해요." 그 청년이 응수했다. 그러면서 자기들끼리 토론을 시작했다. 무슨 이야기인지 잘 알아들을 수가 없었다.

"나는 오후에 뉴욕 행 비행기를 타요. 시간이 좀 남아서 시내를 둘러보려고 버스터미널로 가는 중입니다." 내가 새로운 화제를 꺼냈다. 그러자 이게 또 다시 이야깃거리가 되었다.

"버스터미널에는 볼 게 아무것도 없어. 해변에 가는 게 나아."

"해변엔 뭐 별 게 있나? 거기도 아무것도 없어요."

"반갑지 않은 사람들이 모여드는 터미널보다야 낫지."

"시내에 가면 카페도 있고, 레스토랑도 있어요. 다른 데는 아무것도 없어요."

다시 이러쿵저러쿵 이야기를 시작했다. 그들의 수다를 들으며 입국장에 들어설 때 가졌던 긴장도 누그러들고 미국에 대한 첫인상도 호전되고 있을 즈음, 함께 탄 미국인이 "2달러를 더 내면 일일 패스(One Day Pass)를 받을 수 있어요"라고 말을 건넸다.

"나는 5달러짜리밖에 없어요." 내가 지갑을 뒤져 5달러짜리를 흔들며 말했다.

"그거 내면 잔돈 못 받아요." 그는 자신의 주머니를 뒤져 1달러짜리 하나와 75센트를 나에게 내밀었다. 그러면서 주변 사람들에게 '혹시 1달러나 몇 십 센트 없느냐'고 눈짓을 보냈다. 모두 고개를 절레절레 흔들었다.

"이걸 잔돈으로 바꿀 수 없을까요?" 내가 5달러짜리를 들어 보이며 승객들에게 말했다. 역시 고개만 절레절레 흔들었다.

그러자 그 신사가 5달러를 내 주머니에 도로 집어넣으면서 말했다. "운전수에게 1달러밖에 없는데 일일 패스를 받을 수 없느냐고 얘기해 보세요."

내가 눈을 질끈 감아 보이며 운전수에게 다가가 상황을 설명하고 '일일 패스'를 받을 수 있느냐고 물었다. 흑인 운전수가 혼잣말로 뭐라 뭐라 웅얼웅얼 하더니 '일일 패스'를 건네주었다.

터미널에서 내려 슬슬 걸으며 로더데일 시내를 구경했는데 안타깝게도 기억할 만한 것은 거의 없었다. 하지만 버스 안에서 짧은 시간 만난 친근하고 활달하고 개방적인 미국 시민들의 모습은 유쾌한 기억으로 남았다.

스피릿 항공기는 오후 4시 포트 로더데일 공항을 출발, 3시간 만에 뉴욕 라과디아 공항에 도착했다. 뉴욕에 도착하자 바로 눈길을 끈 것은 휘황찬란한 전광판과 네온사인, 끝없이 이어진 광고판이었다. 공항에서부터 시작해 버스 정류장은 물론 버스 안에까지 다양하고 현란하며, 때로는 자극적인 영상과 문구, 굵은 글자체가 살아서 내 눈으로 계속 침범했다. 공항의 하늘을 붉게 물들이던 석양도 이들 광고판에 파묻혀 버렸다. 남미의 광활한 고원과 투명한 하늘, 때 묻지 않은 자연에 익숙해진 내 시야가 당혹스러워졌다. 한 달 반 동안의 남미 여행으로 말끔히 씻겼던 내 눈이 갑자기 '문명'을 만났다.

사람들은 모두 바쁘고, 높고 큰 빌딩들은 치열한 경쟁을 벌이는 듯하고, 도로를 바쁘게 질주하는 차량들은 정신을 산란하게 만들었다. 여행이 고독한 항해라지만 뉴욕은 이상하게 더 짙은 고독감을 유발하는 도시였다. 지금까지 숱한 나라, 숱한 도시들을 배낭을 메고 혼자 돌아다녔지만, 그 어느 때보다 깊은 고독과 우수가 몰아쳤다. 남미에서 미국으로 넘어오면서 갖게 된 미국에 대한 세 번째 인상이었다.

맨해튼 103번가의 호스텔링 인터내셔널 뉴욕은 엄청나게 큰 숙소였다. 침대만 672개나 되는 기업형 호스텔로, 지금까지 묵은 호스텔 가운데 가장 컸다. 600여 명의 여행자들이 북적거리다 보니 직원들도 여행자에게 일일이 신경을 쓰지 못했다. 사무적이고 기계적인 태도로 예약을 확인하고, 요금을 받고, 객실 키를 건네주기에도 업무가 빡빡해 보였다.

체크인을 위해 차례를 기다리는데, 직원이 계속 바쁘게 일을 하고 있어 이것저것 물어볼 엄두도 나지 않았다. 결국 웬만한 정보는 작은 상업용 팸플릿과 안내판, 그리고 인터넷으로 대신하고 숙소 출입문도 카드로 긁고 드나들어야 했다.

여장을 풀고 쉬려는데 허전함이 더 심해졌다. 이럴수록 내가 무엇을 하고 싶은지, 지금 여기서 무엇을 해야 하는지 등을 '구체적으로' 생각하고 행동해야 한다고 마음을 다잡았다. 뉴욕은 나에게 더 독립적이고 강해지라고 요구하고 있었다.

아직도 할렘을 맴도는 말콤 엑스의 함성

뉴욕을 미국 여행의 출발점으로 삼은 것은 여러 이유가 있었다. 무엇보다 뉴욕은 세계의 경제 수도이자 지구촌을 단일 경제 시스템으로 통합해 나가고 있는 글로벌 자본주의의 심장부다. 이전에 취재차 뉴욕을 방문해 샅샅이 둘러보았지만, 이번에 다시 돌아보고 싶었다. 더욱이 뉴욕은 보스턴과 필라델피아, 워싱턴 등 동부지역 여행의 기점이자 미국을 동~서로 횡단하는 출발점으로 적합하다. 거기다 위스콘신 주 메디슨에서 전자공학을 공부하고 있는 조카가 뉴욕 외곽의 뉴저지에서 인턴 생활을 하고 있어 조카도 만날 겸 뉴욕을 선택했다.

호스텔에선 할렘 투어와 중심가 투어, 박물관 투어 등 여러 종류의 프로그램을 제시하였다. 센트럴 파크에서 시작해 브로드웨이와 월 가, 9·11테러로 무너진 세계무역센터, UN 빌딩, 자유의 여신상, 브루클린 브리지, 맨해튼 항구 등이 필수적인 관광지지만, 이전에 대부분 돌아본 것들이라 이번엔 뉴욕의 속살을 볼 수 있는 할렘 지역 투어를 신청했다. 할렘 지역은 특히 흑인 인권운동가 말콤 엑스 기념관이 있어 기대가 되었다.

뉴욕에 도착한 다음 날 아침, 대륙 횡단철도인 암트랙(Amtrak) 패스를 예약하고 오전 10시부터 시작하는 '데이브(Dave)와 함께하는 할렘 투어'에 나섰다. 투어 참가자는 영국, 독일, 호주 여행자 등 모두 여섯 명과 나를 포함해 일곱 명이었다.

할렘은 미국과 뉴욕의 아픔과 변화가 응축되어 있는 지역이다. 미국의 번영에서 소외된 가난한 흑인들의 집단 거주지, 범죄와 마약이 횡행해 낮에도 돌아다니기 위험한 지역, 조직폭력배인 갱(gang)의 원산지로 폭력이 난무하는 지역이었다. 가이드를 맡은 데이브는 할렘에서 나고 자란 본토박이 뉴요커로 나이가 여든을 넘은 노인이었다. 할렘의 살아있는 역사인 셈이다.

먼저 뉴욕 지하철의 효시로 1905년에 건설된 1호선 지하철을 타고 168번가로 향했다. 지하철은 오래되었지만 생각보다 관리가 잘되어 있었다. 뉴요커들과 여행자들의 가장 중요한 이동 수단이기도 하다.

"뉴욕 지하철은 오래되었지만 항상 점검하고 관리하기 때문에 편리합니다." 차분하면서 친근한 인상의 데이브가 뉴욕 지하철의 역사와 현재에 대해 설명했다.

1주일째 뉴욕에 머물고 있다는 스코틀랜드 출신의 투어 참가자는 1주일 짜리 지하철 패스를 끊어 여러 곳을 신나게 여행하고 있다며 약간 들떠서 말했다. 1호선 103번가 플랫폼에선 거리의 음악가들이 신나는 남미 음악을 연주해 삭막한 지하철을 낭만적인 곳으로 바꾸어 놓고 있었다.

168번가에서 내려 지상으로 올라오니 콜롬비아 대학 메디컬 센터가 나타났다. 병상 규모 4000개의, 뉴욕에서 가장 크며 세계 최고의 의료 기술을 자랑하는 곳이다. 빌 클린턴 전 미국 대통령이 심장수술을 받은 곳이기도 하다. 메디컬 센터에서 조금 걸어 내려가니 할렘 입구인 워싱턴 하이츠(Washington Hights)에 말콤 엑스 기념관이 나타났다. 흑인의 자유와 권리를 위해 투쟁한 말콤 엑스가 이슬람 급진주의자들에 의해 암살된 장소에 세워진 기념관이다.

말콤 엑스(1925~65)는 할렘의 밑바닥 인생을 전전하다 이슬람교도가 되어 급진적인 이슬람 국가운동을 주도한 인물이다. 호소력 있는 연설로 대중을 사로잡아 미국은 물론 세계적인 흑인 및 이슬람 운동의 지도자가 되었다. 동시대의 마틴 루터 킹 목사가 비폭력주의에 기반한 흑인 권리 향상에 주력했던 것과 달리, 말콤 엑스는 폭력에는 폭력으로 대응해야 한다며 '이슬람 국가'의 설립을 주장하는 등 급진적인 주장으로 흑인들의 열렬한 지지를 받았다.

당시는 할렘이 가난과 마약, 범죄의 소굴로 악명을 떨치고 흑인들의 분노가 최고조에 달했던 시기였다. 말콤 엑스는 1963년 이후 과격 그룹과 일정한 거리를 두고 인종 간 평화와 다양한 종파와의 연대를 추진하는 등 노선의 변화를 보였다. 이로 인해 이슬람 국가운동 지도부와 갈등을 빚기도 했으나 이슬람 운동이 변화해야 한다는 뜻을 굽히지 않았다. 그러는 와중에 1965년 급진적 이슬람 국가운동 일원에 의해 암살되었다.

말콤 엑스 기념관 1950~
60년대 흑인들의 인권 향상
을 위해 투쟁한 말콤 엑스가
이슬람 급진주의자에게 암
살당한 장소에 세워진 기념
관이다.

　기념관에는 그의 생애와 활동을 담은 각종 자료와 그를 추모하는 각 분야
인사들의 추모사를 전시하고, 그의 뜻을 잇는 활동들도 소개하고 있었다.
최소한 법률적으로 흑인과 백인의 차별이 사라지고, 흑인인 버락 오바마가
대통령에 당선되기까지 했지만, 미국에서 인종 갈등이 사라진 것은 아니다. 2
층 홀에는 흑인들의 권리 향상을 위한 교육 공간도 배치해 놓았다. 흑인들의
지위 향상은 각 개인이 이루어야 하는 것이지만, 사회적 인식과 행동 양식을
바꾸기 위해 사회적으로 해야 할 일이 많다. 말콤 엑스의 염원은 아직 현재
진행형이었다.

　기념관을 나와 할렘의 중심지인 '설탕 언덕' 즉, '슈거 힐(Sugar Hill)'로 이동했
다. 할렘은 19세기 말~20세기 초 일자리를 찾아 흑인들이 대거 뉴욕으로 유
입되면서 팽창했다. 당시에는 '뉴욕에 가면 돈을 벌 수 있다'는 인식이 팽배
해 있었고, 바로 그 달콤한 희망을 담아 이 지역을 '설탕 언덕'이라고 명명하
였다. 하지만 현실은 냉혹했다. 일자리를 찾는 것은 물론 먹고 살아가는 것
조차 힘들었다. 많은 상경자들이 열악한 생활 환경과 가난에 내몰리고, 그러
다 보니 범죄 조직이 생기고, 마약, 강도, 살인, 폭력, 매춘 등의 문제들이 집약
적으로 표출되었다. 특히 1950~70년대에 이런 문제가 심화하며 조직 폭력과

뉴욕 할렘의 새로 정비된 주택가 도시 재생 프로젝트에 의해 말끔하게 정비되었다.

같은 범죄의 온상이 되었다.

하지만 할렘을 돌아보면서 그러한 음습하고 불안하고 으스스한 분위기는 느끼기 어려웠다. 데이브는 우리를 한 가로수로 안내했다. 2002년부터 4년 임기의 뉴욕 시장을 세 번 연임한 마이클 블룸버그가 5000만 달러를 기증해 세운 가로수의 하나였다. 데이브는 빌 게이츠, 워런 버핏 등 미국의 거부들은 물론 일반 시민들이 기부해 세운 가로수라고 설명했다.

"블룸버그 시장이 기부해 만든 펀드에는 내가 기부한 25달러도 들어가 있어요. 그것으로 할렘 지역에 수많은 가로수를 심어 환경 개선에 도움을 주고 있지요." 그리고 보니 할렘 지역엔 작은 공원과 녹지가 곳곳에 조성되어 생활 여건이 아주 열악하지만은 않아 보였다.

데이브는 할렘 지역을 천천히 안내하면서 "할렘이 변화하고 있다"고 강조했다. "할렘엔 과거 흑인들이 주로 살았지만, 지금은 히스패닉과 중국, 한국인 등 아시아 출신 이민자들이 많이 들어오고 있어요. 이런 인구 변화가 할렘의 변화를 가져오고 있죠."

실제로 할렘엔 히스패닉, 중국, 한국 음식을 파는 음식점도 보였다.

"할렘은 맨해튼의 다른 지역에 비해 주거비가 싸기 때문에 이민자들이 처음 뉴욕으로 와 많이 거주하는 지역이에요. 이곳으로 들어와 기반을 잡은 다음, 주거 환경이 좀 더 나은 곳으로 이주하는 것이죠. 이 때문에 변화가 점진적이면서도 꾸준히 이루어지고 있습니다."

할렘 곳곳에는 공원과 놀이터, 녹지 등이 조성되어 있을 뿐만 아니라 주택가도 생각보다 깔끔했다. 우리가 지나가자 벤치에 앉아 있던 흑인이 반갑게 인사를 건넸다. 범죄 소굴이라는 기존의 인식과 달랐다. 아무래도 의문이 가시지 않았다. 내가 데이브에게 물었다.

"지금까지 할렘엔 갱단이 많고, 마약, 살인과 같은 범죄가 많은 것으로 알았는데, 실제 와 보니 다르네요. 할렘의 갱단을 소재로 한 영화도 많잖아요. 그런 문제는 이제 완전히 없어졌나요?"

그러자 데이브가 묘한 웃음을 지으며 말했다. "진짜 위험한 곳을 가보고 싶다면 내가 밤에 데리고 갈 수 있어요. 하하하." 데이브의 농담에 모두들 웃음을 터트렸다.

"할렘이 변화하고 있고, 갱도 많이 달라져 옛날 영화에서 보던 갱은 보기 어려워요. 영화는 대부분 극단적인 것들을 보여주죠. 사실 그런 갱단을 볼 수는 없어요. 범죄라든가 폭력 사건의 숫자가 줄어든 것은 통계로도 확인할 수 있어요. 완전히 사라진 것은 아니지만 투자와 변화를 위한 노력으로, 더 이상 가난과 범죄의 소굴은 아니라는 것이죠."

데이브는 할렘이 이제는 가난한 뉴요커들이 꿈과 희망을 실현하기 위해 노력하는 지역이며, 도시 재개발로 집들이 새롭게 단장되면서 주택 가격도 꾸준히 상승하고 있다고 강조했다.

실제로 할렘에 범죄가 가장 극성을 부렸던 때는 1950~60년대이며, 1990년대 이후 범죄와의 전쟁을 벌인 줄리아니 시장에 이어 블룸버그 시장이 이 지역에 대한 투자를 확대하고 재개발에 나서면서 범죄율이 크게 낮아졌다. 1990년에 비해 2008년 현재 살인 사건은 80%, 강간은 58%, 강도는 73% 감소했다. 전체적인 범죄 수가 73% 줄어들었으니 상당한 성과다.

할렘은 변화하고 있었다. 물론 승자독식의 자본주의 시스템에 근본적인 변화가 없는 한, 범죄와의 전쟁을 벌이고 주거 환경을 개선하는 등의 정책으로 문제를 근본적으로 해결할 수는 없다. 또 할렘에는 아직도 문제가 많고, 변화해야 할 것들도 많지만, 변화에 대한 믿음을 버리지 않고 실천하는 것이 중요하다는 것을 잘 보여주고 있었다.

맨해튼에 몰아친 요란한 폭풍우

투어를 마치고 숙소로 돌아오니 오후 2시가 되었다. 오전에 예약해둔 암트랙의 레일패스(USA Rail Pass)를 이용해 구체적인 열차 티켓을 예매해야 했다. 내가 구입한 레일패스는 거리에 관계 없이 횟수로 여덟 번, 15일 이내에 마음껏 이용할 수 있는 티켓이다. 가격은 429달러로, 패스는 뉴욕 펜 역에서 수령(pick-up)하기로 했다. 하지만 암트랙 패스는 패스일 뿐, 열차 티켓은 따로따로 구입해야 한다. 그러기 위해선 열차 운행 스케줄과 좌석 여부를 확인해야 하는데, 여기에서 문제가 발생했다.

인터넷으로 워싱턴~시카고, 뉴욕~시카고 등 시카고 행 티켓을 검색해 보니 모두 '매진(sold out)'이었다. 원하는 열차가 매진이라면 암트랙 패스는 쓸모가 없다. 그레이하운드로 이동 수단을 바꾸든가 비행기로 이용해야 한다. 역에 가서 상황을 설명하고 방법을 찾아야 할 것 같았다.

펜 역에서 암트랙 매표소를 찾았다. 중년의 매표소 직원에게 상황을 설명하고 대륙 횡단 계획을 적은 수첩을 건네며 표가 있는지 확인해줄 것을 요청했다. 역시 많은 기차표가 매진이었다. 하지만 일정을 조정하고, 추가 요금을 지불하면 티켓을 구입할 수 있었다. 일정과 열차표 상황을 하나하나 점검한 끝에 워싱턴 일정을 하루 줄이고 시카고에서 하루 더 머무는 것으로 여정을 바꾸어 횡단 열차표를 모두 구입했다. 약 30분 정도 걸렸는데 중년의 직원은 차분하면서도 집중력을 발휘해 모든 티켓을 예약해 주었다.

이렇게 해서 뉴욕→보스턴(소요시간 4시간 18분), 보스턴→워싱턴(야간, 9시간 27분), 워싱턴→시카고(야간 포함, 17시간 40분), 시카고→플래그스태프(야간 포함, 31시간 51분), 플래그스태프→LA(야간 포함 11시간 18분)로 이어지는 대륙 횡단 여정과 티켓 발권이 모두 끝났다. 기차로 이동하는 시간만 74시간 이상 걸리는 대장정이다. 기차 이용 횟수는 5회로, 이 가운데 뉴욕~보스턴 구간을 제외하고 4회가 야간 열차다. 내가 끊은 패스로 3회를 더 탈 수 있지만 굳이 그럴 필요가 없었다. 암트랙 패스 429달러와 추가 요금 58달러를 합해 총 487달러, 약 56만 원이 들었다. 미국 대륙 횡단에 이 정도 비용이면 양호한 편이다.

계속 골치거리였던 암트랙 티켓 구입을 마치니 날아갈 듯이 기뻤다. 시간은 오후 4시로 접어들고 있었다. 엠파이어 스테이트 빌딩으로 향했다. 이 마천루의 숲은 현대 인류가 이룬 경제성장과 과학기술의 총화와 같은 곳, 맨해튼은 현대 인류가 만든 거대한 유산 아닌가.

역시 엠파이어 스테이트 빌딩에서 내려다본 뉴욕은 어마어마한 빌딩 숲이었다. 중국의 만리장성이나 아테네의 아크로폴리스, 로마의 콜로세움, 페루의 마추픽추가 고대 인류의 문화유산이라 한다면, 뉴욕 맨해튼의 빌딩 숲은 현대 인류가 만든 기념비적인 유적이 아닐 수 없다. 세계 최고의 기업, 금융 기관이 본부를 두고 있는 곳, 세계 경제와 금융의 심장부, 세계 예술과 디자인의 발신지, 혁신의 본고장, 세계 최신의 패션이 만들어지는 곳, 전 세계에서 사람들이 몰려들어 다양한 문화가 용광로처럼 융합되는 곳, 삶을 향한 처절한 투쟁이 벌어지는 곳, 가난과 풍요가 교차하는 곳, 뉴욕의 다양성이 저 빌딩 숲에 스며들어 있는 것이다.

1624년 네덜란드 식민지로 건설된 뉴욕의 첫 이름은 '뉴 암스테르담(New

엠파이어 스테이트 빌딩에서 내려다본 맨해튼의 빌딩 숲 오늘날 세계 경제를 쥐락펴락하는 글로벌 대기업과 금융 기관들이 밀집해 있는 경제 중심지이지만, 위기도 끊이지 않는 곳이다.

Amsterdam)'이었다. 그로부터 40년 후인 1664년 영국이 이곳을 점령하고, 당시 찰스 2세 왕이 이곳을 동생인 요크 공작(Duke of York)에게 하사하면서 이름을 뉴욕(New York)으로 바꾸었다. 독립 이후인 1785년부터 1790년까지 미국의 수도이자 최대 도시이며 금융과 무역 중심지로 급성장했다.

특히 산업혁명의 격랑 속에서 새 활로를 찾던 유럽인들에게 뉴욕은 자유와 희망의 상징이었다. 세계 역사에서 인구 이동이 가장 활발하게 일어나 제1차 세계화의 시대로 불리는 19세기 후반~20세기 초 유럽인들이 새 희망을 찾아 미국으로 미국으로 몰려들었다. 그 관문이 뉴욕이었다. 미국으로 몰려드는 사람들 중에는 기업가나 금융가, 무역가도 있었지만 새로운 일자리와 꿈을 찾는 청년과 노동자도 많았다. 독립 110주년을 기념해 1886년 프랑스에서 선물해 뉴욕 항에 세워놓은 〈자유의 여신상〉은 이들을 환영하는 자유와 희망의 표상이 되었다.

오늘날 뉴욕은 매년 5000만 명의 관광객이 찾는 세계 최대의 관광도시이기도 하다. 볼거리도 풍부하며, 경제와 금융, 문화, 예술, 교육, 음식, 공원, 사람, 길거리 공연 등이 복합적으로 어우러진 세계의 중심이다. 특히 1980년대 말 사회주의의 붕괴 이후 미국이 세계 유일의 슈퍼파워로 자리 잡으면서 최대 호황을 구가했다. 앞서 돌아본 할렘의 변화도 이러한 호황의 산물이었다.

하지만 뉴욕이 온통 장밋빛인 것만은 아니다. 경제성장과 번영에도 불구하고 빈부 격차가 확대되어 수만 명의 노숙자를 비롯해 빈곤층 문제가 예전이나 지금이나 여전하다. 신자유주의 경쟁체제와 주기적인 경제위기로 수많은 사람들이 번영의 변방으로 내몰리고 있다. 미국식 금융자본주의, 신자유주의의 한계에 대한 우려도 갈수록 커지고 있다. 1998년 아시아 금융위기 때에는 《뉴욕타임스(NYT)》나 《월스트리트저널(WSJ)》 등 주요 언론들이 '미국식 자본주의가 한계를 드러냈다'고 지적했고, 그 10년 후인 2008년 세계 최대 투자은행인 리먼 브러더스의 파산에서 시작된 금융위기 때에는 미국식 금융자본주의의 사망 선고가 내려지기도 했다.

뉴욕은 흔들리는 미국식 신자유주의라는 폭주기관차에 올라타고 있는 형세다. 뉴욕이 흔들리면 그 파장이 전 세계로 확산되기 때문에 이는 세계의 문제이기도 하다. 겉으로는 화려하지만, 곳곳에서 요란한 파열음을 내고 있다. 뉴욕을 이끌어가는 에너지는 사람이 아니라 자본이다. 자본의 속성은 '몰(沒)인간적'이며, '비(非)인간적'이기도 하다. 때문에 자본의 지배가 지속되는 한 인간성의 상실, 소외는 심화할 수밖에 없다. 론리 플래닛이 '황금 시대'라는 말에 빗대어 금으로 도금된 "뉴욕의 '금박 시대'가 지나갔을지 모르지만, 아직은 살아있다"고 한 것은 이를 두고 한 말이다. 사실 뉴욕에게 최고의 시간은 이미 지나갔고, 지금의 화려함은 그 마지막 파티일 가능성이 높다. 자본이 중심이 된 뉴욕은 그 지속 가능성에 의문을 던지고 있다.

때마침 뉴욕 하늘에 짙은 구름이 몰려오더니 요란한 천둥 번개와 함께 비바람이 몰아치기 시작했다. 102층의 높은 건물에 몰아치는 비바람은 평지에서 느끼는 것보다 훨씬 매서웠다. 맨해튼이 순식간에 구름 속에 잠기고, 빌딩 숲으로 소낙비가 무참하게 쏟아졌다. 경비원들이 모든 관람객들을 실내로 들어가도록 했다. 관람객들은 재

해가 넘어가면서 서서히 불을 밝히는 뉴욕 타임스퀘어

난을 피하는 듯 엘리베이터로 몰려갔다.

엠파이어 스테이트 빌딩을 내려오니 언제 그랬느냐는 듯 하늘이 개었고 어스름 어둠이 내리기 시작했다. 발길이 자연스럽게 타임스퀘어로 향했다. 맨해튼을 가로지르는 브로드웨이를 따라 천천히 걸었다. 해가 넘어가자 길거리의 쇼윈도와 간판이 화려한 조명을 토해내기 시작했다. 세계적 기업들의 네온사인과 LED 간판이 요란한 불빛을 토해내는 가운데 수많은 사람들이 거리를 가득 메웠다.

기업 간판과 사람의 전시장인 타임스퀘어는 미국이 세계의 중심이라는 것을 직관적으로 느끼게 만드는 곳, '세계의 교차로'다. 다종다양한 인종과 세계 최고의 기업, 최첨단의 문화가 어우러지는 곳이다. 뉴욕 인구 가운데 36%는 외국에서 태어난 사람이다. 뉴욕이야말로 세계 최고의 다문화 사회이며 지구촌의 축소판이다. 고대 유럽에서 모든 길이 로마로 통했다면, 오늘날 세계의 모든 길은 뉴욕으로 통한다. 상품과 사람은 물론 자본, 최첨단 기술, 최신의 패션과 문화, 디자인이 뉴욕으로 통하고 있다. 현대판 로마가 뉴욕이다.

세계의 중심 뉴욕을 장악하고 있는 이러한 모든 것은 다른 말로 하면 '욕망'이다. 자본주의를 이끌어가는 자본을 장악하기 위한, 돈을 위한 인간의 욕망 덩어리들이 용광로처럼 분출하는 현장이 바로 뉴욕이다. 뉴욕에 결핍

되어 있는 것은 미래와 미래를 위한 가치였다. 자본주의가 아무리 심각한 부작용을 산출한다 하더라도 뉴욕에서 이것을 극복할 새로운 가치를 찾는 것은 힘들어 보였다. 뉴욕은 이미 '기술적으로' 사망 선고가 내려진 신자유주의로 가는 마지막 열차와 같았다.

한참을 돌아다니다 타임스퀘어 맥도널드 앞에서 조카 종원을 만났다. 배낭 하나 달랑 둘러메고 세계 곳곳을 돌아다니다가 지구 반대편에서 공부와 인턴을 병행하고 있는 조카를 만나니 너무 반가웠다. 종원이도 내가 여행을 하면서 틈틈이 카페에 올린 글을 보았는데, 이렇게 만나게 되어서 너무 좋다며 어쩔 줄을 몰랐다. 인근의 한식당 '금강산'에서 갈비로 식사를 하면서 이야기꽃을 피웠다. 종원이의 학교와 인턴 생활 이야기, 가족 이야기, 미국에서의 생활 이야기는 물론 나의 여행 이야기로 시간 가는 줄을 몰랐다.

남미의 안데스 오지를 한 달 정도 여행하다가 세계 최첨단의 대도시 뉴욕으로 넘어오니 내가 시골에서 갓 상경한 촌놈 같은 느낌도 들었다. 하지만 촌놈이기 때문에 오히려 뉴욕을 더 냉정하게 볼 수 있지 않을까. 세계의 중심 뉴욕은, 앞으로 미국을 여행하면서 보다 깊이 들여다봐야 할 이슈를 제시하는 것 같았다. 과연 미국은 몇 시인가? 저무는 황혼녘의 국가인가, 태양이 작열하는 전성기의 정오를 지나는 국가인가. 최소한 새벽도, 아침도, 한낮도 아닌 것은 분명해 보였다.

자유,
'다시 시작해야 할 혁명의 이유'

신생 이민자의 국가 미국의 뿌리

미국 동부지역은 미국의 역사와 현재가 숨 쉬는 곳이다. 1770년대 이후 독립국가 건설의 중추적인 역할을 한 필라델피아와 보스턴, 이후 세계경제의 중심이 된 뉴욕, 세계 정치의 중심으로 막강한 힘을 발휘하는 워싱턴이 바로 그곳이다. 유럽이나 아시아에 비해 아주 짧은 역사를 지니고 있지만, 오늘날 세계 질서에 결정적 영향을 미치고 있는 곳이다. 나는 바로 그곳을 돌아다니며 미국의 뿌리를 찾아보고, 그것이 던지는 메시지를 확인하고 싶었다.

뉴욕을 떠나는 날 아침 조카 종원이 숙소까지 차를 몰고 왔다. 그 차를 타고 필라델피아와 뉴저지의 해변인 애쉬버리 공원(Ashbury Park)을 돌아보고, 뉴저지에 있는 종원의 집에서 하루를 묵었다. 모처럼 자동차를 타고 다니면서 하루 종일 한국어로만 대화를 나누니, 마치 한국에 온 것처럼 마음이 너무도 편안했다. 배낭여행자에서 갑자기 럭셔리 여행자가 된 느낌이었다.

필라델피아는 미국의 독립을 위한 투쟁, 즉 미국 혁명(American Revolution) 과정에서 보스턴과 함께 핵심적인 역할을 한 도시다. 보스턴이 독립운동의 도화점이 된 '차 사건(Boston Tea Party)'과 첫 독립전투를 벌인 도시였다면, 필라델피아에서는 독립전쟁을 지휘하고, 건국이념을 확립하고, 전쟁을 승리로 이끌

필라델피아 인디펜던스 홀
1770년대 미국 혁명의 본거지로 독립전쟁의 지휘부 역할을 했으며, 미국 의회의 효시가 된 1775년 대륙회의도 이곳에서 열렸다.

고, 헌법을 채택함으로써 혁명을 완수한 도시다. 보스턴이 미국 혁명의 씨앗을 뿌렸다면, 필라델피아는 이 씨앗을 틔우고 가꾸어 결실을 맺은 곳이다.

필라델피아는 인구가 150만 명이 넘는, 미국에서 다섯 번째로 큰 도시지만, 역사 유적들이 중심부에 밀집되어 있어 걸어서 돌아볼 수 있다. 중심부엔 미국독립역사공원이 만들어져 방문자들에게 독립의 역사를 되새기도록 하고 있다. 이 역사공원에는 미국 혁명에서 중요한 역할을 한 인디펜던스 홀을 비롯해 방문자 센터, 국가헌법 센터, 대통령의 집 등이 들어서 있다.

인디펜던스 홀은 붉은 벽돌로 지어진 건물로, 위에는 첨탑이 세워져 있다. 1753년 펜실베이니아 식민지 정부청사로 지어졌으나 나중에 펜실베이니아 지방의회 건물로 사용되었다. 이 건물은 보스턴 차 사건이 발생하고 독립의 기운이 무르익던 1775년 13개 식민지 지역대표가 모여 제2차 대륙회의를 연 장소라는 점에서 역사적 의미가 있다. 미국 의회의 효시가 된 대륙회의는 이후 미국 혁명의 지휘부 역할을 했다.

미국의 독립과 건국은 생각보다 험난한 과정이었다. 특히 독립군인 대륙군의 총사령관으로 독립전쟁을 이끈 조지 워싱턴 장군의 경우, 당시 세계 최강의 영국군을 상대로 전쟁을 치르면서 부족한 자금과 부족한 식량, 부족한 물자와의 전쟁을 동시에 벌여야 했다. 9000명의 사망자를 내면서 8년 동안 진행된 독립전쟁은 미국 역사에서 가장 위대한 기간이었다. 물론 이후 노예해방을 둘러싸고 남북전쟁을 치르기도 했지만, 자유와 독립을 위해 목숨을 바쳤던 공통의 경험은 이후 신생국가 미국의 국민적 통합과 국가적 정체성 형성에 결정적 역할을 했다.

인디펜던스 홀 옆의 별도 전시장에 전시되어 있는 자유의 종(Liberty Bell)은 언뜻 그저 평범한 종으로 보이지만, 미국의 자유와 독립, 민주주의의 상징이다. 원래 인디펜던스 홀로 바뀐 펜실베이니아 의회 건물의 첨탑 꼭대기에 있었는데, 의회를 소집하고 시민집회를 열 때, 1776년 독립선언문을 낭독할 때에도 타종했던 유서 깊은 종이다. 종은 영국에 주문 제작해 1752년 미국에 도착했으나, 처음 종을 칠 때 갈라져 지금도 그 균열이 그대로 남아 있다.

미국은 혁명의 역사를 자랑스럽게 여기고, 이를 국민적 통합의 기반으로 삼고 있다. 미국 혁명을 주도한 벤자민 프랭클린, 토마스 제퍼슨, 조지 워싱턴, 존 아담스, 헨리 녹스 등은 230여 년이 지난 지금까지 미국에서 가장 존경받고 있다. 초대 대통령을 지낸 조지 워싱턴은 '국부'로 추앙받고 있다. 이들이 추구했던 공통의 가치와 투쟁의 역사가 다인종, 다민족, 다문화로 이루어진 미국을 하나로 통합하고 있다. 남미 국가들과 마찬가지로 신생 이민자 국가였던 미국의 '자기 정체성(identity)'의 뿌리는 여기에 있었다.

이는 19세기 초까지만 해도 미국과 비슷한 처지였으나 아직도 정체성의 위기를 겪으며 비틀거리고 있는 남미와 확연히 비교된다. 브라질이나 아르헨티나가 엄청난 잠재력에도 불구하고 지금까지 낙후한 상태에서 벗어나지 못한 것은, 이들의 독립에 미국과 같은 혁명이 동반되지 않았기 때문이다. 그들의 독립은 스스로 싸워 쟁취한 것이 아니라 권력의 공백 상태에서 지배세력이 유럽 왕실에서 토착 기득권 세력으로 바뀐 것일 뿐이었다.

미국인들은 독립전쟁을 치르면서 기존의 식민지 이주민, 즉 '콜로니스트

(Colonist)'가 아니라 신생국 '미국의 국민', 즉 '아메리칸(American)'이라는 인식을 갖기 시작했다. 동시에 독자적인 민주주의 시스템을 정착시키는 사회혁명을 이루면서 세계를 쥐락펴락하는 나라로 발전할 수 있었다.

빛나는 항일해방투쟁과 민주화운동의 역사를 지니고 있으면서도 낡은 이념의 포로가 되어 지금도 정체성의 혼란을 거듭하는 한국, '절반의 성공'을 거둔 한국의 현실이 묘하게 교차했다.

문득 김수영 시인의 〈푸른 하늘을〉이라는 시가 생각났다. 4·19 혁명 직후 시인은 이렇게 노래했다.

"자유를 위해서 / 비상하여 본 일이 있는 / 사람이면 알지 / 노고지리가 / 무엇을 보고 / 노래하는가를 / 어째서 자유에는 / 피의 냄새가 섞여 있는가를 / 혁명은 / 왜 고독한 것인가를"

대학생 시절 금서로 지정되었던 이 시를 읽으면서 가슴이 뜨거워졌던 기억이 새롭다. 이 시의 키워드는 자유와 혁명과 피다. 군사독재 시절, 아니 민주화가 이루어진 지금도 뇌 회로의 한 귀퉁이에서 '불온한 언어'라는 신호를 보내는 말이다. 한국에서는 금기의 언어지만 필라델피아에선 이 말의 의미를 국민들에게 가르치고 있었다. 그것을 통해 미국이 자랑스러운 나라라는 것을 국민들에게 심어주고, 정체성을 되살리고 있다.

이러한 말을 불온한 것으로 여기게 만드는 한국의 현실이 슬프게 다가왔다. 낡은 이데올로기의 망령에서 아직도 벗어나지 못한 한국의 슬픈 현실, 반쪽짜리 인식을 갖고 있으면서도 그것을 당연한 것으로 여기는 정신적 불구 상태, 정신의 서글픈 자기 검열을 보여주는 것이 아닐 수 없다.

방문자 센터와 인디펜던스 홀, 자유의 종을 둘러보고 필라델피아의 유명한 레스토랑 제노 스테이크(Geno's Steaks)에서 치즈 스테이크 샌드위치까지 맛본 다음 대서양 해안의 애쉬버리 공원을 돌아보았다.

뉴저지에 있는 조카 종원의 집은 나무가 많고 잘 정돈된 전형적인 중산층 주택가에 자리 잡고 있었다. 일식 뷔페 식당에 가서 맛있는 저녁식사도 했다. 지금까지 여행하면서 늘 현지의 저렴한 음식점들을 이용했는데 조카 덕분에 갈비에 일식까지 그야말로 잔뜩 호사를 누렸다.

두 번 길을 잃은 프리덤 트레일

하룻밤을 묵은 종원의 집은 마치 숲속에 들어와 있는 듯한 느낌을 주었다. 아침 햇살이 아름답게 비치는 주택가는 잘 조성된 한국의 전원주택을 떠올리게 했다. 사실 한국의 전원주택은 이러한 미국의 주택가를 모델로 삼은 것이다. 평화롭고 여유가 넘쳤다. 역시 풍요의 나라답게 상품도 물자도 풍부하고, 거기에 땅도 풍부했다.

하지만 이웃과의 소통은 상당히 어려워 보였다. 물건을 하나 사려 해도, 식사를 한 끼 하려 해도 자동차가 있어야 한다. 거리—길가에 상점이 있고 사람들이 걸어다니는 거리와는 모습이 확연히 다르지만—에는 지나가는 사람도 거의 없다. 모두 자동차를 타고 다니니 사람 얼굴 볼 일도 별로 없을 것 같다. 뉴욕 같은 대도시에서 돈을 벌어 이런 교외에 주택을 마련할 경우, 아이를 기르는 주부에게는 그것이 '고립으로 향하는 급행열차'라는 말이 떠올랐다. 이웃과의 소통과 공동체 회복이 절대적으로 필요한 지역이다.

종원과 함께 아침 일찍 집을 나서 프리스톤 정션(Priston Junction) 역에서 뉴욕 펜 역으로 가는 기차에 올랐다. 외로웠던 나를 이틀 동안 이곳저곳 안내해주고 식사에다 잠자리까지 마련해준 조카와 아쉬운 작별을 했다.

기차는 약 1시간 후 펜 역에 도착했다. 여기에서 기차를 갈아 타고 북동부 해안을 따라 달리다 오후 4시, 보스턴 사우스 역(South Station)에 도착했다.

프리덤 트레일(자유의 길) 보스턴 도보 여행의 필수 코스로, 미국 혁명의 유적지를 연결해 놓은 길이다.

보스턴에선 '자유의 길' 즉 '프리덤 트레일(Freedom Trail)' 도보 여행이 필수다. 빨간 선 또는 빨간 벽돌로 미국 혁명의 중요한 유적을 연결해 놓은 길인데, 과거 자유와 독립을 위해 투쟁한 영웅들의 발자취를 느낄 수 있다. 총 4km(2.5마일)에 이르는 이 트레일은 모두 열여섯 군데의 역사 유적을 연결하고 있다. 1951년 윌리엄 스코필드라는 지역 언론인의 제안에 의해 만들어졌다. 보스턴의 센트럴 파크인 보스턴 커먼(Boston Common)에서 시작해 구 매사추세츠 주청사, 파크 스트리트 교회, 구 의회 건물, 보스턴 학살 현장, 구 노스 처치를 거쳐 찰스 강을 건너 벙커힐 기념관까지 이어진다. 보스턴 역사에서 아주 중요한 '보스턴 티 파티' 현장이 빠져 있다는 비판을 받기도 하지만, 어쨌든 보스턴 여행에선 빼놓을 수 없는 도보 여행 코스다.

보스턴 호스텔에 여장을 풀고 먼저 보스턴 커먼으로 향했다. 미국에서 가장 오래된 공원으로, 보스턴 건설 4년 후인 1636년에 만들어졌다. 외면상으로는 평범해 보이는 공원이다. 보스턴 커먼에서 프리덤 트레일을 따라 걷기 시작했다. 그런데 붉은 선을 따라 구 매사추세츠 주청사를 지나다가 그만 길을 잃어 버렸다. 전형적인 영국 소도시 주택가를 연상시키는 아름다운 집들이 줄지어 있어 거기에 한눈을 팔다 붉은 선을 놓친 것이다. 주택가를 따라가다 보니 저쪽에 보스턴을 가로지르는 찰스 강(Charles River)이 나타났다.

처음에 생각하지 않은 코스로 움직였지만, 결과적으로 보스터니안(Bostonian)들의 일상적인 삶을 엿볼 수 있는 좋은 기회였다. 강변엔 조깅하는 사람, 보트를 타는 사람, 아이나 가족과 함께 산책하는 사람, 연인 등 많은 사람들이 나와 일요일 오후를 즐기고 있었다. 한강변이 서울 시민들의 휴식처 역할을 하듯 찰스 강변은 보스턴 주민들의 휴식처였다. 나도 강안(River Bank)을 천천히 거닐다가 다시 다운타운으로 들어왔다.

구 매사추세츠 주청사 앞에서 잃어 버렸던 프리덤 트레일을 다시 찾아 천천히 걸었다. 이번엔 보스턴 항구로 향하다 또 길을 놓쳤다. 중간에 흥미로운 빌딩이나 장소를 발견하면 발걸음이 자연스럽게 그쪽으로 향하다 보니 붉은 선에서 자꾸 벗어나는 건 어쩌면 당연했다. 그러다 다시 붉은 선을 찾아 돌아오는 것이 프리덤 트레일이기도 하다.

보스턴 항구는 미국 역사의 가장 중요한 전환점이었던 '보스턴 차 사건'이 벌어진 곳이다. 1773년 12월 영국의 과도한 세금과 동인도 회사의 무역 독점에 항의해 보스턴 항에 정박한 선박에 실린 342개의 상자를 부수고 상자에 담긴 차를 바다에 빠뜨린 사건이다. 이는 영국으로부터 독립과 자유를 쟁취하는 미국 혁명의 도화선이 되었고, 뿔뿔이 흩어져 있던 콜로니스트들을 '미국 합중국(United States of America)'이라는 이름 아래 통합시키는 계기가 되었다.

차 사건에 분개한 영국은 군대를 보스턴 시내에 진주시키고, 항구를 봉쇄해 버렸다. 이로 인해 보스턴 주민들은 영국이 자신들을 '2등 시민'으로 간주하고 있음을 인식하게 되었다. 주민들은 실망스런 '어머니 국가' 영국의 실체를 새롭게 바라보게 되었고, 이것이 이웃 13개 식민지 주를 각성시키는 계기가 되었다. 뉴욕과 사우스 캐롤라이나, 메릴랜드, 코네티컷 등 인근 지역에선 고립된 보스턴 주민들을 위해 먹을 것과 돈을 보내는 등 식민지 사이의 유대가 형성되었다. 1775년에는 보스턴 인근 렉싱턴에서 민병대와 영국군 사이의

보스턴 차 사건의 주역인 사무엘 아담스 동상과 퍼네일 홀(왼쪽) 및 구 의회 건물 올드 스테이트 하우스(오른쪽)
모두 프리덤 트레일이 지나는 관광 명소로, 올드 스테이트 하우스는 현존하는 미국 공공 건물 중 가장 오래되었다.

첫 전투가 벌어져 여덟 명의 민병이 사망했다. 이를 계기로 필라델피아에서 2차 대륙회의가 열려 조지 워싱턴을 총사령관으로 하는 독립군, 즉 대륙군을 편성해 영국과 전쟁에 들어갔다.

항구 입구에는 당시 급진 조직이었던 '자유의 아들들(Sons of Liberty)'의 일원으로 차 사건을 주도하고 나중에 독립선언문에 서명한 사무엘 아담스(Samuel Adams)의 동상이 서 있고, 그 뒤로 '자유의 요람'이라고도 불리는 퍼네일 홀(Faneuil Hall)이 있다. 차 사건 당시 시민들의 회합 장소였던 곳으로, 홀 전시관에는 사진과 지도를 곁들여 프리덤 트레일을 상세히 설명해 놓았다.

항구로 이어지는 길가에는 대형 시장인 퀸시 마켓(Quincy Market)과 사우스마켓(South Market)은 물론 랍스터와 게 요리를 파는 레스토랑이 줄지어 있고, 저녁때가 되어 이곳을 찾는 시민들로 북적거렸다. 거리는 풍성한 몸매의 미국인들로 홍수를 이루고, 마술쇼를 하는 사람까지 나와 흥겨움을 더해주었다. 풍요롭고 사람 냄새가 물씬 풍기는 광경이었다.

첫날 길을 두 번이나 잃으면서 맛보기로 돌아다녔던 프리덤 트레일을 다음 날 다시 찾았다. 발길은 보스턴 커먼에서 올드 매사추세츠 스테이트 빌딩, 올드 스테이트 하우스를 거쳐 '보스턴 학살 장소'로 이어졌다. 1770년 영국군의 주둔에 항의하던 학생과 시민들이 영국군의 발포에 의해 희생된 현장이다. '학살(massacre)'이라고 해서 얼마나 많은 사람이 희생되었는지 궁금했는데, 자료를 보니 다섯 명이 사망했다고 기록되어 있어 좀 어안이 벙벙했다.

자신들이 학살한 수백만의 인디언은 무시하거나 그 의미를 축소하면서 다섯 명이 죽은 것을 학살이라며 그 자리에 표식까지 해놓은 미국의 이중성이 어쩐지 섬뜩했다. 2000년대 들어 아프가니스탄이나 이라크 전쟁에 대한 태도도 마찬가지다. 수만 명의 아랍인이 죽은 사실은 외면하면서 미군 병사가 한 명이라도 죽으면 난리를 치는 그 이중성의 뿌리를 보는 듯했다.

붉은 선은 보스턴 항구 근처의 사우스 미팅 플레이스를 거쳐 구 시가지로 이어졌다. 구 시가지에는 옛 건물들이 죽 들어서 있지만 대부분 랍스터 등 이곳의 특산 요리를 파는 가게로 바뀌었다. 프리덤 트레일은 이곳을 지나 미국 혁명 과정에서 영국군의 동향을 파악해 이를 전달하는 시스템을 제안하고 스스로 중요한 전령사 역할을 했던 폴 리비어(Paul Revere) 동상으로, 폴 리비어의 활약과 긴밀한 연관이 있는 노스 처치(North Church)로, 찰스 강과 미 해군의 효시가 된 USS 컨스티튜션 및 찰스타운 해군 기지로 연결되었다.

마지막 코스는 벙커 힐(Bunker Hill) 기념관이다. 벙커 힐은 보스턴 외곽의 작은 언덕으로, 1775년 보스턴을 장악하고 해상을 봉쇄했던 영국군과 미국 독립군이 처음으로 대규모 전투를 치른 곳이다. 이 전투에서 영국군은 약 1000명의 사망자를 내고 벙커 힐을 탈환했지만, 이를 계기로 독립군의 전투력이 입증되어 결국 영국군은 보스턴을 내주고 캐나다로 후퇴했다. 하지만 이것은 전쟁의 끝이 아니라 1783년 독립이 승인될 때까지 8년에 걸친 처절한 독립 전쟁이 본격화하는 출발점이 되었다. 전투가 펼쳐졌던 언덕에 세워진 기념관에는 보스턴 시내를 조망할 수 있도록 오벨리스크처럼 만든 67m의 첨탑이 세워져 있다. 첨탑 위까지 올라가려면 294개의 계단을 걸어서 올라가야 한다. 기념탑을 바라보는 것으로 트레일 순례를 마쳤다.

다시 보스턴 시가지로 돌아와 차이나타운과 워싱턴 스트리트가 만나는 곳에서 흥미로운 조각상을 발견했다. '자유의 아들들'이 일으킨 보스턴 차 사건이 1776년 독립선언으로 이어지기까지의 자유와 독립을 위한 투쟁을 기리는 〈자유의 나무〉 조형물이었다. 미국의 건국이념을 가장 잘 보여주는 조각이다. 조형물의 나무는 '자유'를 상징하며, 그 '자유의 나무' 뿌리엔 '법률과 질서(Law and Order)'라는 말이 새겨져 있다. 법률과 질서를 자양분으로 자유의 나무가 성장하며, 그 기원은 '자유의 아들들'과 1776년의 독립선언이라는 것이다. 이 〈자유의 나무〉가 서 있는 자리는 미국 혁명 이전에 보스턴 시민들이 모여 커뮤니티의 미래에 대해 토론하던, 역사적으로 의미가 있는 장소다.

자유는 미국의 건국 이념이자 오늘날 세계를 지배하는 미국의 이데올로기이기도 하다. 하지만 법률과 질서가 그 자양분이라는 것은 다분히 미국적이다. 지금은 법률과 질서뿐만 아니라 인권이나 평등, 정의와 같은 보다 미래지향적이고 '인간적인' 가치가 필요하다. 자유라는 미국의 건국 이념은 당시로서는 진보적이었지만, 이제는 새롭게 등장하는 사회문제를 해결할 수 있는 것으로 내용이 바뀌어야 한다.

자유와 개인주의는 자본주의의 성장과 밀접한 관계가 있다. 미국은 산업혁명을 전후로 유럽에서 새로 성장한 신흥 부르주아들이 자유를 찾아 대륙을 건너와 세운 나라다. 그 자유에는 기존의 봉건적·계급적 지배에서 벗어나는 것은 물론 개인적 부와 이윤 추구, 자본 축적의 자유가 포함되어 있다. 엄밀히 따지자면 이윤 추구와 사적 재산의 권리를 보장하는 측면이 훨씬 강했다. 그것이 미국의 국가 이념은 물론 이후 사회발전의 원동력이 되었으며 세계에 확산되었다.

하지만 그로부터 230년이 지난 지금 그러한 자유의 의미는 퇴색하고 있다.

자본주의가 고도화하고 세계의 지배 이데올로기가 되면서 자본이 인간의 자유를 억압하고 있다. 자유가 그동안 크게 신장한 것처럼 보이지만, 그것은 자본의 자유일 뿐이다. 돈이 있을 때는 무한한 자유를 느끼고 향유할 수 있지만, 돈이 없으면 자유롭지 못한 것이 오늘날의 사회다. 보이지 않는 자본의 사슬이 인간의 자유를 제약하고 있다. 지금도 많은 나라에서 언론의 자유, 사상과 표현의 자유가 억압받고 있지만, 자본의 사슬에서 벗어나는 것이 오늘날 추구해야 할 진정한 자유의 핵심 요소다.

오늘날 미국이 추구하고, 세계에 적용하고 있는 자유는 반쪽의 자유다. 이윤 추구나 금융 이동의 자유 같은 자본의 자유는 급격히 신장한 반면, 자본의 지배가 초래하는 사회문제를 해결하는 데에선 매우 느리게 움직이고 있다. 이제는 자본의 자유를 억제해야 진정한 자유를 달성할 수 있다. 그러한 내용으로 진화하지 못하는 것이 오늘날 미국의 한계이며, 미국식 자유 이념의 한계다. 내가 가족과 함께 돌아본 세계는 그 자본의 지배로부터 벗어나고자 하는 염원이 가득했다.

프리덤 트레일은 미국 혁명과 자유를 위해 투쟁한 18세기 후반 미국인들의 높은 성취를 보여준다. 하지만 '진정한 자유'를 향한 길은 아직 미완성이다. 프리덤 트레일은 더 이어져야 하고, 더 진보해야 한다. 자본의 지배로부터 벗어나 진정한 인간 해방과 인간다운 사회, 국가와 국가, 자연과 인간의 평화로운 관계를 위한 투쟁을 요구하고 있다.

하버드와 MIT가 가야 할 길

보스턴은 미국 혁명의 탄생지이기도 하지만 대학 도시이기도 하다. 보스턴에 3만 명 이상의 학생이 있고, 하버드와 MIT(매사추세츠 공과대학) 등 세계 최고의 명문대학이 있다. 보스턴에서의 마지막 일정은 이곳을 돌아보는 것이었다. 필라델피아와 보스턴의 유적을 돌아보면서 미국의 건국 이념인 자유의 의미를 되돌아보았다면, 하버드와 MIT에서는 미국 사회의 지적 나침반을 다시 바라보는 여정이었다. 이곳을 돌아보면서 세계 최고의 학문의 전당이 단순히 세계를 해석하고 자본의 이익을 극대화하는 방법을 연구하는 것이 아니라, 인류의 미래를 위한 학문을 꽃피우길 바라는 마음 간절했다.

하버드로 향하기 전에 먼저 남미를 여행하며 크게 늘어난 짐을 정리했다. 미국 여행에 꼭 필요한 것만 남기고 한데 묶어 보스턴 시내의 우체국으로 갔다. 소포의 배달 상황을 실시간으로 체크할 수 있는 급행 서비스는 83달러, 일반 소포는 60달러였다. 일반 소포인 '프라이오러티 메일(Priority Mail)'은 무게와 상관없이 규격 상자에 물건을 꽉 채워서 보낼 수 있다. 각종 물건을 꼭꼭 집어넣으니 가득 찼다. 한국으로 보내는 세 번째 짐이다.

소포를 부치고 지하철 스테이트 역에서 1일 버스·지하철 통합 패스를 끊어 하버드 대학으로 향했다. 다운타운 크로싱 역에서 레드 라인으로 갈아타고 10여 분 만에 하버드 스퀘어에 도착했다. 하버드는 찰스 강 건너 캠브리지 지역에 위치한 세계 최고의 대학이며, 미국 최초의 대학이다. 아름드리 나무와 정원 속에 신고전주의 양식의 고색창연한 건물이 들어선 아름다운 캠퍼스였다.

입구인 올드 야드의 잔디밭 곳곳에 벤치와 의자, 테이블이 놓여 있고, 휴식을 취하거나 책을 읽는 사람들이 많았다. 자녀가 하버드 대학생인 '하버드 아빠(Harvard Dad)'와 '하버드 엄마(Harvard Mom)'를 꿈꾸는 가족 단위 방문자들과 어린이 단체 방문단도 계속 몰려들었다.

대학 설립자인 존 하버드의 동상 앞에는 특히 사람들이 북적였다. 하버드 대학은 1636년 성직자를 양성하기 위해 아홉 명의 학생과 한 명의 교사로 문을 열었다. 목사인 존 하버드가 젊은 나이에 사망하면서 400여 권의 장서를

기증해 하버드 칼리지로 이름을
변경하면서 점차 정식 교육기관
으로서의 틀을 갖추었다. 하버드
동상의 구두는 방문자들이 인증
샷을 찍으면서 얼마나 만져댔는
지 노란 청동이 맨질맨질한 속살
을 드러내고 있었다.

하버드 대학은 그 학문적 명성
도 명성이지만, 아름다운 캠퍼스
가 인상적이었다. 나무와 정원수
들, 잔디밭이 잘 가꾸어져 있는 캠
퍼스에 도서관과 연구소, 강의실
이 곳곳에 박혀 있다. 그 속에 들어

하버드 대학 설립자인 존 하버드의 동상

가 있기만 해도 저절로 공부가 될 것 같았다. 이 대학의 선배들이 미국은 물론
세계의 지도자 역할을 하면서 후원금도 많이 들어와 재정도 풍부하니 금상첨
화가 아닐 수 없다.

본관을 돌아 안으로 들어가자 하버드의 대표 도서관인 와이드너 도서관
(Widener Library)이 웅장하게 서 있다. 정식 명칭은 '해리 앨킨스 와이드너 추모
도서관'. 이 대학 졸업생인 해리 앨킨스 와이드너의 모친이 기부한 자금으로
세워졌다. 지금은 문학과 역사, 철학, 법률, 사회학 등 주로 인문사회과학 분
야에 300만 권 이상의 장서를 자랑한다. 하버드는 도서관 대학, 연구 지원대
학이라고 할 정도로 분야별로 특화된 도서관이 만들어져 있으며 이를 연결
한 하버드 도서관 시스템에 모두 1500만 권 이상의 장서를 보유하고 있다.

와이드너 도서관 건너편에 1, 2차 세계대전 중에 사망한 하버드 사람들을
기리기 위한 추모 교회, 그 뒤편엔 과학 센터, 로스쿨, 로스쿨 도서관인 랑벨

(Langbell), 국제법연구소, 공룡 연구결과를 보여주는 하버드 자연박물관 등이 들어서 있다. 유럽 대학들의 캠퍼스가 주택가나 상업지역 속에 들어가 있는 반면 하버드는 캠퍼스가 도시와 분리되어 독립적인 세계를 구성하고 있다. 캠퍼스를 돌아보면서 하버드가 오늘날 비틀거리는 세계를 구원할 대안과 그 사상적 토대를 만들어내는 산실이 되기를 바라는 마음이 간절했다.

대학을 돌아보고 정문 앞의 하버드 광장으로 나와 인포메이션 센터 역할을 하는 홀요크(Holyoke)에서 기념품으로 티셔츠와 볼펜을 구입한 다음, 건너편 서점에 들렀다. 국가의 흥망을 다룬 대런 애쓰모글루와 제임스 A. 로빈슨이 쓴 《국가는 왜 실패하는가(Why Nations Fail)》가 마침 30% 할인 판매 중이어서 집어들었다. 나중에 한국에서도 번역본이 나왔는데, 이 책의 결론은 내가 여행하면서 갖게 된 생각과 많이 비슷했다.

이 책은 비슷한 여건에서 출발한 나라들의 흥망이 왜 엇갈리는지에 대한 의문에서 출발한다. 가령 미국이나 멕시코, 아르헨티나는 17~18세기 비슷한 여건에서 출발했고, 1880년대에 아르헨티나는 미국보다 더 잘 살았다. 그런데 지금 미국은 일등 국가가 되었고 남미 국가들은 변방, 이류, 삼류 국가로 전락했다. 남한과 북한도 그렇다. 1945년 일제로부터 해방될 때 남북은 같은 여건이었고, 1970년대 초반까지만 해도 북한이 더 잘 살았지만 지금은 그 정반대가 되었다.

책의 결론은 정치와 민주주의 시스템의 차이가 국가의 흥망을 좌우한다였다. 정치 시스템이 각각의 시대에 등장한 국가적 과제를 해결하도록 국민적 의지를 모으고 이를 제도화함으로써 사회를 지속적으로 발전시켜 왔느냐 그렇지 못했느냐의 차이가 결국 국가의 성공과 실패를 갈랐다는 얘기였다. 국가 지도자가 개인적 부의 축적이나 권력의 향유, 또는 집권층의 권력 유지를 위해 국가 자원을 낭비하는 나라는 실패하게 된다. 반면 민주주의 시스템을 구축해 지도층의 권력 전횡이나 권력 독점을 견제하면서 국가 개발의 공통 과제를 도출하고 국가 자원을 효율적으로 사용하는 경우 성공했다. 내가 돌아본 남미와 미국의 역사를 비교하면서 서술해 흥미가 있었고, 이번 여행에서 내가 얻은 생각을 검증해주는 책이었다.

MIT는 하버드 역에서 레드라인 지하철을 타고 두 정거장 거리에 있다. 하버드가 신고전주의 양식의 고풍스런 건물로 고즈넉한 분위기를 풍겼다면, MIT는 현대 과학과 문명의 성과를 보여주는 듯했다. MIT는 시멘트와 스테인리스를 비롯해 철, 유리로 된 현대적인 건물들이 캠퍼스를 장식하고 있다. 하버드가 철학적이고 정서적인 느낌을 강하게 준다면, MIT는 과학과 수학, 기술의 냉정함을 느끼게 만드는 곳이다.

MIT는 첨단의 과학기술을 바탕으로 경제발전의 기폭제를 제공한 곳이다. 그러나 인문학이 배제된 분절적 학문 체계에서의 과학이란 몰인간적·몰가치적인 것이 되기 쉬우며, 지금까지 MIT가 그런 모습을 보여온 것이 사실이다. 자연과 우주 질서에 대한 규명과 이의 이용을 위한 과학이 아니라, 인간의 행복과 인류의 지속 가능성을 위해 기여하는 과학이 되어야 한다. 인간의 오만과 자연에 대한 무분별한 약탈로 위기에 빠진 환경과 생태계를 구하고, 인간과 자연이 공존하고 조화를 이룰 수 있는 과학과 기술이 필요하다. 과학의 인간화를 추구하는 과제가 MIT 앞에 있는 것이다.

MIT까지 보스턴 대학 탐방을 마치고 숙소로 돌아와 짐을 챙겨 사우스 역으로 향했다. 지금까지 모든 호스텔은 들어오고 나갈 때 "여기 머물러서 행복했다. 고맙다" "즐거운 여행이 되기 바란다"는 인사를 주고받았는데, 미국에선 모든 것이 기계적이다. 인사를 하는 사람도, 받는 사람도 없다. 마그네틱 카드로 문을 열고 들어가고 나갈 뿐이다. 짐을 맡겨놓은 로커도 자동화되어 코드를 입력하여 짐을 꺼내고, 카드를 반납하고 떠나면 그걸로 끝이다.

아침에 숙소에서 식사를 하다 베트남계 미국인과 숙소에 대해 대화를 나누었다. 캘리포니아에서 일하는 30대 중반의 남성으로, 컨퍼런스 참석차 보스턴에 머물고 있다고 했다.

"아시아와 유럽, 남미에선 이렇게 크고 상업화된 호스텔을 보지 못했어요. 대부분 작은 호스텔이나 게스트하우스여서 여행자들과 만나 이야기를 나누고, 여행 정보를 교환했는데, 여기에선 그런 것들이 쉽지 않네요." 내가 미국의 호스텔에 대한 감상을 밝혔다.

"맞아요. 매우 상업적으로 운영되죠. 하지만 대도시의 숙박비는 매우 비싼데 비해 이곳은 경제적으로 운영되니 '굿 딜(good deal)'이 되지 않을까요?"

그의 말은 전형적인 미국적 사고를 대변하는 듯했다. 출신 지역이나 인종을 불문하고, 개인의 선택과 자유를 존중하는 다양한 사람들이 미국을 구성하고 있으며, 법률과 질서에 따라 움직이는 사회, 불평하기보다 싫으면 선택하지 않으면 되는 게 미국이다.

그이 말대로 숙소의 상업화로 '굿 딜'은 될지 모르지만 삭막하기 이를 데 없는 것도 사실이다. 보스턴 호스텔도 침대가 300개에 이르는 대형 숙소였다. 모두 바쁘고, 익명성이 보장된다. 아시아와 유럽, 남미의 숙소가 여행자와 만나는 친숙한 공간이었던 데 비해 미국은 그저 머무는 장소다. 미국은 너무 커서 여행하기도 힘들고, 너무 커서 이해하기도 힘들고, 너무 커서 거리감도 크다. 모든 것이 상업화되어 정감을 느끼기도 힘들다.

그럼에도 보스턴은 여러 모로 멋진 도시였다. 나중에 와서 살라고 한다면 보스턴을 꼽고 싶을 정도였다. 물가가 비싸서 보통 한국인의 소득으로는 살아가기 힘드니 비용 문제를 접어둔다면 말이다. 유럽에 비하면 턱도 없지만, 미국으로선 깊은 역사를 간직하고 있고, 도시는 아름답고, 평화롭고, 활기가 넘친다. 대학 도시다운 젊음이 넘치고, 자연과 도시, 주변 환경이 잘 어우러져 있다. 아시아와 라틴계 이민자와 학생들이 대거 유입되면서 다문화 사회가 되고 있다. 도로, 주거, 상업, 관광, 역사 등이 잘 어우러진 도시, 미국의 풍요와 함께 사상적으로, 학문적으로 미국의 자기 성찰과 변화를 끊임없이 모색하는 도시다. 여기에도 다양한 커뮤니티들이 있을 것이고, 거기서 사람 사는 냄새를 더 진하게 맡을 수 있겠지만, 거기에 좀 더 깊숙이 들어가지 못하고 겉만 보고 떠나야 하는 것이 못내 아쉬움으로 남았다.

　미국의 건국 이념인 자유의 중요성을 잘 보여준 필라델피아와 보스턴의 역사 유적을 떠나 이제 세계 제국의 정치적 심장부 워싱턴으로 간다. 필라델피아와 보스턴에서 보여준 미국의 건국 이념 '자유'는 이제 서녘으로 기울어가는 이데올로기다. 구속과 속박으로부터의 벗어남과 자신이 자신의 미래를 선택할 수 있는 의미의 자유를 넘어서, 신자유주의가 전 세계를 지배하고 있는 오늘날 보이지 않는 세계의 주인인 자본의 지배로부터 인간을 해방시킬 수 있는 새로운 자유의 이데올로기가 필요함을 보여준 여정이었다. 워싱턴으로 향하는 보스턴 발 67번 암트랙은 날이 캄캄해진 오후 9시 30분 사우스 역을 출발했다. 하루 종일 돌아다녀서 그런지 기차에 올라 자리에 앉자마자 꾸벅꾸벅 잠이 몰려온다. 의자를 뒤로 눕히고 눈을 감았다.

미국 보스턴~워싱턴

전쟁,
'팍스 아메리카나의 오래된 무기'

샌드위치 주문의 난해함

저녁 9시 30분 보스턴을 출발한 67번 암트랙은 뉴욕을 거쳐 오전 6시 57분 워싱턴 DC 유니온 역에 도착했다. 9시간 반이 걸렸다. 기차가 침대가 아닌 좌석이어서 밤새 뒤척인 바람에 좀 피곤했다. 역 화장실에서 양치질을 하고 기차 안에서 꺼내 입었던 등산복과 남방을 벗고 반팔로 갈아입었다.

워싱턴의 숙소는 대기업을 연상시키는 이름(International House of United Tel Inc.)과 달리 지하 1층, 지상 3층의 아파트형 주택을 개조해 만든 작은 숙소였다. 전철을 타고 바로 숙소로 왔는데, 체크인을 하고 침대를 배정받기엔 이른 시간이어서 짐만 맡기고 숙소를 나섰다.

8시 30분, 아침식사부터 해결해야 했다. 숙소가 시내에 있어 걸어서 다운타운으로 향했다. 업무가 가장 바쁜 수요일 아침, 많은 워싱턴 시민들이 출근길을 서두르고 있었다. 백악관으로 이어지는 뉴욕 애비뉴 노스웨스트 입구에 직장인들이 많이 이용하는 레스토랑을 발견했다. 샌드위치와 커피 등을 파는 레스토랑이었다.

레스토랑은 바쁘게 돌아가고 있었다. 손님들이 줄을 서서 기다리고, 점원들은 주문을 받는 대로 샌드위치를 속전속결로 만들어 제공했다. 테이블에 앉아서 식사를 하는 사람도 있었지만, 상당수는 음식을 봉투에 담아 들고 나갔다. 나도 줄의 맨 끝에 가서 섰다. 그런데 이런 종류의 메뉴를 주문해본 적이 없는 나로서는 모든 것이 낯설었다. 샌드위치 주문이 단순하지 않았다.

내 차례가 되자 점원이 빠른 말로 무엇을 주문하겠냐고 물었다.

"모닝 세트와 아메리칸 커피 한 잔 주세요." 내가 메뉴판을 보고 미리 체크해둔 메뉴를 침착하게 말했다.

"빵은 무엇으로 하시겠습니까?" 그 젊은 백인 여성 점원이 물었다.

"빵요? 무슨 빵이 있지요?" 내가 약간 얼떨떨한 표정으로 되물었다.

"오우, 베이글과 샌드위치가 있어요." 그 점원이 조금 빠르게 물었다.

"아, 그렇군요. 그럼 베이글로 할게요." 나는 그녀의 말에 집중하면서 얼른 대답했다.

"어떤 베이글요?" 그 점원이 빠른 템포로 또 물었다.

"네? 어떤 베이글이 있는데요?" 내가 긴장한 상태에서 되물었다.

"단순한 베이글, 참깨 베이글, 건포도 베이글…" 그녀의 목소리에 약간의 짜증이 묻어났다. 내 뒤로 사람들이 줄을 서기 시작했다. 빨리 처리해야 한다는 무언의 압력이 느껴졌다.

"좀 천천히 말씀해 주시겠습니까?" 다시 묻는 내 뒤로 줄이 점점 더 길어지고 있었지만, 나도 어찌 할 도리가 없었다.

"휴~. 여러 종류의 베이글이 있어요. 아무것도 들어가지 않은 베이글, 참깨가 뿌려진 베이글, 건포도가 든 베이글도 있어요." 그녀가 한숨을 내쉬었다.

베이글 종류를 결정하니 이번에는 내용물은 무엇으로 하겠냐고 물었다.

"내용물에는 무엇이 있지요?" 내 뒤로 줄을 선 사람들이 긴 한숨을 내쉬는 것을 뒤통수로 느끼면서 내가 물었다.

"휴우~. 고기도 있고 계란, 햄, 베이컨이 있어요." 더한 짜증이 묻어났다.

분위기가 심상치 않자 옆에 있던 흑인 여성이 다가왔다. 나에게 짜증을 내던 그 젊은 백인 여성이 나를 흑인 여성에게 넘겼다. 흑인 여성은 모든 것을 낯설어하는 나에게 천천히 설명을 해주었고, 참깨 베이글에 소시지와 계란 프라이를 넣은 샌드위치를 주문할 수 있었다. 샌드위치 주문이 이렇게 복잡한 줄은 몰랐다.

어쨌든 첫 번째 나를 상대한 직원은 잘 몰라서 되묻는 고객을 외면한 셈이고 나는 기분이 상했다. 아시아에서 유럽과 남미를 거쳐 미국을 여행하는 동안 이런 경우는 처음이었다. 메뉴를 모르면 설명해주는 게 직원의 역할이고 지금까지 모두 그렇게 했다. 바쁘니까 그럴 시간이 없다는 말로 그냥 넘겨도 좋은 것일까? 창가의 테이블에 앉아 샌드위치를 천천히 씹어 삼켰다.

워싱턴 DC는 대표적인 계획도시다. 영국과의 전쟁을 통해 독립을 쟁취한 직후인 1790년 미국 의회가 동부 해안의 중앙에 위치한 이곳을 수도로 지정했고, 이듬해 조지 워싱턴 초대 대통령이 프랑스 출신의 건축가 피에르 랑팡에게 설계를 의뢰하면서 건설이 시작되었다. 당시 설계에 따라 워싱턴은 도시를 가로지르는 직선 도로와 권역별 거점을 중심으로 쭉쭉 뻗은 방사형 도로가 복합된 모습을 띠게 되었다. 그로부터 10년 후인 1800년 펜실베이니아 주 필라델피아에서 워싱턴으로 수도가 정식으로 이전, 미합중국의 정치 중심으로 자리를 잡았다.

2012년을 기준으로 거주 인구는 65만 명이지만 교외 통근자들이 많아 유동인구는 100만 명이 넘는다. 인구 구성은 정치와 외교, 공공 기관 중심이라는 도시의 성격을 반영하고 있다. 연방정부와 공공 기관에선 인종 차별이 없어 흑인 비중이 인구의 절반(50.1%)에 달한다. 백인은 35.5%, 히스패닉이 9.9%, 아시아계가 3.8%다. 대통령을 비롯해 국무부, 국방부, 재무부 등 행정기관과 의회, 대법원 등 미 권력의 핵심 3부와 세계은행, 국제통화기금(IMF) 등 국제기구, 176개국의 대사관이 워싱턴에 있다. 연방정부가 전체 고용의 29%를 차지하며 외교관만 1만 명에 달한다. 한마디로 워싱턴은 미국은 물론 세계 정치의 중심이다.

미국의 경제 수도 뉴욕이 하늘을 찌르는 현대식 마천루의 도시라면, 워싱턴은 높이 10층 안팎의 상대적으로 낮은 신고전주의 건축물의 도시다. 1899년 12층짜리 아파트가 들어서 미관 훼손에 대한 우려가 높아지자 의회가 고도 제한법을 제정, 건물 높이를 의사당 건물 이하로 제한했다. 2007년 미국 건축가협회(AIA)가 선정한 '미국인이 가장 좋아하는 건축물' 10개 가운데 백악관과 의사당, 링컨 기념관, 워싱턴 기념탑, 토머스 제퍼슨 기념관, 베트남 참전용사 기념관 등 6개 건축물이 이 워싱턴에 있다.

워싱턴 여행의 중심은 백악관과 내셔널 몰(National Mall)이다. 이 둘은 하나의 공원으로 연결되어 있고, 그 주변에 연방정부의 각 부처, 박물관, 의사당, 링컨 기념관 등 주요 건축물이 몰려 있다. 내셔널 몰에서 포토맥 강을 넘으면 알링턴 국립묘지와 국방부 건물인 펜타곤이 있다. 다 돌아보려면 10km 이상 걸어야 하지만, 실망시키지 않는 곳이다. 나도 백악관에서부터 시작했다.

한시도 전쟁을 중단하지 않은 패권국가

백악관 주변에는 이미 많은 관광객들이 몰려들어 담장 밖에서 기념 촬영을 하고 있었다. 철제 담장 안쪽으로 버락 오바마 대통령이 근무하는 백악관이 보였다. 세계 권력의 심장부 백악관을 바로 앞에서 보니 감개가 무량했다.

그런데 백악관 뒤편 담장 길 건너편의 천막 시위 현장이 내 눈을 잡아끌었다. 애칭이 코니(Connie)인 73세의 콘셉티온 피치오토(Conception Picciotto) 할머니가 1981년 7월부터 벌이고 있는 1인 시위였다. 내가 방문했을 때 코니 할머니는 집에서 쉬고, 젊은 동료인 미라(Mira)가 자리를 지키고 있었다. 내가 한국에서 온 여행자라며 관심을 보이자 미라는 이 시위가 백악관이 평화와 반핵을

반핵·평화를 요구하는 천막 시위 시위 현장 너머로 백악관이 보인다. 이 시위는 1981년부터 30년이 넘도록 진행되고 있다.

위해 더 많은 역할을 하기를 촉구하는 시위라고 했다. 30년이 넘도록, 비가 오나 눈이 오나 자리를 지켜 '평화와 반핵의 불침번'이라는 별명까지 얻었다고 한다. '세계의 권력' 백악관의 변화를 바라는 마음이 통하는 느낌이었다.

백악관 양 옆으로는 재무부와 백악관 비서진의 사무실이 배치되어 대통령을 보좌하고 있다. 건물이 생각보다 컸다. 하긴 백악관이 각종 정책의 심장부이자 세계 경찰의 지휘부 역할을 하려면 그에 맞는 정보와 인력이 필요할 터였다. 미국은 중국과 유럽연합(EU), 일본 등과 펼치는 외교와 환율 및 경제 전쟁은 물론 이란, 이라크를 비롯한 중동, 콜롬비아, 베네수엘라 등 남미, 북한을 비롯한 아시아 등 전 세계 모든 이슈를 관리하고 있다.

백악관에서 재무부 건물을 따라 남쪽으로 500m 정도 내려오면 내셔널 몰이 나온다. 길이 3km, 폭 480m에 달하는 거대한 공원이자 광장이다. 대통령 취임식에서부터 인종 차별 철폐와 환경 보호를 주장하는 각종 시위, 장애인 등 소수자들을 위한 행사, 민속 축제, 콘서트와 페스티벌이 열리는 정치와 문화의 중심지다. 내셔널 몰 동쪽 끝에는 의회 의사당이, 서쪽 끝에는 링컨 기념관이 자리를 잡고 있고, 그 가운데 워싱턴 기념비가 있다. 내셔널 몰을 중앙에 두고 그 주변에 스미소니언 박물관과 미국 연방정부 청사들이 자리

워싱턴 기념비 링컨 기념관에서 바라본 모습으로 오벨리스크 형상의 기념비가 햇빛을 받아 하얗게 빛나고 있다. 리플렉션 풀은 공사 중이어서 기념비가 반사된 모습을 볼 수 없다.

를 잡고 있는 형태다.

마침 몰 가운데 광장에서 매년 6월 말~7월 초에 열리는 스미소니언 민속 축제(Smisonian Folklife Festival)가 열리고 있었다. 6월 27일부터 7월 8일까지, 중간에 쉬는 날을 제외하고 10일간 열리는 페스티벌이다. 1967년부터 시작된 축제로 각 지역의 전통 문화와 음식, 상품 등을 소개하고 각종 이슈에 대해 토론을 벌이고, 음식과 기념품 등을 판매하는데 150여 개 대학과 공동체가 참여해 성황을 이루고 있었다. 미국의 다양성이 잘 드러나는 행사다.

몰 중앙 광장에선 '네임스(NAMES) 프로젝트'라는 대형 퀼트 작품 전시회도 열리고 있었다. 에이즈(AIDS)로 가족이나 친구를 잃은 사람들이 천을 이어붙인 퀼트 작품을 만들어 이들을 추모하고, 에이즈에 대한 올바른 인식을 촉구하기 위한 행사다. 퀼트엔 세상을 떠난 사람의 이름과 그들을 추모하는 그림과 문구가 새겨져 있다. 1987년부터 시작한 이 행사의 '네임스 프로젝트'라는 이름에는 에이즈 희생자들이 단순히 숫자로만 기억되지 않고, 개개인의 이름, 하나하나의 소중한 생명으로 인식되기를 바라는 염원이 들어 있다.

내셔널 몰 가운데에 있는 워싱턴 기념비는 오벨리스크를 닮았다. 고대 이집트의 건축물을 보는 듯한 느낌을 주는 첨탑이다. '미국 건국의 아버지' 조

의회 의사당 미국 의회 민주주의의 전당으로, 미국의 국내 현안은 물론 세계의 주요 현안이 논의되는 곳이다.

지 워싱턴을 기리는 건축물이다. 대리석과 화강암 등으로 웅장하게 만들어 워싱턴의 상징이 되었다. 높이가 555피트(169m)로 건설 당시 세계에서 가장 높은 첨탑이었으나, 1889년 파리의 에펠탑이 들어서면서 최고 높이 기념물의 자리를 내주었다. 그럼에도 그 위용엔 변함이 없다.

몰 동쪽 끝에는 캐피톨(Capitol)이 있다. 미국 민주주의와 민의(民意)의 전당이며, 미국 정치의 중심인 의회 의사당이다. 남쪽에는 하원 회의장이, 북쪽에는 상원 회의장이 배치되어 있다. 거대한 석조 건물은 위압적이며, 권위적인 느낌을 준다. 사회에 영향을 미치는 모든 사안들이 토론대 위에 올라가고, 필요한 법률을 제정함으로써 사회 질서의 근간을 만드는 입법기관이다. 대통령을 비롯한 모든 권력은 의회가 제정한 법률에 의해서만 합법적인 권한이 부여된다. 의회주의와 토론, 합의의 전통이 미국 사회의 통합과 발전을 가능하게 했다.

하지만 오늘날 미국 정치는 강력한 로비 집단, 특히 막대한 자금을 기부하는 경제 권력에 의해 좌우되고 있다. 의회에선 기업과 자본가들의 로비가 치열하게 펼쳐진다. 금융 및 경제 정책과 관련한 의사결정은 물론 심지어 전쟁의 결정에도 이들 금융계와 재계의 입김이 강력하게 작용한다. 이 캐피톨을 진정한 평화와 인권을 추구하고 소외된 사람들의 목소리를 전달하고 정책

미국 의회도서관의 내부 기밀 외교 문
서 등 진귀한 자료들을 소장하고 있는
세계 최고의 도서관이다.

에 반영하는 민의의 전당으로 만드는 것이 미국 정치의 과제다.

의사당 뒤편에는 최고 사법기관인 대법원과 의회 도서관이 자리를 잡고 있
다. 관심을 끈 것은 의회 도서관이었다. 메인 도서관인 토마스 제퍼슨 빌딩과
존 아담스 빌딩, 제임스 메디슨 메모리얼 빌딩, 그리고 폴거 셰익스피어 도서
관으로 나뉘어져 있는 세계 최고의 도서관이다. 도서관이 유럽의 웬만한 성
이나 궁궐을 연상시킬 정도로 웅장하고, 내부 장식도 호화롭다. 이 때문에
라이브러리 투어가 별도로 진행되기도 한다. 그 안에는 미국의 기밀 외교문
서를 비롯해 진귀한 자료들이 많다. 아직도 학자와 저널리스트들의 연구와
조사를 기다리는, 탐나는 원본 자료들이다.

내셔널 몰에서 빼놓을 수 없는 곳은 스미소니언 박물관이다. 국립 미국역사
박물관, 국립 자연사 박물관, 국립 미술관, 우주 박물관, 국립 인디언 박물관
등 내셔널 몰에만 11개의 스미소니언 박물관이 있다. 입장료는 무료다. 가장
인기 있는 곳은 세계 최고의 공룡 화석을 전시한 자연사 박물관, 우주의 신비
와 탐험의 역사를 보여주는 우주 박물관, 그리고 역사 박물관이다. 다른 박물
관들도 각각의 특색을 자랑하는 해당 분야 세계 최고의 박물관들로, 모두 돌
아보려면 며칠이 걸려도 부족하다. 과연 어디를 볼 것인가 선택을 해야 했다.

두 곳에 관심이 갔다. 역사 박물관과 인디언 박물관이었다. 역사 박물관에 선 미국이 자신의 역사와 사회를 어떻게 보고 있는지, 그들이 바라보는 미국 의 정체성은 과연 무엇인지, 미래에 대해선 어떤 시각을 갖고 있는지 확인하 고 싶었다. 인디언 박물관에선, 미국이 이 땅의 원주민이었던 인디언에 대해 어떤 인식을 갖고 있는지, 인디언 학살을 어떻게 되돌아보고 교훈을 얻고 있 는지 직접 보고 싶었다.

역사 박물관은 많은 사람들, 특히 학생들로 성황을 이루고 있었다. 미국 국기인 성조기 전시관을 비롯해 '자유의 대가와 전쟁 중인 미국(Price of Freedom, America in War)', '미국 사회(American Societies)', '대통령과 영부인(President and First Lady)', '변화하는 미국(America on the Move)' 등을 주제로 미국 사회의 다양성을 보여주고 있었다. 하루 종일 돌아보아도 부족할 정도로 전시물이 풍부했다. 20세기 이후 세계 질서를 쥐고 흔들어온 나라답게 미국과 관련된 사건이나 역사적 사실들도 엄청나게 많고, 미국이 등장한 18세기 이후 지금까지 경제 나 과학기술과 문화도 급변했기 때문에 되새겨볼 내용들이 넘쳤다.

역사 박물관은 독립전쟁 이후 미국의 형성, 자유를 지키기 위한 전쟁에 초 점을 맞추고 있었다. 그 이전 1만 년이 넘는 인디언 역사는 그들의 역사가 아 니었다. 미국의 뿌리는 유럽인들의 이주, 말하자면 '신대륙' 침략과 1770년대 독립전쟁에 있었다. 이 땅에서 고유한 문화를 바탕으로 오랫동안 살아온 인 디언들, 유럽의 침략에 맞서 처절하게 싸우다 무참하게 학살된 인디언의 역 사는 철저히 외면되고 있었다. 그 어떤 말로 합리화하더라도, 엄밀히 미국의 뿌리는 침략과 정복이었다.

역사 박물관은 동시에 미국이 독립전쟁 이후 지금까지 전쟁을 치르지 않 은 적이 없으며, 지금도 전쟁을 벌이고 있는 국가라는 점을 잘 보여주고 있었 다. 내전인 남북전쟁과 두 차례의 세계대전, 1950년 한국전쟁에서 시작해 베 트남 전쟁~중동 전쟁~아프간 전쟁~이라크 전쟁 등 미국은 끊임없이 전쟁을 벌이고 있다. 미국 본토에서 전쟁이 벌어지고 있지 않을 뿐, 지금도 세계 곳곳에서 실제 전쟁을 펼치면서 거의 매일 희생자를 내고 있다. 미국에서의 각종 총격 사건과 테러와의 전쟁까지 포함하면 전쟁 범위는 더욱 확대된다.

2차 세계대전 이후 지금까지 전쟁을 중단한 적이 없는 세계에서 유일한 나라, 미국의 정체성은 바로 거기에 있었다. 이것이 미국식 패권주의 사고의 원천이다. 자유와 개인의 재산을 지키기 위해선 전쟁이 불가피하며 이 전쟁의 승리를 위해선 힘의 우위가 필요하다는 사고, 경제성장과 번영을 위해선 법과 질서가 필요하고 이를 강제해 나가기 위한 조건이 바로 힘의 우위라는 사고, 미국식 패권주의 사고가 박물관 곳곳을 지배하고 있었다. 사실 그러한 사고 방식은 내가 20년 넘게 기자 생활을 하면서 절감했던 것이기도 하다.

역사 박물관은 미국 대통령과 국기인 성조기의 권위를 강조하고 있었으며, 특히 성조기에 대한 미국인들의 태도가 새롭게 다가왔다. 국가적인 행사는 물론 전쟁과 시위 등 모든 행사에 성조기가 등장한다. 각종 스포츠 대회, 지구의 오지 탐험, 여행에도 성조기가 등장하며 현재의 정치 질서에 반대하는 시위는 물론 심지어 극우단체인 KKK단 집회에도 성조기가 등장한다. 인간의 자유와 다양성을 존중하면서 다른 한편으로 국가주의를 은근히 부추기는 듯했다. 세계의 경찰 역할을 하는 미국에 대해 자랑스럽게 생각하고, 그것을 바탕으로 애국심을 강조하고, 나라를 위해 희생된 사람들을 영웅으로 만드는 나라, 미국식 국가주의의 단면이다.

국립 인디언 박물관은 또 다른 형태의 미국 패권주의와 국가주의, 개인주의 사고의 전시장이었다. 인디언 박물관은 인디언 전통 건축물을 연상시키듯이 황토색으로 외관을 만들어 토속적인 분위기가 물씬 풍겼고, 건물도 아주 멋있었다. 여러 개의 박물관 가운데 가장 특색 있게 지어진 건물이었다. 박물관에는 인디언의 문화와 그들의 삶, 전통, 의식 구조 등을 보여주는 자료가 풍부하게 전시되어 있었다. 인디언에 대한 미국의 연구 성과를 보여주는 듯했다.

하지만 내가 보고자 한 인디언의 역사는 잘 파악할 수 없었다. 인디언을 박제화해 그들의 이색적인 장식과 문화, 예술, 가면, 복장, 정신 세계 등을 분절적, 파편적으로 보여줄 뿐, 유럽 이주자들이 들어와 정복하기 전 수천 년 동안 이들이 어떻게 살아왔는지, 이민자들에 의해 인디언의 삶이 어떻게 변화했고, 지금은 어떻게 살고 있는지 파악하기 힘들었다. 단적인 예가 성공한 인디언을 단편적으로 소개하는 전시관을 눈에 가장 잘 띄는 2층의 중앙에 배치한 것이었다. 이런 단편적인 전시가 오히려 인디언에 대한 총체적 이해를 어렵게 만들었다.

인디언의 입장에서 보면 미국의 역사는 인류 역사상 가장 잔인한 인종 학살의 역사였다. 1만여 년 전 시베리아에서 알래스카를 거쳐 남하해 미주 대륙을 누비던 인디언들은 미국의 건국과 '서부 개척'으로 차근차근 살육을 당했다. 정확한 통계는 없지만, 콜럼버스가 이곳에 발을 디뎠던 15세기 말 미국엔 최소 200만 명에서 많게는 800만 명의 인디언이 살고 있었다. 하지만 지금 인디언 수는 보호구역 주민을 포함해 35만여 명에 불과하다. 유럽 이민자들이 본격적인 정복에 나선 이후 400여 년 동안 전쟁과 추방, 전염병 등으로 수백만 명이 사라진 것이다.

인디언들은 지금도 자신들의 터전을 내주고 빈곤층을 형성하며 살고 있다. 물론 인디언도 미국 사회를 구성하는 한 부분으로, 개인의 노력에 따라 얼마든지 성공할 수 있다고 주장할 수 있다. '미국은 흑인인 오바마가 대통령이 되는 꿈과 기회의 나라 아닌가!' 하고 반문할 수도 있다. 그렇다 하더라도 미국이 자행한 잔인한 살육의 역사는 사라지지 않는다. 역사 박물관에서 "미국은 지금까지 가능성과 기회의 땅이 아닌 적이 없었다"고 설명하고 있었지만, 그것은 거짓말이다. 인디언들은 철저히 소외되고 배척되었다. 미국은 역사를 왜곡하면서 지금도 자유와 기회, 힘의 우위와 번영이라는 논리 속에 왜곡의 역사를 지속하고 있다.

링컨 기념관 아테네의 파르
테논 신전을 모방해 지은 건
물로 웅장하기 그지없다. 기
념관 앞 광장은 마틴 루터 킹
목사의 명연설을 비롯해 주
요 집회와 시위가 열린 역사
적인 장소다.

　내셔널 몰 서쪽으로 가면 2차 세계대전 기념비와 추모 공원이 나온다. 내
가 방문했을 때에도 추모 행사가 열리고 있었다. 사실 이러한 추모비는 미국
전역 어디서나 볼 수 있다. 하루도 전쟁이 끊이지 않는 나라이니 희생자가 끊
이지 않고, 추모 행사도 끊이지 않고 이어진다. 여기서도 자유와 민주주의의
수호, 희생자를 영웅으로 만드는 이데올로기가 그대로 적용된다.

　리플렉션 풀(Reflection Pool)을 거쳐 서쪽 끝 링컨 기념관으로 향했다. 링컨 기
념관은 아테네의 파르테논 신전을 연상시키는 거대한 건축물이다. 36개의 기
둥이 지붕을 떠받치고 있고, 그 한가운데 링컨의 동상이 놓여 있다. 링컨 대통
령이 남북전쟁을 승리로 이끌지 못했다면, 미국은 지금 분단되어 있을지도
모른다. 존경할 만한 인물은 국민 통합과 국민적 에너지 결집에도 큰 역할을
한다. 미국은 그런 분야에서 탁월한 능력을 갖고 있다.

　링컨 기념관 앞에 서니 리플렉션 풀과 워싱턴 기념비~의사당으로 이어지
는 내셔널 몰이 한눈에 들어왔다. 해가 기울면서 워싱턴 기념비에 석양이 반
사되었다. 지금은 관광객들로 붐비지만, 민주주의를 위한 미국인의 땀과 눈
물, 함성이 울려 퍼지던 곳이다. 흑인 인권운동가인 마틴 루터 킹 목사가 '나
는 꿈이 있습니다!(I have a dream!)'라는 명연설을 한 곳도 이곳이며, 베트남과

아프간 전쟁 등에 대한 반전 시위가 벌어진 곳도 이곳이다. 미국 역사의 주요한 변곡점이 있을 때마다 주요 집회가 열렸던 역사적인 장소다.

링컨 기념관 계단에 앉아 해가 넘어가는 풍경에 빠져들었다. 기념관 앞 광장은 관광객들로 붐비고, 링컨 기념관과 내셔널 몰을 배경으로 사진을 찍느라 분주했다. 하지만 무언가 허전했다. 워싱턴의 핵심인 이곳 내셔널 몰에서 평화를 주장하는 곳은 백악관 앞의 코니 할머니 시위 현장이 유일했다. 자유와 번영, 그 대가인 전쟁, 희생, 추모 등의 언어는 난무했지만, 평화나 인권, 평등 같은 보다 미래지향적인 가치를 주장하는 곳은 눈에 띄지 않았다.

워싱턴이나 링컨은 위대한 지도자이지만, 미국이 가야 할 길은 아직 멀어 보였다. 지금 아무리 강한 권력과 경제력을 휘두른다 해도, 미래를 개척하지 못하면 그 번영엔 한계가 있다. 미국은 자유를 기치로, 전쟁이라는 낡은 수단에 의지하는 나라다. 미국이 세계를 이끄는 국가로 남으려면 새로운 가치를 제시하고 실천해야 한다. 로마와 베이징처럼 웅장미가 넘치는 워싱턴을 돌아보면서 미국이 서산낙일(西山落日)의 국가가 되고 있다는 생각이 오히려 강하게 들었다.

이 세상에 영원한 국가, 영원한 정치권력은 없었다. 로마 제국도, 오스만 투르크도, 무굴 제국도, 몽골 제국도, 중국의 중원을 지배했던 수많은 왕조도 한때는 세상을 집어삼키고 영원히 지속될 것처럼 보였지만, 미래를 개척하지 못하는 순간 쇠락의 길로 접어들지 않았던가. 미국의 헤게모니, 미국의 지배 이념인 자유주의적 자본주의는 과연 언제까지 지속될 것인가.

링컨 기념관을 떠나 숙소로 향하는데, 컨스티튜션 애비뉴를 거쳐 북쪽 행정부 건물들을 지나갔다. 외교의 심장부인 국무부, 통화 정책을 총괄하는 연방준비제도이사회(FRB), 국세청, 법무부, 국가기록보관소 등이 차례로 나타났다. 백악관을 가운데 두고 주요 정부 건물들이 배치된 행정 타운이다. 여기에서 결정되는 정책 하나하나가 미국은 물론 전 세계에 큰 영향을 미치는 그야말로 '제국 정부의 심장부'다.

《뉴욕타임스》에도 소개되었다는 차이나타운의 수타면 집에서 뜨끈한 국물의 쇠고기 국수를 먹고 숙소로 돌아왔을 때에는 이미 어둠이 내리깔려 있었다. 아침부터 12시간 넘게 워싱턴을 샅샅이 훑고 돌아다닌 셈이다. 미국은 지금 가장 화려한 잔치를 벌이고 있는지 모르지만, 그 잔치에 쇠락의 인자(因子)가 내재되어 있는 것 같았다. 미국 사회의 역동성이 미국 사회를 얼마나 변화시킬지 예측하긴 어렵지만, 세계를 한 바퀴 돌아서 미국까지 온 여행자의 눈에 비친 미국은 200년 전의 이데올로기와 논리로 세계를 지배하고 있는 '늙은 제국'이었다. 미래는 제국의 심장부가 아니라 변방에서 시작될 것이라는 생각이 어지럽게 머리를 스치고 지나갔다.

어처구니없이 거대한 건축물

다음 날 아침 체크아웃 후, 짐을 숙소에 맡기고 조지타운 행 서큘레이터 버스에 올랐다. 버스비는 1달러. 하루 종일 워싱턴 구시가지 일대를 돌아본 다음 오후 4시 5분 시카고 행 암트랙 기차를 탈 계획이었다. 같은 숙소에 묵은 독일과 프랑스의 젊은 여행자들은 모두 사나흘씩 묵으며 워싱턴을 충분히 느끼고 있지만, 나는 기차 시간 때문에 핵심적인 곳만 돌아보고 떠나야 한다.

워싱턴을 가로지르는 포토맥 강은 시민들의 휴식처다. 6월 말 오전인데도 벌써 여름이 온 것처럼 태양이 뜨거웠다. 강변의 분수는 아이들의 놀이터가 되어, 옷을 훌훌 벗어던진 아이들이 분수에 뛰어들어 더위를 식히고 있었다. 강변엔 벤치에 앉아 책을 읽는 사람, 휴식을 취하는 사람, 운동하는 사람, 걷는 사람, 자전거 타는 사람, 데이트하는 사람들이 평화롭게 노닐고 있었다. 포토맥 강에는 관광객을 가득 태운 유람선이 물살을 유유히 가르며 지나갔다. 나도 커피를 한 잔 사들고 벤치에 앉아 잠시 포토맥의 낭만에 빠졌다.

운하를 넘어 조지타운으로 향했다. 조지타운은 권위적이고 위압적인 워싱턴 DC와 달리 젊음이 넘치고, 사람들 살아가는 냄새가 물씬 풍기는 곳이다. 특히 밤의 활기를 느낄 수 있는 곳으로, 어제 저녁 프랑스 청년들은 밤 10시가 넘어 조지타운으로 갔다가 새벽 1시가 넘어서 숙소로 돌아왔다. 하지만 지금은 낮이라 조용했다. 워싱턴 시내가 정치의 중심이라면 조지타운은 일종의 대학가 젊음의 거리다.

조지타운 대학은 한국의 정치인들이 선거에 떨어지거나 물의를 일으킨 후 일종의 도피성 연수를 많이 오는 곳이다. 그도 그럴 것이 워싱턴 정가와 붙어 있어 국내외 정세의 흐름을 따라가기 좋고, 특히 정가에 얼씬거리면서 인맥도 쌓을 수 있어 권토중래(捲土重來)를 꾀하기에 좋다. 조지타운 대학의 고풍스런 캠퍼스와 포토맥 강변의 여유, 조지타운의 활기는 한국 정가의 이전투구에 지친 심신을 달래는 데 제격이다. 조지타운은 19세기 영국 스타일의 고풍스런 건물들과 아기자기한 집들이 들어서 다운타운과 확실히 다르다.

대학으로 들어서니 설립자인 존 캐롤(John Carroll)의 동상 뒤로 고풍스런 건물이 나타났다. 이 대학 역시 하버드 대학과 마찬가지로 성직자 양성을 위해 세워졌다가 1789년 대학으로 인가를 받은 긴 역사를 갖고 있다. 잘 조성된 정원에 고딕 양식의 건물이 이 대학의 역사를 보여주는 듯하다. 주변의 주택가나 상업지역과 구분된 독립적인 캠퍼스로, 평화롭고 고즈넉한 것이 공부하고 연구하기엔 제격으로 보인다.

학생회관의 구내식당에서 브라질과 페루의 '킬로 식당'처럼 먹고 싶은 것을 접시에 담아 무게를 달아 계산하는 반(半)뷔페 식당에서 식사를 했다. 야채를 가득 담고, 거기에 밥과 고기, 감자 등을 담으니 1.20파운드로 9.83달러가 나왔다. 1파운드(453.6g)당 8.19달러다. 양과 가격으로 따지면 브라질이나 페루에 비해 1.5~2배 비싸지만, 미국에선 아주 저렴한 대학 구내식당이다.

워싱턴 DC 유니온 역 지나
치게 웅장하고 위압적인 모
습이다.

포토맥 강변과 조지타운 대학에서 여유를 부리다 보니 오후 1시가 후딱
넘어 돌아가야 할 시간이 되었다. 온 길을 되짚어 다시 서큘레이터 버스를 타
고 숙소로 돌아와 맡겨둔 짐을 찾아 유니온 역으로 향했다. 도착할 때에는
정신이 없어 자세히 보지 못했는데, 유니온 역을 다시 보니 건물이 어마어마
했다. 왜 이렇게 웅장하게 지었을까. 자국의 힘을 과시하기 위해 중세 또는
고대의 건축물을 연상시키는 거대한 석조 건물을 지은 것이 아닐까. 미국이
실용주의의 나라라는 이미지와 어울리지 않았다. 비상하는 자국의 경제와
정치적 역량을 뽐내기 위해 끝이 보이지 않을 정도로 거창하게 지은 중국의
베이징 서역이 떠올랐다. 동서고금 어느 나라든 힘이 강해지면 그것을 과시
하고 싶어지나 보다.

물론 유니온 역은 '기념비적인 건축물'로서 시티투어 코스에도 들어가 있
다. 하지만 워싱턴의 인구나 철도 이용 승객 규모 등에 비추어 보면 불균형
적이었다. 거대한 건축물은 힘을 상징하지만, 역으로 불안한 심리 상태를
보여주는 것이기도 하다. 진짜 강한 자는 스스로 뽐내지 않더라도 강한 것
아닌가. 약하게 보이면 안 된다는 불안감이 끊임없이 바벨 탑을 쌓게 만들
고, 죽어서도 제국을 통치하기 위해 어마어마한 무덤을 만들게 한다. '자신

의 패가 좋지 않으면 허세를 부리라'는 말이 있다. 베팅으로 상대를 제압하라는 얘기다. 공항 입국장의 삼엄한 경비가 그러하듯이, 거대하고 위압적인 건축물들이 그 속에 내재된 미국의 심리적 불안을 보여주는 듯했다.

시카고 행 야간 열차는 예정대로 오후 4시 5분 워싱턴DC를 출발했다. 피츠버그, 클리블랜드, 톨레도를 거쳐 시카고로 가는 이 기차는 주로만 따지면 워싱턴DC에서 메릴랜드, 펜실베이니아, 오하이오, 인디애나를 거쳐 일리노이까지 6개 주 10여 개의 도시를 거친다.

북서쪽으로 1시간 정도 달리자 집들은 점차 사라지고 숲이 나타나기 시작했다. 애팔래치아 산맥에 가까이 접근하면서 평지와 함께 구릉과 산이 교차했다. 기차는 그 속으로 육중한 몸을 돌진시켰다. 한참 달리자 해가 서서히 넘어가면서 평원과 숲을 노랗고 붉은 노을로 물들였다.

모든 것들이 엄청나게 큰 워싱턴, 미국은 전쟁 중이라는 사실을 잘 보여주는 워싱턴, 그 워싱턴에선 미국의 힘과 패권주의를 확인할 수 있었다. 과도하다 싶을 정도로 국가적 정체성과 애국심에 집착하는 모습을 곳곳에서 확인했다. 자유를 지키고 번영을 위해서는 희생이 필요하며, 그 희생의 제단 위에 미국이 존재한다는 것을 강조하고 있다. 자유는 바로 그 압도적인 힘의 우위가 가져다준 결과라고 하는, 미국 패권 아래에서의 평화, 즉 팍스 아메리카나(Pax Americana)의 정당성을 강조하고 있다. 패권주의 논리로 선과 악을 재단하고, 선을 지키고 악을 제거하기 위해 힘이 필요하다고 하는, 냉혹한 현실주의 정치 이론에 충실한 나라, 패권 국가의 표상이었다.

뉴욕에서 시작하여 필라델피아~보스턴~워싱턴으로 이어진 미국 동부 여행은 미국의 역사와 현재를 살펴본 뜻깊은 여정이었다. 하지만 대도시 중심으로 돌아다녀서 남미에서와 같이 현지 주민과 만나는 아기자기한 맛이나 자연과의 교감 같은 것은 부족한, 팍팍한 여정이었다. 중부의 미국은 또 어떤 모습으로 다가올까 생각하면서 덜컹거리는 기차에서 눈을 감았다.

미국 워싱턴~시카고

고독,
'대도시의 섬과 같은 이방인의 세계'

미국 대륙을 횡단하는 다양한 방법들

밤새 미국 북동부 평원을 달린 기차는 오전 8시 55분 시카고 유니온 역에 도착했다. 약간 흐린 날씨에 회색빛을 띤 시카고의 고층 빌딩 숲으로 기차가 미끄러지듯이 들어갔다. 동부 시간으로는 오전 9시 55분으로, 대략 18시간이 걸렸다. 옆의 의자까지 이용해 꼬부랑 잠을 자면서 밤새 뒤척여야 했다. 에어컨을 얼마나 강하게 틀었는지 옷을 다 껴입어도 추웠다. 뉴욕과 보스턴의 호스텔에서도 냉방을 심하게 해 아침에 동태가 되다시피 했는데, 에어컨을 왜 그렇게 세게 트는지 알다가도 모를 일이었다.

달리는 기차에서 바깥을 내다보니 드넓은 평원과 거대한 농장, 점점이 흩어져 있는 주택들이 끝없이 이어졌다. 그러다 또 울창한 나무로 이루어진 숲이 한참 이어졌다. 미국이 넓고 풍요로운 나라라는 사실이 새삼스럽게 다가왔다. 시카고에 접근하면서부터는 숲 사이에 강과 호수가 언뜻언뜻 보이고, 널찍하게 공간을 사용하는 주택가가 이어졌다.

사실 이곳은 500년 전만 해도 인디언들이 말을 달리던 곳이었다. 기차에서 하버드 대학 앞 서점에서 구입한 《국가는 왜 실패하는가》의 북미 지역 식민지화 과정 부분을 읽었다. 내가 여행하면서 알게 된 잉카 멸망과 미국 식민지화의 역사를 확인할 수 있었다. 책에선 스페인이 잉카의 왕을 살해하고 노예화해 나간 과정과, 북미에 도착한 영국 이주민들이 황금을 찾는 데 실패해 '정착'으로 방향을 바꾸고 식민지이자 집단 거주지역인 콜로니를 만들어 나간 과정을 흥미롭게 서술하고 있었다. 대륙 횡단 열차를 타고 달리면서 그 역사를 다룬 책을 읽자니 창밖으로 역사의 파노라마가 펼쳐지는 듯했다.

이제 세월이 흘러 미국 대륙 횡단 여행은 여행자들의 로망이 되었다. 횡단 방법으로는 자동차 외에 대중교통도 있고, 오토바이나 자전거를 이용하기도 하고, 아예 걸어서 대륙 횡단에 도전하기도 한다. 어떤 교통 수단을 이용하든 미국 대륙 횡단은 광활한 자연과 다양한 문화를 체험하면서 자신의 내면을 되돌아보고 성숙해 가는 여정이다. 절망에 빠졌던 사람은 희망을 되찾고, 자신의 삶이 무의미한 언어들로 가득 차 있다고 생각하는 사람들에겐 새로운 의미를 되찾게 해주는 것이 대륙 횡단이다.

대중교통을 통해 대륙을 횡단하는 방법으로는 전미 철도망인 암트랙을 이용하는 방법과 고속버스인 그레이하운드를 이용하는 방법이 있다. 각각 장단점이 있지만, 그레이하운드는 목적지에 도착할 때까지 그 자리에 붙박이로 앉아 있어야 하는 반면, 철도는 현지인들과 대화를 나눌 수 있다는 장점이 있다. 나는 이 철도의 장점 때문에 바로 암트랙을 선택했다.

암트랙은 미국 전역을 연결하는 다양한 노선을 운행하고 있는데, 대륙을 동~서로 횡단하는 노선은 네 가지다. 캐나다와의 국경 아래쪽을 통과하는 노선과 중부 지역을 통과하는 노선 두 가지, 동남부의 뉴올리언스나 휴스턴으로 내려와 남부지역을 횡단하는 노선 등이다. 이 모든 노선은 시카고를 중심으로 주요 도시를 연결한다. 중북부의 교통 요지인 시카고를 중심으로 철도가 미국 전역으로 뻗어나간다고 보면 된다. 때문에 대륙을 동~서로 횡단하려면, 특히 북부와 중부 지역을 통과하는 노선을 선택할 경우 시카고를 경유하는 것은 필수다.

동~서로 횡단하는 네 가지 루트는 이렇다. 첫째는 시카고~시애틀을 잇는 노선이다. 캐나다 아래쪽을 통과하는 노선으로, 시카고에서 밀워키, 미니애폴리스를 거쳐 미 북부를 관통해 포틀랜드와 서북부 시애틀까지 이어진다. '엠파이어 빌더(Empire Builder)', 즉 '제국 건설 노선'이라고 부르는 이 노선의 소요 시간은 46시간이다. 둘째는 시카고~샌프란시스코를 잇는 노선이다. 중부 콜로라도 고원과 로키 산맥 북쪽을 통과하는 노선으로, 시카고에서 오마하와 덴버, 솔트레이크시티를 거쳐 샌프란시스코로 이어진다. '캘리포니아 제퍼(California Zephyr)', 즉 '캘리포니아 서풍 노선'이라고 부르는 이 노선의 소요 시간은 51시간으로 매우 길다. 셋째는 시카고~LA를 잇는 노선이다. 중부지역 콜로라도 고원의 남쪽을 통과하는 노선으로, 시카고에서 미주리 주의 캔자스시티, 뉴멕시코 주의 앨버커키, 애리조나 주의 플래그스태프를 거쳐 캘리포니아 주 LA로 이어진다. '사우스웨스트 치프(Southwest Chief)', 즉 '서남부 최고 노선'이라고 부르는 이 노선의 소요 시간은 경유 도시가 많지 않아 40시간으로 비교적 짧은 편이다.

이 세 가지가 대륙을 횡단하는 대표 노선으로, 많은 사람들이 이용한다. 암트랙으로 뉴욕이나 워싱턴 또는 보스턴 등 동부에서 시카고까지 이동하는 데는 17~20시간 정도 걸린다. 때문에 미국 대륙 동쪽 끝에서 시카고를 거쳐 서쪽 끝으로 이동하는 데 최소 60시간에서 많게는 70시간 이상 걸리는 셈이다. 미 대륙의 크기가 얼마나 되는지 가늠할 수 있다.

네 번째 노선은 최남단 뉴올리언스~LA를 잇는 노선이다. 뉴올리언스에서 휴스턴, 샌안토니오를 거쳐 멕시코와의 접경 도시인 엘파소, 투산을 지나 서부 LA로 이어진다. '선셋 리미티드(Sunset Limited)', 즉 '석양 노선'이라고 부르는 이 노선의 소요 시간은 48시간이다. 뉴욕이나 워싱턴 같은 동북부 지역에서 뉴올리언스로 가려면 뉴욕에서 가는 방법과 시카고에서 가는 방법이 있다. 뉴욕~뉴올리언스는 30시간, 시카고~뉴올리언스는 19시간이 걸린다.

암트랙 패스는 15일, 30일, 45일 패스의 세 종류가 있다. 15일 패스는 8개 구간(segment)을 이용할 수 있고, 30일 패스는 12개 구간, 45일 패스는 18개 구간을 이용할 수 있다. 구간이란 거리에 상관 없이 암트랙을 탑승하는 횟수를 말한다. 나는 뉴욕에 도착하자마자 15일 패스를 끊어 동부지역 여행과 대륙 횡단에 모두 이용했다.

여러 루트 중에서 나는 세 번째 노선, 그러니까 시카고와 LA를 연결하는 '사우스웨스트 치프' 노선을 이용했다. 이 노선을 택한 것은 후반부에 그랜드캐니언 인근을 통과하기 때문이었다. 다른 노선도 나름대로의 독특한 풍광과 문화를 보여주겠지만, 사우스웨스트 치프 노선은 로키 산맥 남부의 험준하면서 황량한 자연, 특히 미국 서부의 황무지와 사막을 실컷 구경할 수 있어서 인상적이었다. 기차 여행을 하며 현지인들과 많은 대화를 나눌 수 있었던 것도 잊을 수 없는 일이었다. 하지만 그것은 횡단 노선의 후반 이야기이며, 시카고까지의 여정은 단조롭고 무미건조했다.

시카고 거리를 떠도는 고독한 여행자

시카고 유니온 역도 워싱턴DC 유니온 역과 마찬가지로 거대한 규모로 사람을 압도했다. GPS를 네비게이션 삼아 파르테논 게스트하우스(Parthenon Guesthouse)에 도착하니 체크인은 오후 3시부터라며 짐만 맡길 수 있다고 했다. 보통의 게스트하우스는 일찍 도착한 투숙객들이 쉬거나 체크인 시간까지 기다릴 수 있도록 휴게실 겸 공용 공간을 만들어 놓는데, 여기에는 그런 공간이 보이지 않았다. 직원에게 물어보니 2층에 휴게실이 있지만 체크인을 해야만 들어갈 수 있다고 했다. 날씨에 맞게 반팔 옷으로 갈아입고, 배낭을 맡긴 다음 거리로 나섰다.

시카고 운하 운하는 시내를 관통해 5대 호의 하나인 미시간 호로 이어진다. 현대적인 초고층 빌딩 숲 사이를 가로지르는 유람선에서 보는 풍경이 압권이다.

몇 년 전 시카고를 방문했을 때 웬만한 곳은 다 돌아보았기 때문에, 원래 이번 여행에서는 시카고를 빼놓았었다. 하지만 암트랙으로 대륙을 횡단하려면 불가피하게 시카고에 들러야 했고, 기차 스케줄 상 워싱턴DC 여행 일정을 단축하고 시카고에 계획보다 긴 3박 4일 동안 머무르게 되었다. 그런 참에 도착하자마자 준비도 없이 거리로 나서고 보니 막막했다.

그러나 어차피 이것도 내가 감당해야 할 몫이었다. 어디 일정표, 계획표대로 모든 것이 다 착착 이루어지기만 하던가. 지도를 펴들고 방향을 가늠하면서 천천히 걷기 시작했다. 낯설던 풍경들이 하나둘 들어오기 시작했다.

여름 휴가 시즌이 시작되기엔 이르지만, 시카고는 많은 관광객들로 활기를 띠었다. 시내를 가로지르는 운하엔 관광객을 가득 실은 유람선이 빌딩 숲을 헤치고 지나갔다. 시카고의 최대 관광 상품이 바로 저 운하와 보트다. 몇 년 전 취재차 시카고를 방문했을 때 보트에서 마천루를 바라볼 때의 신선한

시카고 거래소 옥수수, 밀 등의 곡물에서부터 원자재, 통화, 유가증권과 선물·옵션 등 파생 상품까지 거래하는 세계 최대 거래소다.

느낌이 전해졌다. 빌딩이 멋있다거나 아름답다고 생각해본 적이 없었는데, 운하 옆으로 미끈하게 쭉쭉 뻗은 시카고의 고층 빌딩은 일품이었다.

잭슨 로를 따라 유니온 역을 지나 전망대 '스카이 덱(Sky Deck)'이 있는 윌리스 타워(Willis Tower)로 향했다. 하지만 하늘을 올려다보니 구름이 낮게 깔려 있어 올라가 보아야 시원한 전망을 보기는 힘들 것 같아 그냥 지나쳐 중심가로 향했다.

시카고의 아이콘과 같은 시카고 옵션 거래소(CBOE)와 시카고 증권거래소(CSE)가 있는 시카고 거래소 건물이 나타났다. 6년 전 방문했을 때는 눈여겨 보지 않았던 인근의 상가와 빌딩, 거래소 직원들의 모습이 눈에 들어왔다. 스스로 찾아가는 여행은 더 많은 눈을 뜨게 한다.

시카고 거래소는 미국 중부지역에서 생산되는 곡물을 거래하는 것에서 출발해 이제는 세계 최대의 상품시장으로 자리를 잡은 곳이다. 자본주의적 상품 거래의 기원을 연 곳으로, 지금은 옥수수·콩과 같은 곡물에서부터 원유·금·은·동 등의 원자재, 각종 화폐(통화), 주식·채권 등 유가증권은 물론 그것을 기반으로 한 선물·옵션 등 파생 상품까지 지상의 모든 것을 거래하고 있다. 엄청난 자금이 광속으로 움직이면서 세계경제를 쥐고 흔드는 곳이다.

66번 도로의 기점 시카고에서 LA까지 미국의 동~서를 연결한 도로로, 총 연장이 3940km에 이른다.

이들 상품과 주식, 파생 상품 거래가 경제에 순기능만 하는 것은 아니다. 원래 위험(리스크)을 줄이기 위해 탄생한 곳이지만, 지금은 상품 거래 차익을 노리는 투기적 매매가 거래의 대부분을 차지하고 있다. 경제 상황이 나빠져도 돈을 벌 수 있도록 교묘한 거래 기법을 개발해 적용하고 있다. 때문에 투기적 거래자들은 실물경제의 좋고 나쁨보다 자신의 거래에 따른 수익에 더 관심이 많다. 그러한 투기적 거래가 경제에 주름살을 드리우기도 한다. 2010년 이후 원유와 금과 같은 금속, 곡물 등의 상품 가격이 폭등한 것도 상당부분은 투기적 거래 때문이었다. 인간의 탐욕이 교묘한 거래 기법의 외피를 쓰고 세계경제의 심장을 움직이게 하는 곳이다.

거래소 건너편의 중국 식당에서 국수를 한 그릇 먹고 밖으로 나오니 갑자기 폭우가 쏟아졌다. 거기에 천둥에 벼락까지 몰아쳤다. 한바탕 소란을 피우고 지나가는 소나기였다. 지도 하나에 의지해 시카고 시민들의 휴식처 역할을 하는 밀레니엄 파크도 돌아보고, 미국 대륙 횡단에서 빼놓을 수 없는 66번 고속도로 기점도 확인했다. 66번 고속도로 기점에는 무엇이 있는지 궁금했는데, 그저 도로 한가운데 팻말 하나 있는 게 전부였다. 하지만 이곳은 땀과 눈물, 삶과 죽음이 교차하면서 무수한 스토리를 만들어냈던 미국 서부 개척의 핵심 통로였다. 이후 동부에서 서부로 이동하는 수많은 사람들이 이 도로를 이용했고, 지금은 모험과 개척, 정열과 낭만의 역사도로로 자리를 잡고 있다. 단순한 팻말이지만, 묘하게 낭만을 자극하는 표식이 바로 66번 도로 기점이었다.

3일 동안 전철을 무제한으로 탈 수 있는 패스를 14달러에 끊어 전철로 시내를 돌아다녔다. 시내 중심지엔 높은 빌딩 사이로 철길이 만들어져 있어 전철이 미로를 달리는 듯한 느낌을 주었다. 무작정 전철을 타고 교외로 한참 나갔다 다시 돌아오기도 했다. 목적지를 상실한 배낭여행자였다.

외로움은 상대적이다. 혼자서 안데스 고원을 누빌 때도 외롭다는 생각은 전혀 들지 않았다. 그런데 똑같은 혼자라는 사실이 시카고에서는 나를 불편하게 만들었다. 다른 사람들과 세상은 바쁘게 돌아가는데 나만 거기에서 분리되어 겉돌고 있다는 느낌이 들었다. 그것은 불편한 외로움이다. 시선을 어디에도 두기 어려운 어색함, 소외되고 있다는 외로움, 고독감이다.

하지 않아도 될 예약에 몰두하는 외톨이

시카고에서 지낸 4일 중 도착 첫날 시내를 돌아본 것을 제외하면 나머지 3일 동안은 파르테논 게스트하우스와 인근의 식당, 커피숍을 전전하며 여행기를 정리하고 향후 여행에 필요한 정보를 검색하고 예약하는 데 매달렸다.

보름 남짓 남은 미국 여행 일정을 확정하고, 일본 도쿄에서 아내 올리브를 만나 마지막 일본 여행을 한 다음 귀국하는 항공편도 예약해야 했다. 미국 여행에서 빼놓을 수 없는 그랜드캐니언과 라스베이거스 여행 계획을 잡는 것도 만만치 않았다. 특히 그랜드캐니언은 가장 큰 골칫거리였다.

암트랙을 타고 그랜드캐니언과 가장 가까운 애리조나 주 플래그스태프까지 이동하는 것까지는 문제가 없는데, 플래그스태프에서 그랜드캐니언을 돌아보는 방법이 난해했다. 혼자서 대중교통을 이용해 캐니언을 돌아보는 것은 힘들어 보였다. 인터넷으로 관련 투어도 알아보았으나, 정확한 정보를 찾기 어려웠다. 나중에 플래그스태프에 도착해 보니 투어가 오히려 저렴하고 현지 예약도 어렵지 않았다. 하지만 시카고에선 이걸 확인하기 어려워 만시지탄(晩時之歎)이 되고 말았다.

결국 자동차를 렌트하기로 했다. 렌트 비용은 그랜드캐니언에서 네댓 시간 떨어져 있는 라스베이거스가 가장 저렴했다. 하루 렌트 비용이 최저 28달러에서 36달러이니 한국보다도 저렴한 셈이다. 고민 끝에 플래그스태프에서 라스베이거스로 이동해 자동차를 렌트한 다음, 그랜드캐니언을 돌아보고 라스베이거스로 돌아가 자동차를 반납하기로 했다. 자동차를 반납한 다음에는 라스베이거스에서 가장 가까운 암트랙 역이 있는 킹맨으로 이동하기로 했다. 한국으로 치자면 목포를 여행하기 위해 부산에서 서울로 가 자동차를 렌트해 목포를 돌아본 다음, 다시 서울로 돌아가 자동차를 반납하고, 이번엔 기차를 타기 위해 대구로 가는 꼴이다.

문제는 플래그스태프에서 라스베이거스로, 다시 라스베이거스에서 킹맨으로 이동하는 교통편이었다. 관광버스 편을 이메일로 문의했더니 그랜드캐니언에서 라스베이거스로 가는 차비만 106달러나 되었다. 결국 플래그스태프~라스베이거스는 그레이하운드를, 라스베이거스에서 킹맨으로는 고투버스(Go To Bus)를 이용하기로 했다. 그레이하운드가 60달러인 반면 고투버스는 10달러에 불과했다. 예약할 때는 몰랐지만 고투버스는 LA에서 라스베이거스를 거쳐 멕시코 과달라하라까지 가는 장거리 버스였다. 다양한 민간 버스들이 있어 잘만 찾으면 저렴하게 이용할 수 있지만, 초행길이어서 상세한 사항을 알 수는 없었다.

그런 다음, 페이리스카(www.paylesscar.com)를 통해 자동차를 예약했다. 라스베이거스에서 3일간 빌리는 가격이 세금과 수수료를 포함해 82.49달러였다.

10만 원 정도 되는 금액이니 아주 저렴하다. 라스베이거스 숙소도 예약했다. 4인실 1박이 15달러로, 뉴욕이나 보스턴에 비해 거의 3분의 1 수준이다. 도박과 환락의 도시 라스베이거스는 모든 비용이 상상 이상으로 저렴했다.

이어 LA에서 샌프란시스코와 요세미티를 여행하는 2박 3일 투어도 예약했다. 미국 여행의 마지막 코스다. 여기에서는 단체여행이 효율적일 것 같았고, 마침 LA의 한국 여행사가 관련 상품을 팔고 있었다. 교통과 숙박, 식사를 포함한 2박 3일 투어 가격이 249달러에, 독방을 사용할 경우 1박에 30달러씩 60달러를 더 지불하는 조건이었다.

LA 숙소도 예약했다. 호산나 하우스(Hosanna House)라는 호스텔로, 6인실 가격이 1박에 22.23달러로 LA에서 가장 저렴했다. 나중에 보니 한국인이 주택을 개조해 운영하는 호스텔로, 뉴욕이나 보스턴 숙소들과는 달리 아주 정감이 넘치는 곳이었다. 한국으로 돌아가는 항공권도 예약했다. 7월 18일 오후 1시 55분에 도쿄를 출발해 인천공항에 4시 20분 도착하는 대한항공(KAL)으로 가격은 454.79달러였다.

미국을 떠날 때까지의 모든 일정을 확정하고 예약까지 마치고 나니 마음이 홀가분해졌다. 이젠 여행지에 대한 호기심으로 무장하는 일만 남았다.

그런데 이렇게 고민하며 만든 그랜드캐니언 여행 일정과 예약은 한마디로 엉뚱한 일이었다. 그럴 필요가 전혀 없었다. 암트랙으로 플래그스태프까지 간 다음, 거기서 현지 투어나 대중교통을 이용해 그랜드캐니언을 여행하고, 라스베이거스를 거쳐 킹맨에서 다시 암트랙을 타고 LA로 이동하면 되는 거였다. 라스베이거스에서 LA로 이동하는 저렴한 교통편도 많았다. 그런데 혼자 여행하면서 생긴 일종의 불안감과 압박감이 그만 자동차를 빌리고 반납하기 위해 수백 km 거리를 왔다 갔다 하는 '기가 막힌' 일정을 만들고 말았다. 외롭고 고독한 여행자가 외부 세계와 단절된 채 호스텔과 커피숍을 오가며 여정을 만든 결과였다. 그만큼 나에게 시카고는 외로운 곳이었다.

나는 외로운 방랑자, 외로운 섬이었다

파르테논 게스트하우스는 그릭타운(Greek Town)에 있는 숙소다. 인근에는 기로쉬나 케밥과 같은 그리스 및 터키 음식을 파는 레스토랑이 많고, 코인 세탁소 같은 편의시설도 있다. 나도 매일 케밥과 중국식 볶음밥, 샌드위치 등으로 식사를 하고, 옷도 깨끗하게 세탁했다.

숙소 근처엔 일리노이 대학이 있어 캠퍼스를 산책하기도 했다. 엄청나게 넓은 캠퍼스, 널찍널찍하게 자리 잡은 건물들, 드넓은 주차 공간, 띄엄띄엄 떨어져 있는 강의실과 연구실, 큰 나라답게 대학의 모든 것이 컸다. 중국과 네팔, 인도, 터키, 그리스, 프랑스, 포르투갈 등의 주요 대학 캠퍼스를 돌아보았지만, 그 어떤 캠퍼스와도 비교할 수 없을 정도로 넓고 컸다. 환경도 아주 깨끗했다. 저녁 무렵에는 캠퍼스를 걷다가 황홀한 반딧불의 군무를 만나기도 했다. 반딧불이 관목 주변에서 반짝반짝 빛을 토해내면서 어지럽게 춤을 추는 광경은 신비롭고 환상적이었다. 일리노이 대학은 시카고 시내와 멀지 않은데 그런 곳에서 반딧불이라니, 놀라운 경험이었다.

마지막 날 체크아웃을 하며 며칠 사이 익숙해진 숙소 직원에게 지금 미국에서 가장 뜨거운 이슈가 뭐냐고 물었다. 40대 초반 정도로 보이는 여성 직원은 특별한 것이 없다며 심드렁한 표정을 지었다.

"그럼 대통령 선거는 어떠냐. 지금 선거전이 한창인데."

"그런 빅 이슈는, 그 사람들이 나라를 이끌고, 우린 작은 이슈에나 관심이 있지. 호호호."

지금 미국 사회를 뜨겁게 달구는 이슈가 없거나 있어도 별 관심 없다는 태도다. 그래도 어차피 말을 꺼냈으니 조금 집요하게 질문을 던졌다.

"그럼 이번 대통령 선거를 어떻게 예상하나? 오바마가 재선될 것 같나?"

"그럼. 오바마가 될 거라고 봐. 시카고는 오바마의 것이야."

그러고 보니 오바마가 시카고에서 의원 활동을 해서인지 그에 대한 지지도가 절대적이었다.

"오바마는 가난한 사람들과 노동자들을 위해 일해. 난 그걸 좋아해."

리셉션에 있던 중년 여성이 오바마 이야기가 나오자 목소리를 높였다. 그러면서 자신이 아는 한 상원의원의 이름을 꺼내니 옆에 있던 젊은 직원이 그 사람은 지금 의원이 아니라면서 자기들끼리 논쟁이 붙었다. 그 상원의원이 지금도 의원인지 아닌지가 주제였다. 인터넷으로 검색해 봐야 한다느니 하면서 대화를 이어갔다. 처음 이야기를 꺼낸 나의 존재도 사라지고, 오바마도 잊혀졌다. 처음 플로리다의 포트 로더데일에 도착했을 때 버스 안에서 내가 질문을 던지자 자기들끼리 이러쿵저러쿵 이야기를 나누던 모습과 흡사했다.

시카고에서의 3박 4일은 심하게 외로운 시간이었다. 거대 도시에 혼자 떨어져 나온 외로운 방랑자요, 외로운 섬이었다. 대화를 나눌 대상도 없고, 미국 사람들은 바쁘고, 나는 내 세계에 갇혀 있었다. 그런 나의 모습은 자유와 개인주의의 나라 미국이라는 거대한 사회 시스템에 들어가지 못하고 부유하는 미국인의 모습을 닮았을 것이다. 현대인의 고독은 고도로 분화되고 복잡하고 빠르게 돌아가는 사회로부터의 단절, 그 사회로부터의 고립과 소외에서 비롯되는 것이다. 자본주의가 성숙하면서 공동체가 해체되고 삶의 뿌리가 뽑힌 지 오래된 상태에서 새로운 시스템으로 진입하지 못하면 철저하게 배제되는 것이 지금의 미국이며, 지금의 자본주의 사회다.

그러한 고독은 결코 낭만적인 것이 아니다. 슬픔이요, 비극이며, 끊임없이 마음의 상처를 남기는 현대인의 병이다. 이방인으로서 내가 시카고에서 느낀 외로움이나, 미국 사회에서 소외된 사람들이 느끼는 외로움이 어떤 차이가 있을까. 나는 이방인으로 새로운 여행지를 향해 이곳을 떠나지만, 여기에서 소외된 삶을 살고 있는 사람들에겐 과연 어떤 목적지가 있을까.

미국 시카고~플래그스태프

대화,
'암트랙에서 경험한 여행의 참맛'

뉴멕시코 주의 순박한 시골 아줌마

시카고에서 LA로 이어지는 대륙 횡단 열차는 미국 중부 평원을 가로지르는 육중한 철마다. 시카고에서 LA까지는 2265마일(3465㎞)에 달한다. 그랜드 캐니언과 가까운 애리조나 주의 플래그스태프까지는 1699마일(2734㎞)로, 6개 주를 통과하며 30시간이 걸린다. 달리는 거리로만 보면 지금까지 여행한 것 중에서 가장 길다.

그런데 중국이나 인도의 야간 열차는 그나마 발을 쭉 뻗고 잘 수 있는 침대열차였지만 암트랙은 의자로 되어 있다. 돈을 더 내면 1층 침대칸을 이용할 수 있지만, 가격 차이가 커서 엄두가 나지 않았다. 더욱이 침대칸을 이용하는 승객은 아주 한정되어 있어 기차를 이용하는 사람들을 만나기 어렵다. 미국 횡단 여행을 계획할 때 그레이하운드 대신 암트랙을 선택한 것도 이동 중에 다양한 현지인들을 만나볼 수 있다는 기대 때문이었는데, 그러기 위해선 2층 좌석칸이 적합했다.

오후 3시 대륙 횡단 열차가 시카고 유니온 역을 출발해 서부로 달리기 시작했다. 워싱턴에서 시카고로 올 때는 빈자리가 많았는데, 이번엔 빈자리가 거의 없었다. 내 옆에는 50대 말~60대 초반으로 보이는 중년의 아줌마가 앉았다. 반갑게 인사를 나누었다. 뉴멕시코의 앨버커키 인근에 사는 아줌마로 모니카라고 했다. 남편 제임스, 손자와 함께 시카고를 여행하고 돌아가는 중이었다. 모니카와 제임스는 그렇게 나이가 들어 보이지 않았는데, 벌써 예닐곱 살짜리 손자와 함께 여행을 하고 있었다.

암트랙이 시카고 시내를 벗어나 널찍널찍한 정원을 갖춘 주택들이 듬성듬성 보이기 시작하자 그것을 가리키며 내가 말했다.

"제가 여행을 많이 하는데, 이렇게 널찍한 정원을 갖춘 집이 많은 것은 처음이에요. 주택 마당이 유럽이나 아시아, 남미보다 훨씬 넓어요."

"이건 좁은 거예요." 모니카가 대수롭지 않다는 듯이 말했다. "우리 집은 더 넓어요. 가장 가까운 이웃이 한쪽으로 반 마일(약 800m), 다른 쪽으로는 1.5마일(약 2.4km)에서 수 마일씩 떨어져 있어요. 마당은 가로가 500피트(150m), 세로가 200피트(61m)나 돼요." 거의 학교 운동장만 하다는 이야기다.

"와우, 엄청 크네요. 마당을 지나가려면 달려야 하겠네요."

"그래요. 한참 달려가야지요. 호호호."

"그럼 이웃은 어떻게 만나죠? 이웃과 교류하는 게 어렵지 않나요?"

"문제 없어요. 전화를 하면 되죠. 우리 집에 무슨 일이 있는데 와줄 수 있느냐고 전화로 물으면, 'OK' 하고 바로 차를 몰고 와요. 집으로 친구들을 초대해 파티도 열고, 서로 자주 방문해요."

"그래도 이웃과 멀리 떨어져 있으면 외로울 것 같은데요."

"그렇지 않아요. 아들과 딸이 여섯에 손자와 손녀가 여덟이에요. 가까운 곳에 아들 세 명이 살고, 손주도 셋이나 되고. 자주 방문해서 식사도 함께해요. 외로울 이유가 없죠. 오히려 도시가 답답해요. 내 아들이 시카고 사는데 거기 가면 답답해요. 나는 내 집과 농장이 좋아요."

모니카 아줌마는 자신의 이야기를 신나게 늘어놓았다. 내가 호기심을 갖고 자꾸 물으니, 계속 이야기 보따리를 풀어놓았다. 기억이 잘 안 나거나 모르는 이야기는 앞자리의 손자와 남편에게 물어서 가르쳐주었다.

모니카는 초등학교에서 11년째 역사와 문학, 체육 등을 가르치고 있다고 했다. 앨버커키에서 내려 자동차로 평원을 몇 시간 달려야 집이 나타나고 거기서 또 몇 시간을 달려도 농장과 평원이라고 했다. 내가 한국에서 출발해 아시아와 유럽, 남미를 거쳐 미국을 여행하고 있다고 말하니, 자신은 미국 이외엔 여행해 본 적이 없다며 별다른 관심을 보이지 않았다. 우리 가족의 여행 이야기를 들을 때마다 놀라워하며 많은 질문을 던지던 다른 외국인들과는 좀 달랐다. 한국에 대해서도 한국전쟁, 분단, 북한의 핵실험으로 불안한 나라라는 정도 외엔 아는 것이 거의 없었다. 모니카는 자신으로부터 멀리 떨어진 외부 세계에 대해 큰 관심이 없는 것 같았다.

하지만 내가 컴퓨터를 켜 그동안 여행하면서 찍은 사진들을 화면에 띄우자, 크게 흥미를 보였다.

"나도 사진도 무척 많이 찍고 랩톱도 있어요. 그런데 카메라에 있는 사진을 어떻게 랩톱으로 옮길지 몰라 카메라의 화면으로만 사진을 보고 있어요."

"그래요? 아주 간단해요. 랩톱은 아주 똑똑한 기계예요. 카메라에 있는 메모리 카드를 랩톱에 끼우기만 하면 컴퓨터가 알아서 모든 사진을 자동으로 랩톱으로 옮겨주죠."

"정말요?" 나의 설명에 모니카는 귀를 쫑긋했다. 사실 나도 '컴맹' 수준인데 모니카는 아예 백지 상태의 순수 컴맹이었다. 모니카가 가방에서 카메라와 랩톱을 꺼내놓자, 나는 충분히 이해하고 있는지 확인해 가면서 각 단계를 천천히 설명하였다. 컴퓨터를 작동시키자 랩톱이 메모리 카드를 자동으로 인식하고 사진 파일을 옮기기 시작했다.

"와우, 작동하네요. 대단해요." 모니카가 눈을 동그랗게 뜨면서 환호성을 질렀다. 카메라의 사진 파일을 랩톱으로 이동시키고 파일 이름을 붙인 다음, 파일을 열었다. 집과 농장, 가족 파티, 손자들 사진 등이 랩톱 화면 가득히 떴다. 행복한 모습이다.

"이 집은 제임스와 아들이 나무로 튼튼하게 지었어요. 제임스는 뭐든 필요한 건 다 만들죠." 모니카가 집 사진을 보며 열심히 설명했다.

"이건 아들, 이건 손주들…." 지프 앞에서 포즈를 취한 30대의 아들은 서부 카우보이의 후예를 연상시켰다. 모니카는 집에 달린 작은 풀장에서 물장난을 치는 손주들을 보여주며 아이들 이름까지 하나하나 소개했다.

카메라의 사진을 랩톱에 옮기는 간단한 방법을 가르쳐준 것이 모니카와 나와의 간극을 확 좁혔다. 모니카는 연신 고맙다고 하면서 그제서야 "한국이 어떤 나라냐"며 관심을 보였다.

"60년 전 공산주의 세력과의 내전으로 전 국토가 폐허가 되었는데, 지금은 발전한 민주주의 국가가 되었어요. 삼성전자의 스마트폰과 TV, 현대자동차 같은 큰 기업도 있어요." 내가 설명했다.

"그 기업들이라면 나도 알아요. 기술력이 뛰어난 기업이에요. 한국과 한국인이 대단해요." 모니카는 관심과 놀라움을 표시했다.

모니카는 미국 서남부 변방인 뉴멕시코 시골의 순박한 아줌마였다. 도시사람들의 결혼 연령이 늦어지고 독립 생활자도 많지만, 10대 말~20대 초가 되면 결혼해 많은 아이를 낳고, 가족과 이웃이 어울려 사는 시골 사람이었다. 그곳은 시간이 느리게 흘러가는 곳일 것 같았다.

육중한 기차가 3시간 정도 달리며 미국을 동서로 나누는 미시시피 강을 지났다. 이 강이 흘러 바다와 만나는 뉴올리언스까진 엄청나게 멀다. 이곳은 강의 상류인데도 강폭이 바다처럼 넓어, 미시시피가 미국 대륙을 북에서 남으로 관통하는 엄청나게 길고 큰 강이란 사실을 새삼 실감하였다.

열차는 미시시피를 넘어 작은 마을 포트 메디슨(Fort Madison)에 잠시 정차했다가 다시 출발했다. 미시시피를 넘는 순간 시카고가 속해 있는 일리노이 주에서 아이오와 주가 이어졌다. 아이오와 주를 스치듯 지난 열차는 미주리 주로 넘어와 중부 평원을 육중한 소리를 토해내며 달렸다.

오후 7시 해가 지기 시작하였다. 평원이 끝을 가늠할 수 없을 정도로 넓어서인지 해는 지평선 끝으로 아주 천천히 넘어갔다. 그러고 보니 시카고를 출발한 이후 4시간이 넘도록 거의 비슷한 풍경이 이어지고 있다. 대부분 옥수수가 심어진 어마어마한 농장이다. 미국이 세계 최고의 첨단산업 국가지만, 동시에 세계 최대의 농업국가임을 보여주는 풍경이다.

중부 대평원과 로키 산맥을 넘어 사막으로

달려도 달려도 끝없는 평원이다. 어제 오후 3시부터 아침까지 서남쪽으로 달리고 있지만, 경치는 거의 달라지지 않았다. 밤새 중부 대평원의 한복판에 있는 미주리 주와 캔자스 주를 통과한 열차는 아침이 되자 콜로라도 주로 향했다. 캔자스 주를 동~서로 관통해 콜로라도 쪽으로 가자 기후가 건조해지기 시작했다. 평원과 밭은 비슷하지만, 시카고가 있는 일리노이 주에선 옥수수 등의 작물이 자라는 경작지와 길을 제외한 모든 곳이 짙푸른 나무로 우거져 풍경이 싱싱했지만, 콜로라도로 오니 황토색 흙이 드러난 곳이 많이 보였다. 듬성듬성 관목들만 자라고 있어 남미의 고원을 연상시키는 황무지도 나타났다. 그렇다 보니 드넓은 평원에 물을 공급하기 위한 대형 이동식 스프링클러가 많이 설치되어 있었다.

기차에는 식당칸이 따로 있는데, 2층은 고급스런 레스토랑, 1층은 스낵코너다. 레스토랑에는 편안하게 앉아 창밖 경치를 구경하거나 대화를 나누고, 휴식을 취할 수 있는 휴게실이 마련되어 있고 종업원의 서비스를 받으며 코스 요리를 주문할 수 있다. 1층 스낵코너에선 샌드위치와 과자류, 차와 커피를 판다. 또 레스토랑은 테이블에 흰 천까지 깔아 놓아 고급스럽게 보이지

암트랙 휴게실 창문을 크게 만들고 천장 일부를 유리로 덮어 창밖 경치를 감상하며 대화를 나눌 수 있다.

만, 스낵코너는 언뜻 보기에도 서민적이다. 물론 가격 차이도 크다. 레스토랑에서는 식사를 주문받은 다음, 음식이 준비되면 방송으로 그 사실을 알려주어 승객들이 와서 식사를 할 수 있게 한다. 붐비는 일 없이 차례로 편안하게 식사할 수 있도록 한 것으로, 지혜롭고 세심한 시스템이다.

오전 6시, 뒤쪽에서 해가 떠올랐다. 열차가 서남쪽으로 향하고 있기 때문에 뒤 동남쪽에서 해가 떠오른 것이다. 어제 저녁 해가 질 때도 지평선 끝으로 넘어가더니, 아침에도 지평선에서 해가 뜬다. 12시간을 달렸는데도 기후만 좀 달라졌을 뿐 드넓은 평원은 계속 이어졌다. 미국의 어마어마한 땅덩어리가 기가 막힐 지경이다.

열차에서 해 뜨는 광경을 보는 것은 가슴을 뜨겁게 한다. 중국 티베트로 가는 칭짱 열차와 인도나 유럽에서도 많이 보았지만 암트랙에서 맞는 태양은 느낌이 또 달랐다. 묘하게 그때보다 훨씬 감격적이다. 지구를 한 바퀴 돌아 여기까지 온 것에 대한 어떤 만족감이 작용해서일까.

오전 7시 50분 존 마틴 저수지(John Martin Reservoir) 옆을 지났다. 거칠고 황량한 평원 저쪽으로 아스라이 저수지가 보였다. 콜로라도에서 발원해 중부 평원을 동~서로 가로질러 미시시피 강으로 흘러가는 아칸소 강을 막아 만든 저수지다. 기관사가 방송을 통해 건조한 콜로라도와 미주리 사이의 농경지에 물을 공급하기 위한 저수지라고 설명했다.

미주리 주에서 콜로라도 주로 넘어가자 시간이 다시 7시로 되돌아갔다. 기관사가 방송으로 센트럴타임(CT), 즉 중부 시간에서 마운틴타임(MT), 즉 산간 시간으로 바뀌었다며 시간을 조정해주고, 혼동이 없기를 바란다고 설명했다. 미국은 동부와 서부가 4시간의 시차가 난다. 뉴욕과 워싱턴 등 동부, 시카고와 휴스턴 등 중부, 로키 산맥과 콜로라도 고원의 산간지역, LA와 샌프란시스코, 시애틀 등 서부지역에 각각 1시간의 시차가 있다.

8시 25분 기차가 콜로라도 주의 라훈타(La Junta) 역에 정차했다. 기관사가 "잠시 후 암트랙 열차는 라훈타 역에 도착합니다. 음, 그런데 당신은 담배를 피우시나요? 콜록콜록" 하고 기침 소리를 내더니 "그렇다면, 흠흠, 이번 역에서 담배를 피우실 수 있습니다"라고 방송을 했다. 여유 있으면서 유머 섞인 방송에 승객들이 모두 키득키득거렸다.

라훈타 역은 아주 소박한 시골의 작은 역이었다. 벽돌로 지은 역사 이외엔 특별한 시설이 눈에 띄지 않았다. 여기서 1~2시간만 가면 콜로라도 고원이 나타나기 때문에 사실상 중부 평원을 거의 다 가로질러 달려온 셈이다. 시카고에서 여기까지 18시간을 달려왔으니 엄청난 평원이었다.

잠시의 휴식 후 기차는 다시 달리기 시작했다. 오전 10시 콜로라도 로키 산맥 끄트머리에 있는 트리니다드(Trinidad)를 지나자 본격적으로 산악 지형이 펼쳐졌다. 로키 산맥으로 올라가기 시작한 것이다. 육중한 열차는 구불구불 이

대륙을 가로질러 로키 산맥을 오르는 암트랙 열차

어진 산길을 천천히 천천히 올라갔다. 철길이 얼마나 구불구불 휘어져 있는지 창문을 통해 열차의 앞쪽 객차가 다 보였다. 고도도 빠르게 높아졌다. 황무지 평원에서 산으로 올라가니 나무들이 우거진 숲이 나타나고 조금 더 올라가자 침엽수림으로 바뀌었다. 소들이 한가롭게 풀을 뜯는 목장도 보였다. 사실 목장이라기보다는 그냥 소를 방목하는 것 같았다. 승객들 모두 창밖

뉴멕시코 주 레이턴 역에서 암트랙에 오르는 독특한 복장의 주민들(왼쪽)과 앨버커키 역사(오른쪽) 열차가 정차할 때마다 나타나는 이색적인 풍광을 감상하는 것도 암트랙 여행의 묘미다.

으로 펼쳐지는 풍경에 눈을 떼지 못했다.

콜로라도 주에서 뉴멕시코 주로 넘어가면서 레이턴 터널(Raton Tunnel)을 지났다. 해발 7588피트(약 2313m) 높이에 만들어진 터널이다. 그러고 보니 오전 10시를 넘어서면서부터 약 1시간 동안 아주 높이 올라온 셈이다. 터널을 지나자 풍경이 또 바뀌었다. 고도가 높은데다 뜨거운 태양이 작열하는 건조한 날씨 탓에 싱싱한 잎사귀는 모두 사라지고 가지만 남아 고사목으로 변해가는 나무들이 많았다. 로키 산맥의 남쪽 끄트머리 부분을 지나고 있는 것이다.

터널을 지나 잠시 정차한 레이턴 역은 역 주변이 포장이 되지 않아 맨흙에서 먼지가 날릴 정도로 소박한 시골 역이었다. 로키 산맥을 넘으면서 독특한 복장의 사람들이 많이 보였다. 남자들은 검은색 멜빵 바지에 푸른색 와이셔츠 차림에 검은 중절모를 쓰고, 모두 수염을 길게 길렀다. 여성들은 길고 넓은 치마에 흰 천으로 된 모자를 쓰고 있었는데, 모두 모자를 끈으로 턱에 단단히 고정하였다. 모니카에게 어떤 사람들이냐고 물어보니, 종교적 신념 때문에 이런 복장을 하고 있다며 콜로라도와 뉴멕시코 주에서는 종종 볼 수 있다고 했다. 레이턴에서는 또 등산이나 하이킹, 트래킹을 하는 사람들이 많이 내리고 탔다. 한결같이 탐험자 복장이다.

레이턴 역을 지나자 콜로라도 고원 남부의 산악 지형이 펼쳐졌다. 오전 10시 트리니다드에서 시작된 산악 지형은 오후 3시 정도까지 이어졌다. 거의 5시간 동안 중부 콜로라도 고원의 남쪽 끝을 통과한 셈이다. 올라가는 데 1시간, 고원을 통과하는 데 2~3시간, 내려가는 데 1시간 정도 걸렸다. 나무가 듬성듬성 자라 있고, 고사목도 보이고, 낮은 키의 관목만 무성한 황무지가 펼쳐졌다. 메마르고, 뜨겁고, 거칠고, 황량한 풍경이다. 여기서 계속 남쪽으로 내려가면 뉴멕시코의 황무지를 지나 멕시코로 넘어가게 된다.

오후 4시 30분 뉴멕시코 주의 주도인 앨버커키에 도착했다. 열차 운행 일정과 비교해 보니 30분 정도 연착인데, 시카고에서 출발한 지 24시간이 넘었으니 그 정도 연착은 큰일이 아닐 듯싶었다. 앨버커키에서 모니카 아줌마와 제임스 아저씨, 손자가 내렸다. 시카고에서부터 대화도 많이 나누고, 사진도 같이 보고, 스낵도 나누어 먹으며 함께 여행하였는데 작별이 아쉬웠다. 순박하고, 친절하고, 전통 생활 방식을 유지하고 있는 시골 아줌마, 아저씨였다.

앨버커키 역에서는 20여 분을 쉬었다. 그 사이 100여 명이 탑승했는데, 이들에게 좌석을 배정해주는 데 시간이 많이 걸렸다. 빈자리 배정이 모두 수작업으로 이루어지기 때문이다. 차장이 열차 출입문 앞에서 작은 종이 쪽지에다 좌석 번호를 적어 탑승자에게 나눠주는 방식이라, 시간이 한참 늘어졌다.

앨버커키 역에 내려 잠시 바람을 쐬는데, 이글거리는 태양이 대지와 살갗까지 익힐 것 같았다. 7월 초 미국 중남부의 폭염은 생각보다 훨씬 뜨겁다. 펄펄 끓는 태양이 건조한 사막지대를 달구고, 그것이 열풍이 되어 훅훅 올라온다. 모니카가 내리면서 여기는 화씨 100도 정도로 아주 덥다고 하더니 정말 모든 사물을 다 녹아내리게 할 태세다. 화씨 100도는 섭씨 38도 정도 된다. 건조한 날씨에 대지가 달구어지면 40도를 훌쩍 넘는다. 하지만 여기도 스콜

이 주기적으로 발생한다. 앨버커키 역에 도착하기 전에 기관사가 방송을 통해 "어제 저녁 뉴멕시코 일대에 폭우와 강풍이 몰아쳤다"고 했는데, 어쨌든 이곳에선 그저 태양이 구름 한 점 없는 하늘에서 이글거릴 뿐이다.

대륙 횡단 열차에서의 끊이지 않는 대화

앨버커키를 출발한 기차는 다시 콜로라도 고원 남부의 산악지대를 통과해 서쪽으로 움직이기 시작했다. 모니카가 내리고, 이번에는 마리아라고 하는 미국의 중년 여성이 내 옆 자리에 앉았다. 가벼운 인사로 말문을 트면서 시작한 대화는 앨버커키를 출발한 오후 5시부터 플래그스태프에 도착한 9시 30분까지 4시간 넘도록 이어졌다. 예술, 여행, 인생에 대한 이야기는 물론, 한국과 미국에 대한 이야기까지 소재가 종횡무진으로 연결되었다.

현지인과 이렇게 오랜 시간 이야기를 나눠본 것은 처음이었다. 나는 지금까지 중국, 네팔, 인도, 유럽, 남미를 여행하면서 갖게 된 생각들을 계속 토해냈다. 마리아는 진지한 대화에 굶주린 나의 말문을 트게 했고, 내가 말문을 열자 맞장구를 치면서 대화를 이어갔다. 신나고 즐거운 대화였다. 얼마나 이야기를 많이 나누었는지, 나중에는 기진맥진할 정도였다.

마리아는 예술가였다. 처음에는 조각을 했는데, 지금은 그림을 그리고 있으며, 앨버커키에서 학생들도 가르치고 있다고 했다. 동양 의학과 동양 철학에도 흥미를 갖고 음양의 조화라든가 홀리스틱(holistic)한 것에 관심이 많은, 약간 보헤미안적 성향의 사람이었다. 동양적 사유 방식에 관심이 많은데다 동양에서 온 여행자를 만났으니 이야기꽃이 피어올랐던 것이다. 마리아는 언니의 시어머니가 돌아가셔서 LA의 언니를 방문하고, 겸사겸사 그곳의 친구들도 만나기 위해 보름 정도 일정으로 여행한다고 했다.

마리아는 고흐를 가장 좋아해서 고흐의 그림과 고흐가 사용한 색, 소재, 그의 열정적인 삶에서 많은 영감을 받는다고 했다. 자신은 풍경이나 인물보다는 추상적인 소재의 그림을 그리지만, 고흐가 당시 새롭게 개척한 인상주의적 작품의 세계가 자신의 새로운 시도와 변화의 원천이 되고 있다고 했다. 나도 이번 여행 중에 암스테르담 고흐 박물관에서 고흐에게 크게 감동 받은 바 있어 마음이 잘 통했다.

이야기는 동양적 사고로 이어졌다. 마리아는 모든 것을 전체의 일부로 보는 동양 철학이나 음양 이론에 관심이 많았다. 자신이 이해하는 동양적 사고와 동양 의술에 대해 이야기하면서 사물을 분절적으로 바라보지 않고 조화로운 총체로 이해하는 데 남다른 식견을 보여주었다. 내가 동양적 사고의 근본은 조화(harmony)라며 태극기를 메모지에 그려 가며 그 원리를 설명하니 매우 흥미로워했다. 한 나라의 국기에 그토록 오묘한 우주의 원리가 들어 있고, 거기에 만물의 조화와 평화를 지향하는 염원이 담겨 있다는 데 놀라움을 감추지 못했다.

대화 주제는 여행으로 넘어갔다. 아시아에서부터 유럽~남미를 거쳐 미국으로 건너온 나의 이야기를 듣더니 뉴욕에 대한 소감을 물었다.

"뉴욕은 오늘날 최고의 코스모폴리탄이라는 생각이 들었어요. 뉴욕을 여행하면서 최전성기의 고대 로마가 생각났어요. 고대 유럽에선 모든 길이 로마로 통했지만, 지금은 모든 길이 뉴욕으로 통해요. 세계의 교차로였어요. 최신 유행과 기술과 경제, 문화가 다 뉴욕에 있어요."

"뉴욕을 로마와 연결하는 건 흥미로운 생각이네요. 나도 동감이에요."

"그런데 워싱턴을 여행하면서는 생각이 좀 달라졌어요. 뉴욕에서는 최고의 풍요를 구가하는 세계의 중심이란 생각이 들었는데, 워싱턴에선 '미국은 전쟁 중'이라는 느낌이 들었거든요."

"전쟁이요? 어떤 전쟁이죠?" 마리아가 눈을 동그랗게 뜨고 물었다.

"음, 한국전쟁, 베트남 전쟁, 중동 전쟁, 이라크 전쟁 같은 것이죠. 워싱턴의 미국역사 박물관을 돌아보면서 미국이 2차 세계대전 이후 지금까지 한 번도 전쟁을 중단한 적이 없다는 사실을 알게 되었죠. 지금도 이라크에서 전쟁을 하고 있고, 미국 곳곳에 있는 추모 공원에서는 추모 행사가 끊이지 않아요. 그것도 미국이 전쟁 중임을 보여주는 것이죠. 사실 항상 전쟁을 치르는 나라는 미국 이외엔 없어요."

"따지고 보면 그렇죠. 그렇지만 뉴멕시코에 살면서 미국이 전쟁 중이라는 걸 느끼긴 힘들어요. 정치 지도자들은 항상 그런 것을 이야기하지만 말이죠."

"그럴 거예요. 미국은 워낙 큰 나라고 이슈가 많으니까. 하지만 그 전쟁이 다른 나라에게는 전부가 되는 경우가 많죠. 여기에서는 아주 작은 일로 보일지 모르지만. 어쨌든 동부지역을 돌면서 세계의 슈퍼파워 미국은 전쟁 중이란 사실을 확실히 알게 되었죠."

이야기가 좀 무겁고 진지한 방향으로 흐르자 마리아는 내가 어떤 사람인지 궁금해 했다. 한국의 언론인으로 20년 넘게 정치와 경제, 산업, 금융 등을 취재하고 기사를 썼다고 하자 고개를 끄덕였다.

기차는 뉴멕시코 주를 관통해 서쪽으로 서쪽으로 달렸다. 2시간 정도 달려 갤럽(Gallup)이라는 작은 도시를 거쳐 애리조나 주로 넘어갔다. 풍경은 거의 변하지 않았다. 건조하고 황량한 들판과 산악 지형이 반복해서 펼쳐졌다. 앨버커키에서 그토록 맹렬하게 폭염을 퍼붓던 태양의 열기도 서서히 누그러졌다. 나와 마리아는 여행에서 삶과 인생에 대한 이야기를 이어갔다.

여행을 좋아하여 미국의 남부와 서부, 유럽을 여행한 적이 있다는 마리아는 세계를 한 바퀴 돌고 있는 나를 부러워하며 여행 중에 위험하고 어려운 것들이 있었는지 궁금해했다.

"새로운 지역을 여행하게 되면 처음에는 지리나 문화를 잘 모르기 때문에 당연히 혼란스럽죠. 하지만 하루나 이틀 지나면 익숙해져요. 지금까지의 여행이 그런 과정의 연속이었어요. 그리고 익숙해지면 다시 새로운 곳으로 떠나죠. 한 곳에 머물면 여행은 끝나요. 그게 여행이고 인생도 마찬가지죠. 여행이나 인생이나 모두 끝없는 도전과 모험인데, 여행을 하면서 그런 도전에 대한 두려움이나 불안을 넘어설 수 있었어요. 이젠 모험과 변화를 즐기죠."

불안 때문에 걸음을 멈추게 되면 여행이든 인생이든 끝나 버린다는 이야기에 마리아는 크게 동감했다.

"이제 '불안은 아무것도 아니다!(Fear is nothing!)'라고 믿게 되었어요. 사실 불안은 다가오지 않은 미래에 대한 부정적인 상상력의 산물이죠. 실체가 없는 거예요. 이게 내가 이번 여행에서 얻은 가장 중요한 교훈이에요. 두려움과 불안을 갖고 살아가던 나 자신이 변화한 거죠."

나의 감상에 마리아도 동의하며 '두려움'이나 '불안'의 중요한 측면을 지적해주었다.

"불안은 실체가 없이 마음이나 머릿속에만 존재하는 것이죠. 하지만 그 불안이 가끔 주의(warning)나 신호(indication)가 될 수 있어요. 자신에게 준비할 기회를 주는 것이죠. 예를 들어 내가 LA로 여행하려 할 때 그곳의 안전이나 기후, 음식에 대한 불안이 생길 수 있어요. 그건 무엇인가를 준비하라는 신호예요. 무시할 수 없죠. 그래서 더 공부하고 조사해야 하며, 더 많이 알아야 합니다. 그러면 불안에서 벗어날 수 있어요."

미국에 대한 나의 인상도 이야기하였다.

"숙소 이야기를 좀 할게요. 미국 숙소들은 굉장히 크고, 모두 상업화되어 있어요. 아시아나 유럽, 남미에서는 한 숙소에 대체로 30명 내외의 여행자들이 묵는데 여행 정보를 공유하고 대화도 많이 했죠. 하지만 미국은 너무 커서 그럴 기회가 없어요. 직원들도 바빠서 여행자에게 관심이 없어요. 나는 영어로 의사 소통을 하기 위해 시간이 필요한데, 미국 사람들은 그걸 기다려주지 못해요. 빠른 말로 '애니씽 엘스?(Anything else?)' 하며 빨리빨리 말하길 원하죠.

그래서 당혹스러웠던 경우가 많았어요. 미국인들은 바빠요."

여행의 이유가 관광지뿐만 아니라 사람을 만나기 위해서인데 미국에서는 그게 어려워 아쉬웠다는 것, 그만큼 마리아 같은 사람을 만나 대화를 나눌 수 있어 행복하고 고마웠다는 감상을 전하는 것도 잊지 않았다. 실제로 마리아는 대화에 굶주린 나의 갈증을 풀어주었다. 이것은 암트랙의 선물이기도 했다. 암트랙에서는 모두가 친구고 여행의 동반자였다.

대화라는 것이 그렇다. 정리된 자신의 생각을 이야기하고, 또 상대방의 이야기를 들으면서 자신의 생각을 업데이트하는 과정이 진짜 대화다. 각자 정리된 생각만 이야기한다면 그것은 서로 웅변이다. 진정한 대화란 상호침투의 변증법적 과정을 통해 새로운 사고와 인식의 세계로 나아가는 것이다. 마리아와의 대화가 그러했다. 내가 여행하면서 막연하게 생각했던 것들을 이야기하고, 마리아가 덧붙이고, 그럼으로써 그 막연하던 생각들이 하나하나 분명하게 정리되는 것 같은 느낌이었다.

어둠이 잔뜩 내려앉은 9시 30분, 기차가 플래그스태프 역에 도착했다. 몇 시간 동안 대화를 나눈 마리아와도 아쉬운 작별을 해야 했다.

시카고에서부터 30시간 동안 엄청난 거리를 달렸다. 뉴멕시코의 시골 아저씨 제임스와 아줌마 모니카, 앨버커키의 미술 교사 마리아와의 대화는 잊을 수 없는 추억을 남겼다. 중부의 광활한 평원과 콜로라도의 자연, 그 속을 쉬지 않고 달린 암트랙도 잊을 수 없다. 라훈타, 레이턴, 앨버커키도 스치듯 지나쳤지만, 미국풍과 스페인풍, 인디언풍이 묘하게 결합된 모습을 잊을 수 없고, 트래킹을 하러 콜로라도로 가는 사람들, 독특한 종교적 복장의 사람들 모두 잊을 수 없다. 암트랙을 타고 대륙을 횡단함으로써 세계여행이 거의 끝을 향해 달려가는 느낌이다. 하지만 내일은 새로운 태양이 떠올라 나를 맞을 것이고, 나의 여정도 계속될 것이다.

가족,
'신뢰에 기초한 독립적 주체들의 공동체'

독립기념일을 마을 축제로 만든 미국인들

시카고에서 수많은 고민 끝에 만든 그랜드캐니언과 라스베이거스 여행 루트가 황당한 것이었음은 플래그스태프에 도착하자마자 금방 드러났다. 굳이 차를 렌트하고 반납하기 위해 네댓 시간 걸리는 라스베이거스를 두 번이나 왔다 갔다 하고, 그럼으로써 그 많은 시간을 길 위에서 보낼 필요가 전혀 없었던 것이다. 나중에 자동차를 몰고 콜로라도 고원의 황무지와 모하비 사막을 신나게 질주하면서 인디언 유적을 마음껏 돌아보는 것으로 위안을 삼았지만, 엉뚱한 방식으로 여행을 하게 되었다.

플래그스태프의 그랜드캐니언 호스텔(Grand Canyon Hostel)에 도착해 처음 만난 사람이 스페인계 청년 샨이었다. 호스텔에서 침대를 배정받고 막 여장을 푸는데 옆 침대에서 책과 서류를 들여다보고 있던 샨이 인사를 건네며 자신을 소개했다.

"나는 여행 컨설턴트예요. 그랜드캐니언 여행 매니저예요."

"여행 컨설턴트요? 가이드 같은 건가요?"

"가이드도 하고, 여행 프로그램을 개발하여 소개하는 일을 시작했죠. 나는 사나흘 동안 플래그스태프에서 사우스 림(South Rim)과 나바호 모뉴먼트 밸리(Navajo Monument Valley), 노스림(North Rim), 자이온 국립공원(Zion National Park)까지 돌아보는 프로그램을 개발했어요. 노스림과 자이온은 사우스 림보다 훨씬 환상적이에요. 여기서 노스림까지는 아주 멀어요. 모뉴먼트 밸리를 거쳐서 노스림에 가서 하룻밤 머무는 프로그램이에요."

샨이 말하는 프로그램은 내가 가보고 싶어 하던 곳을 모두 포함한 코스로 흥미로웠다. 샨이 들고 있던 지도를 펼쳐 보이며 그랜드캐니언 일대의 지리와 자신의 여행 프로그램을 설명했다. 가격을 물어보았다.

"3일 프로그램이 330달러예요. 4일 프로그램은 개발 중이고요."

가격도 적당해 보였다. 실제로 그가 제시한 금액은 내가 자동차를 렌트해서 혼자 여행하는 비용보다 오히려 적었다. 아쉬운 마음이 들었지만 나는 이미 자동차와 버스를 모두 예약해 놓았다.

샨이 저녁을 함께하자고 하여 그의 미국인 및 독일인 친구 두 명과 함께 인근 식당으로 향했다. 독일 청년은 미국을 오토바이로 여행하고 있는데, 그랜드캐니언 일대에서만 벌써 2주째 머물고 있었다. 미국인 친구나 샨도 그렇게 여행을 하면서 만나 우정을 쌓고 있었다. 이들은 한국과 미국, 그랜드캐니언, 오토바이 여행 등에 대해 거침없이 이야기하였다. 에너지가 넘쳤다.

플래그스태프에 도착한 다음 날은 마침 7월 4일 미국의 독립기념일이었다. 인구가 7만 명도 되지 않는 작은 마을은 온통 축제 분위기였다. 각 기관과 시민단체 등이 각자의 구호를 적은 플래카드와 차량을 앞세우고 행진을 벌였다. 교회, 학교, 상점, 소방서, 군대, 경찰까지 퍼레이드에 참여했다. 구호도 환경 보호나 장애인 배려에서부터 시민단체에 대한 기부, 공공 기관에 대한 관심 요청 등 아주 다양했다.

퍼레이드는 격식을 차리거나 심각하지 않고, 각 기관이 있는 모습을 그대로 보여주는 데 초점을 맞추고 있었다. 가두에는 시민들이 구름처럼 몰려 자

플래그스태프의 독립기념일 퍼레이드 공공 기관에서 시민 단체까지 크고 작은 지역 단체들이 모두 참여해 진행되며, 도시 전체가 성조기의 물결로 뒤덮인다.

신이 아는 사람이나 기관이 지나가면 박수를 치고 환호성을 질렀다. 길 옆 건물의 창문에도 사람들이 걸터앉거나 고개를 내밀고 퍼레이드를 구경했다.

흥미로운 점은 퍼레이드 참가자는 물론이고 지켜보는 사람들이 모두 성조기를 손에 들고 흔들며 즐거워한다는 것이었다. 한마디로 성조기의 물결이었다. 독립기념일이니까 그렇다고 볼 수도 있지만, 딱딱하게 흐를 수 있는 기념 행사를 마을 축제와 같이 진행하면서 모든 사람이 성조기를 들고 흔드는 것은 이색적인 광경이 아닐 수 없었다.

독립기념일을 지역의 축제처럼, 주민들이 거리로 나와 즐기는 나라가 과연 얼마나 될까. 광복절이나 3·1절 같은 날 한국의 소도시에서 태극기를 흔드들며 축제를 벌이는 것은 상상하기 어렵다.

미국은 세계 최고의 선진국이자, 강대국이요, 다문화 사회다. 이런 미국에서 주민들이 참여하는 독립기념일 축제가 펼쳐지는 것이 어디 플래그스태프뿐일까. 전국 각지에서 성조기를 앞세운 경축 행사를 벌이고 있을 것이다. 이번 세계여행 도중 인도와 아르헨티나에서 독립기념일 행사를 목격한 적이 있지만 이런 식으로 국기를 흔들며 흥겨워하지는 않았다. 행사는 정부가 준비하고, 시민들은 관객일 뿐이었다. 이런 면에서도 미국은 독특한 나라다.

비뚤어진 욕망을 합법화한 타락의 도시

축제에 들뜬 플래그스태프를 한 바퀴 돌아본 다음 짐을 챙겨 그레이하운드 정류장으로 향했다. 정류장에서 활기가 넘치는 일본 젊은이를 만났다. 캐나다에서 워킹홀리데이를 마치고 6개월간 캐나다와 미국을 여행하고 있었는데, 놀랍게도 그레이하운드를 이용해 미국 구석구석을 돌아다니고 있었다.

내가 암트랙으로 대륙을 횡단하고 있다고 말하니 그는 그레이하운드가 환상적인 교통수단이라며 입에 침이 마르도록 칭찬했다. 교통편이 많아 어디든 가고 싶은 데로 갈 수 있고 가격도 저렴하다는 것이었다. 그의 이야기를 듣고 보니 그레이하운드의 장점도 많아 보였다. 사실 암트랙은 대륙을 동에서 서로 횡단하는 게 거의 전부라 할 수 있지만, 그레이하운드는 동~서는 물론 남~북으로도 대륙을 누빌 수 있는 교통수단이다. 그처럼 장기간 북미를 구석구석 여행한다면 그레이하운드가 편리하고 효율적일 것 같았다.

정류장에는 의외로 배낭여행자들이 많았다. 조금 있으니 다른 일본인 배낭여행자와 말레이시아 출신 여행자 세 명이 나타났다. 한 말레이시아 청년은 미국 유학생이었고, 다른 두 명은 그와 함께 그랜드캐니언과 라스베이거스를 거쳐 서부지역을 여행하기 위해 말레이시아에서 왔다고 했다. 미국 여행과 그랜드캐니언에 대해 이런 저런 이야기를 나누는데, 주변의 미국과 유럽의 여행자들도 끼어들었다. 갑자기 정류장에 활기가 넘쳤다. 그러고 보니 그레이하운드로 여행하더라도 이처럼 많은 배낭여행자를 만날 수 있을 것 같았다.

2시 30분 버스가 라스베이거스를 향해 출발했다. 버스는 콜로라도 고원의 서남부 끄트머리로 난 길을 천천히 안정감 있게 달렸다. 버스에는 듬성듬성 빈자리가 보였다. 하지만 분위기가 암트랙과 달랐다. 암트랙에서는 배려하는 분위기가 넘쳤는데, 그레이하운드는 소란스럽고 어수선했다. 좌석 뒤편의 흑인들은 다른 승객들을 아랑곳하지 않고 큰 소리로 떠들며 소란을 피웠다.

라스베이거스 핸더슨을 지나자 미국 서부 네바다 주의 황량한 사막 한가운데 건설된 도시 라스베이거스가 아스라이 나타났다.

버스는 애리조나 서부의 황량한 벌판을 달리고 또 달렸다. 가도 가도 황량하고 거칠고 건조한 준 사막지대가 이어졌다. 조금만 서쪽으로 가면 모하비 사막으로 이어지는 건조한 지역이다. 모래와 바위가 맨살을 드러내고 있는 구릉과 언덕엔 건조한 지역에서 자라는 관목과 땅에 납작하게 깔린 잡풀들이 듬성듬성 나 있을 뿐 농작물을 재배하는 흔적은 찾을 수 없다.

어둠이 막 내리깔릴 즈음 라스베이거스에 도착했다. 5시간 정도 걸렸다. 예약한 숙소에 도착해 여장을 푼 다음 화려한 조명으로 번쩍이는 중심 타운으로 향했다. 도박과 환락의 도시, 풍요와 상업주의, 자본주의의 극단적인 모습을 적나라하게 보여주는 도시다. 동시에 자본과 스케일, 미국의 힘과 번영을 상징적으로 보여주는 듯했다. 시내엔 뉴욕의 엠파이어 스테이트 빌딩, 자유의 여신상, 파리의 에펠 탑, 이집트의 룩소르 신전 등 세계의 경이적인 문화유산을 실제 모습과 거의 비슷하게 만든 조형물과 건축물들이 눈에 띄었다. "우리는 무엇이든 할 수 있다"고 웅변하는 듯했다.

중심 타운은 휘황찬란한 네온사인이 번쩍거리고, 대형 호텔 안에는 카지노와 각종 놀이 시설이 돌아가고 있었다. 사막 한가운데 어마어마한 환락과 도박의 도시를 조성하고, 가족 단위 관광객을 위해 어린이들이 즐길 수 있는 시설까지 갖추어 놓았다. 하지만 도박과 환락은 그것을 아무리 '오락'으로 포장해도 인간의 영혼을 타락하게 만드는 것 아닌가. 그걸 오락으로 둔갑시켜 버린 자본주의적 가치 전도의 전형일 뿐이다. 아마도 고대 사회에 환락의 도시가 있었다면 바로 이 도시를 닮았을 것이다. 하지만 그런 사실을 제대로, 이성적으로 인식하기 어려운 곳이 또 라스베이거스다.

　2시간여 동안 화려한 밤거리를 거닐며 호텔 카지노에도 들러보고, 상점도 돌아보고, 카지노 옆의 어린이 및 가족 놀이 시설도 돌아보았지만, 마음이 편하지 않았다. 아무리 보아도 라스베이거스는 비뚤어진 인간의 욕망을 합법화한 도시였다. 욕망의 바벨 탑을 보는 듯했다. 길거리를 걷는데 몇 달러만 달라는 사람들이 불쑥불쑥 나타나 마음을 불안하게 만들었다. 휘황하게 돌아가는 네온사인이 희망을 상실한 인간의 절규를 보여주는 듯했다. 어차피 라스베이거스는 예약한 자동차를 픽업하기 위해 들렀던지라 딱히 할 일이 없었다. 그저 여기까지 온 김에 사회적 금기인 환락과 도박을 합법화한 '이상한' 도시를 '이성적으로' 돌아보았을 뿐이다.

　다음 날 렌터카 회사를 찾았다. 한참을 기다려 인터넷으로 예약해 프린트한 증명서를 내밀고 렌트 절차에 들어갔다. 하지만 배보다 배꼽이 더 컸다. 렌트 비의 다섯 배에 가까운 보험료를 지불하고 말았기 때문이다. 생글생글 웃으며 안전이 중요하다는 렌트 회사 직원의 설명에 넘어가 그가 제시한 보험에 모두 가입했다. 보험료가 400달러를 넘었는데 3일간의 자동차 렌트 비용이 82.49달러임을 고려하면 엄청 많이 들어간 셈이다.

　보험료를 지불하고, 계약서와 자동차 키를 받아들고 돌아서는 순간 속았다는 느낌이 들었다. 좀 더 세밀히 따져 보았어야 하는 것 아닌가 하는 생각이 들었다. 하지만 초행길에 안전이 중요하니 보험에 충분히 들길 잘했다고 위안을 해보았지만, 그래도 역시 400달러가 넘는 보험료는 과도했다. 여러 렌터카 회사의 가격을 비교하고, 멀리 라스베이거스에까지 와서 자동차를 렌트한 보람이 사라지고 말았다. 나는 3일 동안 자동차에 흠집 하나 내지 않고 안전하게 차를 몰았고, 결국 보험료는 허공으로 사라진 비용이 되었다. 물론 보험이란 만일의 사태에 대비한 것이지만, 과도한 보험료는 두고두고 아깝다는 생각이 들었다.

나중에 생각해 보니 그 직원이 나의 여행 일정과 가족 관계 등에 대해 관심을 보이며 이것저것 물어본 것은 보험을 모두 들게 하려 한 교묘한 심리 전술이었다. 그의 선한 얼굴과 미소, 심리 전술은 모두 탁월한 영업 수완이라고 할 수 있겠지만, 못내 씁쓸했다.

라스베이거스에서 플래그스태프까지는 250마일, 즉 400km가 조금 넘는다. 라스베이거스에서 50km 정도 떨어진 후버 댐을 거쳐 애리조나 북서부의 황무지를 달려야 한다. 비싼 보험료를 지불하기는 했지만, 자동차로 인해 기동성이 높아졌다. 황야에 난 길을 신나게 달리기도 하고, 후버 댐에도 들르고, 도로변 숙소에 불쑥 들어가 묵기도 했다. 그동안 대중교통에 얽매여 있던 데에서 벗어나 마음 끌리는 대로 자유를 마음껏 누릴 수 있었다.

먼저 후버 댐으로 향했다. 그랜드캐니언을 거쳐 흘러내리는 콜로라도 강의 대협곡을 막고 만든 어마어마한 댐이다. 대공황을 극복하기 위해 1931년 건설하기 시작해 프랭클린 루스벨트 대통령 시절인 1935년에 완공되었다. 입이 딱 벌어지는 댐이다. 협곡은 생각보다 깊고 넓었으며, 그것을 막아 엄청난 인공 호수를 만들고, 발전소를 건설했다. 현대 기술의 성과라고 하기엔 자연에 대한 인간의 도전이 오히려 두려움을 가져다주는 곳이었다. 브라질과 파라과이 사이에 건설된 이타이푸 댐을 돌아보면서 느꼈던 자연에 대한 인간의 오만한 간섭과 도전이 다시금 오싹하게 다가왔다.

사실 후버 댐은 경제 및 사회의 진보와 관련해 아주 중요한 시사점을 주는 곳이다. 1920년대 말 대공황으로 실업자가 쏟아져 나오자 미 정계에서는 그 해결 방안을 놓고 논쟁이 붙었다. 하나는 대형 토목공사를 통해 일자리를

후버 댐 콜로라도 강을 막아 만든 높이 221.4m, 길이 379m의 콘크리트 댐이다. 대공황기인 1930년대 경기 진작을 위해 건설된 이 댐 대신 노동 시간의 단축을 선택했다면 역사가 달라졌을 것이다.

만들자는 것이었고, 다른 하나는 노동 시간을 줄여 일자리를 나누자는 것이 었다. 경제계에서는 수요를 획기적으로 창출할 수 있는 대형 토목공사를 주장했고, 진보 진영에서는 노동 시간의 단축을 주장했다. 일부 기업은 실제로 노동 시간을 줄여 고용을 확대하고, 이로 인해 생산성이 높아졌다는 보고서를 발표하기도 했다.

격론이 벌어지고 미 상원에서 노동 시간 단축 법안이 통과되었으나, 하원의 문턱을 넘지 못했다. 당시 허버트 후버 공화당 대통령과 이어 집권한 루스벨트 대통령도 당장 경기 진작 효과가 있는 대형 토목공사를 선택했다. 그 결정으로 건설된 것이 후버 댐이다. 이 공사를 통해 수만 명의 일자리가 창출되는 효과를 냈지만, 자본주의의 근본적 결함을 해결하는 데에는 이르지 못했다. 그때 만일 노동 시간 단축을 통한 사회 시스템 개혁을 더 강력하게 추진했다면 효과는 점진적이었겠지만 사회를 진보시키는 데 훨씬 더 큰 영향을 미쳤을 것이다. 지금도 경기가 침체할 때마다 이런 논란이 일고 있지만, 눈 앞의 이익보다 사회의 진보를 위한 길을 선택하는 게 필요하다.

후버 댐을 돌아본 다음, 이왕 차를 빌린 마당에 서부의 황량한 사막지대를 신나게 달리고 싶었다. 그래서 93번 고속도로를 달리다 킹맨에서 '66번 역사 도로'로 핸들을 꺾었다. 시카고에서 기점을 확인했던 바로 그 도로다. 곳곳에 인디언들의 주거 흔적이 남아 있어, 과거 말을 탄 인디언들이 뽀얀 먼지를 휘 날리고 '삐리리리~' 소리를 지르며 황야를 질주하는 것 같은 기분이었다.

가도 가도 끝없는 황무지의 연속이었다. 황야엔 관목만 듬성듬성 나 있을 뿐, 바싹 마른 누런 흙과 모래, 자갈과 바위가 맨살을 드러냈다. 2차선 도로 에는 지나가는 차도 거의 없었다. 널찍한 평원에 직선으로 도로가 뻗어 있고, 그 끝이 보이지 않았다. 차도엔 신기루처럼 아지랑이가 어지럽게 올라갔다. 라디오에서 흘러나오는 재즈풍 음악을 들으며 황무지 사이에 난 도로를 달 리는 기분을 어떻게 표현하랴.

플래그스태프 외곽에 이르자 모텔과 여행자용 숙소들이 눈에 띄었다. 이번 엔 좀 색다른 여행의 맛을 즐기기 위해 호스텔이 아닌 미국 여행자들이 주로 묵는다는 트래블로지(Travelodge)를 택했다. 렌터카로 기동성을 확보한 결과 였다. 싱글룸은 하루 숙박비가 75.44달러로 호스텔의 두 배 정도였지만, 넓 고 깨끗한 방에 화장실과 욕실도 잘 갖추어져 있어 안락한 밤을 보냈다.

그랜드캐니언의 노을처럼 밀려오는 그리움

신이 만든 대자연의 경이, 너무나 웅대해 비현실적인 느낌을 주는 대협곡, 인간이 얼마나 왜소한 존재인가를 되돌아보게 만드는 장관, 인간의 언어로 표현하기 어려운 광경…. 그랜드캐니언은 이러한 수식어가 그리 아깝지 않

인디언들이 관리하는 리틀 콜로라도의 기념품 상가 목조 가건물과 좌판에 전시된 상품들이 마치 중국이나 인도 오지의 유적지 상가를 연상시킨다.

게 대자연의 파노라마를 연출했다. 하지만 더 깊은 인상을 남긴 곳은 대협곡 외곽에서 태양과 바람의 세례를 받으며 퇴색해 가던 인디언 유적지였다. 그들의 슬픈 노래가 협곡에 아련히 울리는 듯했다.

처음부터 일반 관광객과 다른 길로 들어갔다. 대부분의 관광객은 사우스림의 야바파이 포인트(Yavapai Point)로 직행하지만, 나는 대협곡의 동쪽 끝에서부터 서쪽 끝까지 돌아보기로 했다. 플래그스태프에서 그랜드캐니언으로 가는 최단 루트는 180번 도로 또는 40번 고속도로를 타고 가다 64번 도로를 이용하는 것이지만, 이 길 대신 동쪽에 나 있는 89번 도로로 우회했다.

거친 황무지에서 퇴색해 가는 나라키후(Nalakihu) 인디언 유적지를 돌아본 다음 그랜드캐니언의 동쪽인 이스트림(East Rim)으로 접근하다 이번엔 인디언이 관리하는 '리틀 콜로라도(Little Colorado)' 협곡에 들렀다. '작은 그랜드캐니언'이라고 할 수 있는 곳으로, 그랜드캐니언 국립공원 바로 밖에 있다. 대협곡과는 비교할 수 없을 정도로 작지만 한국이라면 국립공원으로 지정해도 손색없을 만큼 웅장한 협곡이다.

하지만 광장의 인디언 기념품점들은 허름하기 그지없었고, 협곡의 관리는 부실하기 이를 데 없었다. 인디언 상가는 페루의 잉카 유적 '신성한 계곡'에 있는 기념품 상가나 중국이나 인도 오지의 유적지 상가를 방불케 할 정도로 낡고 볼품 없었다. 상가는 엉성한 목조 가건물이었고, 기념품은 인디언들이 만든 수공예 제품이 대부분이었다. 광장엔 먼지가 풀풀 날렸다. 미국의 제3지대, 오늘날 미국 내에서 인디언의 위상을 보여주는 곳이었다.

오전 9시경 25달러짜리 7일 입장권을 끊고 그랜드캐니언 국립공원으로 들어갔다. 세계 최고의 국립공원답게 아주 잘 관리되어 있다. 협곡을 조망할 수 있는 주요 포인트에 전망대가 세워져 있는데, 동쪽 끝 데저트뷰(Desert View)에서 시작해 나바호 포인트(Navajo Point), 리판 포인트(Lipan Point)가 나오고, 카이밥 국유림(Kaibab National Forest) 사이에 놓인 데저트 뷰 드라이브(Desert View Drive)를 따라 서쪽으로 달리면 모런 포인트(Moran Point), 그랜드뷰 포인트(Grandview Point), 야피 포인트(Yapi point)가 나타난다.

모든 전망대를 돌아보려면 시간도 많이 걸리고, 또 어디서 보나 경관은 비슷비슷하기 때문에 마음 가는 대로 중간 중간의 전망대에 들렀다. 데저트뷰는 그랜드캐니언 북동부 사막지역의 장관을 가장 잘 볼 수 있는 곳이다. 아침과 저녁의 해가 뜨고 해가 질 때, 특히 석양 무렵이 가장 아름답고 장엄한 경관을 자랑한다. 첨성대를 닮은 원통 모양의 전망대 안에 인디언의 생활과 문화를 형상화한 벽화를 그려 놓아 협곡과 인디언에 대한 신비감을 자아냈다.

리판 포인트는 그랜드캐니언 가장 아래를 흐르는 콜로라도 강의 모습과 거기에 형성된 삼각주까지 바라볼 수 있고, 협곡을 형성하고 있는 지형을 제대로 감상할 수 있는 곳이다. 실제로 협곡 아래를 보니 까마득한 아래쪽에 콜로라도 강이 보였다. 여기서는 실개천으로 보이지만 실제 내려가면 우당탕탕 격류를 이루고, 강 옆엔 어마어마한 절벽이 펼쳐진다.

야피 포인트를 지나면 그랜드캐니언의 가장 대표적인 전망대인 야바파이 전망대가 나온다. 여기부터는 승용차를 주차장에 세워놓고 셔틀버스를 타야 한다. 주차장이 엄청나게 넓지만, 관광객도 그만큼 많아 한참 돌고서야

콜로라도 강 그랜드캐니언 전망대에서 1.4~1.5km 아래에 있어 잘 보이지 않지만 격류를 이루며 흘러가는 강이다.

겨우 빈자리를 찾을 수 있었다. 쓸쓸하게 퇴색해 가던 인디언 유적지나 리틀 콜로라도와 비교할 수조차 없이 북적였다.

 야바파이 전망대에도 많은 사람들이 몰려 자연의 장엄함에 숨을 죽이고 있었다. 모두 카메라를 대협곡에 들이대고 그랜드캐니언의 파노라마에, 그리고 그것을 배경으로 셔터를 눌러댔다. 야바파이 포인트는 협곡 안쪽으로 툭 튀어나와 있어 거기에 서면 웅대한 협곡이 한눈 가득히 들어오고 자신이 마치 협곡 위에 올라 서 있는 듯한 느낌이 든다. 아래를 내려다보니 아찔했다. 탐방객들이 지르는 낮은 탄성이 이따금 들렸다. 거기서 인간은 아주 작은 점에 불과했다.

 국립공원 중앙 비지터 센터에는 그랜드캐니언에 대해 상세히 설명해 놓았다. 그랜드캐니언 사우스림의 해발 평균고도는 2300m로, 로키 산맥의 서남부를 흐르는 콜로라도 강이 지면을 침식해 만들어졌다. 고원의 암석은 20억 년 전 지각 변동에 의해 만들어졌지만, 실제 협곡이 형성되기 시작한 것은 1700만 년 전이라고 한다. 그 이후 약 1000만 년 동안 침식이 이루어져 500만~600만 년 전에 현재와 같은 모습의 협곡이 만들어졌다. 고원이 형성된 것은 상상하기 어려울 정도로 오래 전이지만 협곡 자체가 만들어진 것은 아주 짧

야바파이 전망대 그랜드캐니언 사우스림의 대표적인 전망대로, 마치 협곡 위에 올라서 있는 듯한 아찔함과 짜릿함을 선사해 준다.

은 셈이다. 그렇다고 해도 현생 인류에 비하면 까마득한 때에 만들어진 것으로, 인간은 아주 왜소한 존재다.

동서로 이어진 대협곡의 길이는 446km에 이르며 남북의 폭, 그러니까 사우스림과 노스림 사이의 거리는 13~26km다. 협곡의 깊이는 1.4km에 달한다. 사우스림에서 하이킹을 해서 강에 이르려면 이틀이 걸리며, 해발고도 2700m의 노스림에서 내려가려면 더 많은 시간이 걸린다. 한국의 웬만한 산은 모두 들어갈 만한 거대한 협곡인 셈이다.

이곳에는 기원전 1200년부터 인디언이 거주했던 것으로 추정된다. 16세기 유럽 침략자들이 이곳에 도착할 당시 후알라파이(Hualapai) 인디언이 계곡 아래쪽 콜로라도 강 인근은 물론 협곡에 동굴을 파고 살았다. 인디언들은 이 대협곡을 신성한 곳으로 여기고 순례를 오기도 했다. 이후 대부분의 인디언들이 쫓겨나거나 죽임을 당하고, 그나마 남은 인디언도 보호구역으로 이전했지만, 동굴을 비롯한 유적이 곳곳에 남아 있고 발굴도 계속되고 있다.

이곳을 돌아보는 방법은 여러 가지가 있다. 최근 각광받는 코스는 경비행기를 타고 하늘에서 협곡의 장엄함을 돌아보는 것이다. 진정으로 그랜드캐니언을 느끼고 싶다면 전망대에서 콜로라도 강까지 연결된 트레일 코스를 걷거나 말을 타고 돌아보는 방법이 있다. 트레일의 경우 많은 코스가 개발되어 가까이에서 자연의 경이를 직접 체험할 수도 있다. 가장 대표적이고 대중적인 것은 사우스림에서 운영하는 셔틀버스를 타고 주요 전망대에서 바라보는 것이다. 셔틀버스는 총 20km에 달하는 노선을 연결하며 비용은 입장료에 포함되어 있다.

야바파이 포인트와 비지터 센터를 돌아본 다음, 셔틀버스를 타고 국립공원에선 유일하게 대형 쇼핑몰과 레스토랑, 커피숍, 우체국 등의 편의시설과 호텔 등 숙소가 있는 마켓 플레이스로 이동했다. 나는 작은 우체국에 들러 대협곡의 감동을 담아 둘째 동군에게 엽서를 썼다.

"동군, 아빠는 지금 말로 표현하기 어려운 장엄한 광경 앞에 서 있어. 그랜드캐니언이야. 엄청나. 저 아래엔 콜로라도 강이 흐르고, 강 기슭엔 옛날 원주민인 인디언들의 유적지가 있고, 거기서 지금도 발굴과 연구가 이루어지고 있어. 함께 여행했으면 탐험 프로그램에 참여할 계획이었는데 그렇게 하지 못해 아쉽구나. 다음에 기회가 되면 꼭 한번 와 보기 바란다."

엽서를 쓰면서 우리 가족이 여행을 계획할 때가 생각났다. 우리는 세계 각국을 여행하며 현지 프로그램에 참여하는 방법을 생각했는데, 미국에서는 그랜드캐니언 발굴 프로그램에 관심을 가졌다. 이는 탐험에 대한 기본 교육을 받고 전문가와 함께 협곡 아래로 내려가 망치와 돋보기를 들고 화석이나 유물을 발굴한 다음, 그걸 갖고 전문가와 대화를 나누며 역사를 공부하는 닷새 또는 일주일짜리 탐사 프로그램이었다. 동군은 특히 고고학에 관심이 많아 이 프로그램에 참여해 자연과 문화, 역사를 몸으로 확인하고 사람들과 어울리는 기회를 갖고 싶어 하였다.

가족이 먼저 귀국하는 바람에 이 계획이 무산되어 내가 곱빼기로 보고 가는 수밖에 없었다. 엽서에는 그랜드캐니언에 함께 오지 못한 아쉬움과, 꼭 한번 여행해 보라는 권유를 담았다. 함께 오자는 이야기는 하지 않았다. 그가 그랜드캐니언을 여행할 때에는 스스로 계획을 짜서 올 것이다. 우유니 소금 사막에서도 그랬지만 아빠는 무엇이 좋았는지, 하는 느낌만 전해주어도 충분했다. 이제 선택은 그의 몫이다.

엽서를 부치고 다시 주요 전망대를 순회했다. 마켓플레이스 서쪽으로 파월 포인트(Powell Point), 호피 포인트(Hopi Point), 모하비 포인트(Mohave Point), 어비스(The Abyss), 모뉴먼트 크릭 비스타(Monument Creek Vista), 피마 포인트(Pima Point)에 이어 서쪽 끝 허미츠 레스트(Hermits Rest)까지 돌아보니 오후 5시였다. 해는 아직 중천에서 이글거리며 마지막 남은 열기로 협곡을 달구고 있었다. 간식으로 허미츠 레스트 옆의 스낵코너에서 샌드위치를 먹었는데, 비싸다는 점을 제외하면 평범하기 그지없는 샌드위치였지만 하염없이 펼쳐진 협곡을 보면서 먹는 맛이 남달랐다.

6시가 넘어 해가 서녘으로 기울기 시작하면서 태양의 열기도 점차 수그러들었다. 셔틀버스를 타고 가장 멋진 석양을 볼 수 있는 모하비 포인트로 이동했다. 이미 탐방객들이 카메라를 장착한 채 전망대를 가득 메우고 있었다. 해가 서쪽으로 확연히 기울면서 협곡 안쪽으로 그림자가 드리워지고, 대지가 붉은 색으로 물들기 시작했다. 탐방객들의 몸도 마음도 붉게 물들어 갔다.

햇볕이 작열하던 낮에만 해도 그저 깊은 협곡에 불과했지만, 석양으로 천지가 핏빛으로 물들어 가면서 마치 협곡이 살아나는 것 같았다. 거대한 협곡에 솟아 있는 산과 언덕에 그림자가 지면서 협곡의 윤곽이 선명하게 드러났다. 고원의 지평선도 뚜렷하게 드러났다. 지평선은 아무것도 거칠 것 없이 약간 둥그스름한 한 일(一)자 모양의 직선을 보였다. 태양이 그 지평선 끝에 얇

모하비 포인트에서 바라본 그랜드캐니언 오후의 석양이 비치기 시작하는 대협곡에 그림자가 드리우면서 협곡의 윤곽이 보다 선명하게 드러나고 있다.

게 걸쳐 있는 구름으로 들어가면서 노을은 절정으로 치달았다.

해가 고원으로 넘어가자 금방 어둠이 찾아왔다. 전망대를 비롯한 고원엔 아직 붉은 노을의 잔영이 안타까운 듯 애잔하게 깔려 있지만, 고원으로부터 1.5~1.6km 아래에 있는 협곡은 이미 짙은 어둠이 찾아와 아무것도 보이지 않았다. 영겁에 걸쳐 반복되고 있는 자연의 흐름이지만, 매번 해가 뜨고 질 때마다 경이감을 느끼게 하는 광경이 아닐 수 없었다.

동시에 가족에 대한 그리움이 고원을 적시는 노을처럼 짙게 밀려왔다. 아이들은 이미 한국으로 돌아가 각자의 꿈을 향해 달려가고 있지만, 이번 여행을 통해 얻은 내면의 힘을 바탕으로 씩씩하게 나아가길 바라는 마음 간절했다. 이번 여행에서 우리 가족이 얻은 것은 서로에 대한 믿음과 스스로 앞길을 개척해 나간다는 독립심, 그리고 도전을 즐길 줄 아는 용기였다. 특히 내면의 여유와 힘이야말로 이 모든 것의 출발점이었다.

믿음은 서로에 대한 애정과 사랑을 공고히 해주는 토대다. 우여곡절과 어려움을 함께 극복하면서 펼쳤던 여행은 우리 가족에 든든한 신뢰를 심어주었다. 끊임없이 낯선 여행지를 겁 없이 돌아다닐 수 있었던 것은 도전을 두려워하지 않는 용기였다. 그 용기를 갖게 한 내면의 힘, 가족에 대한 신뢰야말로 앞으로 우리 가족이 각자의 삶을 개척해 나가는 원동력이 될 것이다.

가족은 자신이 힘겨울 때 기댈 수 있는 언덕이어야 한다. 사랑을 나누고, 언제든 의지할 수 있고, 지지를 받고 위로를 받을 수 있는 곳, 그럼으로써 역경을 헤치고 앞으로 한 걸음 더 나아갈 용기를 주는 곳이어야 한다. 하지만 궁극적인 결정과 그에 대한 책임은 스스로 져야 한다. 그 책임까지 가족에게 넘길 때 가족은 힘들어진다. 과도한 기대와 그에 근거한 판단은 가족 관계를 어렵게 만든다. 결국 가족이란 사랑과 신뢰에 기반한 독립적 주체들의 공동체가 되어야 한다.

해가 넘어갔다. 셔틀버스를 타고 주차장으로 돌아와 차를 몰고 플래그스태프로 향했다. 도로를 달릴 때 서부 황무지에도 칠흑 같은 어둠이 내리깔렸다. 전에 묵었던 그랜드캐니언 호스텔에 여장을 풀고 샨과 함께 들렀던 펍에서 맥주를 한 잔 하며 성공적인 탐방을 자축했다. 가슴이 뛰었다. 미국 횡단 여행, 세계일주의 하이라이트를 지난 데 따른 뿌듯함이 떠나지 않았다.

황야의 방랑자와 호기심 넘치는 여행자

그랜드캐니언을 여행하고 새벽 1시에 잠들었는데, 아침 6시에 눈이 떠졌다. 확실히 잠이 줄었다. 5~6시간만 자고 나면 말똥말똥해진다. 정신이 명징하고, 몸도 가벼워졌다. 정신적 스트레스 없이 기쁘고 즐거운 마음으로 다니니 몸에도 변화가 생겼다. 식사도 규칙적으로 하고, 과식하지 않고 적당히 먹으며, 술을 거의 마시지 않으니 건강해진 것이다. 적당한 식사와 많은 활동량으로 불필요한 지방도 빠져나갔다. 이제는 말할 수 있다. 여행은 사람을 신체적·정신적으로 건강하게 만든다.

이제 라스베이거스로 가 자동차를 반환하고 킹맨으로 돌아와 암트랙을 타고 LA로 가면 대륙 횡단이 마무리된다. 호스텔에서 아침식사를 마치고 여행자들과 이런저런 이야기를 나누다 느지막이 출발했다. 150마일 떨어진 킹맨을 거쳐 라스베이거스로 이어지는 93번 고속도로로 접어들었을 때엔 낮 12시가 훨씬 지났다. 애리조나 주 모하비 카운티의 작은 도시 킹맨에서 1시간 가까이 지체하는 바람에 시간이 흘러 버렸다.

93번 고속도로를 달리다 적당히 식사할 만한 곳을 찾는데, 표지판을 보니 60마일(96km) 달리면 식당이 있다는 팻말이 보였다. 서울에서 거의 대전 가까이 가야 식당이 있다는 얘기였다. 황당했다. 좌우로는 메마르고 거친 황무지가 펼쳐져 있고, 하늘에선 태양이 이글거렸다. 직선으로 뻗은 도로에 아지랑이가 어지럽게 올라갔다. 한참을 달리다 오른쪽으로 꺾어 들어가면 마을이 있다는 표지를 보고 무작정 들어가 보았다. 식당이 있으면 좋고, 아니면 동네나 구경하자는 생각이었는데 무척 흥미로운 곳이었다.

마침 마을 가운데 '예스터데이스(Yesterdays)'라는 레스토랑이 있고, 문이 열려 있었다. 황야의 방랑자가 한참 말을 달려 마을을 발견하곤 그 마을의 레스토랑에 들르는 기분이랄까. 레스토랑에 들어서니 종업원이 반갑게 인사를 했다. 적당한 테이블에 앉아 종업원이 추천하는 샌드위치를 주문했다. 30대 말에서 40대 초반으로 보이는 여성 종업원은 상당한 미모에 큰 키와 건장한 체격을 갖추어 웬만한 남성과 붙어도 지지 않을 것 같았다. 샌드위치는 한국에서 먹는 간단 샌드위치가 아니라 제대로 된 식사였다. 피자와 같은 빵을 바닥에 깔고 그 위에 쇠고기 볶음을 토핑하고 소스를 뿌렸는데, 내가 주문한 칠리 사이즈(Chili Size)는 8.99달러로 맛이나 양이 모두 만족스러웠다.

식사를 기다리면서 여행 도중 우연히 들렀다고 이야기를 하니 그 종업원이 마을을 소개하는 작은 안내문을 갖다 주면서 자세히 설명해주었다. 클로라이드(Chloride)라는 이 마을은 주민은 약 280명이고, 은퇴자와 예술인이 많이 산다고 했다. 레스토랑이 주민 센터 역할도 하는데, 그 옆의 작은 사무실에 마을을 소개하는 사진과 자료들을 모아 놓은 미니 전시관도 있었다. 식사를 마치자 그 여종업원은 전시관까지 안내해주는 친절을 베풀었다.

차분하면서 나름 생기를 띤 마을이었다. 겉에서 보기엔 뙤약볕이 내리쬐는 거리에 지나가는 사람이 거의 없어 적막하였지만, 그 속에서 자신만의 문화를 가꾸어 가고 있었다. 내가 들어올 때는 가족으로 보이는 두 명의 손님과 혼자서 식사하는 나이 든 손님이 있었지만, 이들은 곧 식사를 마치고 나갔다. 내가 식사를 할 때 또 다른 중년 남녀 두 명이 들어왔다. 식사 도중에 나이 지긋한 한 신사가 들어와 레스토랑 한 편에 놓인 피아노를 멋지게 연주하였다. 나오면서 5달러를 팁으로 주었다. 정감 넘치는 곳이었다.

종업원의 권유로 차를 몰고 마을 뒤편의 산으로 향했다. 비포장도로를 따라 한참 올라가니 인디언을 소재로 암벽에 다양한 그림을 그린 벽화가 나타났다. 화려한 색채가 황량한 주변에 생명력을 불어넣고 있었다. 식당 종업원은 미니 전시관에서 그 암벽화를 보도한 신문 기사를 보여주었는데, 이 기사 덕분에 관광객이 늘어났다고 했다. 벽화를 둘러보고 마을로 내려오는데 인근에서 구경 왔다는 나이 든 부부를 포함해 세 대의 자동차가 올라왔다. 마을엔 인포메이션 센터와 기념품 상점 등 방문객을 위한 시설들도 있었다.

이곳은 크지 않기 때문에, 또 주민들이 함께 만들어 가는 곳이기 때문에, 더 정감이 가고 도시에선 느끼기 어려운 여유가 느껴졌다.

다시 차를 몰고 라스베이거스를 향해 달리다 이번엔 간이 휴게소인 핸더슨(Handerson)에서 잠시 쉬었다. 모하비 사막 한가운데를 흐르는 콜로라도 강과 93번 도로를 조망할 수 있는 언덕에 만들어 놓은 휴게소였다. 주차장에 차를 세우고 밖으로 나오니 뜨거운 열기가 확 올라왔다. 반바지를 입고 있었는데, 종아리가 금방 익어 버릴 것 같은 맹렬한 열기였다. 일기예보에서 화씨 110도까지 올라간다더니 빈말이 아니었다. 화씨 110도는 섭씨 43도에 해당한다.

휴게소의 작은 언덕으로 올라가니 거칠고 메마른 황무지가 한눈에 들어왔다. 멀리 산 아래 협곡에 콜로라도 강이 햇빛을 받아 반짝거렸다. 뭔가 살아 있을 법한 곳은 그곳뿐이었다. 황무지엔 거친 환경에서만 자랄 수 있는 관목만 듬성듬성 나 있을 뿐 푸석푸석 먼지를 일으키는 메마른 땅이 작열하는 태양에 더욱 타들어가고 있었다. 워낙 열기가 뜨거워 오래 있지 못하고 차로 돌아와 라스베이거스로 핸들을 틀었다.

오후 4시 30분 라스베이거스에 도착해 차량을 반납하고 킹맨으로 오는 버스를 타기 위해 엑스칼리버 호텔로 향했다. 라스베이거스에서 길을 잃지 않도록 아예 택시를 탔다. 택시는 25달러였는데, 라스베이거스에서 킹맨까지의 버스비가 10달러임을 감안하면 엄청난 금액이다.

대신 택시 운전수와 재미있는 이야기를 나눌 수 있었다.

"카지노로 돈 번 사람을 봤나요?" 택시를 타고 가다 운전수에게 물었다.

"아니오. 없어요." 50대 초반으로 보이는 통통한 흑인 운전수가 단호하게 말했다.

"승객들은 처음에 공항에 도착해 시내로 들어오면서 흥분한 모습을 보이죠. '안녕하세요' 하고 인사를 나누자마자 '좋은 카지노가 어디죠? 빨리 카지노로 갑시다. 빨리, 빨리!' 하면서 요란하게 떠들어요. 하지만 돌아갈 때에는 달라요. 조용합니다. 승객에게 '어디로 모실까요?' 하고 물으면 '공항!' 하고 말하고는 아무말도 안 하죠. 모두 돈을 잃어 기분이 나쁜 거예요."

"한국에 불나방(flies diving into fire)이라는 말이 있어요. 그들이 불나방이죠." '불나방'을 영어로 어떻게 표현할지 고민하다 그냥 생각나는 대로 말했는데 운전수는 그 뜻을 정확히 이해했다. 그리고 껄껄껄 웃으며 말을 이었다.

"맞아요. 불에 뛰어든 나비(butterfly gone to fire)죠."

"한국이나 미국이나 비슷하네요."

"그래요. 미친 짓(crazy)이에요."

"당신은 베팅하지 않아요?"

"NO! NEVER!(아니! 절대로!) 나는 택시 운전수예요."

"하하하. 손님은 많나요? 불나방이 많아졌어요?"

"작년보다 많아요."

"그러면 오바마가 재선되겠네요."

"재선될 겁니다. 경제가 좋아졌어요." 흑인 운전수가 고개를 끄덕이며 말했다.

엑스칼리버 호텔에 도착하니 5시 30분이었다. 호텔 로비에서 50분 정도 기다려야 했다. 이 호텔에는 라스베이거스 최대의 카지노가 있고, 호텔 로비는 바로 카지노로 연결되었다. 이 카지노로 향하는 사람들이 수시로 들락날락했다. 라스베이거스의 택시 운전수가 말했듯이 '불나방이 불 속에 뛰어들듯이' 자본주의와 상업주의의 마술에 의해 오락으로 포장된 대박의 환상을 찾아 불 속에 뛰어드는 사람들이었다.

고투버스가 엑스칼리버 호텔을 출발해 킹맨으로 향할 때엔 해가 뉘엿뉘엿 넘어가고 있었다. 시간의 변화가 만들어내는 마술이 황야에 펼쳐졌다. 산꼭대기는 석양으로 불이 타오르는 듯하고, 산 그림자가 사막에 길게 누웠다. 낮에는 그저 거친 언덕에 불과했던 작은 봉우리들이 살아나면서 외로운 여행자에게 마술을 선사했다.

버스에서 영화 〈트랜스포머〉를 틀어주었다. 그런데 영어가 아니라 스페인어로 더빙이 되어 있었다. 버스가 킹맨에 도착했을 때 운전수에게 버스의 최종 목적지를 물어보았다.

"멕시코요. 멕시코 과달라하라까지 갑니다. 애리조나 주 피닉스와 뉴멕시코 주를 거치죠."

내가 놀란 눈으로 다시 몇 시간이나 걸리냐고 물으니 36시간이라고 했다.

그제야 스페인어로 더빙한 영화를 버스에서 틀어주고 라스베이거스~킹맨 버스비가 10달러로 아주 저렴했던 것이 이해가 갔다. 나는 시카고의 호스텔 구석에 앉아 그런 사정을 전혀 모르고 흥미로운 버스를 예약했던 것이다. 킹맨에 잠시 멈춘 버스는 다시 남쪽으로 떠났다. 꼬박 이틀을 달려야 하는 거리, 대부분 황무지와 사막으로 이루어진 지대를 통과해야 하는 노선이다. 버스는 멕시코를 향해 떠났다.

기차 출발 1시간 전인 11시, 역무원이 도착해 대합실 문을 열었다. 대합실엔 에어컨이 시원하게 켜져 있고, 청소도 깔끔하게 되어 있었다. 암트랙 승객들이 역으로 오는 시간에 맞추어 문을 열고 닫는 것이다. 다른 나라 같으면 항상 문을 열어두고 승객이 일찍 올 경우 대합실에서 쉴 수 있도록 하지만, 미국은 '비효율적인' 요소를 없앴다.

통상 전문가가 된 미국 농부와의 만남

대합실에서 기차를 기다리다 또 새로운 사람을 만났다. 이번엔 일리노이 옥수수 생산자 협회의 폴 테일러(Paul Taylor) 부회장이었다. 풍채가 좋고 얼굴도 두툼하게 살이 오른 그는 예의를 갖추고, 품위 있는 언어를 구사하는 전형적인 미국 중상류층의 중년 신사로 보였다. 어린 손녀와 함께 애리조나 일대를 여행한 다음, 시카고 인근의 농장으로 돌아가기 위해 야간 열차를 기다리고 있었다. 나와 반대 방향으로 가는 기차다.

테일러 부회장은 일리노이 주 옥수수 1번 생산구역 대표(District 1 Director)를 맡고 있으며, 자신이 생산한 옥수수를 전량 수출한다고 했다. 일본과 한국이 주요 수출 대상국이었다. 그는 시카고 북서부 에스몬드(Esmond)에서 대대로 옥수수 농사를 짓고 있는데, 주로 비GMO (Non-GMO) 작물을 생산하고 있었다. 생산품을 카길과 같은 메이저가 아니라 로컬 기업을 통해 수출한다고 했다. 이번엔 가뭄으로 30% 정도 감산이 예상되는데, 2주 내에 비가 오지 않으면 생산 감소량이 50%로 늘어날 것이라고 우려했다.

테일러 부회장과의 대화 주제는 옥수수와 경제였다. 내가 한국의 언론인이며 오랫동안 경제 문제를 다루었다고 하니 무척 많은 관심을 보였다. 특히 한국과 미국이 자유무역협정(FTA)을 체결해 양국 교역이 새로운 단계에 진입해 한국 시장에 관심이 많았다.

"나는 GMO 옥수수를 생산하지 않지만, 한국인들이 GMO에 아주 민감한 것 같아요. 과학적으로 GMO 옥수수가 해롭지 않다고 입증되었는데도 말이죠." 그는 우려스런 표정으로 말했다.

"나는 그것을 미국인들의 사고 방식이라고 생각해요. 한국인들은 GMO의 안전성을 입증하는 과학적 증거가 아직 없다고 믿고 있죠. 유전자를 변형한 농산물을 지속적으로 섭취할 경우 인간이나 동물에게 어떤 영향을 미칠지 아직 모르기 때문에 불안해하고 있어요."

"이해할 수 있어요. 미국에서도 그렇게 주장하는 사람들이 있으니까요."

"비GMO 옥수수를 생산하신다니, 아주 기쁩니다. GMO 상품에 대한 논란이 일면서 비GMO 제품에 대한 수요가 늘어날 거라고 생각해요."

"한국 소비자들은 GMO와 비GMO 제품을 어떻게 구분하죠?" 아무래도 주요 수출 대상국이 한국이다 보니 한국의 상황에 대해 궁금한 점이 많은 것 같았다.

"농산물을 판매할 때 GMO인지 비GMO인지 표시하도록 되어 있어요. 수입 옥수수나 콩을 원료로 한 스낵이나 식료품 등 가공식품도 포장지에 GMO 농산물의 포함 여부를 표시해 식별하도록 하고 있죠. 소비자들이 알아볼 수 있도록 큰 글씨로 써 놓도록 하고 있어요."

"그렇군요. 그러면 소비자들이 GMO 제품을 기피하나요?"

"글쎄요. 점점 더 많은 사람들이 비GMO 제품이나 유기농산물을 찾고 있어요. 특히 유기농산물의 경우 건강이나 환경에도 좋다고 생각하는 사람들이 점점 늘어나고 있어요. 건강과 식품 안전에 대한 관심이 커지면서 그런 경향이 강해지고 있죠."

테일러 부회장은 나의 설명에 연신 고개를 끄덕이며 한국의 경제 상황이나 FTA에 대해서도 이것저것 물어보았다. 나는 농산물 가격이 궁금했다. 옥수수와 밀 등 국제 농산물 가격이 천정부지로 올라 세계 곳곳에서 인플레 우려가 커지고 있기 때문이었다.

"가뭄으로 수확량이 줄어 옥수수 가격이 더 오를 것이란 예상이 많아요. 그런 예상 때문에 가격이 과도하게 오르고 있죠. 생산도 늘어나고, 가격이 내리면 모두 행복하겠죠." 테일러 부회장이 활짝 웃으며 말했다.

테일러 부회장 부부는 매우 합리적이고 목표 의식이 분명한 사람들이었다. 대대로 농업에 종사하면서 시장의 움직임에 깊은 관심을 가지고 있었고, 자신의 생각을 요령 있게 펼치며 필요한 정보도 적극적으로 얻으려 했다. 여유를 잃지 않고 상대를 편안하게 해주면서도 알고 싶은 것은 거리낌 없이 질문했다. 명함까지 주고받으며 그들과 대화하는 나 자신도 즐거웠다.

그러는 사이 시카고 행 암트랙이 먼저 도착했다. 테일러-데보라 부부와 그들의 손녀와 작별 인사를 나누었다.

LA행 열차는 2시간 연착한 새벽 1시 킹맨에 도착했다. 시카고에서 달려온 기차이기 때문에 시간을 정확히 맞추기 어려웠을 것이다. 렌트한 자동차에 갇힌 채 라스베이거스를 오락가락하며 그랜드캐니언을 여행하면서도 용기를 잃지 않고 외부와 부단히 소통하려 노력한 여정이었다. 기차에 오르자마자 의자를 눕히고 눈을 감았다. 기차는 깊은 어둠에 휩싸인 모하비 사막 속으로 빨려 들어갔다.

대안,
'낮은 곳에서 시작하는 작은 실천'

인간의 희로애락을 담은 헐리우드

밤새 쉬지 않고 달린 열차가 오전 9시 15분 미국 여행의 종착지인 LA 유니
온 역에 도착했다. 드디어 배낭 하나 짊어지고 대륙을 횡단하였다. 사실 횡
단이라는 게 아주 대단한 것도 아니었다. 마음을 먹고, 구체적인 계획을 세우
고, 첫 걸음을 내딛는 순간, 목표의 절반은 이룬 셈이었다. 여행이 그렇고, 삶
이 그렇고, 모든 것이 그러하다. 중요한 것은 도전과 모험의 첫발을 내딛느
냐, 내딛지 않느냐 하는 것이다. 한 발짝 앞으로 나가면 무엇이든 할 수 있지
만, 그 한 발짝을 내딛지 않으면 아무것도 이룰 수 없다.

메트로를 타고 호산나 하우스에 도착하니 거의 절반은 한국에 온 느낌이
었다. 시카고에서 인터넷으로 숙소를 검색하다 호산나 하우스가 도심지 바
로 외곽의 주택가에 있어 위치도 괜찮고 가격도 저렴해 선택했는데, 도착해
서 보니 한국인이 운영하는 호스텔이었다. 한국인은 물론 다국적 여행자들
이 몰려 있었다. 언뜻 보면 정신 없게 어수선했지만, 나름대로 신경을 써서 운
영하고 있었고 분위기도 편안했다.

여행도 거의 끝났다는 느낌이 들었다. 혼자 하는 여행은 LA에 도착하는
것으로 끝났기 때문이다. LA에서는 신문사에서 같이 일했던 선배와 신문사

LA 법인 사람들을 만나기로 했다. 마지막 코스인 서부지역 여행은 한국인 패키지 여행에 참여한다. 지금까지 나와 가족, 사회의 희망을 찾아 황야를 헤매듯이 여행해 왔다면 이제는 느긋한 마음으로 서부를 돌아보고 즐기는 여정이 기다리고 있다. 그런 다음 일본 도쿄로 넘어가 아내 올리브를 만나 여행을 마무리할 예정이다.

여장을 풀고 한인 타운으로 나가니 선배가 기다리고 있었다. 우여곡절을 거치며 끊임없이 새로운 길을 개척해온 선배였다. 오랜만에, 그것도 이역만리 타향에서 만나니 반가웠다. 선배를 알게 된 지 23년이 지났고, 마지막으로 만난 것도 벌써 수년이 지났지만, 이렇게 각자 삶의 강이 흘러흘러 다시 만나게 되어 만감이 교차했다.

그동안 쌓인 이야기를 나누고 LA의 대표적인 거리인 할리우드를 함께 돌아보았다. 세계의 대중문화를 평정하고 있는 미국 영화산업의 중심지이자 미국 소프트 파워의 심장이다. 파라마운트 픽처스 스튜디오를 제외한 워너 브러더스, 콜롬비아 픽처스 등 대부분의 영화사들이 할리우드를 떠나 LA 외곽으로 나갔지만, 할리우드는 여전히 미국 영화의 중심으로 자리 잡고 있다.

돌비 극장 할리우드 대로의 랜드마크가 된 이 극장은 매년 아카데미 시상식이 열리는, 배우들의 꿈의 무대다.

할리우드에는 딱히 내세울 만한 어떤 기념비적 건축물이나 거대한 예술품 같은 것은 없지만, 세계 대중문화를 쥐고 흔드는 영화와 오락 산업의 어제와 오늘을 보여주는 기념물들이 곳곳에 박혀 있다. 코닥 극장(Kodak Theatre)으로 잘 알려진 돌비 극장(Dolby Theatre)에서는 최고 권위의 아카데미 시상식이 열린다. 전 세계 스타들의 꿈의 무대다. 할리우드 대로의 보도에는 명멸한 톱스타들의 손과 발 조형물을 이름과 함께 새겨 놓았고, 대로를 따라 빈틈없이 들어선 상점에는 영화와 배우들의 캐릭터 상품들이 현란했다. 시대의 애환과 삶의 희로애락을 담아낸 명작들로 전 세계 영화 관객들의 심금을 울린 명배우들의 숨결이 살아 숨 쉬는 곳이다.

할리우드는 우여곡절을 겪으며 흘러 가는 우리 삶을 닮아 있다. 표면적으로는 평온해 보여도 그 속에는 기쁨과 슬픔, 고뇌와 좌절, 절망과 희망이 겹쳐 있으며, 또 그 모든 스토리가 녹아들어가 있다. 선배는 한국에서 기자 생활을 하다 기업체로 옮겨 새로운 꿈을 꾸기도 했고, 미국으로 넘어와 식당의 셰프에서부터 펀드 매니저까지 다양한 여정을 거쳐 왔다. 한편의 드라마와 같지만, LA에서 또다시 새로운 삶을 개척하고 있었다. 그러다 수년 전 헤어진 후배를 이역만리에서 만나니, 그 누가 이런 시나리오를 생각할 수 있었을까. 그러고 보면 삶이란 참 경이로운 그 무엇이 아닐 수 없다. 이렇게 살아 있다는 것, 그리운 사람을 예상하지 못했던 곳에서 만난다는 것, 이것이 경이가 아니고 무엇이랴.

'패키지 투어는 내 스타일이 아니야'

미국에서의 마지막 여정은 한국인들과의 2박 3일 미국 서부 패키지 투어였다. LA에서 출발해 요세미티 국립공원과 샌프란시스코를 돌아보고, 태평양 연안의 몬테레이(Monterey)와 페블비치(Pebble Beach), 솔뱅(Solvang)을 거쳐 LA로 돌아오는 일정이다. 지금까지 투어에는 여러 번 참가했지만, 한국인들과 함께하는 패키지 투어는 이번이 처음이자 마지막이다. 일단 가격이나 편리성 등에서는 효율적이지만, 무엇을 느낄 수 있을지 궁금했다.

그런데 혼자 하는 배낭여행에 익숙해져 있던 나에게 이 패키지 투어는 잘 맞지 않는 옷 같았다. 시작부터 편안하지 않았다. LA에 도착한 다음 날 아침

투어에 참가하기 위해 한인 타운 중심가의 하나투어 사무실로 향했다. 대부분 가족 단위 참가자들이고 단독 여행자는 나 혼자였다. 독방을 써야 해서 투어 비용 249달러에 하루에 30달러씩 60달러를 추가로 지불했다. 나는 세계를 일주하다 투어에 참가한 아주 독특한 사람이었다. 우유니 소금사막이나 쿠스코의 마추픽추 등 투어에 참가할 때에는 다양한 국적과 다양한 연령대의 사람들과 자연스럽게 어울렸지만, 여기서는 왠지 모르게 다른 사람들과 어울리기가 쉽지 않았다. 모든 참가자들이 가족끼리 삼삼오오 어울렸고, 내가 인사를 건네도 '웬 사람이지?' 하는 태도로 약간 경계하거나, 흘끗흘끗 쳐다보기만 했다. 함께 여행하는 사람을 만난 데 따른 반가움을 나누고 서로를 소개하면서 말문을 트기도 어려웠다.

투어 버스는 LA 외곽 자바(Jobber) 지역을 지나 대형 슈퍼인 한남체인에 잠깐 들렀다가 샌프란시스코로 이어지는 5번 고속도로를 신나게 달렸다. 시에라네바다 산맥과 태평양 사이의 거대한 밸리로, 넓은 포도밭과 농장이 끝없이 이어졌다. 약간 건조하지만 완벽한 관개시설로 농작물을 생산하고 있다. 2시간 가까이 달려 미국 최대 농경지인 베이커스필드(Bakersfield)의 한 농장에서 점심을 한 다음, 다시 2시간을 달려 프레즈노(Fresno)에 도착했다.

내 옆자리에는 은퇴한 교사 출신의 노신사가 앉았다. 그는 부인, 부인의 언니와 함께 투어에 참가했다. 노부부는 한국에 살고, 부인의 언니는 LA에 살고 있는데 노부부가 부인의 언니를 방문한 참에 세 명이 함께 서부여행에 나섰다고 했다. 나이는 가늠이 어려웠지만, 70대 말~80대 초로 보였고, 부인의 언니는 몸이 약간 불편해 보였다.

아마도 오랫동안 서로 떨어져 지냈을 두 자매가 나란히 앉아 서로의 건강을 챙기고 위로하는 모습이 정겨우면서도 애틋하게 다가왔다. 어쩌면 이번 여행을 마치고 노부부가 한국으로 돌아가고 나면, 살아서 다시 만날 수 없을지도 모른다는 불안의 그림자가 그들 사이에 유령처럼 떠도는 듯했다. 그

불안의 그림자 아래엔 여행을 즐기는 소녀와 같은 마음이 있었다. 그만큼 이번 여행은 그들에게 아주 각별할 것이다.

첫날 일정은 거의 이동만 하는 것으로 끝났다. 프레즈노에 도착해 일찍 저녁식사를 하고 홀리데이인 호텔에 여장을 풀었다. 호스텔이나 게스트하우스와 달리 아주 깨끗하고 잘 정비된 호텔이었다. 잠자리에 들기엔 이른 시간이라 산책을 겸해 호텔 건너편의 작은 공원으로 나갔다. 거기서 아주 활달한 히스패닉계의 중년 남성 산체스를 만났다. 그는 중남미와 중국계 이민자들이 이곳 주민의 대부분을 차지하고 있으며, 샌프란시스코 시장도 중국 이민자 2세라고 말했다. LA의 한인 타운처럼 중남미와 아시아계 주민의 집단 이주지역, 즉 콜로니가 미국 서부지역에서 급성장하고 있는 것이다.

"산체스는 자신을 미국인이라고 생각해요, 이민자라고 생각해요?" 내가 약간 도발적이면서도 단도직입적으로 물었다.

"나는 미국인이다. 여기 사는 히스패닉도 다 미국인이라고 생각한다." 산체스는 당연하다는 듯이 말했다. 그의 반응을 보면서 언뜻 내가 좀 짓궂은 질문을 던진 것은 아닐까 하는 생각이 들었다. 중남미나 아시아 출신의 이주자들의 최대 희망은 바로 합법적인 미국 시민이 되는 것이니 말이다.

그럼에도 산체스와 대화를 나누면서 16~19세기 유럽계 이민자들이 미국과 중남미 대륙을 장악해 왔던 과정과, 지금 중남미와 아시아계 콜로니가 급성장하고 있는 과정이 묘하게 교차했다. 미주 대륙은 유럽계 이민자들의 콜로니가 커지면서 결국 유럽계 이민자의 나라로 바뀌었다. 물론 옛날의 그 콜로니와 지금은 크게 다르지만, 고유의 문화를 지닌 콜로니가 다양하게 형성되고 있다는 점에선 시대의 간극을 뛰어넘는 유사점이 있다. 이들 콜로니가 확장되면서 미국 서부지역에서는 히스패닉이나 아시아계 미국인들이 점차 지역 경제와 정치권을 장악하고 있다.

아직까지는 이러한 콜로니들이 미국 사회를 분열시키는 요인으로 작용하

**요세미티 공원 초입의 세콰이
어 숲과 폭포** 폭포는 상부와
중간부, 하단부 등 세 부분
으로 나뉘어져 있으며 총 길
이가 739m에 달한다.

기보다는, 미국 사회를 구성하는 다양성의 요소로 받아들여지고 있다. 말하
자면 차이나타운, 코리아타운, 히스패닉타운 같은 다양한 '신생 콜로니'들이
미국이라는 거대한 나라의 역동성을 더해주는 요소로 작용하고 있는 것이
다. 그 다양성을 수용하고 통합할 수 있는 한 미국은 유지되고 발전할 수 있
지만, 그 다양성이 분열의 요소, 또는 배제의 요소로 작용할 경우 사회적 위
기가 본격화할 수 있다.

산체스를 만나 이런저런 이야기를 나누면서 한국인들과 함께 여행하면서
느꼈던 외로움과 약간의 정신적 허기를 달랬다. 패키지 여행 첫날, 가족 단위
로 여행하는 한국인들 속으로 들어가 여행을 즐기지 못하고 공원에서 현지
인을 만나 그나마 대화를 나누며 외로움을 달래고, 궁금증을 풀어놓을 수
있었던 것은 아이러니가 아닐 수 없었다.

투어 이틀째 날에는 요세미티 국립공원과 샌프란시스코 투어가 진행되었
다. 아침 일찍 식사를 마친 다음 요세미티 국립공원으로 향했다. 공원에 들
어서자 하늘을 찌를 듯이 쭉쭉 뻗어 있는 자이언트 세콰이어 숲이 나타났다.
세계에서 가장 크게 자라는 나무로, 이곳 나무의 높이가 평균 120m에 달한
다고 한다. 어른 팔로 몇 아름이 될 정도로 굵고 미끈한 나무들이 쭉쭉 뻗어

숲을 이룬 것이 장관이었다. 가이드의 간단한 설명을 듣고 모두 감탄사를 연발하며 공원으로 들어갔다.

시에라네바다 산맥의 서쪽 사면에 자리 잡은 요세미티는 거대한 화강암과 울창한 숲, 계곡, 호수 등으로 이루어진 국립공원이다. 약 100만 년 전 빙하의 침식으로 U자형 계곡이 형성되면서 엄청난 바위와 계곡이 만들어져 비경을 연출하는 곳이다. 가장 큰 화강암 바위인 엘 캐피탄(El Capitan)은 높이가 1000m에 달해 전 세계 암벽 등반가들이 꼭 오르고 싶어 하는 바위이자, 전문가의 필수 등반 코스다.

입구의 숲 너머에 거대한 바위가 버티고 있고, 그 꼭대기의 폭포에서 가느다란 물줄기가 아래로 내리꽂히고 있었다. 아주 멀고 높기 때문에, 그리고 지금이 건기이기 때문에 가느다랗게 보이지만, 우기엔 장엄한 광경을 연출한다고 한다. 폭포 전체 높이는 740m로 세계에서 다섯 번째로 길다. 웬만한 산 높이에 이르는데, 상상이 가지 않는다.

버스 옆자리에 앉은 노신사와 함께 천천히 걸어서 폭포를 돌아보는데, 가까이서 위를 올려다보니 그 크기를 전혀 가늠할 수 없었다. 그 뒤로는 설악산 몇 개 크기의 거대한 공원이 이어졌다. 깊숙이 들어가면 곰을 비롯한 야생동물들이 서식하고, 거대한 호수와 바위, 숲이 펼쳐지지만, 패키지 투어에 참가한 우리는 공원 초입의 숲과 폭포를 바라보는 것으로 만족해야 했다. 노신사는 요세미티의 장엄함에 연신 감탄사를 쏟아내면서 손자 손녀들에게 보여주겠다며 경관을 카메라에 담는 데 여념이 없었다.

요세미티에서 샌프란시스코까지는 3시간 반 정도 걸렸다. 해안으로 옅은 해무가 깔려 있는 가운데 우뚝우뚝 솟은 빌딩 숲이 나타났다. 도심으로 진입해 신고전주의 양식의 시청사와 도서관, 아시아 예술박물관 등을 거쳐 샌프란시스코의 명물인 트램을 타며 정취를 즐겼다.

샌프란시스코에는 100여 년 전에 만들어진 수많은 트램 라인이 있고, 지금도 운행하면서 멋스런 운치를 자아내 관광상품으로서 인기를 끌고 있다. '케이블 카(cable car)'라고도 부르는 트램이 '땡! 땡! 땡!' 경적을 울리며 19세기 건축물들이 즐비한 거리를 흔들흔들 달렸다. 19세기 중반 골드러시의 시대, 미국 동부로부터 온 이주자와 중국 등 아시아계 이민자들이 도시를 급팽창시키면서 독특한 문화를 형성한 샌프란시스코의 멋을 느낄 수 있는 트램이었다. 차이나 타운과 금융가를 지나는 트램을 타고 움직이자니 마치 '시간 여행'을 하는 듯했다.

트램에서 선착장인 피셔맨스 워프(Fisherman's Warf)까지는 멀지 않았다. 앞바다에 떠 있는 전설적인 감옥인 알카트라즈 섬과 금문교(Golden Gate Bridge)를 돌아보는 유람선을 탈 수 있는 곳이다. 유람선은 이번 투어의 선택(옵션) 사항으로, 대부분의 참가자들이 그곳으로 향했다. 나는 몇 년 전 알카트라즈 섬까지 샅샅이 돌아보았던 터라 유람선을 타지 않고 관광객과 상인들로 북새통을 이루는 항구 거리를 혼자 걸었다.

1시간 후 유람선을 탔던 사람들이 돌아와 다시 버스를 타고 이번엔 금문교를 넘었다. 안개와 구름이 금문교의 교각을 반쯤 휘감고, 바람에 따라 구름이 몰려왔다 몰려가면서 금문교가 나타났다 사라지기를 반복했다. 금문교 양 편의 기후는 극단적으로 달랐다. 반대편은 그런대로 온화했지만, 북쪽에는 살을 에는 듯한 찬바람이 몰아쳤다.

숙소는 샌프란시스코 남부 길로이(Gilroy)의 깔끔한 호텔이었다. 다국적 여행자들로 붐비고, 서로 여행에 대한 의견을 나눌 수 있는 호스텔에 묵었을 때에는 마음도 편안하고 사람들과 어울리기도 쉬웠는데, 호스텔과 비교할 수 없이 최고급 숙박시설임에도 마음이 불편하고 외롭기만 했다. 이방인에겐 이방인이 어울리는 것일까? 이렇게 현대적이고, 편리함을 좇는 패키지 여행은 오히려 이방인 같은 여행자를 무기력하게 만드는 것 같았다. 편안한 이 패키지 투어에서 벗어나 세계와 자연, 문화와 사람들에 대한 호기심으로 가득 찬

샌프란시스코의 금문교 바람의 움직임에 따라 다리 양편의 기후나 온도가 극적으로 대비를 이룬다.

여행자들이 다양한 방랑의 기운을 뿜어내는 허름한 호스텔이 그리웠다.

　마지막 날은 태평양 해변과 덴마크 민속마을을 거쳐 LA로 돌아가는 일정이다. 아침 일찍 길로이를 출발해 태평양 연안의 몬테레이로 향했다. 몬테레이는 샌프란시스코에서 190km 정도 남쪽에 떨어져 있는 작은 해변 마을로, 태평양을 조망하기에 아주 좋은 곳이다. 하지만 우리가 도착했을 때에는 안개가 잔뜩 깔려 있어 아름다운 해변은 구경하기 어려웠다. 해도 없고 바람이 부니 온도가 뚝 떨어져 쌀쌀했다. 어제 샌프란시스코 금문교에서도 느꼈지만 이곳 태평양 연안은 태양이 뜨는지 안 뜨는지의 여부에 따라 기온 변화가 정말 심했다.

　잠시 휴식을 취하고 이번엔 몬테레이에서 남쪽 페블비치의 '17마일 도로(17 Mile Drive)'를 천천히 달렸다. 미국의 최고 부자들이 거주하는 부촌에 나 있는 멋진 도로로 '낭만 가도'라고도 불린다. 아름드리 나무들이 우거진 숲 사이로 도로가 멋지게 나 있고, 널찍한 정원을 갖춘 저택들이 그림처럼 들어서 있었다. 바로 옆 태평양에선 시원하고 상큼한 바닷바람이 불어왔다.

이곳은 미국의 유명한 배우나 가수와 같은 연예인, 스포츠 스타, 기업인, 재력가 등 부자들이 만든 자신들만의 세계다. '17마일 도로'는 이 페블비치 고급주택 단지의 메인 도로로 길이는 28km다. 여기에 거주하지 않는 사람은 별도의 입장료를 내야 들어올 수 있다. 말하자면 아무나 들어오지 못하는 일종의 사유지다. 가장 잘 사는 나라 미국에서도 최고 부자들이 만들어 놓은 자신들만의 성역으로, 이곳이 또 하나의 관광지가 되고 있는 셈이다.

'17마일 도로'를 따라 미국에서 가장 유명한 골프장 가운데 하나인 페블비치 골프 링크스(Pebble Beach Golf Links)에 도착했다. 1919년 건설된 골프장으로, 자연 그대로의 해안선을 유지하고 있다. 골프를 치면서 태평양의 탁 트인 전경을 감상할 수 있어 미국에서도 가장 아름다운 골프장으로 꼽힌다. 이 골프장은 회원제가 아니라 일반인에게도 개방되어 있는 대중 골프장, 즉 퍼블릭으로, 매년 미국 프로골프(PGA) 경기가 열리는 유서 깊은 곳이다.

마지막으로 들른 곳은 덴마크 민속마을 솔뱅이었다. 덴마크의 아름다운 전원마을을 가져다놓은 듯한 작고 아름다운 마을이다. 가족과 함께 들렀던 덴마크의 수도 코펜하겐이나 안데르센의 고향인 오덴세를 연상시켰다. 자료를 보니 1911년 미국 중서부의 추운 겨울을 피하기 위해 덴마크 출신 이민자들이 집단적으로 이주해 오면서 덴마크 콜로니로 건설되었다고 한다.

확실히 맵시 넘치는 마을이었고 투어 참가자들은 모두 탄성을 터트렸다. 하지만 진짜배기 덴마크를 보고 체험까지 하고 온 나로서는 미국에서 상업적으로 덴마크를 본떠 만든 이 '짝퉁 마을'에 특별한 감흥을 느끼기는 어려웠다.

솔뱅을 출발해 해변을 돌아서 LA로 돌아오니 6시 가까이 되었다. LA에서 요세미티, 샌프란시스코, 페블비치, 솔뱅 등 최소한 일주일 정도는 잡아야 하는 곳을 2박 3일 만에 찍듯이 돌아본 여정이었고, 유명하다는 곳을 한 번 가보았다는 데 의미를 부여할 수 있는 여정이었다. 그러면서 여행자들과 섞이지 못하고 부유한 투어이기도 했다. 패키지 투어에 참여함으로써, 오히려 배낭여행의 장점을 새롭게 깨달은 일정이었다.

신자유주의의 원조 레이건 넘어서기

미국을 떠나 일본으로 날아가기 전에 꼭 들러야 할 곳이 있었다. 유명한 관광지는 아니지만, 세계의 오늘과 내일을 조망하고 싶었던 나에겐 필수 코스였다. LA에서 북쪽으로 60km 정도 떨어진 시미 밸리(Simi Valley)에 자리 잡은 로널드 레이건 대통령 기념관과 박물관이었다. 서부 일주 투어를 마친 다음 날 하루 일정이 남아 선배를 다시 만나 이곳을 함께 찾았다.

로널드 레이건(1911~2004)은 1981~89년 미국 대통령을 두 차례 연임하면서 힘의 우위를 앞세운 외교 노선과 신자유주의 경제정책을 펼친 보수적인 인물이다. 1980년 한국에서 쿠데타로 집권한 신군부 세력을 지지하고, 민주화 운동에 대한 탄압을 용인한 대통령이기도 하다. 때문에 1980년대 전반기 대학생활을 한 나에게는 그리 좋은 인상을 주지 못한 인물이다. '굳이 레이건 기념관을 돌아볼 필요가 있을까' 하는 생각도 했지만, 미국에서 가장 위대한 대통령으로 꼽히고 있어 그 실체를 확인하고 싶었다. 내가 싫어한다고 눈을 감을 수는 없는 것 아닌가.

레이건 기념관 앞에는 그의 동상이 서 있고, 기념관에는 그의 생애가 시기별로 잘 정리되어 있었다. 사실 세계 최강대국 미국의 대통령을 8년 역임하며 1980년대 후반 냉전 종식과 동독 및 소련의 붕괴 등 세계사적 대전환기를 이끌어간 데에는 그만의 지도력과 장점이 분명히 있을 터였고, 기념관은 그것

레이건 기념관에 전시된 미국 대통령 전용기 '에어포스 원'

을 제대로 파악할 수 있도록 해주었다. 평일 낮인데도 많은 사람들이 기념관을 돌아보고 있어 그에 대한 미국인들의 인기를 실감하였다.

레이건은 일리노이 주 딕슨의 유레카 칼리지에서 경제학과 사회학을 공부한 다음, 라디오 진행자로 활동하다 LA로 넘어와 배우의 길을 걸었다. 처음엔 영화에, 나중에는 TV 드라마에 출연하면서 '영화배우 길드'라는 배우 모임의 대표를 맡는 등 일찌감치 지도력을 발휘했다. 그러다 종합 가전업체인 제너럴 일렉트릭(GE)의 대변인으로 활동하면서 미국 민주당에 입당, 정치에 입문했다. 1950년대에는 민주당 내에서도 보수적인 입장에서 정치활동을 하다 1962년 공화당으로 당을 바꾸었다. 1964년 공화당 대선주자였던 배리 골드워터를 지지하는 연설을 하면서 대중적 지도자로서의 가능성을 보여주었고, 1967년 캘리포니아 주지사로 당선되어 1975년까지 8년 동안 역임했다.

그는 주지사 시절부터 경제 자유를 확대하고, 규제를 완화하며, 작은 정부, 적은 세금을 지향하는 등 자유주의적 정책을 추진했다. 캘리포니아 주지사로서의 성공을 바탕으로 1968년과 1976년 공화당의 대통령 후보 선거전에 나섰지만 잇따라 패배했다. 세 번째로 도전한 1980년 공화당의 대통령 후보로 지명되어 민주당의 지미 카터 후보와 경쟁하여 당선되었다. 그때 그의 나이 70세였지만, 청년 못지않은 열정과 강력한 추진력, 확고한 신념을 바탕으로 '레이건 시대'를 열었다.

그는 보수주의 정치 지도자의 대명사다. 경제적으로는 세금을 줄이고 규제를 완화함으로써 기업 투자를 유도해 경제성장을 촉진하는 정책을 펼쳤다. 레이거노믹스(Reaganomics)로 불리는 공급 중시 정책으로, 영국을 비롯해 전 세계에 확산된 신자유주의가 그의 정책으로 확고한 틀을 잡았다. 영국 대처 정부도 같은 노선을 따랐다. 반면 노동자에 대해서는 강경 노선을 취했으며, 사회적으로 마약과의 전쟁을 선포

레이건과 고르바초프의 정상회담 냉전 해체의 전환점이 된 1987년의 역사적 장면을 재현해 놓은 조각품이다.

하는 등 강력한 범죄 추방 정책을 펼쳤다.

외교적으로는 '힘의 우위를 통한 평화'라는 현실주의적 강경 입장을 취했다. 1차 임기 때에는 소련과 대규모 군비 증강 경쟁을 벌였다. 소련을 '악의 제국'이라고 비난하면서 전 세계의 반(反)공산주의 운동을 부추겼다. 당시 한국의 전두환 군사정부도 북한 공산정권과 대치하고 있어 레이건의 지지를 받았다. 1986년에는 리비아를 폭격하는 등 무력 동원도 불사했다. 집권 2기에는 소련과의 대화에 나서 1987년 미하일 고르바초프 소련 공산당 서기장과 중거리 핵무기 감축협정(INF)을 체결하는 한편, 베를린 장벽의 해체와 인권 개선을 주장하는 등 강온 양면 정책을 구사했다.

그의 퇴임 이후인 1989년 11월 베를린 장벽이 허물어지면서 독일이 통일되고, 동유럽에 자유화의 물결이 넘쳤다. 미국과 소련은 같은 해 12월 몰타에서 냉전 종식을 선언했으며, 혼란을 거듭하던 소련은 2년이 지난 1991년 해체되었다. 동유럽의 많은 국가들이 소련의 그늘에서 벗어나 독립했다. 이로써 전후 미국과 소련을 중심으로 형성되었던 양극 패권 시대가 막을 내리고, 미국이 유일한 슈퍼 파워로 세계 질서를 좌우하는 일국 패권 시대로 접어들었다. 이러한 세계사의 격변은 그의 퇴임 후에 진행되었지만, 사실상 레이건의 작품이었다.

레이건은 퇴임 4년 후인 1994년 자신이 알츠하이머 병에 걸렸다고 공개해 전 세계에 충격을 주었으며, 이후 병마와 힘겨운 싸움을 벌이다 10년 후인 2004년 93세를 일기로 세상을 떠났다.

레이건 기념관에는 백악관에서 사용했던 의자와 책상은 물론 대통령 선서를 하던 당시의 단상을 전시해 관람객들이 그 앞에서 사진도 찍을 수 있도록 해 놓았다. 현대 세계사에서 가장 중요한 사건으로 기록될 레이건과 고르바초프의 핵무기 감축 회담 장면을 형상화한 조각도 만들어 놓아 격동의 역사를 되새기게 했다. 1980년대 대혼돈의 시기를 되돌아볼 수 있는 기회였다.

레이건은 확고한 신념과 열정, 방송과 연기를 통해 단련된 웅변술과 풍부한 유머, 임기응변의 대처와 특유의 친화력을 바탕으로 격동의 시기를 이끈 세기의 지도자임이 분명하다. 하지만 그에 못지않게 많은 후유증과 과제를 남겼다. 경제 자유화와 규제 완화, 민영화 등의 경제정책으로 경제 효율성은 높아졌지만, 권력의 중심이 국가에서 시장으로 옮겨 가면서 빈부 격차가 확대되고 복지가 축소되면서 사회적 소외를 심화시켰다. 경제적 부와 효율성이 사회적 정의와 인권을 대체하는 가치의 전도를 유발했다.

그가 추진했던 신자유주의 경제정책이 지금은 지구촌 변방까지 장악하면서 '인간적인 삶'을 위협하고 있다. 이제 레이건은 보다 나은 미래를 위해선 넘어야 할 벽이다. 그를 존경하기엔 그가 남긴 후유증과 과제가 너무 크다. 따지고 보면 내가 새로운 희망을 찾고자 세계를 한 바퀴 돈 것도 레이건의 유산을 넘어서기 위한 것이다.

그 희망은 어디에 있는가? 신자유주의 체제에서 벗어나고 싶어 심리적 엑소더스 현상을 보이는 현대인들을 구할 대안은 어디에 있는가? 이것이 내가 세계를 돌기 시작할 때 갖고 있던 의문이었고, 내가 여행을 하면서 해답을 찾고자 했던 근원적인 질문이었다. 지금으로선 신자유주의를 대체할 새로운 사회체제에 대한 해답을 찾기는 어렵다. 20세기엔 자본주의 이후의 체제로 사회주의가 풍미했지만, 그 한계를 드러내면서 사실상 실패했다. 체제 또는 사회 시스템의 변화 자체가 질곡에 빠진 현대인을 해방시켜주는 것도 아님을 역사는 보여주었다.

지금 필요한 것은 사회체제가 어떠한 것이 되든, 실질적이고 구체적으로 어떻게 살아가는 것이 바람직하고 지속 가능한 것인지 각 분야에서 대안을 모색하고 실천하는 것이다. 사회의 변화와 혁명은 바로 그 디테일에 있다. 그 디테일이 없는 시스템의 변화는 지속 가능하지 않다. 사회주의의 파산도, 사회주의 사상의 원조인 칼 마르크스의 이론에서 부족했던 것도 바로 그 디테일이었다. 다양한 분야에서 대안을 마련하고 그것을 실천할 때 거기서 새로운 체제가 잉태될 것이다.

신자유주의가 환경적 재앙을 가져올 것이라고 걱정하고 여기에 반대하는 것만으로는 미래를 만들 수 없다. 개인의 일상 생활이나 각 가정, 기업에서 친환경적 삶과 경영의 방법을 고안하고 실천하는 것이 작더라도 의미 있는 변화를 이끌어낼 수 있다. 현대 사회의 인간관계가 상품과 화폐의 교환가치로 치환되고 있다고 절망할 것이 아니라, 소규모나마 공동체를 복원하고 서로를 살리는 새로운 인간관계의 방식을 만들어야 한다. 비효율적인 공기업의 민영화에 반대만 할 것이 아니라, 공기업을 효율적 조직으로 개혁할 수 있도록 구체적인 대안을 만드는 것, 사회정의를 실현할 수 있도록 규제를 정비하고 개혁함으로써 공익적 기능과 효율을 달성해야 진보가 가능하다. 다양한 분야에서 다양한 실천이 사회를 변화시키는 것이다.

인도 나브단야의 씨앗 은행과 케랄라의 주민 참여 민주주의, 스페인의 몬드라곤 협동조합, 네팔의 NGO 비욘드네팔이 추진하는 농민 자립운동, 이탈리아 오르비에토의 슬로푸드와 슬로시티 운동, 브라질 쿠리치바의 환경정책, 신재생 에너지의 가능성을 보여주는 영국 웨일즈의 CAT 등 우리 가족이 세계여행을 하면서 만났던 희망의 아이콘들은 모두 그 대안을 만들고 실천하는 곳이었다. 레이건이 뿌린 신자유주의의 세계 질서를 넘어설 수 있는 것은, 그에 대한 반대가 아니라 작더라도 새 희망을 실천하는 데 있는 것이다.

레이건 기념관을 끝으로 미국에서의 모든 여정이 끝났다. 기념관은 여행을 마무리하는 여정으로 안성맞춤이었으나, 기념관 관람을 마치고 숙소로 돌아온 후에는 싱숭생숭한 마음뿐이었다. 지금까지의 여행이 꿈결 같기만 하고, 일본으로 넘어가 올리브를 만날 생각을 하니 무언가 공중에 붕 뜬 것 같은 기분이었다. 지금 이 시간이 지나면, 그리고 한국의 바쁜 일상으로 돌아가면 마음에 차곡차곡 쌓아왔던 여행에서 느낀 기쁨과 아름다움, 환희와 흥분, 지금의 이 만족감과 행복감이 구름처럼 허공으로 사라질 것 같은 불안한 생각이 들기도 했다.

다음 날 오후, 선배가 숙소에서 공항까지 차로 배웅해주었다. 파머시에도 들러 부모님께 드릴 선물도 샀다. LA에서 나를 따뜻하게 맞아준 고마운 선배였다. 기회가 된다면 함께, 이번엔 자동차로 미국 대륙 구석구석을 돌아다니면서 삶에 대해 진한 이야기를 나누고 싶었다.

아쉬운 작별을 하고 까다로운 출국 수속을 마친 후 공항의 바에 앉아 여행을 메모하니 계속 산란하던 마음이 좀 차분해졌다. 오후 4시 30분 출발하는 비행기에 오를 때까지 계속 메모에 매달렸다. 비행기가 서서히 석양으로 물드는 LA 하늘로 떠올라 동쪽으로 비상했고, 미국을 횡단한 여정도 긴 그림자를 남기며 아득히 멀어져 갔다.

4부

귀로

Los Angeles
Tokyo
Nikko
Seoul

현실,
'끝나지 않은 여행'

"여행하기 전과는 하늘과 땅 차이야"

아내 올리브와 내가 일본에서 만난 것은 세계일주 여행의 마지막 여정을 함께 마무리하고 싶었기 때문이다. 유럽 여행을 마치면서 올리브와 아이들이 모두 귀국하고 혼자 남미와 미국을 돌아다녔지만 귀국 비행기는 올리브와 함께 타고 싶었다. 가족 세계일주의 대장정을 함께 멋지게 마무리하고도 싶었고, 귀국 이후 혼자서 아이들을 뒷바라지하고 가정을 꾸려 가느라 고생한 올리브에 대한 배려이기도 했다. 그래서 일본에서는 도쿄와 온천 휴양지이자 역사 도시인 닛코(日光)를 유람하듯 돌아보는 일정만 만들어 놓았다. 하지만 역사학자 올리브와 기자인 내가 가진 특유의 지적 호기심과 탐구심이 발동해 휴식만 취할 수는 없는 일정이 마지막까지 이어졌다.

미국 LA에서 출발하여 일본 도쿄(東京)에 도착하니 다음 날 저녁 8시 30분이었다. 하루가 휙 지나갔다. 한국에서 출발해 서쪽으로 한 걸음 한 걸음 이동하면서 1시간씩 시간을 벌었는데, 태평양을 건너면서 하루가 가 버리고, 한국과 같은 시간대가 되었다.

나리타 공항에 내려 입국 수속을 마치고 입국장으로 나오니 올리브가 기다리고 있었다. 마드리드 공항에서 허둥지둥 헤어진 후 3개월 만의 만남이었다. 이미 몇 시간 전에 나리타에 도착해 기다리고 있던 올리브와 뜨거운 포옹으로 재회의 기쁨을 나누었다.

3개월이 채 안 되는 짧은 이별이었지만, 그동안 많은 일이 있었다. 올리브는 귀국한 후 첫째 창군의 군 입대를 뒷바라지하고, 청주의 시댁과 광양의 친정을 비롯한 가족들에게 인사를 하러 다니고, 여행 전 세를 내준 집에 보관해둔 살림살이를 챙겨 새 집으로 이사를 하고, 둘째 동군이 귀국한 이후에는 고졸 검정고시와 대학 입시를 뒷바라지 하고, 여행하며 손을 놓았던 생활협동조합 업무를 챙기는 등 그야말로 정신없는 시간을 보냈다. 그 사이 나는 남미에서 미국으로 대륙을 종횡무진 누비며 자유롭고 행복한 시간을 보냈다.

"혼자서 엄청 고생 많았지? 수고 많았어." 내가 미소를 보이며 말했다.

"피이~ 말로만? 다음엔 당신처럼 나도 혼자 여행갈 꺼다~" 올리브가 귀여운 표정으로 입을 삐죽 내밀었다.

"알았어. 당신이 여행할 땐 내가 완벽하게 지원할게."

"정말? 약속했다아~." 올리브가 활짝 웃었다.

그러고 보니 스페인 마드리드에서 헤어지면서도 이런 대화를 나눴었다. 올리브는 아이들이 여행 이후 아주 많이 변했다며 칭찬을 아끼지 않았다.

"여행 전만 해도 집안일엔 관심도 없고 도울 생각도 안 했는데, 완전히 달라졌어. 집을 구할 때도, 이사를 할 때도 아이들이 거의 다 했어. 창군이나 동군이 없었다면 이사할 수 없었을 거야. 이젠 각자 자기 할 일을 스스로 챙기니 훨씬 좋아졌지."

"고놈들, 참 기특하네. 아무래도 여행하면서 많이 느꼈겠지." 내가 맞장구를 쳤다.

"예전과 지금은 하늘과 땅 차이야. 여행 잘한 것 같아." 올리브도 뿌듯한 표정이었다.

"그래. 여행하면서 많이 훈련했잖아. 몇 개월씩 24시간을 같이 다녔는데….

각자 무엇을 어떻게 해야 하는지 배우고, 그러면서 아이들도 독립적이 되고 말이야."

"서로 많이 이해할 수 있었던 것 같아. 배려하는 마음도 생기고….''

전철을 타고 도쿄 중심부인 다이토 구(台東區) 우에노(上野) 역에서 내려 숙소를 향해 걷는데 생각보다 아주 복잡했다. 거리엔 사람도 많고, 작은 건물들이 다닥다닥 붙어 있고, 간판도 혼란스러웠다. 2차선, 4차선 도로가 거미줄처럼 얽혀 있어 정말 길을 잃기 십상이었다. 서울보다 오히려 더 복잡한 느낌이었는데, 앞으로 내가 다시 부딪치며 살아가야 할 현실을 보여주는 것 같았다.

우리가 여장을 푼 곳은 오크 호텔로, 규모도 작고, 방도 작았다. 2인실에 이틀 묵는 데 1만 5300엔, 1인당 1박에 200엔의 도시세를 포함해 1만 6100엔이니 거의 20만 원이다. 작은 방이지만 모처럼 단둘이 한 방에 묵게 되니 신혼여행을 온 것처럼 기분이 들떴다.

퇴행의 땅, 야스쿠니 신사의 충격

도쿄에 도착한 다음 날 우에노 공원에서 출발해 동아시아 역사 갈등의 진원지인 야스쿠니 신사(靖國神社), 일본 국왕의 거주지인 고쿄(皇居)를 거쳐 도쿄도(東京都) 청사의 전망실(展望室)과 일본 최대 번화가인 신주쿠(新宿)까지 돌아보았다. 일본의 역사 인식이나 한일관계와 같은 심각한 주제에 대해 올리브와 대화를 나누면서도, 틈 날 때마다 우리 가족과 이번 여행에 대해 이야기했다. 그러면서 유람하듯 나선 발걸음이 점점 여행자의 원래 모습을 찾아갔다.

우에노 공원은 일본의 주요 박물관들이 모여 있는, 도쿄에서도 아주 오래되고 유명한 공원이다. 큰 나무들이 시원한 그늘을 만들고, 산책길이 널찍널찍하게 조성되어 있다. 시노바즈노이케(不忍池)라는 희한한 이름의 큰 연못과 작은 신사를 돌아보면서 여행자로서의 호기심이 발동하기 시작했다.

우에노 공원 옆에 있는 시타마치 풍속자료관(下町風俗資料館)은 아주 작은 박물관이었지만, 인상적이었다. 18~19세기 우에노 지역 서민들의 일상 생활을 재현해 놓았다. 일본인들이 작은 집에서 오밀조밀하게 살았음을 보여주고 있었는데, 1900년대 중반 한국인들의 생활 모습과도 흡사했다. 한국에도 이처럼 일반인들의 생활을 보여주는 민중생활사 박물관이 있으면 좋겠다는 데 우리의 생각이 일치했다.

"역사학계에선 기존의 왕조사나 정치사, 경제사 중심의 역사학에서 2000년대 이후엔 민중생활사에 대한 관심이 높아지고 있어. 하지만 그걸 일반인들이 쉽고 재미있게 볼 수 있도록 만든 박물관은 거의 없어. 이런 박물관이 역사에 새롭게 눈뜨게 할 수 있는 곳인데 말이야." 올리브는 역사학자로서의 안타까움을 이야기했다.

나도 이번 여행에서 돌아본 독일 베를린의 체크포인트 찰리 박물관의 감동에 대해 이야기하면서 맞장구를 쳤다. 찰리 박물관 역시 거창한 역사를 보여주기보다는 분단을 넘어서기 위한 시민들의 절절한 사연들을 보여주는 박물관이어서 더욱 인상적이었다. 박물관도 거대한 역사의 물줄기를 헤쳐 나가는 사람들의 생생한 이야기가 있어야 훨씬 감동적인 것이다.

이어 찾은 야스쿠니 신사는 충격적인 역사 왜곡의 현장이자 퇴행의 땅이었다. 일본이 한국은 물론 중국, 북한과 역사 및 외교 갈등을 불러일으키는 정신적 뿌리를 확인하게 해주는 곳이었다. 신사가 처음 만들어진 것은 메이지 유신 당시인 1869년으로, 제국 건설을 위해 희생한 사람들을 추모하기 위해 황실의 명령에 따라 전국에 건설한 여러 신사 가운데 하나였다. 처음의 명칭은 쇼콘사(招魂社)였으나 1879년 '나라를 평안하게 한다'는 의미의 야스쿠니(靖國)로 이름을 바꾸었으며, 일본 국가의 제1신사이자 호국신사로 자리 잡았다.

이후 일본 제국을 위해 각종 전쟁에서 몸을 바친 사람들의 위패를 이곳에

등록했다. 2012년 현재 등록된 희생자는 총 246만 6532명이다. 군인뿐 아니라 어린이, 노동자, 시민은 물론 일본 제국을 위해 희생한 대만인, 한국인 등 외국인까지 등록해 기리고 있다. 하지만 거의 대부분이 일본 제국주의의 대외팽창, 즉 침략전쟁에 몸을 바친 사람들이다. 전체 등록자 가운데 2차 세계대전 당시의 사망자가 213만 3915명으로 거의 대부분을 차지하며, 중일전쟁 사망자는 19만 1250명, 러일전쟁 사망자는 8만 8429명이다. 거기에 12명의 A급 전범을 포함해 2차 대전 이후 사형 당한 전범자들도 등록되어 있다.

 야스쿠니는 일본 제국주의의 상징이다. 2차 세계대전 직후 연합군 총사령부는 이의 폐해를 막기 위해 정치와 종교의 분리와 함께 국가신사를 폐지했다. 야스쿠니에 대해서도 단순한 종교 시설이나 민간 시설 중 하나를 선택하도록 했는데, 일본은 민간 시설로 바꾸기로 했다. 지금도 형식적으로는 민간에 의해 운영되지만, 점차 호국신사로 성격이 바뀌었다. 급기야 1985년 나카소네 야스히로 총리가 신사를 참배한 이후 일본 각료와 국회의원 등 정치인들의 참배가 잇따르면서 국가신사로서의 위상을 굳혔고, 인접국과 역사·외교 갈등의 진원지가 되었다.

 야스쿠니 신사에는 많은 시민들이 모여들었다. 더욱이 매년 7월 전쟁희생자의 영혼을 위로하는 미타마 축제(미타마 마쓰리)를 앞두고 입구에 엄청난 등을 매달아 장엄하고 숙연한 분위기를 연출하고 있었다. 일본 전통의 기모노 의상을 입은 여성들도 눈에 띄었다. 2010년 도호쿠 대지진과 쓰나미에다 지속되는 경제난으로 위기 의식이 팽배한 상태에서 국수주의와 애국심을 고취하는 분위기여서 야스쿠니에서도 같은 흐름이 느껴졌다. 좀 섬뜩했다.

물론 우리의 목적은 이곳을 참배하는 것이 아니었다. 야스쿠니 신사가 어떤 곳인지, 이들은 역사를 어떻게 바라보는지를 확인하고자 하는 것이었다. 신사엔 가까이 가는 것조차 께름칙했다. 신사를 슬쩍 돌아본 다음, 유슈칸(遊就館)으로 향했다. 야스쿠니가 참배 시설이라면 유슈칸은 일종의 추모관이다. 2차 세계대전에 참전해 가미카제 등으로 자신의 목숨을 내던진 사람들을 기리는, 일본인들에 대한 정신 교육장이다. 어느 정도 예상은 했지만, 거기선 경악할 만한 일이 벌어지고 있었다. 노골적으로 제국주의와 군국주의를 미화하고, 희생자를 일본을 위해 몸을 바친 영웅으로 받들고 있었다. 모골이 송연해졌다.

유슈칸 입구의 홀에서는 일제 침략 당시의 군가 CD를 다시 편집해 판매하는데, 어린이용 CD도 있었다. 욱일승천기가 크게 그려진 군가 CD가 섬뜩하게 다가왔다. 침략전쟁을 미화하고 천황에 대한 충성을 고취하는 군가가 버젓이 판매되고 있는 것이다.

유슈칸에선 2차 세계대전 당시의 침략전쟁을 대동아전쟁(大東亞戰爭)으로 표현하면서 개전 70주년을 기념해 〈우리들은 잊지 않는다(私たちは忘れない)〉는 다큐멘터리를 상영하고 있었다. 일본어는 잘 모르지만, 어떤 내용인지 궁금해 안으로 들어가 보았다. 1800년대 말부터 1945년 2차 세계대전까지의 역사를 유럽과 미국 등 서구의 아시아 침략에 맞서기 위한 전쟁으로 정당화하고 있었다. 역사 왜곡의 현장이었다. 침략과 전쟁에 대한 반성은 그 어디에서도 찾아볼 수 없었다. 한국과 중국에 대한 침략과 인권 유린, 반(反)식민 투쟁에 대

야스쿠니 신사의 유슈칸에 전시된 가미카제 전투기

한 잔인한 탄압과 만행, 피식민지 국민의 고통은 철저히 은폐되거나 무시되었다.

유슈칸에는 2차 세계대전 당시 동원된 전투기와 함정, 무기류는 물론 당시 희생된 일본인들의 사진이 전시되어 있었다. 모두 일본 제국을 위해 몸을 바친 '영웅'들이었다. 파시즘과 군국주의의 광기에 의해 희생된 영혼이 아니었다. 그것을 돌아보는 일본인들의 모습은 모두 진지했다. 물론 모든 일본인들의 역사 인식이 이러하지는 않겠지만, 가해자 일본의 역사를 피해자로 둔갑시킬 것 같았다. 관람객들에게 비뚤어진 애국심을 고양하게 하는 파시즘의 교육장이었다.

일본 정치인들의 망언, 침략의 역사를 부정하는 발언은 돌출적으로 나오는 해프닝이 아니라 뿌리 깊이 박혀 있는 왜곡된 역사 인식의 발현이었다. 그들은 그것을 감추고 있다가 때가 되면 한 번씩 표현하는 것일 뿐이었다. 그것을 통해 과거 일제 침략의 정당성을 확인하는 것일 뿐이었다. 침략을 미화하고, 강제 징용과 위안부 징발을 부정하는 왜곡된 역사 인식은 그들의 뼛속 깊이 박혀 있었고, 그것은 19세기 말부터 침략을 주도한 제국주의자들의 인식과 같은 것이었다.

야스쿠니를 돌아보면서 같은 2차 세계대전의 침략 세력이었던 독일의 역사 인식이 떠올랐다. 독일은 정반대로 역사를 인식하고 있었다. 나와 동군이 함께 돌아보았던 베를린 장벽은 2차 세계대전 당시의 역사를 정리해 놓고 있었는데, 거기에선 파시즘으로 인한 고통이 얼마나 처참하고 가혹했는지 사실대로 보여주고 있었다. 독일은 그들의 아픈 역사를 아프게 기억하고, 참혹한 인권 말살의 역사를 반복하지 않으려는 의지를 여실히 보여주고 있었다.

야스쿠니는 이와 반대였다.

과연 일본에 희망이 있을까. 야스쿠니 신사를 돌아보면서 짙은 회의가 몰려왔다. 독일은 자신의 잘못된 역사를 깊이 반성하고 미래지향적 가치를 제시함으로써, 60여 년 전 유럽 전역을 참화로 몰아넣은 원흉임에도 불구하고 오늘날 유럽의 지도적인 국가로 새롭게 탄생해 유럽 통합을 이끌고 있다. 하지만 일본은 아직도 60여 년 전의 왜곡된 정신 세계, 왜곡된 역사 인식에서 벗어나지 못하고 있다. 때문에 동북 아시아의 지도적 국가는 고사하고 갈등을 유발하는 골칫거리가 되어 있다. 일본의 비뚤어진 역사 인식은 일본의 불행이면서 동시에 인접 동북아 지역의 불행이다. 아무리 경제 대국이라 하더라도 이런 역사 인식을 갖고 있는 한 결코 바람직한 미래를 만들어 갈 수 없다.

야스쿠니 신사 옆에는 일본 국왕과 그 가족의 거주지인 고쿄(皇居), 즉 황궁이 있다. 제국주의 팽창의 상징이었던 천황이 거주하는 곳으로, 에도 성(江戶城)이 있던 자리에 세워졌다. 천황은 2차 세계대전 당시까지 최고 권력자이자 제정을 주관하는 신적인 존재로 숭배되었다. 당시 전쟁에 나가는 병사들은 천황의 만수무강을 기원하며 자신의 목숨을 내놓았다. 결국 이것이 일본 제국주의 팽창과 파시즘의 기원이 되었다. 2차 세계대전 직후 연합군사령부는 천황의 신적(神的) 지위를 박탈하고 내각의 승인에 의해서만 권한을 행사하는 형식적인 존재로 격하시켰으나 아직도 천황의 위치는 확고하다.

황궁에는 들어갈 수가 없고 다만 외곽의 공원만 일반에 개방되어 있다. 황궁으로 이르는 길은 깊고 넓은 해자로 완전히 차단되어 있고, 주변 공원도 잘 정비되어 있었다. 천황의 위엄과 권위가 느껴지게 하는 구도다. 피식민지를 경험한 민족의 후예에게 천황은 침략의 원흉이면서 아직도 역사를 왜곡하는 존재이지만, 일본인들에겐 일본이라는 나라의 상징이면서 일부에게는 국수주의와 팽창주의, 침략주의의 향수를 불러일으키는 존재다.

황궁에서 도쿄 역을 거쳐 도쿄 도청사의 전망실로 올라가니 막 어둠이 밀려오면서 빌딩들이 빛을 밝히기 시작했다. 도쿄는 서울만큼이나 괴물 같은 도시다. 좁은 면적에 1100만 명 이상이 거주하는 세계 최대 도시다. 중심부의 고층 빌딩 숲을 벗어나면 작은 건물들이 다닥다닥 붙어 있어 매우 좁은 공간을 아주 효율적으로 써야만 도시 기능이 유지될 수 있는 곳이다.

전망실에서 해가 지고 불을 밝히는 도쿄 시내를 한참 조망한 다음 전철을 타고 신주쿠(新宿)로 왔다. 많은 사람들로 붐비고 손님을 유치하기 위한 점포들의 경쟁도 치열했다. 주변엔 와자지껄 떠들면서 식사를 하고 맥주와 청주를 마시는 일본 젊은이들이 많았다. 다소 소란스럽기도 했지만 흥성거리는 소음과 함께 우리 부부의 도쿄 만유(漫遊)의 날이 점차 기울어가고 있었다.

일본의 독특한 정신 세계와 위기론

올리브가 일본 여행 일정을 짜면서 꼭 방문하고 싶은 곳으로 찍어 놓은 곳이 아사쿠사(淺草)였다. 메이지 유신 당시의 도쿄 중심 지역으로, 전통적인 일본의 멋을 잘 간직한 곳이다. 야스쿠니와 도쿄 중심부를 돌아본 다음 날 아침에 일어나자마자 아사쿠사로 향했다.

아사쿠사에는 도쿄에서 가장 큰 사찰인 센소지(淺草寺)가 있다. 이곳은 민간 신앙의 중심이기도 하다. 서기 628년 이 지역에서 살던 어부 형제가 그물에 걸린 관음상을 모시기 위해 이 절을 지었다는 전설이 전해 내려온다. 월요일 이른 아침이라 그런지 사람들이 많지는 않았다. 센소지는 아주 크지만, 일본답게 깔끔하게 정돈되어 있었다. 안에는 센소 신사(淺草神社)가 있다. 각종 신에게 건강과 행운을 기원하는 일본인들의 독특한 정신 세계, 신앙 세계를 엿볼 수 있었다.

일본의 전통 사찰이지만, 불교와 민간 신앙이 복합된 분위기를 자아냈다.

사찰에는 부처가 모셔져 있지만, 부처를 모신 대웅전을 중심으로 전각들이 호위하고 있는 한국의 사찰과 달리, 센소지에는 불상뿐만 아니라 일본 전통 신앙에서 섬기는 각종 신들이 부처와 동일하거나 비슷한 위치에 모셔져 있다. 이들 모두가 기복의 대상이다.

센소지에서 나카미세(仲見世) 도로를 따라 내려가면 유명한 가미나리몬(雷門)이 나온다. '천둥의 문'이라는 뜻인데, 문에 걸린 붉은 제등은 높이가 4m, 지름이 3.4m나 된다. 여기에 기원을 하면 액운을 물리치고, 행운이 찾아온다고 했다. 센소지에서는 별로 보이지 않던 사람들이 이 문과 등 앞에서 기념 사진을 찍으며 행복이 찾아오길 기원하고 있었다.

센소지를 돌아본 후 숙소의 짐을 챙겨 기누가와 온천(鬼怒川溫泉)으로 향했다. 닛코와 가까운 온천 마을이다. 온천도 하면서 도쿠가와 이에야스(德川家康)의 위패를 둔 도쇼구(東照宮)와 인근 유적을 돌아볼 생각이었다.

일본의 기차 노선은 탁월했다. 도쿄 인근의 작은 마을을 거미줄처럼 연결하고 있었고, 서비스도 아주 좋았다. 도쿄와 도쿄 외곽의 주민들이 열차를 타고 여행하는 모습도 아주 신선하고 낭만이 넘쳤다. 일본이 국가적으로는 우경화하면서 역사를 왜곡하는 등 퇴행적인 모습을 보이고 있지만, 일본인들이 보여주는 다른 사람에 대한 배려나 검소한 생활 모습은 놀랄 정도다.

우에노에서 기차를 타고, 중간에서 몇 번 갈아타면서 기누가와 온천 역에 도착했다. 이름이 아주 야릇하다. '귀신이 노한 개천'이라니 얼마나 강이 험하면 그러한 이름이 붙었을까, 아무리 개천이 험해도 그런 이름까지 지을 필요가 있었을까 싶었다. 역에서 멀지 않은 후나미소 료칸(舟見莊旅館)에 여장을 풀었

기누가와 온천 역 광장의 도깨비상

다. 객실이 다타미 방으로 된 멋진 숙소다.

여장을 풀고 뜨끈한 온천에 몸을 담갔다. 일본의 온천은 세계 최고 수준이다. 화산과 지진 활동이 활발한 일본의 지질적 특성상 온천의 질이 우수하고, 실내와 야외의 탕을 비롯한 시설이 잘 갖추어져 있다.

탕 한쪽에서는 뜨거운 온천수가 콸콸 쏟아져 나와 온천수는 항상 깨끗하게 유지된다. 노천 온천에서는 짙푸른 녹음으로 우거진 산이 한눈에 들어왔다. 뜨거운 탕에 몸을 담그고 어둠 속으로 서서히 빨려 들어가는 녹음을 지켜보았다. 지지배배 울던 새들도 깃을 내리고 둥지를 찾았다.

온천욕을 마치고 정갈한 호텔식으로 저녁식사를 마친 다음 숙소로 돌아오니 다타미 방에 푹신한 이불이 깔려 있다. 최고의 휴양이 따로 없다. 지금까지 적게는 4인실, 많게는 12인실 도미토리의 2층 침대에서 잠을 자다 우리 부부만의 호젓한 침실, 야외의 멋진 풍광까지 보이는 료칸에서 푹신한 이불을 깔고 누우니 황홀하기가 이루 말할 수 없다.

기누가와는 이름과 달리 평화롭고 아름다운 마을이다. '귀신이 노한 개천'은 깊은 협곡을 유유히 흐르고, 그 주변은 짙푸른 녹음에 둘러싸여 있다. 어디를 보나 아름드리 나무들이 우거져 있고, 도도한 강물이 협곡으로 흘러 내려간다. 비가 내리면 깊은 협곡이 마치 화를 내듯 우당탕탕 요란한 소리를 내며 위협적으로 흘러가겠지만, 아침 햇살이 막 비치기 시작하는 기누가와는 그저 평화와 여유만 흐를 뿐이다. 마을도 깔끔하고 도로에 차들이 많지 않아 산책하기 안성맞춤이다. 하루 종일 걸어도 질리지 않을 안락한 풍경이다.

다음 날 아침 주변을 산책하고 숙소로 돌아오니 TV에서 뉴스가 흘러나오고 있었다. 그런데 TV 화면이 짙은 우수와 불안에 싸인 듯한 분위기다. 앵커는 아주 차분하고 침착한 목소리로 밤새 일본 열도 곳곳에서 발생한 지진과 기상 재해, 기상 변화를 전했다. 주요 뉴스가 다 일본 열도의 크고 작은 지진이었다. 앵커나 지진 소식을 전하는 기자들의 목소리나 모두 착 가라앉아 있었다. 불안을 증폭시키기보다 사실을 충실히 전달하려는 것처럼 보였지만, 오히려 그것이 사람을 더욱 움츠러들게 만들었다. 이런 뉴스를 매일 아침 접하다 보면 집단으로 우울증에 빠질 것 같았다.

지금까지 10개월째 세계를 돌아다니고 있지만, 이렇게 착 가라앉은 목소리로 아침 뉴스를, 그것도 자국의 자연재해를 집중적으로 전하는 곳은 일본뿐이었다. 대부분의 나라에서 새로운 아침을 맞는 희망과 기대에 찬 목소리가 울려 퍼졌다. 전 세계 각지에서 벌어지는 다양한 소식, 유럽의 경제난, 아랍의 민주화, 미국의 대테러 전쟁, 스포츠 소식 등을 박진감 있게 전했다. 자연재해를 전하더라도 생생한 현장 화면과 함께 기자의 긴박한 리포트가 이어지는 게 보통인데, 일본은 달랐다. 마치 어떤 숙명적인 재난을 전달하는 것 같았다. 2010년 도호쿠 대지진과 쓰나미가 남긴 트라우마 때문으로 보였다.

닛코는 기누가와에서 기차를 타고 1시간 정도 거리에 있다. 인구가 2만 명이 채 되지 않는 작은 마을로, 일본을 통일하고 에도 막부(江戸幕府) 시대를 연 도쿠가와 이에야스의 위패를 둔 도쇼구로 유명하다. 430년이 넘은 고찰과 굵은 나무로 둘러싸인 인근의 수려한 풍광 등으로 유네스코 세계유산으로도 지정되어 있다.

도쇼구로 향하는 길 양편에는 어마어마한 나무들이 도열해 있어 보기만 해도 가슴이 탁 트이며 경건함을 자아냈다. 입구의 린노지(輪王寺) 산부쓰도(三佛堂)는 766년 창건된 오래된 절로, 금당(金堂)이라는 현판을 내걸고 보수 공사가 진행 중이었는데, 관람객들이 그 과정을 가까이 지켜볼 수 있도록 하고 있었다. 보수에 들어가는 목재 등 재료 실물도 전시해 놓아 그 과정이 만만한 일이 아님을 보여주었다. 사실 사찰도 사찰이지만, 사찰의 복원 과정은 더 흥미로운 볼거리였다. 복원 공사를 빨리 끝내는 것도 중요하지만, 여기에 들어가는 재료, 건축 기법, 연장 등을 상세히 설명함으로써 그 문화재의 가치를 관람객들이 제대로 인식하도록 한 것이 인상적이었다.

도쇼구 입구의 거목 숲(왼쪽)과 부부의 삼나무(오른쪽) 수백 년이 넘는 거목들이 신사의 경건함을 더해주는 가운데 특정 나무에 의미를 부여하고 기원하는 것이 일본인들의 독특한 정신 세계를 보여준다.

도쿠가와 이에야스(1543~1616)는 자신의 기구한 운명을 딛고 1603년 전국을 통일함으로써 이후 250년 동안 지속된 에도 막부를 연 인물이다. 이 시기에 상업과 무역, 문화가 활짝 꽃을 피웠다. 그에 대한 평가는 엇갈리지만, 인고의 세월을 거치면서 차분히 힘을 키워 최종적으로 대권을 거머쥐기까지의 파란만장한 과정은, 중국의 《삼국지》에 비견되는 일본의 대하소설 《대망(大望)》을 비롯한 많은 문학작품으로 형상화되어 지금까지도 처세와 치세의 교과서로 큰 인기를 끌고 있다.

그는 8세 때 적대 세력에게 납치되어 19세까지 인질 생활을 하면서 부활의 칼을 갈았다. "적을 제압할 수 있을 때까지는 일어서지 마라"는 선친의 말을 되새기며 자신의 생각을 숨기고 학문과 병법을 익혔다. 그를 인질로 잡아 두었던 이마가와(今川)가 전투에서 사망한 후 도쿠가와는 고향으로 돌아와서도 바로 움직이지 않았다. 상황을 면밀히 파악하면서 판세가 유리해질 때까지 기다려, 준비가 되었을 때 기민하게 움직였다. 치밀한 형세 판단과 다른 세력과의 동맹, 주도면밀한 계획으로 세력을 차근차근 확대해 나갔다. 당시 대권을 쥐고 있던 도요토미 히데요시가 제후들을 규합해 조선을 침략할 때에도 출병을 거부하고 힘을 보존했으며, 도요토미가 사망하고 다시 군웅이 할거하게 되자 벌떡 일어서 이들을 차례로 평정하고 전국을 통일했다.

그는 대권을 장악하는 과정에서 교활하고 잔인한 술수를 동원해 비난을 받기도 하지만, 일본 역사의 한 획을 그은 인물이다. 특히 "인내는 무사장구(無事長久)의 근원이요, 분노는 적이다", "이기는 것만 알고 지는 것을 모르면 그 피해가 반드시 돌아올 것이다", "자기 분수를 알아라. 풀잎 위의 이슬도 무거우면 떨어지기 마련이다"와 같은 유명한 경구들을 남겨 지금도 처세술의 한 페이지를 장식하고 있다.

도쇼구는 여러 개의 전각이 하나의 사찰을 이루는 형태로, 화려하기가 이루 말할 수 없었다. 담과 벽체를 꽃과 새, 동물 등의 조각으로 장식하고, 거기에 화려한 색깔을 입혔다. 상대를 제압할 수 있는 힘을 키우기 이전까지는 보지도, 말하지도, 듣지도 말라는 의미를 담은 눈과 귀와 입을 가린 원숭이 조각은 그가 겪어온 인고의 세월을 보여주었다.

도쿄의 우에노 공원이나 야스쿠니, 아사쿠사, 닛코의 도쇼구와 그 일대의 사찰과 신사, 사당 등을 돌아보면서 일본인들의 독특한 정신 세계를 생생하게 느낄 수 있었다. 일본인들은 위대한 인물은 물론 나무와 돌, 부처 등 다양한 신들을 모시고 섬기며, 이들에게 건강과 행복, 재복을 끊임없이 기원한다. 일본인들은 '신들의 나라'라고 하는 네팔만큼이나 엄청나게 많은 신을 모시고 있는 듯했다. 이는 일본인들의 내면에 있는 일종의 불안의 표시일 수도 있다. 유난히 많은 지진과 자연재해, 끝없이 지속된 봉건 영주들의 뒤바뀜 속에서 형성된 정신 세계이자 문화의 하나다. 자연재해와 권력 변화에 대한 민초들의 불안, 그 속에서 형성된 권위에 대한 복종, 다양한 신에 대한 기복이 일상 생활은 물론 정신 세계의 깊은 뿌리까지 하나로 연결되어 있는 것이다.

그러한 전통이 근대화 이후 대외침략 과정에도 영향을 미쳤다. 천황에 대한 무조건적 복종, 군국주의와 팽창주의, 대외정복에 대한 국민적인 광기가 결국 비극적인 역사를 만들었다. 게다가 2010년 도호쿠 대지진과 쓰나미의 참사는 위기의식을 고조시키면서 보수화를 부추기고 있다. 특히 쓰나미는 엄청난 트라우마를 남겨, 여기에 장기 경제난까지 겹치자 이 틈을 비집고 극우주의자들이 발호하고 있는 것이다. 이를 기화로 독도 문제를 비롯한 영토 분쟁을 일으키고, 집단적 피해 의식에 휩싸여 역사를 왜곡하면서 '일본 재생(再生)', '일본 부흥(復興)'을 외치는 정치인들이 득세하고 있다. 일본은 위험한 길로 가고 있었다.

여행은 끝나지 않았다

닛코가 마지막 여행이었다. 중국 상하이에서 여행을 시작한 지 281일째. 드디어 세계일주 대장정을 마치고 올리브와 함께 한국으로 돌아가는 귀로에 올랐다. 인천공항에 도착하면 9개월 6일 만에 지구를 동에서 서로 한 바퀴 돌아 원위치로 돌아가게 된다. 올리브와 아이들이 필리핀으로 어학 연수를 떠났을 때부터 시작하면 368일, 즉 1년 3일 만이다. 막연한 꿈으로만 갖고 있었던 가족의 세계일주, 그것을 현실로 만들다니, 나 자신도 잘 믿기지 않는다. 현실감이 없다. 하지만 그것은 엄연한 현실이고, 우리 가족은 꿈을 현실로 만든 것이다.

대장정을 끝내는 날이라 그런지 새벽 4시 30분에 눈이 떠졌다. 잠깐 자고 일어난 것 같은데, 정신이 말똥말똥하고 몸도 개운했다. 빵과 차로 간단히 식사를 하고, 일찍 체크아웃을 했다. 인천으로 가는 항공기 시간은 올리브가 오후 1시, 내가 오후 1시 55분이다. 올리브는 서울에서, 나는 미국에서 각각 항공기 티켓을 예매하다 보니 서로 이용하는 항공사도, 시간도 달라졌다.

기누가와에서 기차와 전철을 갈아타고 나리타 공항에 도착하니 10시 50분이었다. 출국 수속을 마치고 탑승 대기실에서 비행기 출발 시간을 기다렸다.

세계를 주유했던 지난 9개월여 격정의 순간들이 파노라마처럼 스치고 지나갔다. 여행을 통해 나는 무엇을 얻었나, 나와 가족에게 여행은 무엇이었나, 앞으로 우리는 어떤 삶을 살아갈 것인가, 삶은 무엇인가, 우리 사회의 희망은 무엇인가. 암트랙을 타고 LA에 도착했을 때부터 들었던, 근원적인 생각들이 다시 밀려왔다. 많은 생각이 어지럽게 스치고 지나가고 느낌은 확실하지만, 잘 정리가 되지 않았다. 라운지 의자를 차지하고 노트를 꺼내들어 그동안의 여정을 되짚어 보았다.

올리브와 아이들이 필리핀 어학 연수를 마치고 홍콩에서부터 여행을 시작해 중국 상하이에서 나와 만나 대륙을 횡단하고 히말라야를 넘어 네팔과 인도를 종횡무진 누볐다. 인도에서 터키로 건너가 형과 동생 가족과 12일 동안 함께 여행한 다음, 우리 가족 넷만 남아 그리스~이탈리아~오스트리아~덴마크~네덜란드~프랑스~스페인~포르투갈로 유럽을 한 바퀴 돌았다. 아내 올리브와 첫째 아들 창군이 먼저 한국으로 돌아가고, 둘째 동군과 북유럽을 여행했다. 동군도 독일 프랑크푸르트에서 한국으로 돌아가고, 나 혼자 영국을 거쳐 남미의 리우데자네이루로 날아가 브라질~아르헨티나~칠레~볼리비아~페루로 남미 대륙을 시계 방향으로 돌았다. 미국에서는 뉴욕~보스턴~워싱턴 등 동부에 이어 암트랙을 타고 대륙을 횡단, LA와 요세미티~샌프란시스코로 서부 여행까지 마쳤다. 일본에서 올리브와 만나 도쿄와 닛코를 유람하고 이제 귀로에 오른다.

깨알 같은 글씨로 여행의 단상을 적어온 노트를 보면서 그동안 거쳐 온 여정을 되돌아보니 우왕좌왕하던 출발에서부터 점차 자리를 잡아 여기까지 온 과정이 한 편의 드라마처럼 스쳐 지나갔다. 때로는 고독한 여행자의 유일한 벗으로 외로움을 달래주던 일곱 권째 노트다. 전광석화처럼 떠오르는 상넘들을 노트에 적어나가기 시작했다.

여행을 통해 얻은 것? 첫째로는 자신감과 용기다. 내 삶의 주인은 바로 '나' 임을 보다 분명하게 깨달았다. 인생은 도전과 모험의 연속이며, 그것이 빠진 삶은 새로운 가치를 찾을 수 없다. 도전이 처음에는 불투명하고 불확실할 지 모르지만, 한 걸음 한 걸음 나아가면 목표에 가까이 다가가거나 실현하 게 된다. 여행을 하기 전까지는 어떤 일이나 상황에 맞닥뜨리면 그것이 잘 될 까 하는 불안 때문에 주저하는 경우가 많았다. 여행은 그런 불안이 아무것 도 아니라는 것, 실체가 없는 상상력의 산물이라는 것을 반복적으로 경험하 는 과정이었다. 이제는 막연한 불안에 휩싸여 내가 하고자 하는 것을 주저하 는 일은 없을 것 같다. 장벽을 넘어갈 구체적인 방안을 생각하고, 하나하나 실천하는 자세, 그것이 결국 세계일주도 가능하게 만든 것이고, 앞으로 나나 우리 가족이 펼쳐갈 행로도 마찬가지일 것이다.

둘째는 가족에 대한 이해와 신뢰다. 우리 가족은 이번 여행을 통해 서로를 충분히 이해할 수 있게 되었다. 막연히 가족에게 의지하고 기대하는 것이 아 니라, 각자 독립적인 인격체로 자신의 길을 개척해 나가고, 자신의 길을 걸어 가는 과정에서 가족이 힘이 되는 관계, 각자가 걸어가는 길을 가족이 지지하 고 지원하는 관계를 형성할 수 있었다. 아빠나 엄마가 일방적으로 지시하거 나 강요하지 않고, 서로의 관심이 어디에 있는지에 대한 이해를 바탕으로 그 것을 지원하고 조언해줄 수 있는 관계로 발전하였다. 그 관계의 출발은 물 론 서로에 대한 사랑이지만, 독립적 주체로서의 가족 구성원에 대한 신뢰가 없으면 불가능하다. 서로 믿고 지지해줄 수 있는 관계를 맺은 것이야말로 큰 수확이었다.

셋째는 자신에 대한 새로운 발견이다. 우리 가족이 각자 독립성과 자유의 지를 가진 존재로 자신을 새롭게 정립할 수 있게 되었다는 것이다. 부모로서 아이들의 꿈을 확인하고 이해하게 된 것도 큰 수확이다. 이번 여행은 우리 가족이 각자 살아가는 주체로 자신을 새롭게 세우는 기회였다. 창군은 건축학도로서 자신의 관심사를 확인할 수 있었고, 동군은 여행 도중에 요리에 관심을 보이기도 했지만 역사를 공부하는 것으로 방향을 잡았다. 그걸 이해한 것만으로도 큰 수확이었다.

나도 내 길을 보다 힘 있게 걸어갈 수 있는 존재로 새롭게 태어난 것 같았다. 글쓰기는 나의 존재 이유 가운데 하나라는 사실을 다시 한번 확인했다. 새로운 문화와 사람을 만나고, 거기서 얻은 단상을 글로 옮기는 순간, 그 어느 때에도 느낄 수 없었던 희열이 나를 사로잡았다. 지금까지는 나 스스로 한계를 지우고 나를 둘러싼 다양한 관계로 인한 어떤 책임감이나 눈치 보기 때문에 주저했지만, 앞으로는 그러지 않을 것이다. 가족을 이해한 것 못지않게 중년의 가장이 자신을 새롭게 바라보게 된 것도 큰 수확이었다.

넷째로 우리 시대의 세계의 다양한 면을 돌아볼 수 있었고, 앞으로 지향해야 할 사회에 대한 인식을 구체화할 수 있었다는 점이다. 어쩌면 피상적인 수준이 될 수도 있고, 편견이 될 수도 있지만, 나에게는 가장 소중한 발견이자 확인 과정이었다. 거창하게 이야기한다면, '현대 자본주의 체제의 대안'의 가능성을 보았다. 성장만이 행복에 이르는 길은 아니며, 공동체의 긴밀한 소통에 기초한 다양성의 사회가 대안의 단초를 제공할 것임을 확인했다. 소박한 삶, 작더라도 대안을 찾아 '실천'하는 삶이 미래를 밝혀줄 것이다. 시스템의 변화에 앞서 자신이 먼저 변화된 삶을 살아가는 '작은 실천'이 더 중요하며, 그것이 질곡에 빠진 세계를 구원할 것이란 생각을 확인하였다.

한편으로는 이번 여행 자체가 나와 올리브, 그리고 아이들 모두에게 큰 선물이었다. 특히 우리 부부는 재충전을 위한 충분한 휴식과 관심사 탐방의 기회를 가졌다. 나는 20년이 넘는 언론인 생활의 복잡하고 바쁜 일상에서 벗어나 나 자신의 삶을 되돌아보고, 앞으로 어떤 삶을 살아갈 것인지를 생각할 수 있는, 소중한 시간이었다. 올리브도 마찬가지다. 대학과 대학원에 이어 결혼하고, 아이들 낳고, 키우고, 다양한 사회활동에 관계하면서 정신없이 살아온 시간을 잠시 정지시켰다. 가족과 엄청난 대화를 나누고, 세계 곳곳의 역사와 문화에 흠뻑 빠져 상상의 나래를 펼쳤다. 지난 20여 년 동안 정신없이 살아온 자신에게 준 가장 값진 선물이었다. 이를 통해 내면의 힘겨움과 무게를 내려놓고, 아픔과 상처를 치유했다. 우리에겐 힐링, 그 자체였다.

노트를 꺼내 이번 여행에서 얻은 것들을 정리하고 있자니, 마음이 한결 가벼워졌다. 가벼워진다는 것, 이것은 이번 여행에서 얻은 값진 경험 중의 하나다. 어쩌면 가장 중요한 소득이 바로 이것일 수도 있다. 내가 갖고 있었던 삶의 무게, 책임감 같은 것에서 벗어나는 경험을 해보았다는 것이다. 이번에 여행을 하면서 내가 잊으려고 했던 것 세 가지가 있다. 첫째는 나이, 둘째는 기존의 사회적 지위, 셋째는 체면이었다. 이것들 모두 나의 행동이나 사고를 제한하고 나를 끝없이 속박하는 보이지 않는 창살이었다. 이것을 내려놓으니 나는 자유로워졌고, 한 걸음 앞으로 나갈 수 있는 힘이 생겼다. 내가 나 자신을 스스로 제한하고 구속하던 것들을 내려놓아 보았다는 것은, 이해한다는 것과 본질적으로 다른 것이다. 여행만이 줄 수 있는 값진 경험이었다.

시간이 되었다. 올리브가 먼저 비행기를 타고 한국으로 출발했다. 인천공항에는 부모님과 누님이 기다린다고 했다. 굳이 공항까지 마중 나올 필요가 없는데, 세계일주 여행을 무사히 마치고 돌아오는 것을 한시라도 빨리 보고 싶으신 거였다. 올리브가 먼저 도착해 부모님, 누님과 함께 공항에서 기다리기로 했다. 올리브가 출발하고 1시간 가까이 지난 1시 55분 내가 탄 비행기도 이륙했다.

꿈결 같고 환상적이었던 시간이 뒤에서 나에게 손짓하고 있다. 다시는 돌아올 수 없는 시간, 너무나 행복했던 시간이었다. 이제 내 앞에는 새로운 시간이 기다리고 있다. 지금까지 여행의 시간이 경이의 시간이었다면, 내 앞에 펼쳐질 시간도 또 다른 경이를 가져다줄 것이다. 믿음과 용기, 그것이 경이의 시간을 만들 것이다. 나와 가족과 사회의 미래에 대한 믿음, 그리고 그 믿음을 실천으로 옮길 수 있는 용기, 그것이 오늘과 다른 내일, 보다 나은 내일을 만들 것이다. 나를 태운 비행기가 새로운 시간을 향해 전속력으로 날았다.

이제 파란만장했던 여행을 마치고, 다시 현실로 돌아간다. 현실이라고? 현실로 돌아간다고? 그럼 지금까지 여행은 현실이 아니었나? 그것도 현실이었다! 여행이든, 직장이든, 가족이든, 사회든, 모두 현실이다. 현실의 연장이며, 현실의 다양한 변주일 뿐이다. 나는 지금 가족과 직장과 친구들이 있는 한국으로 돌아가는 것이며, '또 다른 여행'의 한 걸음을 내딛는 것이다. 죽을 때까지 나의 여행은 계속될 것이다. 지금처럼 흥분과 호기심, 모험심으로 가득 찬 여정을 이어갈 것이다.

그렇다. 나의 여행은 끝나지 않았다.

여행은 계속되어야 한다!

가족 세계일주 여행을 다녀온 후 많은 사람들이 꼭 묻는 질문이 몇 가지 있다. 어디가 가장 좋았느냐, 돈은 얼마나 들었느냐, 아이들 학교는 어떻게 했느냐는 질문이 빠지지 않는다. 그러고 나면 직장은 어떻게 했으며, 1년 가까이 여행하게 되면 짐이 많을 텐데 옷을 비롯해 필요한 물건들은 어떻게 갖고 다니느냐, 숙소는 어떻게 했느냐, 돈은 어떻게 관리하고 갖고 다니느냐 등등 질문이 이어진다. 모두 세계일주 여행을 생각할 경우 부딪히는 일반적인 궁금증이며, 신경이 쓰이는 부분들이다. 하지만 답변이 난감한 경우도 많다.

 가장 좋았던 여행지에 대한 질문에도 답변하기가 곤혹스럽다. 왜냐하면 세계 각국이 독특한 역사와 문화를 지니고 있어, 어디가 가장 좋다고 단정하기 어렵기 때문이다. 또 각자의 여행 취향이 다르기 때문에 좋아하는 곳도 다를 수 있다. 역사에 관심이 많다면 단연 중국과 유럽의 그리스나 터키, 이탈리아가 될 것이고, 영적인 체험을 하고 싶다면 티베트나 네팔, 인도의 바라나시 같은 곳이 될 것이다. 웅대한 자연을 느끼고 싶다면 단연 히말라야와 중국에서 네팔로 이어지는 티베트 고원, 남미의 안데스 산맥을 꼽을 수 있고, 노르웨이의 피요르드는 자연의 웅장함과 전원의 아름다움, 인간의 억척스러움이 복합적으로 어우러져 많은 생각을 갖게 만드는 참으로 멋진 여행지다.

그런 특징들을 무시한 채 무턱대고 가장 좋았던 곳을 꼽기는 힘들다.

이런 요지로 답변하면 사람들은 약간 실망스런 눈짓을 보내며 개인적으로 가장 좋았던 곳이라도 꼽아달라고 말한다. 그러면 필자는 남미를 꼽는다. 아마 그것은 필자의 독특한 여행 경험이 가미되었기 때문일 것이다. 확실히 세계일주의 초기라 할 수 있는 중국과 네팔~인도에서는 가족들을 이끌어야 한다는 부담 때문에 여행 그 자체에 집중하기가 쉽지 않았고, 유럽에서는 한국의 형 및 동생 가족과 함께 여행하기도 하고, 아내와 두 아들이 차례로 귀국하는 등 변화가 많았다. 하지만 남미에서는 필자 혼자 돌아다니며 여행에 몰입할 수 있었고, 그 과정에서 짙은 고독감에 시달리기도 하고, 세계 각국의 여행자들과 만나는 흥미로운 경험들을 할 수 있었다. 그러면서 잃어버렸던 '나'를 발견하고 진정한 행복이란 무엇인지 되돌아보기도 했으니 필자에겐 최고의 여행지였다. 더구나 안데스에선 때 묻지 않은 자연과 원초적인 색깔의 아름다움을 체험할 수 있었고, 경이로운 잉카 문명과 순박하고 친절한 사람들을 만날 수 있었으니 단연 최고의 여행지라고 말할 수 있다.

다음은 비용 문제다. 이것 역시 한마디로 답변하기가 어렵다. 어디를 여행하느냐, 어디에서 자느냐, 무얼 먹느냐에 따라 여행 비용은 천차만별이기 때문이다. 실제로 북유럽의 물가는 한국의 서너 배에 이르지만, 최빈국 네팔이나 인도, 남미 볼리비아 등의 경우 한국의 절반도 안 된다. 우리는 호텔에는 얼씬거리지도 않고 가장 저렴한 호스텔이나 게스트하우스의 4~12인실에서 묵었다. 이들의 가격 차이는 최대 열 배가 넘을 것이다. 우리는 대륙간 이동을 제외하면 철저하게 현지의 대중교통을 이용했고, 웬만해선 택시도 타지 않았다. 또 관광객을 대상으로 하는 식당이 아니라 지역 주민들이 이용하는 로컬 식당에서 식사를 했고, 샌드위치로 때운 것도 숱했다. 이런 조건을 무시하고 비용을 이야기한다는 건 사실상 불가능하다.

단지 말할 수 있는 것은 우리의 경우 얼마나 들었느냐 하는 것이다. 중국이나 네팔, 인도, 볼리비아, 칠레나 페루 같은 저개발국의 경우 하루 숙박과 식비, 교통비와 입장료 등 여행 비용으로 대략 1인당 5만 원 정도가 들었다. 중국 내륙이나 네팔, 볼리비아 같은 곳에선 3만 원도 들지 않은 날이 많지만, 평균적으로 5만 원 정도로 여행이 가능했다. 하지만 터키나 그리스, 스페인, 포르투갈 같은 유럽의 남부지역과 브라질, 아르헨티나 등의 경우 하루 평균 10만 원, 기타 서유럽이나 미국은 15만 원, 북유럽은 20만 원 이상이 들었다. 물론 대략적인 계산이다. 이것을 평균적으로 계산한다면 세계일주 비용으로 1인당 하루 10만 원 정도라고 하면 실제와 큰 차이가 없을 것이다. 1년 동안 세계일주 여행에 1인당 3000만~3500만 원, 4인 가족으로 한다면 1억 2000만 원 안팎이 될 것이다. 실제로 우리 가족이 전체적으로 1년, 따로 또 같이 약 9개월 동안 쓴 비용이 대략 8000만~9000만 원 정도였다. 하지만 이것은 가장 저렴한 방식으로 여행할 때 소요되는 비용이었음을 다시 한 번 밝힌다.

우리 가족의 세계여행 이야기를 듣는 사람들이, 이러한 질문과 함께 빠뜨리지 않고 하는 말이 있다. "아이들에게는 잊을 수 없는 좋은 경험이 되었겠어요. 어렸을 때 가족과 함께 세계여행을 할 수 있다는 게 아무나 할 수 있는 건 아니잖아요. 그것보다 훌륭한 교육이 어디에 있어요." 이런 말을 들을 때에도 좀 당혹스러워진다. 왜냐하면 과연 여행이 아이들에게 어떤 것이었는지 나도 명확히 알기 어려울 때가 많았기 때문이다.

가족 세계 여행은 결코 낭만적인 일이 아니다. 그것은 현실의 연장선이다. 한국에서 공부보다는 게임 같은 놀이에 몰두하고, 대책 없이 방황하던 아이들이 해외 여행에 나섰다고 금방 달라지지 않는다. 세계 최고의 문화와 역사 유적에 관심을 보이기보다는 딴짓을 하거나, 스마트폰에 빠져들기 일쑤다. 고교 2학년, 대학 2학년 나이의 아이들과 1년 이상 여행을 준비하고 필리핀에서 2개월의 어학 연수를 거친 다음 실제 여행에 들어갔음에도 이런 경우가 많왔는데, 역사나 문화, 사회에 대한 이해가 부족한 초등학생이나 그 이하의 아이들과 1년 동안 세계를 돌아다닌다는 것은 생각만 해도 아찔하다. 사정이 이러하니 아이들에게 좋은 경험이 되었겠다는 말에 장단을 맞추기 어려운 것이다.

하지만 분명한 것은 나와 아내에게 이번 가족 세계일주 여행이 최고의 선물이었다는 사실이다. 이번 여행은 앞만 보고 달려가던 우리 부부에게 달콤한 휴식을 주었고, 자신과 가족, 그리고 사회를 되돌아보는 기회를 주었다. 그동안 잃어 버렸던, 혹은 현실의 벽에 눌려 애써 외면해 왔던 진정한 자신을 되찾게 해주었다. 내가 대학 졸업 후 20년 이상 언론사에서 생활하면서 가장 잘한 결정을 하나 꼽으라면 이번 '가족 세계여행'이라고 할 수 있다.

방전되었던 우리 부부의 에너지가 재충전되고 여유를 찾게 되자 아이들과의 관계에도 변화가 나타났다. 좀 더 떨어져서 아이들을 바라볼 수 있었고, 그것이 아이들 스스로 생각하고 행동할 수 있는 기회를 주었다. 비움으로써 채울 수 있다는 말처럼, 아이들에 대한 간섭과 집착을 버리니 비로소 아이들이 부모에게 다가왔다. 여행을 하면서 절실하게 느낀 것이 있다면, 가족 관계에서도 중심은 아이들이 아니라 바로 '나'라는 점이었다. 내가 행복하면 아이들도 행복하고, 내가 나 자신의 꿈과 희망을 찾아간다면, 아이들도 자신의 길을 찾아간다. 그것이 가족 관계가 변화하는 출발점이었다.

우리 가족의 세계일주 여행은 그러한 변화의 칼날 위에서 아슬아슬한 줄타기를 하는 과정이었다. 때로는 게으름을 피우는 아이들을 보면서 애를 태우기도 하고, 때로는 자신의 꿈과 희망을 이야기하는 아이들을 보면서 '여행에 나서기를 잘 했다'고 뿌듯해하기도 하고, 때로는 내 내면의 울림에 침잠하기도 하고, 매일같이 붙어 다녀야 하는 지겨움과 피로감에 몸서리를 치기도 하는 복잡한 과정이었다. 이런 우왕좌왕과 좌충우돌의 과정 속에서 서로를 조금씩 이해하게 되었고, 서로간의 믿음을 퇴적층처럼 한 켜 한 켜 쌓아나갔다.

여행을 마칠 때에는 눈빛만으로도 의사를 전달할 수 있을 정도로 믿음을 키웠다. 여행을 시작하기 전 눈조차 제대로 맞추지 않던 것과 비교하면 큰 변화가 아닐 수 없다. 그런 면에서 여행은 아이들은 물론 우리 부부에게 잊을 수 없는 경험이었고, 우리 가족 모두에게 값진 교육과 성찰의 시간이었다.

여행을 다녀온 후 우리 가족은 한동안 여행 후유증을 겪기도 했지만, 그것은 새로 접한 현실에 적응하는 과정의 진통이었다. 각자 자신이 갈 길을 확인하고 새로운 현실에 익숙해지면서 여행에서 쌓은 애정과 신뢰가 큰 힘이 되고 있다. 큰 아들은 군 복무를 무사히 마치고 대학에 복학해 건축학도로서 자신의 길을 찾아가고 있다. 작은 아들은 고졸 검정고시를 거쳐 2년여 동안의 준비 끝에 대학에 진학, 자신이 원하는 역사 공부를 하고 있다. 이들이 걸어가야 할 길이 구만리 같지만, 여행의 경험이 큰 힘이 될 것이라 믿는다.

여행을 출발하기 전 짐을 챙길 때 '이걸 가져갈까 말까' 고민될 때에는 가져가지 않는 게 좋다. 고민을 안겨주는 것은 여행에 꼭 필요한 물건이 아니기 때문이다. 그것은 어깨를 짓누르는 짐밖에 되지 않는다. 반대로 '여행을 갈까 말까' 하고 고민이 될 때에는 가는 게 좋다. 가지 않으면 끝까지, 어쩌면 죽기 전까지 미련으로 남을 수 있기 때문이다. 그런 면에서 우리 가족의 여행은 처음에는 황당하고 미친 짓처럼 보였지만, 잘한 결정이었다고 믿고 있다.

서두에서도 밝혔지만, 남에게 드러내기 쑥스러운 우리 가족의 이야기인데다, 여행의 경험을 너무 미화한 것 같아 얼굴이 화끈거리지만, 우리의 이야기가 힘겹고 혼돈스런 시대를 살아가는 사람들에게 작으나마 위안이 되고 희망을 줄 수 있다면 더 바랄 것이 없겠다.